中国古典文学名著丛书

[清]佚名 编撰

海公大红袍全传

华夏出版社

前　　言

　　《海公大红袍全传》(六十回)，原书编纂者为清代的无名氏，其生平当然也无从考证。

　　海瑞(1514－1587年)，字汝贤，海南琼山(今海口)人，明代著名回族政治家。他自幼攻读诗书经传，博学多才，嘉靖二十八年(1550年)中举，出仕后历任福建南平教谕、浙江淳安和江西兴国知县、户部云南司主事、南京吏部右侍郎与南京右佥都御史。他居官清廉，刚直不阿，因平抑民间赋税、昭雪冤假错案、打击贪官污吏、惩治豪强劣绅、推行退田还民、修筑水利工程而被称为"海青天"、"海公"。在其生前，百姓们就在龙山岛上为他建立了祠堂，塑像身着其理政时的红袍官服，此足可见其深得民心。

　　海瑞去世的时候，百姓们如失亲人，悲痛万分。当他的灵柩从南京水路运回故乡之时，长江两岸站满了送行的人群。很多百姓制作了他的遗像，供在家里。他的事迹对数百年之后的今世之人也颇具感染力，他的高风亮节对历朝历代的为官执政者都有启迪作用。

　　有关海瑞的断案故事，曾在民间广为流传，先是街谈巷议、口口相传，继而有手抄的说唱话本，后经文人墨客加工整理，终成为极富盛名的长篇公案小说。书中的海瑞和宋朝的包拯一样，是我国历史上清官的典范、正义的象征；其中的断案故事离奇复杂、跌宕起伏、令人震撼、扣人心弦。

　　此次再版，我们对原书中的笔误、缺漏和难解字词进行了更正、校勘和释义，对原书原来缺字的地方用□表示了出来，以方便读者阅读。由于时间仓促，水平有限，其中难免有所疏失，望专家和读者予以指正。

编　者

2014年3月

叙

慨自明季中叶，专宠内侍；嘉隆以还，奸邪迭出。朝纲紊乱，国纪颠连。严东厂、张华盖辈，尤其昭彰显著，蠹国殃民，莫知綦极。而忠贞节操之士，亦杂出乎其间，位卑言高，适足取罪。乃若杨忠愍、海忠介二公，鹄立朝端，回狂澜于既倒，不以官卑禄少，与世浮沉。故天下后世，历指而称道，虽死之日，犹生之年也。

传奇有《小红袍》一书，余闻其事，而未观其书。是岁，桐阴消夏客有携是书见示，余读之，不觉炎威顿消于何有。惟是篇中专述海忠介公晚节贞操，除奸剪佞，文近鄙俚，而其形容忠贞刚烈之处，亦自有足观。《岭南杂志》载明鼎革时，忠介公石坊镌名处，血泪三日乃止。则其精诚之气与君国相系，垂百余载，明威显相，死之日，犹生之年，洵不谬矣。乃附梨枣①，以公同好，是为叙。

道光壬辰年仲夏，铁崖外史。

---

① 梨枣——旧时刻书多用梨木或枣木，因以此为书版的代称。

红袍传小引

红袍甚小,何以名书?盖刚峰先生官服。既官服,何以书?吾应之曰:"此刚峰先生平常所服之衣,而始终如一者也,故志之。"或曰:"官服,寻常服也,亦寻常物也,何以书此?"吾曰:"夫庶民百姓,莫不有服有冠,此寻常之事也。今以《红袍》命名于书,盖以刚峰先生自筮仕①以来,历任封疆,不可谓之不贵,不可谓之不荣,而不传其官阶仕迹,而独以红袍命名者,盖以其一生,以红袍始,以一红袍终者也。"

---

① 筮(shì)仕——古人将出外做官,先占卜问吉凶。

目　　录

第 一 回	海夫人和丸画荻	(1)
第 二 回	张寡妇招婿酬恩	(7)
第 三 回	喜中雀屏反悲失路	(12)
第 四 回	图谐鸳枕忽感居丧	(17)
第 五 回	严嵩相术媚君	(22)
第 六 回	海瑞正言服盗	(27)
第 七 回	奸人际会风云	(32)
第 八 回	正士遭逢坎坷	(36)
第 九 回	张老儿借财被骗	(40)
第 十 回	严家人见色生奸	(44)
第 十一 回	张仇氏却媒致讼	(48)
第 十二 回	徐指挥守法严刑	(52)
第 十三 回	三部堂同心会审	(56)
第 十四 回	大总裁私意污文	(61)
第 十五 回	张贵妃卖履访恩	(66)
第 十六 回	海刚峰穷途受救	(70)
第 十七 回	索贿枉诛县令	(74)
第 十八 回	抗权辱打旗牌	(79)
第 十九 回	赃国公畏贤起敬	(84)
第 二十 回	圣天子闻奏擢迁	(88)
第二十一回	海瑞竭宦囊辱相	(92)
第二十二回	严嵩献甥女惑君	(96)
第二十三回	张志伯举荐庸才	(100)
第二十四回	海主事奏陈劣迹	(105)
第二十五回	青史笔而戮首	(109)
第二十六回	红袍讽以复储	(113)

第二十七回	贤皇后重庆承恩	(117)
第二十八回	奸相国青宫中计	(121)
第二十九回	怒杖奸臣获罪	(125)
第 三 十 回	恩逢太子超生	(129)
第三十一回	冯太监笞杖讨情	(133)
第三十二回	邓郎中囹圄救饿	(137)
第三十三回	赦宥脱囚简授县令	(141)
第三十四回	访查赴任票捕土豪	(145)
第三十五回	酬礼付谋窥恶径	(149)
第三十六回	窃书失检受奸殃	(153)
第三十七回	机露陷牢冤尸求雪	(157)
第三十八回	案成斩暴奉旨和番	(161)
第三十九回	诈投递入寨探情形	(165)
第 四 十 回	计烧粮逼营赐敕玺	(169)
第四十一回	设毒谋私恩市刺客	(173)
第四十二回	施辣手药犯灭口供	(177)
第四十三回	畏露奸邪奏离正直	(181)
第四十四回	买凶杀害被获依投	(185)
第四十五回	催贡献折服安南	(190)
第四十六回	捏本章调巡湖广	(194)
第四十七回	巡抚台独探虎穴	(198)
第四十八回	黄堂守结连贼魁	(202)
第四十九回	逃性命会司审案	(206)
第 五 十 回	登武当诚意烧头香	(210)
第五十一回	小严贼行计盗娈童	(214)
第五十二回	老国奸诬奏害皇叔	(219)
第五十三回	礼聘西宾小严设计	(223)
第五十四回	鸡奸庠士太守逃官	(227)
第五十五回	王太监私党欺君	(231)
第五十六回	海尚书奏阉面圣	(235)

第五十七回	刚峰搜宦调任去钉	(238)
第五十八回	继盛劾奸矫诏设祸	(242)
第五十九回	仆义妾贞千秋共美	(246)
第 六 十 回	臣忠士鲠万古同芳	(251)

第一回　海夫人和丸画荻

词曰：

人生南北多歧路，将相神仙也要凡人做。百代兴亡朝复暮，江风吹倒前朝树。功名贵显无凭据，费尽心机总把流光①误。浊酒三杯沉醉去，水流花谢知何处？

这几句鄙词，不过说人生世上，承父母之精血，秉②天地之灵气，生而为人。人为万物之灵，自当做一场刮目惊人的事业。虽不能流芳百世，也要中正纲常，使人志③而不忘，以为君子；既不能与世争光，亦当遗臭万年，此亦君子小人之两途也。然君子之流馨④，事愈远而人心愈近；小人之遗臭，事虽近而人心愈远之，惟恐其稍近也。君子观之，能不悚⑤然而惧乎？吾于是有说。

却说前明正德⑥间，粤省琼南有海璇⑦者，字玉衡，世居琼之睦贤乡，离琼山县治⑧不过数里。玉衡娶妻缪氏，乃同县缪廪生之妹也。缪氏生于诗书之家，四德三从，是所稔悉⑨。自适⑩海门以来，夫妻和顺，相敬如宾，真不愧梁鸿之配孟光⑪也。玉衡屡试不中，遂无意功名，终日在家，诗书自娱，行善乐施而已。又过数年，玉衡已是四十三岁，膝下无儿。夫人

---

① 流光——光阴。因其逝去如流水，故称"流光"。
② 秉——持着。
③ 志——记住。
④ 流馨——即流芳，指流传美名于后世。
⑤ 悚（sǒng）——害怕。
⑥ 正德——明武宗年号（1506—1521）。
⑦ 海璇——海瑞之父。
⑧ 治——旧称地方政府所在地。
⑨ 稔（rěn）悉——熟悉（多指对人）。
⑩ 适——去，到。
⑪ 梁鸿、孟光——东汉人。梁鸿与妻孟光相敬如宾，后因用为对他人夫妇的敬称。

缪氏，每以为忧，常劝丈夫立妾以广①子嗣。玉衡正色道："吾与汝素行善事，况海氏祖宗皆读儒书，历行阴德，吾谅不至绝嗣，姑待之。"缪氏道："相公之言，可谓不碍于理者。然妾今年四十，天癸②将止，诞育之念已灰，不复望弄璋弄瓦③矣。故劝相公立妾者，乃是为海氏祖宗起见。相公何故不以为然？"玉衡笑道："夫人所知者，情与理也。但今之世，人心浇薄④，循理者少，悖理者多。但见人家妻妾满室，妒争纷然。何者？为丈夫者不无偏爱，本欲取乐而反增懊恼，吾不忍见之。使璇命果有子，夫人年尚壮健，岂不能育子耶？璇如合绝嗣，即使姬妾罗列，亦不过徒事酒色而已，何益之有？"夫人见丈夫如此坚执，也不再说，此后夫妇更加相爱。玉衡历行善事，家虽不丰，而慷慨勇任。凡有亲友邻里稍可资助者，无不竭力为之。

于是又过三年，缪氏夫人年已四十三岁。一日，天忽大雨，雷电交加，阴云四起，暴雨奔腾。玉衡正在书房闲坐，忽见一物从空而下，恶貌狰狞，浑身毛片，金光夺目，奔向玉衡书案之下，倏忽不见。玉衡知是怪异避劫⑤，乃任其躲藏，反以身障翼⑥书案。少顷，雷电之光直射入书房，向着玉衡身上射来。这也古怪，那雷火一到玉衡身旁便灭。如是者约有半个时辰，那雷声渐渐退去，火光亦熄。玉衡不胜惊惶，随走开书案。此时天色复亮，雨止雷收。只见那怪兽，从案下出来，向着玉衡作叩首之状。玉衡明知其故，乃叱之去。那物出了书房，不向外边，却往里面去了。玉衡诚恐夫人受惊，随即跟进。方至内堂，就不见了。心中好生疑惑，只是事属怪诞，隐而不言。未及半月，夫人竟然癸水不至。初时尤以为年老当止。三五月间，不觉腹中隆然矣，此际方知缪氏怀孕。玉衡大喜，对缪氏道："天庇⑦善人，今日信否？"缪氏亦笑道："此乃相公福德所至，妾借有

① 广——增多。
② 天癸——指女子月事。
③ 弄璋（zhāng）弄瓦——璋为玉器。此指生儿育女，男孩弄璋，女孩弄瓦。
④ 浇薄——薄。
⑤ 劫——灾难。
⑥ 障翼——像翅膀一样遮挡住。
⑦ 庇（bì）——掩护，保佑。

赖矣。"玉衡道："凡人好善,天必佑之。况夫人贞淑贤德,幽娴婉静,不才①亦拳拳好善,感格②上天,怜于海氏,特赐麟儿矣!"从此心中欢喜,更勇于为善。光阴迅速,日月如梭,不觉将近十月,胎期满足,早晚就要分娩。海公预早雇了乳母、稳婆③,在家伺候。

一夜,海公方才合眼睡熟,忽见三人身穿青衣,手持金节,向前揖曰:"奉玉帝敕,赐汝一子,汝其善视之。"旋有人拥一怪兽入。海公见其与前次避雷之兽无异,便问道:"既蒙玉帝赐子,怎么将这兽物带来?"持金节者笑道:"你哪里知道,此乃五指山之豸④兽也,性直而喜啖⑤猛虎、卫弱鸟,在山修炼七百余年,数当遭劫,故彼曾避于君家书案之下。君乃善人,神鬼所钦,故雷火不敢近君,即回复玉旨,此兽因君得免其劫。然上天有制,凡羽毛苦修,性未驯善,不遭雷劫,即当过胎出世,先成人形,后归正果。今上帝怜汝行善有功,故特赐与汝为子。日后光大海氏门户者,乃此子也。"说毕,将那兽推到内堂去了。忽听得霹雳一声,玉衡吃了一惊,不觉醒来,却是南柯一梦。忽见丫环来报:"夫人产下一位小相公!"玉衡闻言大喜,正应梦中之事。急急来到房中,见婴儿已经断脐,包裹停当。玉衡持烛一看,果然生得眉清目秀,心中大喜,口中不言。一面安慰妻子好生调养,吩咐丫环们小心服侍。三朝洗儿,弥月请酒,自不必说。乃取名海瑞,这也不在话下。且说玉衡因有了儿子,万事俱足,遂飘然有世外之想,把"功名"二字置之度外。正是:"有子万事足,无官一身轻。"海公无事,以儿为乐,或到名山胜境去游玩,也觉优游。

时光易过,又是几年。海瑞已经七岁,虽在孩提之中,性至⑥孝友,更兼资质聪明,耿直无私。每与邻儿共游,饮食之物,必要公同分食。若有多取者,瑞必詈⑦之。玉衡教他读书,过目辄能成诵。又过了三年,海瑞

---

① 不才——旧时用做"我"的谦称。
② 感格——感动。
③ 稳婆——旧指接生婆。
④ 豸(zhì)——没有脚的虫。
⑤ 啖(dàn)——吃。
⑥ 至——极,最。
⑦ 詈(lì)——骂。

年已十岁,无书不读,诗词歌赋,靡①有不通。是年玉衡一病身亡,海瑞哀痛欲绝,夫人亦痛哭不已。瑞痛父身亡,未能尽子道,意欲结庐②于墓侧,少展孝思。夫人劝阻曰:"汝虽性至孝顺,但汝年纪幼稚,郊外无靖③,倘有不测,吾何赖焉? 此欲尽孝而反增不孝也。"瑞闻母谕遂止,在家守制。夫人便昼夜令他诵读,虽夏暑不辍。未几服满,瑞年已十三。或有劝瑞应童子试者,瑞对曰:"吾年尚幼,经史未通,若出应试,必被人笑,徒费笔墨,不如闭门苦读,待我淹贯④了,然后去也未为迟。"夫人闻瑞在外答友之言,私喜曰:"此儿不务矜浮⑤,日后必有实学。"于是更加约束,母子二人,切磋严如师弟一般。瑞性傲好菊,不喜趋承。尝有《品菊》诗云:

绕篱一二费平章⑥,五色迷离满径香。
晚节岂容分上下,蓬门⑦毕竟有低昂⑧。
范村谱订名多误,郱水空传种最良。
欲向澹中寻更澹,鬓丝愁落满头霜。

《伴菊》诗云:

柴门重闭日悠悠,愿向闲花稳卧游。
俗骨不堪同入梦,芳心曾许独深幽。
性情淡处常相对,清冷香中过此秋。
莫遣凤仙借婢职,夜深墙角已低头。

夫人见其诗雅淡,知瑞他日晚节独坚,必为一代忠臣。常谓之曰:"你终日读书,不求闻达,究有何益哉?"瑞曰:"儿苦读书,非不欲进取。但念母亲年届喜惧,儿恐一旦成名,就要远离膝下,故此忍隐,不欲为母亲忧也。"夫人怒曰:"为人子者,不欲扬名显亲,岂欲吾死后你方进取耶?

---

① 靡(mǐ)——无,没有。
② 结庐——指建屋居住。
③ 无靖(jìng)——不平安。
④ 淹贯——学问广博。
⑤ 矜(jīn)浮——骄傲轻浮。
⑥ 平章——品评。
⑦ 蓬门——指穷苦人家。
⑧ 低昂——升降,起伏。

马鬣①虽封,铭旌②七尺,吾亦不得亲见也。"瑞闻母怒,跪而慰之,谢罪不迭,夫人怒始稍息。瑞从此益励诗书以图进取。次年学院按临③,瑞便出应试,果掇④芹香。夫人喜曰:"你得一衿⑤,吾死瞑目矣。"簪⑥花后,同庠诸友劝同赴省,以夺秋魁。瑞每以母在家无人侍奉为辞,不欲行。及至其母听了瑞答友之言,遂勉之曰:"你每以我在家,无人侍奉为辞,不欲相离左右,但功名大事,我尚强健,你可前去,不必罣念⑦。"瑞见母如此吩咐,不敢有违,遂打点行李,会齐诸友,望著海康而来。

到了雷州,舍舟登岸赶路。一夜,月明风轻,瑞在旅店里睡不着,偶步园中。时已三更向后,店中诸客俱已熟睡。仰望星斗满天,万籁俱寂。忽闻有人说道:"昨夜前村张家禳鬼⑧,我们正好前去寻些饮食。偏偏又碰着这位海少保在此,土地爷好没来由,却派我们在此伺候,他老人家便安然坐着,好不教人忿气呢!"一人道:"你莫怨他。他乃一方之主,你我都是受他管的,怎么不听使令?这是应该的,不必多说。恐怕这老儿听见了,又要责罚呢。"一人道:"怕什么?此老太不公道,但是有得奉承他的,便由人去横行滋事;若是似我等穷鬼,他便专以此劳苦的来派着。"一人道:"你且说他怎的不公平呢?"那人道:"即此张家一事,就可见其不公矣。张家的女儿,昨因上墓拜扫,被这个王小三在路上撞见了。他欺人孤儿寡妇,就跟了回去,作起祟来,被他弄了饮食。那张寡妇好不惊慌。到此老儿处祷告,求他驱除。这老儿初时甚怒,立刻拘了王小三到庙,说什么要打、要罚他。后来王小三慌了,即忙应许了些金帛。这老儿便喜欢到极处,不但不责罚他,反至助纣为虐⑨,任他肆扰呢!"一人道:"怪不得张

---

① 马鬣(liè)——马颈上的长毛。
② 铭旌——旧时竖在灵柩前标志死者官衔和姓名的长幡。
③ 按临——来临。
④ 掇(duó)——采取,拾取。
⑤ 衿(jīn)——衣襟。
⑥ 簪(zān)——插戴。
⑦ 罣(guà)念——同"挂念"。
⑧ 禳(ráng)鬼——祈祷灭鬼、消灾。
⑨ 助纣(zhòu)为虐——纣,商朝末代君主,相传是一个暴君。比喻帮坏人干坏事。

家今夜大设饮食,他便安安稳稳的前去受领,却遣我们在此伺候这海少保呢。"一人道:"怪不得你说他。"海瑞听得明白,才知是鬼在此议论,暗喜自己有了少保的身份。不觉咳嗽一声,倏而寂然。海瑞亦回房中安息。自思土地①亦受鬼贿,心中大怒。至天明起来,梳洗了,诸友便要起程。海瑞道:"且慢着,今日有一奇事,待我弄来你们看看。"诸友不解其故,忙问道:"荒郊野店,有什么奇事?不如莫管闲事,赶路要紧呢。"海瑞道:"列位有所不知,这里张家寡妇有一女儿,被野鬼王小三作祟,大索②祭祀。本坊土地,反与鬼通同搅扰,你道奇么?"诸友问道:"你怎的知道?"海瑞便将夜闻鬼言,备细告知,但不说鬼称自己是少保。诸友听了,各各惊异。况且都是少年,未免好事。各人都怂恿海瑞,要看他怎么处置那土地。海瑞便向店主人问明,哪里是土地庙并张家的住址。用了早饭,便望着那土地庙而来。正是:正气能驱魅③,无私可服神。毕竟海公到了那里如何,且听下回分解。

---

① 土地——此指古代神话中管理一个小地面的神。
② 索——要,取。
③ 魅(mèi)——传说中的鬼怪。

第二回　张寡妇招婿酬恩

诗曰：

　　三生石①上旧姻缘，萍水朱陈②百载坚；

　　信是嫦娥先有意，广寒③已赠一枝先。

却说海瑞在旅店，因先夜闻得众鬼说那土地不公，纵容野鬼王小三在张家搅扰，图其祭祀饮食的话，遂忙用早膳，携着诸友，取路先来至那土地庙。只见那庙靠着路旁，高不满三尺，阔才二尺，上塑神像。惟是香烟冷落，庙内的蛛丝张满，有一张尺余高的桌案，尘积寸许。众人见了，不觉大笑曰："如此荒凉冷落，怪不得他要收受贿赂。不然，十载都没有一炷香呢。"海瑞听了，不胜大怒，便指著那神像骂道："何物邪神，胆敢凭陵④作祟，肆虐村民。今日我海瑞却要与你分剖个是非。为神者，正直聪明，为民捍卫殃难，赏善罚恶，庶不愧享受万民香烟。何乃不循天理，只顾贪婪！既不能为民造福，倒也罢了，怎么却与野鬼串通，魅⑤人闺秀，走石扬沙，百般怪祟，唬吓妇女，索诈楮帛⑥、祭食？此上天所不容，人神所共愤。吾海瑞生平忠正侠直，午夜扪心，对天无愧，羞见这等野鬼邪神。"遂以手指著，喝声："还不服罪！"说尚未毕，那泥塑的神像，一声响亮，竟自跌将下来，打得个粉碎。众人见了，哈哈大笑。内中一人道："虽然土地不合，到底是个神像。今海兄如此冒渎，故神怒示警，竟将本身显圣。海兄总当赔个不是才好呢！"海瑞听了怒道："你们亦是这般胡涂，怎么还不替我将这鸟庙拆了，反来左袒⑦？真是岂有此理！"众人看见海瑞作色，乃道："海兄

---

① 三生石——宣扬佛教三世轮回的一种传说。后人传说三生石在杭州天竺寺后山。

② 朱陈——原为古村名，近遂为联姻的代表。

③ 广寒——即广寒宫，月宫。

④ 凭陵——侵扰的意思。

⑤ 魅——原意为精怪，这里为勾引的意思。

⑥ 楮（chǔ）帛——楮，木名，其皮可制桑皮纸。楮帛即楮皮制的织物。

⑦ 左袒——偏护一方的意思。

正直无私,即此鬼神,亦当钦服。如今既已示辱于神,这就算了事。我们还是到张家去走遭,看是怎的。"海瑞道:"如此才是正理呢。"一行人远离了土地庙,取路望着张家村而来。话分两头,暂且按下不表。

再说张家村离大路不远,村中二百余家都是姓张的。那被魔的女子,就是张寡妇的女儿,年方一十六岁,名唤宫花。生得如花似玉,知书识礼,又兼孝顺。其父名张芝,曾举孝廉①,出仕做过一任通判②。后来因为倭寇作乱,死于军前。夫人温氏,携着这位小姐,从十岁守节至今。事因三月清明,母女上山扫墓。岂料中途遇了这野鬼王小三,欺他孤寡,跟随到家,欲求祭祀。是夜宫花睡在床中,忽见一人,披发吐舌,向他索食。宫花吓得魂不附体,大喊起来。那野鬼即便作祟,弄得宫花浑身发热,头昏眼花,乱骂乱笑,吓得温夫人不知所措。请医诊治,俱言无病,系为祟所侵。夫人慌了,想道,此病定是因上坟而起。细细访之,始知路旁有一土地庙宇。想道,山野坟墓之鬼,必为土地所辖,便具疏到土地庙中祷告,求神驱逐。祭毕回家,谁知宫花愈加狂暴,口中乱骂道:"何物温氏,胆敢混向土地庙处告我!我是奉了玉旨敕命来的,只因你们旧日在任时,曾许过愿心,至今未酬。上帝最怒的是欺诳③鬼神,故此特差我来索取。你若好好地设祭就罢,否则立取你等之命去见上帝。"温夫人听了,自思往时自己不曾许过什么心愿。女儿年幼,是不必说的。就是老爷在日,忠直居心,爱民若子,又没有什么不好之处,且平日不喜求神许愿的,怎么说有这个旧愿?自古道:宁可信其有,不可信其无。这是小事,就祭祀与他,亦不费什么大钱财,只要女儿病愈就是了。乃向宫花道:"既是我家曾经许愿,年深日久,一旦忘了,故劳尊神降临。今知罪咎,即择吉日,虔具祭仪酬还。伏乞尊神释放小女元神复体,则合家顶祝于无既矣。"只见宫花点头应道:"你们既如罪庆也罢。后日黄道良辰,至晚可具楮镪④品物,还愿罢了。"温氏唯唯答应。至期,即吩咐家人,买备祭品香烛之类,到了点烛的时候,虔诚拜祭一番。只见那宫花便作喜悦色,说道:"虽然具祭,只是太

---

① 孝廉——明清对举人的称呼。
② 通判——古代官名。
③ 诳(kuáng)——欺骗,迷惑。
④ 楮镪(qiǎng)——即楮钱,是旧时祭祀时焚化的纸钱。

薄歉了,可再具丰盛的来。明日三更,吾即复旨去也。"温氏又只得应承。这一夜宫花却也略见安静些。

次日,夫人正要吩咐家人再去备办祭品。只见宫花双眉紧蹙,十分惊慌的模样,在床上蹲伏不安,口中喃喃不知何语。夫人正在惊疑之际,只见家人来说道:"外面有一位秀才,自称海瑞,能驱邪逐魅。路过于此,知我家小姐中了邪魔,如今要来收妖呢。"夫人听了,半信半疑,只得令家人请进。少顷,海瑞领著那几个朋友,一齐来到大厅,两旁坐下。温夫人出来见了众人,见过了礼,便问道:"哪一位是海秀才呢?"众人便指著海瑞道:"这位便是。"温夫人便将海瑞一看,只见他年纪最轻,心中有几分不信,便问道:"海相公有什么妙术,能驱妖魅?何以知道小女着祟?请道其详。"海瑞道:"因昨夜旅店听得有几个鬼,私自在那里讲本坊土地故纵野鬼作祟索祭的话,故此前来驱逐妖魅。"温夫人听了好生惊异。心中却也欢喜,说道:"小女倘得海相公驱魔,病得痊愈,不敢有忘大德。"便吩咐家人备酒。海瑞急止之曰:"不必费心破钞,我们原是为一点好意而来,非图饮食者也。"再三推让。温夫人道:"列位休嫌简慢①,老身不过薄具三杯家酿,少壮列位威气而已。"海瑞见他如此真诚,便说道:"既蒙夫人赐饮,自古道'恭敬不如从命',只得愧领了。但是不必过费,我们才得安心。"温夫人便令家人摆了酒菜,就在大厅上坐下。邻居的堂叔张元,前来相陪。海瑞等在厅上欢饮,温夫人便进女儿房中来。只见宫花比前夜大不相同,却似好时一般。见了夫人进来,便以手指着榻下的一个大瓦罐,复以两手作鬼入罐内的形状。夫人已解其意,即时出到厅上,对众人说知。海瑞便道:"是了,这个邪鬼知道我们前来,无处躲避,故此走入罐内。可即将罐口封了,那时还怕他走到哪里去?"众人齐声道:"有理。"于是夫人引导来到绣房,小姐回避入帐后,海瑞便问罐在何处?夫人令侍婢去拿。只见侍婢再三掇②不起来,说道:"好奇怪,这是个空罐,怎么这样沉重!"海瑞道:"你且走开,待我去拿。"便走近榻前,俯着身子,一手拿了出来,并不见沉重。笑道:"莫非走了么?"众人说道:"不是不是,他既走得去早就走了,又何必入罐?自古道'鬼计多端',故此轻飘飘的,想哄我

---

① 简慢——怠慢。

② 掇(duō)——拾、捡的意思。

们是真呢。"海瑞道:"且不管他,只是封了就是。"遂令人取过笔墨,先用湿泥封了罐口,后用一副纸皮,贴在泥头之上。海瑞亲自用笔写着几个字道:"永远封禁,不得复出。海瑞之笔亲封。"写毕,令人将罐拿了出去,将他在山脚下埋了。温夫人一如所教,千恩万谢。张元便让众人复出厅前饮酒。

夫人便私问宫花道:"适间你见什么来?"小姐道:"只见那披发的恶鬼慌慌张张的自言自语道'怎么怎么海少保来了?'左顾右盼,似无处藏躲之状。忽然欢喜,望榻下的罐子,将身摇了几摇,竟把身子缩小了,钻在罐内,孩儿就精神爽快了。故此母亲进来,不敢大声说出,恐怕他走了,又来作祟。适间哪位是海少保?他有何法术,鬼竟怕他呢?"夫人听了,心中大喜:他乃是一个秀才,鬼竟称他为少保,想必此人日后大贵。忖思①女儿的命是他救活的,无可为报,不如就将宫花许配与他为妻。我膝下有这样的半子,尽可毕此余生了。于是便将海瑞听见群鬼之言,方知你的病源,故此特来相救的话,说了一遍。宫花听了叹道:"如此好人,世上难得。况兼又有少保的禄命,不知他父母几多年纪,才得这个儿子呢?"夫人道:"吾儿性命,都亏相公救活的,无可为报,吾意欲将你许配这海恩人为妻。我家得了这样女婿,亦足依靠,光耀门闾。二则你身有所靠,不枉你的才貌,你心下如何,可否应允?"宫花听了,不觉涨红了脸,低头不语。夫人知他心允,便着人请了张元进来,细将己意告知,并乞张元说合。张元道:"此事虽好,惟是别府人氏,侄女嫁了他家去,未免要远渡重洋,甚是不便,如何是好?"夫人道:"女儿已心允了,便是我亦主意定了。烦叔叔一说,就感激不尽了。"张元听说,便欣然应诺。走到前边,对着海瑞谢了收鬼之恩,然后对着众人说知夫人要将宫花许配海瑞之意。海瑞起立谢道:"岂有此理,小姐乃是千金之体,小生何敢仰扳!况小生是为好意,仗义而来,今一旦坦腹东床②,怎免外人物议?这决使不得的,烦老先生善为我辞可也。"说罢,便欲起身告辞。张元道:"海兄且少屈一刻,老朽复有话说。"海瑞只得复坐下,便又问道:"老先生有何见教?"张元道:"相公年纪,恰与舍侄女差不上下,况又未曾订亲。今舍侄女既蒙救命之恩,

---

① 忖思——思量,揣度。
② 坦腹东床——"令坦"、"东床"皆为人婿的意思,这里意为被招为人婿。

天高地厚,家嫂无可酬报,要将侄女作配,亦稍尽酬谢之心。二者乃是终身大事,又不费海兄一丝半线的聘礼,何故见拒如此?想必相公嫌我们寒微,故低昂不合,是以却拒。"海瑞听说,忙答道:"岂敢,区区之事,奚①足言恩。瑞乃一介贫儒,家居遥远,敢累千金之体耶?故不敢妄攀,实非见弃,惟祈老先生谅之。"张元复又再三央恳。众人见了,也替张元说道:"海兄何必拘执至此。夫人既有此意,理当顺从才是呢。"海瑞道:"非弟不肯,但是婚姻大事,自有高堂主张,非弟可得而主之也,故不敢自专。倘蒙夫人不弃,又叨张老先生谆谆教谕,敢不听从。但是未曾禀命高堂,不敢自主,以增不孝之罪,尚容归禀,徐徐商议可也?"张元听了这话,知他坚执不从,只得进内对夫人说知。夫人笑道:"叔叔可问他们,现寓何处,店名什么?吾自有妙计,包管叫他应允就是。"张元乃出来陪着众人,问道:"列位今在谁店作寓?"众人道:"现在张小乙店中,暂宿一夜,明早即欲起程。因有尊府之事,故而迟延。明日定必起程。"说完,海瑞决意告辞。张元只得相送出门,屡称感谢。海瑞称谢,与众人回店中去了。正是:姻缘本是前生定,五百年前结下来。毕竟海瑞后来能否与张氏宫花成亲,且听下回分解。

---

① 奚——何,为什么。

第三回　喜中雀屏反悲失路

却说海瑞与众人回到旅店，诸友皆言这头亲事应该允诺才是。如此美缘，怎么交臂失去？海瑞但笑而不言。暂且按下不表。

再说那温夫人见海瑞坚执不肯，遂用一计：着堂叔张元问明海瑞住址，便令人请了族中一位绅衿①到来，求他作伐②。这绅衿姓张名国璧，乃是进士，曾任过太平府知府，以疾告休的。他与张芝是个九服③叔侄，为人正直多才，素为乡间仰望，远近钦服，所以夫人请他前来。当下国璧来到，与夫人见过了礼，坐下用茶。夫人道："今日特请贤侄到来，非为别事，要与你妹子说头亲事，非贤侄不可，望勿推却。"国璧道："妹子的病现在尚未痊愈，如何便说亲事？"夫人笑道："却因你妹子的病一旦好了，所以立要说亲呢。"国璧听了愕然④道："怎么说妹子的病一旦好了？却要请教。"夫人将海瑞封禁野鬼王小三之事，并将野鬼称海瑞为少保之言，以及要将女儿许配与他，怎奈不肯之故，详细说知。国璧道："怎么竟有这些奇事？我倒要会一会这个人呢。"夫人道："只因这海秀才，未曾禀过父母，故不敢应允。我想他是个识理的人，必重名望，故唤贤侄代说，彼必允矣。"国璧道："甚好，但不知住在哪里？"夫人道："就是前面张小乙店中。"国璧便即告辞，回到家中，冠带⑤而来到张小乙店中。时已将暮，急令小乙进去通报。小乙领命，走到客房，正见海瑞与那几个同帮的在那里用饭。小乙便上前叫道："海相公，外面有人拜候你呢。"海瑞道："什么人？姓甚名谁？与我相识的么？"小乙道："是我们这里的一位大绅衿，张国璧大老爷。他说是特意前来拜访尊驾。"海瑞满肚思疑，自忖素无一面之交，何以突然而来？且去见了便知。遂同小乙出来，就在大柜旁见了，彼

---

① 绅衿——旧时泛指地方绅士和在学的人。
② 作伐——作媒。
③ 九服——服，服制，指血缘关系中的远近。九服，为同一血缘的第九代亲族。
④ 愕然——陡然一惊。
⑤ 冠带——指戴帽束带子。

此施礼坐下。国璧道："素仰山斗，今日得识荆①颜，殊慰鄙怀②，幸甚，幸甚！"海瑞道："学生不才，僻居海隅，尚未识荆，敢请阀阅③？"国璧道："不敢，在下姓张名国璧便是，驾上昨日相救的女子，就是舍妹。"海瑞听了，方才醒悟。便道："原来是张老先生光降，有何见谕？"国璧道："特为舍妹而来。适蒙先生收妖，俾舍妹之病一旦痊愈。家婶沾恩既深，无以为报，故愿将舍妹侍奉巾栉④，少报厚恩，何期先生拒弃如此，使家婶有愧于中，故令不才⑤趋寓面恳，倘不以弟为鄙，望赐俞允⑥，则弟不胜仰藉⑦矣。"海瑞道："后学偶尔经过贵境，忽闻鬼语，故知令妹着魔原委，无非因鬼逐鬼，有何德处，敢望报耶？适蒙夫人曾挽张元先生代说过了。后学只因未禀母命，不敢自专，非敢见却也。惟老先生谅之。"国璧道："先生之言，足见孝道。但事有从权，君子达变。今家婶所殷殷仰望者，足下也。足下既有拯溺⑧之心，又何必峻拒⑨若此？倘得一言之定，则胜千金之约矣。"海瑞见他说得有理，不好再却，只好勉强应道："既蒙老先生谆谆见教，后学从命就是。但要待赴场⑩后归禀家慈⑪，方可行聘。"国璧说："这个自然，总须足下一言为定。"遂告辞归家，告知夫人。温夫人大喜，以为女儿终身得人。宫花闻之亦喜。母女二人私下祝其早日成名，以遂心愿。暂且按下。

再说海瑞送了国璧出门，询问店主人方知国璧是个进士，曾任黄

---

① 识荆——敬辞，指初次见面或结识。出自李白《与韩荆州书》："生不用封万户侯，但愿一识韩荆州。"
② 殊慰鄙怀——心中十分高兴。
③ 阀阅——功绩和资历。
④ 侍奉巾栉(zhì)——指照料生活起居，这里意谓嫁给海瑞。
⑤ 不才——自称的谦辞。
⑥ 俞允——允诺。
⑦ 仰藉——欣慰。
⑧ 拯溺——帮助弱小者。
⑨ 峻拒——严加拒绝。
⑩ 场——这里指考场。
⑪ 家慈——对别人称自己母亲，谦辞。旧俗有严父慈母之说，故云。

堂①。即回房对诸友说知,众人莫不代他欢喜。次日海瑞便与众人上路,回头留下一柬,交与张小乙,若国璧来此,就说是我为着场期迫近,故尔匆匆就道,不获辞谢,总伺场后相会就是,叮咛而去。便与众人起身,望高州一路而来。饥餐渴饮,一十余日,才到省城。海瑞初次观场,况兼又未曾到过省城的,落下了客寓,便到街上游玩。所有海幢、广孝坡、山西禅、白云浦涧,诸般胜景,无不遍览。一连走了七八天,正遇天气大热。此时是七月时候,三伏将收,秋风乍起。海瑞走了回来,身子是滚热的,洗了一个冷水澡,不觉冒了些暑。到晚上,竟病将起来,浑身火热。请医诊视,皆言伤暑,不觉日加沉重起来。心念功名,又恐误了场期,心中愈加烦闷,卧病在床。日复一日,直至八月初旬,犹自恹恹②伏枕,不能步履。海瑞此际自知急难痊愈,进取之意已灰。诸友纷纷打点入场,海瑞是眼巴巴的看着,心中好生难过。又过了十余日,场期已过,他们俱已回寓,听候发榜。有一位自以为必售③的,谁知发榜只中得一名副榜④。乃是文昌县人,姓刘名夤宾。海瑞此时病渐愈,遂偕诸友勉强下船回家。一路无聊,时复嗟叹⑤命运不济,功名无份。乃作《落第诗》一首,聊以自遣。诸友见了,慰道:"海兄大才,故此大器晚成,何必戚戚⑥。"海瑞道:"列位有所不知,非弟念切干禄。弟在家奉慈母之命,谆谆勉励。今一旦名落孙山,将何以报老人,故尔戚戚也。"诸友闻之,无不叹其纯孝。

一日到了雷州,海瑞想起张国璧之约,昔曾言定,今虽功名不就,岂可失信于人。遂与诸友分路,望张家村而来,复到小乙店中住下。张小乙便向着海瑞作贺道:"海相公是必高中了。衣锦而归,可喜可贺。"海瑞听了,默然良久,叹道:"名落孙山,惭愧惭愧。"小乙道:"怎么相公如此高才反落第了,这是何故?"海瑞便将在省患病、不能入场的事,备细说知。小乙笑道:"这是相公之气运未到耳,且自欢心成了亲事,再回去罢。"海瑞

---

① 黄堂——古时太守衙中的正堂,因称太守为"黄堂"。
② 恹恹(yān)——形容患病而精神疲乏。
③ 售——达到。
④ 副榜——科举考试中的一种附加榜示,即于录取正卷之外另取若干名,亦称"备榜"。
⑤ 嗟(jiē)叹——叹息。
⑥ 戚戚(qī)——忧愁,悲哀。

道:"做亲这却不能,只是我曾与张老爷有约,故此特来拜访。烦贵主人代为相传一声,说我在店等候一会,即便起程。"小乙应诺出来,便到张府报道:"海相公回来了。只因在省患病,不能入场,空走一遭。如今回来了,命我来相请大老爷至店中一会,即便起程。"国璧听了笑道:"何令人之不偶也。"遂即与小乙来到店中,见了海瑞,劝慰道:"大器晚成,文星①未显,足下不必介意,只是徒劳跋涉耳。"海瑞自觉十分汗颜②,乃道:"不才无学,即试不售,只以家慈有命,不得不随众观场也。昔蒙老先生之约,故后学不敢有负,纡道③特来践约,伏望善言拜上令婶,容瑞归与家慈商议,迟日报命。"国璧道:"蒙君一言,胜如金诺,不必多赘④。但君新愈,须当保重。倘蒙不弃,少留时日,稍尽宾主之情若何?"海瑞道:"后学本拟明日即行,今蒙老先生厚意,少驻一天,明日到府请安。"二人又谈了些羊城的新闻,然后相别,国璧再三叮咛而去。再说那温夫人,正在盼望着海瑞成名的捷报,忽见国璧来说:"海瑞回来了,因病不曾进场,已到这里,特来见我,便要明日起程回家。亲事一项,要禀过了母命,然后回复。小侄再三挽留住了,故此特来说知。"温夫人听了,心中闷闷不乐。说道:"'功名'二字,倒也平常。只是你妹子终身大事要紧,只恐回去后便抛撇⑤了,这便如何是好?贤侄要想个妙策出来,务要成了亲事,方免物议⑥呢。"国璧听了,想得一想道:"如今我却有一计:明日先将妹子抬到我家去,预备下洞房。小侄再请他到家饮酒,将酒灌醉了,送他入洞房。过了一宵,这就乾坤定矣。不知婶娘意下如何?"温夫人听了大喜道:"此计甚妙,依计而行就是。即烦贤侄回家备办。明日清晨,送你妹子过来便了。"国璧依允,即时回家收拾房子、备办筵席不提。温夫人便对女儿说知,宫花允诺。夫人大喜,便即时预备,不多赘。

再说海瑞本欲见了国璧,即便登程。谁知见国璧情甚殷勤,故此无奈

---

① 文星——即"文曲星"。旧时传说是主持文运科名的星宿。
② 汗颜——指惭愧。
③ 纡(yū)道——绕道。
④ 赘(zhuì)——即赘言,说不必要的话。
⑤ 抛撇——放弃;弃置不顾。
⑥ 物议——众人的批评。

住下。次日清晨,国璧就着家人来至店中,见了海瑞,遂拿出帖子说道:"家爷请相公午间小酌。"海瑞看了帖,即对来人说道:"承你家老爷宠召,下午即诣①尊府。原帖缴回,烦为善言,说不敢当。"家人应诺回去。海瑞即便整冠束带。忽催帖又到,海瑞遂随著张府来人而来。到了张府门首,只见一座高大门楼,上有金字匾额,横"中宪第"三字。随有家人开门,只见国璧衣冠而出,迎接到大厅上坐。海瑞道:"后学②承老先生见召,老夫人处,理应叩见请安。伏望指引,待后学叩诣。"国璧道:"岂敢,拙荆③年老多病,常卧床褥,不敢劳先生贵步。"随有家丁献上香茗。茶罢,复让到书房里来。海瑞进内,果见明窗净几,四壁琴书,确是一个幽雅所在。海瑞道:"老先生真是轩昂④! 观此幽居,足见风采矣。"国璧又谦了一回。家人摆上酒肴,就是国璧海瑞对酌,殷勤奉劝。海瑞本量浅,三杯之后,便觉酩酊⑤。国璧是个有意的,再三相劝,渐以大斗奉敬。此际海瑞已有八分醉意,欲待不饮,怎奈国璧再三央恳敬劝,一则是主人美意,二来是个长者,却不过了,只得强饮一斗,已有十二分醉意。须臾⑥之间,竟觉头目晕花,身不由己,坐不安席。一阵酒涌上来,就按捺不住,在筵上呕吐狼藉,人事不晓,伏在椅上。国璧知他醉了,便进内对温夫人说知此事。温夫人已将女儿宫花小姐送在新房内。国璧大喜,即唤侍婢扶挽海瑞入房,到床上安歇。反扣着房门而出。这才是:一枕邯郸甘醉梦,三生石上强栽莲。毕竟他二人能否成其亲事,且听下回分解。

---

① 诣(yì)——到某地方去看人(多用于所尊敬的人)。
② 后学——后进的学者或读书人,常用做谦辞。
③ 拙荆——旧时谦辞,称自己的妻子。
④ 轩昂——形容精神饱满,气度不凡。
⑤ 酩酊(mǐngdǐng)——形容大醉。
⑥ 须臾(yú)——片刻;极短的时间。

第四回　图谐鸳枕忽感居丧

却说众丫环,将海瑞送进房中,反扣双扉①而去。那宫花小姐,躲入床后,只闻鼻息呼呼,心中不胜忐忑②。直至三更,海瑞方才醒来,开目只见灯烛辉煌,身卧于纱帐之内,锦衾③角枕,粉腻脂香。便坐起床上冥想道:适间是与张太守共饮,何以得至此地?看此情形,乃是幽闺深阁,幸喜是我一人在此偃息④,倘有女眷在此,则我何以自明?正在冥想之际,忽闻床后轻轻咳嗽。海瑞听得,只当有鬼,乃正色道:"何物鬼魅,敢在我跟前舞弄,曾不知收禁妖魅之事耶?"只听得娇声婉转答道:"君试猜之,人耶鬼耶?"海瑞道:"吾以正直居心,不论是人是鬼,阴阳总属一理。但我今日为张太守召饮,偶尔在此,并非有意入人闺内者。既非鬼物,可即出见。"宫花小姐自思终身大事要紧,吾已奉母命赘伊为婿,即是名正言顺的夫妇,怎不可见他?遂走出床后,冉冉而来。到了灯下,手执屏障而说道:"相公不必惊疑,妾实非鬼物,乃是张姓之女,温夫人即吾母也。昔妾身被邪魔,多蒙相公驱逐,俾妾病退身安。家慈以相公深恩难报,故欲使妾侍君箕帚,挽家叔元、家兄国璧说合。蒙君见诺,不弃细流⑤,约以槐黄期候⑥定情。今场期已过,相公因病未得观场。此所谓得失有数,功名不以迟早为嫌,君何怨怼⑦如是,岂达士所为耶?今夕妾奉母命,侍奉君子,祈望原谅,毋以怪物见斥,则幸甚矣。"海瑞听了方才醒悟,方知适间国璧再三强饮,皆因为此。遂正色道:"小姐请坐,尚容剖达,不才一介儒生,毫无知识。谬蒙令堂大人,不以寒微见弃,愿将小姐姻配村愚,实难当对,

---

① 扉——门。
② 忐忑(tǎntè)——心神不定。
③ 衾(qīn)——被子。
④ 偃息——倒卧休息。
⑤ 不弃细流——不嫌弃(宫花)的渺小。
⑥ 槐黄期候——槐叶枯黄之时。
⑦ 怼(duì)——怨恨。

故小生屡屡坚辞。诚以一介寒儒不敢累小姐也。迨①国璧先生旋强执柯②,小生势不容辞,故勉应台命。今者名落孙山,见人每为汗颜,诚不欲见夫人者。然午夜扪心,岂容爽约③,故不避嫌疑,特为纡道拜谒张太守,是欲明订后约,即当归禀命于母亲,以遂此三生之愿。不虞④张公设阱,陷瑞于此。小姐且请便,自古男女授受不亲,幸毋自弃。"小姐听他如此推却,似有不纳之意,因说道:"妾非文君、红拂等辈,缘今夕奉慈命与结花烛,君何出此言,使妾无所依靠耶?"海瑞笑道:"小姐之言差矣,吾素未亲炙⑤花容,昔者偶尔之事,何须频荐齿颊?虽令堂与有成言,然终身大事,若非宗庙告祭,洞房花烛,奚能成合?惟小姐思之,毋蹈非礼也。"宫花听了,知他是一个非礼勿言、非礼勿听的人,乃道:"君固君子,但今夕与君同室,就如同床一般。明日如何持论,此实妾所无以自解也,惟君思之。"海瑞听了这一句话,自思彼必欲与我成亲,以全此事。我若不肯成亲,是负彼之心与夫人之德也。况张氏戚属,明日无不知者,今夜果然冰玉自信,明日诸眷属岂肯信耶?况张氏既奉母命而归,今使彼空守洞房,独对花烛,于理于情似甚不合。遂将身佩的一只椰子雕花的墨盒除了下来,放在桌上,指谓宫花道:"小姐之心,不才早已稔悉矣。但小生素性梗⑥直,最恼淫伕⑦。今夕之事非小姐之故,亦非海瑞之错,乃令堂之心意也,于你我何与?不才今有些微之物,敬奉妆台,倘蒙不弃,望即收下。"宫花道:"蒙君不弃,惠赠记物,妾当什袭⑧宝藏,以为定聘可也。"于是大声叫门。时已五更,丫环们听得,急急到房,将门开了。小姐随到温夫人房中,说知如此如此,这般这般。温夫人笑道:"真君子也。"

未几天明,夫人便吩咐家人,先备下酒筵。即请国璧进内说道:"海

---

① 迨(dài)——等到,趁着。
② 执柯——给人介绍婚姻。
③ 爽约——失约。
④ 虞(yú)——猜测,预料。
⑤ 炙(zhì)——比喻受熏陶,此处指见面。
⑥ 梗——直爽,顽固。
⑦ 伕(fū)——通"夫",旧时称成年男子。
⑧ 什袭——什,即多;袭,重迭。什袭指把物品一层层包起来。

瑞真乃诚实君子,即坐怀不乱之柳下惠①、程明道②再生,亦不过如此,殊令人敬仰。今请汝来,可与他订行聘日期也。"国璧应诺,便来到房中。只见海瑞端端正正坐在那里。看见国璧进来,便即起身迎接道:"先生险些陷我于不义也。"国璧道:"洞房花烛,人生最乐之事,何说陷君?"于是二人携手出了房门,来至中堂。温夫人早已坐候。海瑞见了,便走上前见礼,口称夫人。夫人正色道:"君何背义若此。昨夜小女方侍君子,今早便忘却耶?岳母二字,岂亦吝之乎?"海瑞听了,只得赔着笑脸,改口道:"岳母大人请端坐,容小婿拜见。"便拜将下去。夫人急忙亲手挽住道:"不用大礼,只此就是。"此时海瑞既称了婿,就要行起子婿之礼来。国璧亦与对拜了几拜,妹夫、大舅相称。夫人上坐,海瑞居于客位,国璧主席相陪。须臾,丫环、家仆等俱上来叩见新姑爷,并与夫人贺喜。夫人大喜,各各有赏。海瑞道:"小婿因患病未得观场,致负岳母之望,殊增惭愧。今又蒙岳母未以不才见弃,曲意周全,使小婿感激靡既,殊不自安。"夫人道:"功名得失,自有定数,何须介意?小女既蒙救活,今已事君子,贤婿归家,即当禀明令堂,早来娶去。吾非以聘物为望也。"海瑞拜谢道:"小婿一介贫儒,仰叨岳母大人格外垂青。今即旋里③,禀命家慈,随传羔币就是。"温夫人便吩咐家人摆酒,家人们领命,须臾之间,席已摆齐。海瑞便要把盏,夫人不肯,就令家人摆下,如行家人礼一般。三人劝酬之间,备极欢洽。席中又说了些亲切的话。海瑞告曰:"小婿离家,直至于兹,屈指三月,家慈不免倚闾④望切,小婿明日便要拜辞。"温夫人道:"令堂切念,贤婿念亲,两般都是美事。明日即当送贤婿回府。"海瑞即席拜谢,尽欢而散。夫人仍留海瑞宿于洞房,宫花小姐却只闷闷而坐,海瑞秉烛待旦而已。到了天明,海瑞即便出房,见了夫人,一番言语申谢。随即令人到小乙店中,取了行李,望著夫人拜了四拜。夫人再三叮咛,自不必说,并请了国璧前来代送一程。海瑞哪肯当此,出了张府的大门,便要分袂⑤。国

---

① 柳下惠——春秋时鲁国大夫,以善于讲究贵族礼节而著称。
② 程明道——即程颢,北宋哲学家、教育家,是理学的奠基者。
③ 旋里——归还乡里。
④ 闾——大门。
⑤ 袂(mèi)——分别。

璧势必要送。海瑞无奈，只得与国璧携手同行了几里。海瑞说道："小弟就此拜别，不劳远送了。"国璧道："吾固知送君千里，终当一别，但情不能已，殊属恋恋。弟有鄙句奉赠，虽然不成章句，无奈略展微忱①耳。"因口占②一律，依依不舍。海瑞亦有留恋之意，谢道："叨承尊舅厚意，并惠佳章，足征亲爱。不才敢不以狗尾续貂耶？"亦口占一律，以为酬答之意。国璧道："句语清新，用意深醇，不失诗人之旨，妹丈诚明敏之资也。"海瑞称谢不已，相与珍重道别，向琼南一路进发。

不几日已抵家门。海瑞见了缪夫人，倒身下拜，自称："孩儿不肖，为着蜗角虚名，遂至远离膝下，有缺甘旨。又因初到省垣③，水土不服，于七月初旬，忽然染起病来，睡卧床上四十余日，不能步履，眼看诸友进场，好不暗羡。及放榜后，始觉健康，当觉十分不得意，没奈何即欲买舟而回，却怪二竖④歪缠，直至此际方回，殊缺晨昏之礼。幸望母亲鉴原，恕孩儿不孝之罪于万一。"夫人道："功名迟早，自有一定之数，此却不必介意。起凤腾蛟，自有时候，不得强争的。汝且宽心，奋志经史⑤就是。"海瑞唯唯而退。自回书房之内，有思张家之事，固不敢说，然亦不敢隐讳，左难右难，无计可施，只得对那书僮说知原委，令其向夫人说知。夫人听了儿子不费半文，又得美妇，遂唤瑞细究其详。海瑞不敢隐讳，即以在旅店步月，如何得知张家女被鬼魅的事，备细说知。夫人道："彼女若何？儿曾见过否？"海瑞又将那夜以酒灌醉，送入洞房的事尽情实说。夫人私喜儿子诚朴，便许允了，吩咐家人，到街坊上择日吉期，备些各项礼物，前往行聘。只因路途遥远，并请迎亲的吉期，约以本年腊月十五迎娶。温夫人念着女婿清贫，况且路远，便如所请，重赏来人回去。家人们归到海家，备言新亲家之德，好不欢喜。便是夫人，亦喜欢过望。未免将就些收拾一间新妇房屋，造几套新郎的衣服。不觉又是十二月初旬，吉期逼近。夫人预早央

---

① 忱（chén）——热情。
② 占（zhàn）——口授。
③ 垣（yuán）——原意为矮墙，后引申为城池。
④ 二竖——病魔。
⑤ 奋志经史——指立志发奋学习。

挽①了近房的族老,前往迎亲。这里温夫人预先备了丰盛妆奁②,至期将女儿打发出阁。并令妥当的媳妇、丫环,陪送过海。恰好十五日辰时,彩舆到门。海瑞此时,方与宫花小姐成亲。夫妇相敬如宾,邻里啧啧叹羡。况且张氏为人性最孝顺,事姑过于孝母。缪夫人见他如此孝顺,心中欢喜,视张氏胜如亲女,姑媳和洽,真足称也。

未几,缪夫人一病不起,百计千方,调治不愈。张氏与海瑞亲侍汤药,衣不解带,备极艰辛。何期天年有限,大数难逃,至次年正月底,缪夫人竟呜呼哀哉了。海瑞此际,痛不欲生,尽哀尽礼,七七修斋建醮③超度,把那有限的家资,十去八九。过了百日,把缪夫人的灵柩送上山去,与父亲合莹④。葬毕居家读礼。幸赖张氏勤俭,凡事经理得宜,所以海瑞得以稍暇,闭门读书,终日埋头,足不履外。专俟服满进取。正是:养成羽翼冲天汉,飞入秋霄到月宫。毕竟二人后来如何,且听下回分解。

---

① 挽——恳求、牵拉。
② 妆奁(lián)——本指梳妆用的镜匣,后泛指嫁妆。
③ 醮(jiào)——古代用酒祭神的礼仪。
④ 莹(yíng)——坟地。

第五回　严嵩相术媚君

却说海瑞丧了母亲，幸赖张氏维持家事。海瑞守制在家，奋志经史。暂且按下不表。

再说那正德皇帝，自即位以来，天下承平。帝性好色，耽于安逸，选民间女子万人，以充宫掖①。只是无子，不以为忧。其时帝正在昏迷之际，虽有三五大臣亟谏②，劝其早建储嗣③，帝只不听。未几，帝有疾，皇后大恐，每对帝言及国储之事。帝曰："方今诸王正盛，虎视眈眈于宝位。朕若拣近派之子建储，恐启诸王之衅，故未有定议。今朕病矣，储嗣故宜早建。微卿言，朕竟忘之矣。"于是，宣文华殿大学士朱琛进宫密议。这朱琛亦是宗室亲臣，原是太祖嫡派，为人忠直耿介，故帝甚信之。今宣进龙榻之前，屏退内侍，问道："寡人心有隐忧，卿能知否？"朱琛俯伏奏道："陛下之隐忧，臣窃料之。"帝曰："卿事朕最久，必知朕意，卿试言之。"朱琛道："臣窃料陛下以皇嗣为虑，不知有当圣意否？"帝道："真知朕心者也！"敕令平身，近榻问话。朱琛谢了圣恩，立于龙榻之侧。帝曰："朕登九五以来，曾未见后宫诞育。今年老病重，诚念皇业之艰难，欲建储嗣以承大统。不知宗室中谁最贤德，可堪入嗣朕躬，试举为朕言之。"朱琛道："陛下欲立近派，则在诸王之中立其最长者。若欲立贤能仁睿④者，则访察外藩，若有此等贤能，宣入朝来，陛下面训，以承大统，则天下幸甚矣。"帝曰："朕见诸王之中子弟辈，各皆安逸惯习，不知治道。若以之为主，则天下生灵不胜其苦矣。且诸王之中，每怀虎视之心，若立一人，余者则各相图谋不轨，立起争端，不特不能安天下、承社稷，适足以滋外患而倾宗庙矣。故欲访察外藩而入继。卿历事年久，访探必悉，倘有贤能堪绍⑤大

---

① 宫掖（yè）——嫔妃所居之处。
② 亟谏（jíjiàn）——亟，多次；谏，规劝。
③ 储嗣（sì）——嗣，子孙。储嗣，生养后代。
④ 睿（ruì）——神圣而明智。
⑤ 绍——继承。

统,为朕言之。"朱琛道:"臣昔奉命豫章①时,曾见信阳王之裔孙朱某某,贤能廉介,礼贤下士,现为吉州别驾②,所在大著仁声,百姓倚之如父母。陛下诚能召入,以绍大统,则天下幸甚矣。"帝便问别驾朱某某为谁。朱琛奏道:"文皇帝朝凡有五服③亲王,俱蒙分封藩镇,维屏④国家。信阳王乃文皇帝之从弟,分封于广信。今朱某某乃信阳王之七世孙也。信阳王传失爵,故朱某某以荫生授吉州别驾。昔臣在豫章,常与朱某某计及大事,无一不知,所言事多奇中,性且廉俭,不事奢侈,好交结名流,是以知其能统天下者。不知陛下圣意如何?"帝曰:"如卿所言,足当入嗣大统,即可召之入朝。"便欲发诏往宣。朱琛奏曰:"陛下要召朱某某,若以诏召之,是速其祸。"帝问:"何故?"琛曰:"今诸王日恒眈眈于宝位,恨不得陛下立时宾天,好争大宝。今恩诏一出,满朝无不知之。倘有妒忌者,或遣亡命邀杀于路,此际如何是好?是欲贵之,反陷之也。有失陛下大事,此决不宜发诏迎入明矣。"帝听了沉吟半晌,乃道:"卿言不错,然则如何万全?为朕言之。"琛曰:"以臣愚见,不若以反间之计行之,可保无虞。"帝问:"何计?"琛曰:"陛下今发缇⑤骑,将他锁拿回京。众人不解何故,皆恐波及。再着一人与他随行,如此则可保其来京矣。伏望陛下睿裁。"帝点头称善,计议已定,朱琛谢恩。

次日帝传旨,着廷尉发缇骑三十名,兵部差官持火票一纸,立即到江西锁拿吉州别驾朱某某到京问话。亲封紫金锁链九条,然后一并前往。原来皇家分藩的,向有规矩:凡是皇上宗室亲派,不问所犯何事,理应拿问者,皆从大内发出紫金锁链,然后缇骑方敢拿人。此际兵部差官奉了金锁,领着缇骑,一路望着江南大路而来,暂且不表。

再说那吉州别驾朱某某,初生时红光满室,异香经数日不散。及长,又生得面如冠玉,唇若涂朱,龙眉凤目,两耳垂肩,两手过膝,真乃龙凤之

---

① 豫章——地名。
② 吉州别驾——吉州,地名。别驾,官名。
③ 五服——服制,这里指与朱某同一血缘的五代以内的亲族。
④ 屏——障蔽,捍卫之物。
⑤ 缇(tí)骑——古代当朝贵官的前导和随从的骑士,后也用以称逮捕犯人的吏役。

姿,天日之表;自幼便有大志,为人至孝,以父荫得今职。朱某某自为吏治民,民爱之如父母,在这吉州一十六载,虽三尺之童,无不喜他。当下正在公堂议事,忽报朝廷缇骑差至。朱某某听得,不知何故,不觉失色,只得出迎。那差官到了堂上,口宣皇帝圣谕,朱某某急忙忙俯伏在地。差官高声道:"钦奉圣旨,锁拿罪官朱某某进京问话,不得稽延。"说毕,就有缇骑来将朱某某衣冠剥下,取出紫金链,将朱某某锁了,不容分说,竟自蜂拥出了署门而去,望着大路进发。将印信交于该抚,令人委署。此际朱某某魂不附体,又不知所犯何事,只是暗中自忖,满肚惊疑。然既锁拿,只得由他们所为,遂一路上往江南进发。那些差官缇骑知道他本是宗室,是以格外徇情。自在公衙上了锁之后,一路都是拥护而行,并不把那囚车与他坐,这是官官相护留情之处。所过地方,守土之员亦来迎送,皆因各人知他为人好处,是以有此。朱某某幸赖他们留情,在路上倒不觉十分凄楚,暂且按下。

却说江西广信府①分宜县,有一人姓严名嵩,家住城内,年纪三十余岁,父母双亡,家资有限。这严嵩又喜交游,挥金如土,不几载就弄得上无片瓦,下无立锥之地,流落江湖,无可资生,乃以测字相面为生,日夕在江西一带地方去混过日子。此人胸中略有才学,且口才舌辩大有过人者,所以在江湖上,很可以混得过去。这日恰好严嵩正出门做生理,将布篷撑起,摆在路上打尖②热闹之处,好去趁钱。谁知这日就是兵部的差官,领着缇骑押解朱某某起身,时已将午,一行人到了打尖之处,各皆下马落店,用点心饮酒止饥解渴。严嵩正坐在篷子内,一眼看见了朱某某,不觉悚然起敬。自思此是一个大贵人的相格,何以如此?遂随入店内来。只见朱某某红光满面,紫气冲霄,暗思此人不是等闲富贵,乃是九五贵格。观此气色,早晚就是一个帝王,如何反在缧绁③之中?甚属不解,心中此时自恨无由可入。况是个犯官,不敢上前说话。乃在桌子对面坐下,唤人取酒过来,饮下三杯,乃佯作醉状,朗声笑道:

---

① 广信府——地名。相当于今江西贵溪县以东的信江流域。
② 打尖——旅途中休息饮食。
③ 缧绁(léixiè)——捆绑犯人的绳索。

"人人说我是个神仙,怎么并无一人知我,前来问问休咎①?"朱某某听了,忽然触动隐情,便对桌问道:"先生会阴阳么?"严嵩道:"相面第一,命理卦理应如指掌。"朱某某道:"在下正有一件心事,待问休咎,先生肯见教否?"严嵩笑道:"不用尊驾开口,便知心事。"朱某某道:"你试说来,如果灵应,厚谢先生。"严嵩道:"亦不用说出,只我写在纸上,务要合着你的心事才算呢!"众人听了,都要试他的灵验,齐声合口道:"好好好,如果灵验,我们大家都要问问休咎。"严嵩道:"没有纸笔,如何写得?"其时店小二在旁说道:"有有。"遂三脚两步,把纸笔取了来。严嵩取纸在手,蘸饱了笔,写了几句:"君勿忧兮我更乐,缧绁虽加非罪过。十年民牧欢太平,一日冲霄归凤阁。忧忧忧,乐乐乐,一判今人我不觉,此会祥云龙见角。"写毕,又在旁写了几行小字,其略云:"若问休咎,今日却见紫气冲天,面有红光,逢凶化吉,虽有惊恐,日后大安。"递与朱某某手上。朱某某接了来看,不禁大笑道:"是了,是了。"于是众人也要争看。朱某某将纸递了出来,众人看了都道:"灵验。"内中差官,看他灵验,也向严嵩求问前程。嵩向他面上看了几下说道:"好好好,得官早。"乃执笔写了几句道:"羡君高耳有浮轮,即日当朝官一品。刻下身曾与日并,今宵也要伴龙孙。"写毕,递与差官看了,不觉惊得呆了。自思此人如此灵验,莫非是个神仙前来点化我们不成?遂与朱某某来到楼上,携了严嵩,细细问他休咎。嵩道:"相貌乃是一定之格,不能强说的。若要知其人如何心事,则以理机窥之,无不吻合。"朱某某道:"先生你可知我是个什么人?"嵩道:"只要尊驾写上一个字来,我便知道。"朱某某便随口说了一个"问"字,嵩想了一想说道:"再请尊驾写一个字来,合测便知。"时朱某某手拿鞭竿,即向地上一画。嵩连忙跪下说:"小相士有目无珠,伏望万岁恕罪!"朱某某急止之曰:"我乃犯官,如今被拿进京的,怎么说我是万岁? 这就是不验了。"嵩道:"你说不验,待我解与你听:顷言'问'字者,以手按着左边,是这个君,又以手按着右边,仍是个君字,左看是君,右看是君。土上加一,就是一个王字,岂不是君王么? 是以知之。"朱某某大笑道:"先生错解矣。"遂问道:"今我被拘至此,此去京城可能生还否?"嵩将一纸写了篇言语,递与那朱某某

---

① 休咎(jiù)——凶吉。

观看。朱某某接来展开细读一遍,不觉满面喜色。那差官不知其故,便接过手来仔细看去,见了不觉吐舌。正是:因此几句话,欢喜上眉尖。毕竟这严嵩写的是什么言语,且听下回分解。

第六回　海瑞正言服盗

却说严嵩取纸笔写了一篇言语，递与朱某某看了。那差官便上前接来细看，只见上写着："详观贵相，双眉八彩，两耳垂肩。书云：'耳主家业，眉权运气。耳轮厚珠，主承大业。'更喜廓高弦朗，必膺①社稷。书又云：'尧眉八彩，此古帝王之贵相，主运气旺，而统八方之贵。'观此二者，足观大贵之有在。其余龙行虎步，双手过膝，亦主天日之兆。今际天庭略暗，故稍有缧绁之惊。更喜紫气辉于天堂，早晚即登九五。据实详观，祈为自爱。"

那差官看了，不觉吃了一惊，道："先生之言，无乃太过耶？"严嵩道："非在下荒唐，实乃依书而说。在下博观群书，所有奇门遁甲②、风鉴③诸书，无不遍览。惟风鉴之书，独得其奥。故敢自信，实非大言欺人。"朱某某听了，半信半疑地笑道："此去若能保得生命足矣，焉敢过望？倘如君言，他日敢不厚酬。"严嵩曰："在下阅人多矣，从未有如君者。此去若不膺大宝，在下当去此双目。"那差官道："诚如君言，则某亦藉光荣矣。"严嵩道："大丈夫遇真明主而不倾心待之，交臂失去，诚为可哂④。今将军眉间喜气正旺，早晚必为总阃⑤，如不灵验，愿以首级赌赛如何？"那差官道："诚如君言，他日敢忘衔结。敢问阀阅⑥？"嵩道："在下分宜县人氏，姓严名嵩，曾读诗书。只因屡试不售，遂无意功名。后因家中多事，家业飘零，无奈流落江湖，干此行当，言之殊为汗颜。"朱某某听了道："阁下即具此大才，何不再理旧业？倘他日得志，正可与国家作用。岂可自弃耶？"严

---

① 膺（yīng）——受。
② 奇门遁甲——术数的一种，迷信认为可推算吉凶祸福。
③ 风鉴——相术。
④ 哂（shěn）——讥笑。
⑤ 阃（kǔn）——军事职务。
⑥ 阀阅——经历。

嵩道："在下亦非不欲读书进取，只为家贫，膏火①告乏，不得已辍业的。"朱某某叹道："贫乏困人，真是大难为计。"遂唤从人，在行李中取了五十两银子相送与他。并叮咛道："先生持此，即可改业。倘一朝得志，自有用处。"严嵩叩谢。时已日暮，不能前进，朱某某就吩咐在这店中暂住下，明日再行。那差官应诺，吩咐将牲口喂了，行李搬到店内。是夜，朱某某特留严嵩作伴，与其畅论大计，言语中窍。朱某某大喜道："倘不才果如君言，当屈先生总理庶务②。"严嵩听了，即便叩头谢恩。再说那差官姓张名志伯，现为兵部武库司之职，原是个武进士出身，今奉差来提朱某某，听严嵩之言，十分信而无疑。又听他说是早晚当为总阃，心中大喜，便加意奉承。故此朱某某说声如何，他就凛遵③，反加趋奉。当下张志伯对朱某某面前说道："严嵩之言，谅不荒唐。但愿别驾早应其言，则某亦叨荣矣。"朱某某道："诚如其言，将军他日功亦不小。"张志伯连忙叩谢。一宵已过，次日起行，严嵩相送十余里方回。自此后旧业复理，昼夜苦读，自不必说。

再说张志伯一行望着大路而行，饥餐渴饮，晓行夜宿，不觉已抵都城。因是内戚，不敢停留，即时到部销差，该部立即入奏。帝见朱某某已到，即时宣进宫来。朱某某俯伏榻前叩安伏罪，帝赐平身，敕令开锁。召至面前谓曰："朕年老病重，势将不起。念先皇创业艰难，不敢稍托非人。故特召卿来京，托以后事。卿体念朕意，务以爱民省敛为首务，则社稷自安，朕亦无憾矣。"朱某某叩首奏道："臣乃外职，无才无德，焉敢妄居大位？况陛下现有诸王在藩者，不下十余人，岂无一二贤能堪以继绍大统者。臣不敢奉诏，惟陛下谅之，臣实不胜幸望之至。"帝曰："凡为君者，总天下之权，群黎④共戴，须当择有德者继之，不论亲疏。朕意已决，卿勿再辞，不必多奏，朕甚厌闻。"朱某某不敢再奏，只得奉诏。帝令内侍领朱某某到昭阳参谒国母。随令左丞相草禅位吉诏，以朱某某为太子，继绍大统。这诏书一出，朝中文武谁敢异议？择于本年八月初三日庚午，帝亲以玉玺授

---

① 膏（gāo）——照明用的灯油。
② 庶（shù）务——各种事务。
③ 凛遵——严肃地遵照。
④ 群黎——民众。

朱某某。朱某某拜受恩命讫,然后升殿受诸臣朝贺,三呼万岁。却不敢改建年号,以正德尚在故也。帝闻知,遂亲书嘉靖元年四字,令人授朱某某。朱某某接着,当天祷告,先谢了恩命,然后将嘉靖元年四字,颁发天下,遂尊朱某某为嘉靖皇帝,尊正德为太上皇帝,尊皇后为国母皇太后,册妻为皇后,掌昭阳正院。升唐元直为文华殿大学士,董芳源为华盖殿大学士,升张志伯为步军总督都指挥。其余文武官员,皆加一级。所有正德爷行事的律例,一一遵依,概不改易毫厘,所以臣民悦服,随即发诏颁报各省藩王。

未几,正德病情加重,召嘉靖至榻前遗嘱后事。是夜三更,崩于宫中。嘉靖大哭,几次晕去复苏,如丧考妣①。即传左右丞相入宫,共议丧事,发哀诏颁行天下。帝哀毁过度,几已染病,皇太后转以为忧,时以温旨慰之。百日小祥,帝奉正德灵柩葬于康陵,小心侍奉太后。太后大喜,特赐恩旨,令帝追尊父母为皇帝后,帝再三辞谢。太后曰:"父母养子者,原以子贵而身荣,而人子亦藉以报父母也。今汝尊为天子,岂可令先父母漠漠无荣耶?汝其凛遵,即举大典,无负至意可也。"帝遂命六部九卿拟议。六部议得太后现在,不宜加尊太字,宜以皇帝皇后尊之。帝允议,遂尊父为孝昭皇帝,尊母为孝昭皇后,大祥后举行大典。直省乡榜,加中七名,中省加五名,小省三名。这恩旨一下,天下各省遵行。

时海瑞亦已服阕②,闻得有这个恩典,即对妻子说知,打点赴省入场。张氏道:"妾愿君掇功名回归告墓,少报公婆劬劳③之恩,则妾幸甚矣。"海瑞道:"深荷娘子维持家计,使我无内顾之忧。此去倘得侥幸,即当早回,以报娘子也。"遂约了几个朋友,同伙前往。海瑞此际已收拾一切,遂择吉日起程。那乡中亲友相助的程仪资斧共有一百余两。海瑞就留下五十两在家,余者尽藏于书箱之内。次日告祭了祖宗,又到爹娘墓祭毕,方与诸友起程。张氏叮咛相送出城,方才分别。

是夜海瑞与诸友宿于店中。其时有偷儿王安、张雄二人,惯在店中偷劫客人财物。因知海瑞有盘费银两,遂随到店中,亦宿在店内。是夜三更

---

① 考妣(bǐ)——父母死后的称谓。
② 服阕(què)——旧制父母死后服丧三年,期满除服,称"服阕"。
③ 劬(qú)劳——劳苦、劳累,后专指父母养育子女的劳苦。

以后,二人便动手。海瑞此际却不曾合眼,只听房门响,知是有贼来到。遂起身坐在床上,以观其事。少顷,房门开了,二人潜步而入,若听床上,海瑞故作呼呼鼻息之声,见一人以手指着帐内作喜状,旋以手指皮箱。那人在身上取了一把钥匙,便来开锁。须臾将箱内的衣服并银子拿了一空。正待要走,那海瑞跳下床来,以身蔽着房门,二人惊慌无措,便欲夺门而走。原来海瑞虽是一个儒生,身上倒甚有力量。以手撑着两扇房门,二人再不能扳扯得动。二贼惊惶无措,谅难得脱,只得将衣服银两放下,跪在地上叩头哀恳道:"小人有眼不识泰山,致有冒犯,实缘贫困所逼,今望相公宽宥,下次再不敢如此。"海瑞大笑道:"天下事尽可谋生,何以作贼?触犯王章,身名俱丧。二君今晚幸是遇我,倘若遇着别人,只怕君等被拴矣。吾看你二人年力尚壮,何事不可作为,即食力佣工,亦可资生。一旦甘心做贼,吾诚为君等耻之。也罢,你等既已知悔,我亦不苛求,且放你去罢。"遂走到床前,让二人出去,二贼自思:哪里有这等好人?我们要问他一个名姓,日后亦好报答与他。遂复走回海瑞床前,叩了几个头谢道:"小人不合偷窃相公银两衣服,被相公拿住,以为万死不赎。今蒙相公如此大义,释放我等,正所谓恩同再造,德被二天。小人等虽系窃贼,亦晓得知恩报恩,敢恳相公明示尊姓大名,俾①得小人等日后衔结②。"海瑞道:"我姓海名瑞,乃琼山县人氏,现在睦贤乡内居住。亦不望尔等报答,但愿你们改邪归正,便似报答我一般。请问壮士高姓尊名?"那王安道:"小人姓王名安,他名张雄,二人都是绿林中朋友。只因家贫,无可谋生,不得已而为此事。如今蒙海相公这番恩典教训,我们自愿改邪归正,再不做贼了。"海瑞喜道:"你等既愿改邪归正,但是无资可做营生,吾当稍有相助。"随将银包解开,每人赏他一锭五两重纹银道:"你们且拿去做个小营生,觅个糊口之计罢。"二人见他如此慷慨,哪里肯受,谢了说道:"蒙海相公释放,已自感激了,还敢受赐么?银子是决不敢受的。如今小人们既不做贼,无处安身,情愿随海相公做个家人,执鞭随镫,也是好的。不知相公肯赐收录否?"海瑞连说:"不敢,君等皆有为之士,岂可屈于吾下,还是拿了银子去找些生计糊口的是。"王安道:"小人们见了相公如此大义慷慨,

---

① 俾(bǐ)——使。
② 衔结——衔环结草,比喻竭尽全力报恩。

哪里舍得,必要求相公收录。"说罢,跪在地下,不住的叩头,哀哀求恳。海瑞见他们如此恳切,乃扶起道:"你等既欲相随于我,但我乃一个穷秀才,如今要到省城赴科,只恐你们受不得这些苦楚呢。"二人齐道:"但得相公肯赐收录,小人等现有米饭,还可自行预备,不须相公忧虑。"海瑞道:"这个却不能用你的。既然如此,就要听我的话,方才可以相随,不然不敢为伴了。"二人道:"相公有甚吩咐,小人们无有不依的。求相公教诲就是。"海瑞道:"一不许你等盗劫他人银钱衣物,二不许贪婪,三不许饮酒滋事,四不许管人闲事,五不许赌博。兼之,朝夕俱要在我身旁,凡事俱要公道,不得一毫徇私。此数者,稍有一件不从,吾亦不敢奉屈了。"二人齐声应诺道:"相公吩咐,怎敢妄为,无不凛遵的。"海瑞即改张雄为海雄,改王安为海安。二人此后就改邪归正,甘心服役。次日海瑞便将二人之事,对众友说知,无不服其大义正气能化偷儿之顽梗。正是:只因正气人钦服,冥①顽到此亦生灵。毕竟海瑞这回赴考,可能得中否?且看下回分解。

---

① 冥顽——愚钝无知。

第七回　奸人际会风云

却说海瑞收了海安、海雄二人,会同诸友,渡过重洋,望雷州进发,并去探望岳母张夫人并张国璧。数载重逢,诉不尽契阔①的话。张夫人备了一席丰盛酒筵,一则与女婿接风,二则与女婿润笔,席中备极亲情。夫人道:"姑爷,我看你这回面上光彩,今科必定高中的。"海瑞道:"叨藉岳母福庇②,倘若侥幸博得一榜归来,亦稍酬令嫒一番酸楚矣。"夫人道:"小女三从不谙③,四德未闻,幸配君子,正如蒹葭得倚玉树④,何幸如之。"海瑞道:"不是这等说。小婿家徒四壁,令嫒自到寒门,躬操井臼,备尝艰苦,小婿甚属过意不去。倘叨福庇,此去若得榜上有名,方不负他呢。"二人在席叙说衷肠。是夜尽欢而散,就在张家下榻。次日国璧又来相请过去。酒至半酣,国璧笑道:"吾老矣,恐不复见妹丈飞腾云霄也。"海瑞慰之曰:"尊舅不必过虑,生死有命,富贵在天,又岂人所能逆料者乎?"相与痛饮。次日张夫人送了十两程仪,复招往作饯,国璧亦有盘费相赠。海瑞告别,即与诸友起身,望着高州进发而去。

舟车并用,不止一日,已抵羊城,觅寓住下,在寓所静候主考到来。是年乃是江南胡瑛为正主考,江西彭竹眉是副主考,二人都是两榜出身,大有名望。这胡瑛现任太常寺卿,帝甚重其为人,故特放此考差。彭竹眉原是部属,亦为帝所素知。二人衔了恩命,即日就道。八月初二日,已抵省垣,有司迎入公署。至初六日,一同监临提调各官入闱⑤。初八日,海瑞与诸友点名讲院。三篇文艺,珠玉琳琅,二场经纶,三场对策,无不切中时弊,大为房师叹赏,故得首荐。至揭晓日,海瑞名字列于榜上第二十五名。此时报录的纷纷来报,喜煞了海安、海雄二人。那些同来的朋友,没一个

---

① 契(qì)阔——久别的情愫。
② 庇(bì)——荫护。
③ 谙(ān)——熟记、熟悉。
④ 蒹葭(jiānjiā)倚玉树——指两人品貌极不相称。
⑤ 闱(wéi)——宫中的小门。

中的。是年庚午科,琼属就中了海瑞一人,诸友皆来称贺。到了会宴之日,海瑞随同诸年友诣巡抚衙门,簪花谢圣,好不闹热。过了几日,海瑞就要回家。或止之曰:"兄不日就要领咨入京会试,今又远返,岂不是耽延时日?不若莫归,打发家人回府报喜就是。"海瑞道:"不然,古人云:'富贵不还乡,如衣绣夜行。'今我虽不是甚的身荣,然既侥幸得中,必要亲自谒墓,少展孝意。况拙荆在家切望,岂可因往返之劳,致父母之墓不谒?拙荆倚门,不能睹丈夫新贵之荣颜耶?吾决不忍为此。"闻者无不敬服。海瑞拜谢过了房师,并会过诸同年,即与诸友同伴回琼,一路上好不欢喜,所喜得有以报命于岳母并张国璧也。

　　非止一日,来到雷州。海瑞便要到岳母家去拜谒,恐诸友因此耽搁,便令海安持书随诸友回家报知。自与海雄来到张府拜谒岳母。夫人看见女婿得中,喜得手舞足蹈,自不必说,命家人备酒称贺。海瑞道:"还有舅兄处,亦要走走。"夫人听了,叹口气道:"国璧前月死了,至今停丧在家,犹未出殡。"海瑞听了,不觉放声大哭道:"惜哉舅兄!痛哉舅兄!"连酒都不吃,直望着张府而来,直至灵前,哭倒在地。原来张公无子,只有嫡侄张遂承嗣。此际海瑞哭了又哭,直至张遂来劝,再三慰止。海瑞道:"始以赴场之日,与公叙话,斯时尊大人即惧会死,吾犹以正理慰之,不虞今日果死矣!回忆昔日之言,真乃今日之谶①也。不料转瞬之间即成隔世之悲,不见故人,徒增双泪。"说罢又哭,乃取笔墨亲题一律以唁之。张遂看了,不禁泣下。少顷,张夫人着人请回去饮酒,请张元相陪。海瑞心切国璧,是日酒席之间,不能尽欢。次日,海瑞即欲回琼。张夫人道:"贤婿路上劳顿,昨又过舍侄那边,哀毁太过,暂且歇息两天,然后回去不迟,老身还有话说。"海瑞道:"小婿住便住下,只是岳母有话,即请见教。"夫人道:"今喜贤婿高中乡魁,即当赴试春闱。但此去经年累月,小女无人照拂,老身意欲接了小女回来住着,待等贤婿高中,再做道理。一则贤婿心无后顾之忧,二者小女亦有老身照管,你道好么?"海瑞自思,果是自己去了,家中无管理之人。夫人此话,诚为爱我者也。遂拜谢道:"小婿屡承岳母提挈,今生侥幸,怎奈又以妻子带累府上,小婿于心何安?"夫人道:"自家儿女,说什么带累二字。"海瑞再三称谢,住了两天,便拜辞而去。不一

---

① 谶(chèn)——(事后应验的)预言,预兆。

日,已到家门。张氏听得丈夫回来,喜不可言,即时迎到中堂。先与丈夫相贺,然后对拜了四拜,海瑞又对张氏拜了两拜,道:"仆若不得夫人内助,何能用心读书,致有今日?"张氏道:"操持井臼,乃是妾身本分,老爷何必如此说话,折煞妾身也。"海雄也上来参见了,海瑞便将他二人之事,对张氏说知。张氏道:"改邪归正,便是好人,可嘉可尚。"安、雄二人谢了。随有各戚友牵羊担酒,临门称贺,海瑞足足忙了三四日,方才清净了些。随将岳母之意,对妻子说知,张氏自无不允。夫妻两口,把家中各项托与亲邻看守,一同来到张家。母女相逢,喜不必说。更可喜者,张氏昔日之同伴姊妹,相别数载,今一旦归来,人人都称他做奶奶,其乐可知。过了两日,夫人便将银子一百两相助海瑞上京使用,即便催促起程。

　　海瑞收拾了行李,带领海安、海雄,一路望着省城而来,并念夫人恩惠不置。到了省城,已是十一月时候,海瑞即时具呈到藩司①处,领那进京水脚。谁知藩司衙门,自有陋规,凡是新旧科举子领取进京会试路费,必要在库科内用些银子,方才得快。若是没有陋规,他们便故意延搁。海瑞哪得有银子与他们使用?所以一直候了十余日,还不见有牌悬出,不禁焦躁。若是银子,倒也罢了,惟是咨文十分紧要,若是没有了,便不能前去会试。是以十二月初旬,海瑞心中好生着急,又不肯使陋规,无奈候着那藩司出府,拦舆②喊禀。那藩司得知书吏舞弊,方将银子发给出来,咨文申送到巡抚处,即将舞弊书吏责革不提。海瑞急急到巡抚处,领了咨文路票,立即雇船。此时所有会试的都去了,欲要自雇一只,又因盘费有限,无奈只得搭了江西的茶叶船前行,暂且不表。

　　再说那严嵩从得了这五十两银子,即时改业,昼夜苦攻诗书,以图进取。未几,闻得朱某某果然登了大宝,改元嘉靖,不觉惊喜欲狂,自负道:"嵩自此只忧富贵不忧贫矣。"是年,学院按临,即便进了学。他本来有点小聪明,这一回连捷中了举,此时一举成名,就有许多朋友资助,竟公然请咨上京。他原籍江西,进京又是捷径,不一月,已到皇都。到了三月初九日头场,严嵩在场内分外精神,三艺俱完。二三场经策,越发得意。谁知嘉靖自登极以来,心念严嵩不置,但是无由可召他。忽阅各省乡榜,看见

---

① 藩司——官名,即布政使。
② 舆(yú)——车。

严嵩名字在上,乃喜曰:"此人今已入彀。吾在豫章时,稔悉此人才学,今已得荐,倘此人若进士点状元,朕有赖矣。"时张斌在侧,亲自听闻记之。次日钦点大总裁,帝以目视张斌,即放张斌为大总裁。斌乃吏部侍郎,亦是江西人,已会帝意,故自一到点名之时,默嘱点名官,暗记字号,并知会房师帘官,要首荐严嵩的卷子。及揭晓时,嵩高高中在第九名进士。殿试传胪①,亦列高等。到临轩②对策,帝大喜悦,钦赐状元及第,即用为翰林修撰兼掌国子监,一时宠幸无比,暂且按下不表。

又说海瑞一则误了日期,二则搭的却是货船,从长江而走,比及到得京都,已是四月。眼看不得进场,住在那张老儿的豆腐店中,即欲回家。海安、海雄齐道:"老爷千里万里,经了多少跋涉,方才来到京都。虽则未得入场,今日空回,岂不费了一腔心血么?不如且在这张老儿店中住下,再宿一科,亦不致抱恨呢。"海瑞道:"虽然住在这里宿科是极好的事,但家中盼望,却怎好?"海安道:"不妨,奶奶如今在老夫人府中,有老夫人料理,即使十载不回,亦不用挂心。况且同年李纯阳老爷,新点了翰林,也要在京候了散馆,方才回去。在省时,与老爷最称相知的,即有什么薪水不敷,亦可望他资助,决然不吝的。"海瑞听了,自思二人之言也有理,便道:"如此且宿一科。修书回家报知,免得他们挂念才好。"遂立时修了书信,挽了传驿递回粤东,转寄琼南。从此海瑞便在京宿科,在张老儿豆腐店中住下。

再说那张老儿本是南京人。只因少年时到了京都来,娶了一房妻子仇氏。这仇氏自嫁到张老儿手上,并未生男。数载之间,产下一女。却也古怪,不知怎的,当那仇氏生产女儿之夕,只闻天上音乐嘹亮。比及分娩之时,只见异香满室,生下地来,却是一个紫色包。加以剖开时,是一女,因见此异,张老儿知此女日后必贵,却也欢喜,全不以生女为恨。及至七八岁,便生得如花似玉。仇氏略知诗书,恰好这女儿又喜文字,不去游嬉,却要母亲教他识字。自己取了个名儿,唤做元春。正是:只因生相多奇异,致有椒房③宠信恩。毕竟那元春后来如何大贵,且看下回分解。

---

① 传胪(lú)——古代科举制度中,在殿试后由皇帝宣布登第进士名次的典礼。古代以上传语告下为"胪"。

② 临轩——古时皇帝不坐正殿而在殿前平台上接见臣属叫"临轩"。

③ 椒(jiāo)房——特指妃子。

第八回　正士遭逢坎坷

却说元春自幼好随着母亲学习认字,古怪的是,他的母亲,不过略识数行而已,惟这元春,不上二年间,竟比他的母亲多识几倍字。这般聪慧颖悟非常,所以俨然一个女才子一般。每日只管央父亲去买各项书籍,以及各家书钞①回来细看。不数月,竟会作起诗来。这张老儿看他如此聪明,心花都开了,爱如掌珠,诸事多不敢拗他。虽属小小经纪,家道贫穷,然元春说要哪一本书看,他便十分委曲,都买了来与他。再不道这豆腐店的女儿,竟堆了一案的书籍。其妻仇氏,见老儿过爱得狠,常谏道:"我们如此清贫,有了个女儿,只望他做些针线,添补家计,怎么还顺着他混乱花费钱钞?东一部、西一本的,买着许多书纸做什么?我当日亦是父母把我贵气,教我读书识字,只望我后来不知怎的带挈②他。后来嫁到个胡经历,不五年我便做了寡妇。此时父母又死了,哥嫂不情,无奈才嫁了你。如今只落得做一个当垆③搦春的卓文君④。看来女子识字,十个中再没一个好命的。今后再休骄纵惯他,还是叫他做些针线,帮帮家用才是呢!"张老儿道:"这是他小儿女的性情,管他做甚?然做些针线亦是正事。你的女儿,你难道说不得他么?"说过之后,其母便屡屡止这元春不要读书作诗,做活帮家才是。元春听了母亲的言语,不敢不遵,便日里帮着母亲做活,夜里稍暇,仍复背地执着书卷,不忍释手的看。其时元春已是十五岁了。海瑞在他店中住的时节,常常见他。然海瑞是正气的人,虽见了这般如花似玉的美女,却也不大留心他。所以元春见了他也不十分躲避。张老儿看了海瑞这样至诚,常道:"我儿,这位海老爷自从到我们店中以来,再不曾偷眼看人,不曾说过一句无礼的话,况且又待我们这般

---

① 钞——同"抄",即"抄本",抄写的书本。
② 挈(qiè)——提携、带领之意。
③ 当垆(lú)——古时酒店,垒土为垆,安放酒瓮,卖酒的坐在垆边,叫"当垆"。
④ 卓文君——西汉临邛人,卓王孙之女,善鼓琴,丧夫后家居,与司马相如相恋,一同逃往成都,不久又同返临邛,当垆卖酒。

情义,只如家人父子一般,你也不必故意躲避了。况且他常在这里住的,要躲避时,无奈房子又小,怎么躲避得许多呢?"因有了这句话,元春故此不用故意躲避。暂且不表。

再说那严嵩自从得幸,常在帝前供奉。帝惟其言是从,惟其计是听,一时显赫无比,此际已为通政司了。他在京建府第,买僮畜婢,娶了两房夫人,又终日与张志伯在外卖官鬻①爵,广收贿赂。他的家人严二,自称严二先生,在严府门下很得主子重用;而严嵩亦倚之为爪牙,算得心腹家人。这严二便倚着主子的权势,在外边重利放债,抽剥小民。这京都地方,最兴的是放官债并印子钱。何谓印子钱?譬如民间有赤贫的小户,要做买卖,苦无资本,就向他们放债的借贷。若借了一千文,就要每日摊匀若干文,逐日还他,总收以利加二为率。每日收钱之时,就盖上一个私刻的小钤②记,以为凭据,就叫做印子钱,其利最重。贫民因为困乏,无处借贷,无奈为此,原是个不得已的事。这严二就干了这门生意,终日里放印子债。人家晓得他是严府得用的家人,哪个敢赖他的,所以愈放愈多,得利不少。

是年京城大旱,粮米昂贵,张老儿生意又淡,兼欠下地税,奉官追呼,迫如星火,正在设法借贷。一日,张老儿送豆浆到严府里来,严二正在门房上坐着,看见张老儿双眉不展,没情没绪的,因问道:"老头子,我见你这几天眉头紧皱,却到底为甚事来?"张老儿见问,叹了口气道:"不瞒二先生说,这几日竟开不得交了,所以愁闷呢。"严二道:"你家口有限,靠着这老店,很够滋借,怎么说开不得交?难道官债私债,被人催逼么?"张老儿道:"正是为此。近来米粮昂贵,店里生意又甚淡薄,所赚的都不敷用。在往时,还有十余伙客在我们店里住,如今竟只得一位海老爷,又不在店中吃饭,主仆三人自开火的,不过每月与我一两的房税。如今地税又过限,府里公差日日登门追呼,又没处去借贷,所以烦闷呢。"严二笑道:"这些地税有甚大事,要这样烦闷?"张老儿摇首道:"不是这般说。我们经纪的人,若欠了钱粮,那府里提将去,三日一比,五日一卯,只怕这老屁股经不得几下大毛板呢。"严二道:"如此利害么?何不叫住房的先付些房租

---

① 鬻(yù)——卖。
② 钤(qián)——印。

抵纳,也免得受苦。"张老儿道:"说来好笑,我在这都城,开了二十年的客店,不知见过了多少客人,从没有见过这位海老爷如此悭吝的呢。"严二道:"他既是个老爷,想必是个有前程的、要体面的人,怎么这般悭吝?"张老儿道:"他不是有职缺的人员,乃是广东的一个穷举子,又没运气。前次进京会试,走得迟了,来到京中,已是四月,过了场期,又不肯空走一遭,是以在我们店中住下宿科。不独银子有限,可怜他主仆三人,衣服也不多得两件。这位海老爷外面这一件蓝布道袍,自到店来就不曾离了身上一日,至今还是穿着呢。他与翰林李老爷是个同年乡亲,每到院里去,都是这一件衣服,就此可以见得。只是他为人诚实,再不多一句话的。却也介廉,自到店来水也不曾白吃过我们一口,如何便向他开口呢?"严二听了便不觉大笑起来道:"这样的穷举子还想望中么?罢了,我看你是一个老实的人,值了这样急迫之候,我这里借与你几两银子,开了这个交如何?"张老二听得严二有银子肯借与他,恰如坐监逢赦一般,满面堆下笑来,说道:"二先生,你老人家是个最肯行善的,若肯相信,挪借几两银子免我吃苦,这是再造之恩。利钱多少,子母一并送还就是。"严二道:"我的银子是领了人家的,亦要纳回利息与那主的。只是每两扣下二钱,加三行息,一月清楚。若是一月不能清,偿利就是。"张老儿听了,自思八扣加三的银了,如此重利是用不得的。只是事属燃眉,舍此更无别法可以打算。自忖不过吃些亏,一个月还了他就是,好过明日吃棒,断然拖欠不得的。且顾了这眼前,宽了一限再作道理。打定了主意,便向严二道:"这是本应的,但得二先生肯借,我们就顶当不起了。不知二先生肯借我多少呢?"严二道:"你要借么?十两罢。"张老儿听得肯借十两,除了几两交纳,还剩得几两充充本钱,一发好得很。便道:"这就是二先生相信得很呢,小老不知将何以报大德?"严二道:"周急之事常有,亦不用你报答,只要你依期交还就是。若要银子时,可即写个借券来,我就有银子给你的。"张老儿道:"小老不晓得怎么写法,求二先生起个稿儿,待我照着写罢。"严二道:"这个使得。"便引了张老儿到房内,自己磨墨饱笔,写了一纸借券稿儿,复读了一遍,随与张老儿观看。张老儿连忙接来一看,只见上写着:

立借券人某,现在某处。今业某生理某店,只因急需,无法挪借,蒙严某慷慨,代挪纹丝银锭十两。每两每月加息三钱。以一月为限,依限子母交还。如有迟误过限,另起利息,并本计算。今欲有凭,立券为照。

　　　　　嘉靖某年　月　日立借券某的笔

　张老儿看了,却不解得后面这两句。只道是一月不还,又与一月利息的意思。随执笔照着写了,一字不曾增减,画了花押,复递与严二观看。这严二接了借券笑道:"果然一字不差。"遂收了券,在床上枕畔取了一锭来,交与张老儿手上道:"这是八两头,除了扣头,共算十两。这是上足成色的元丝锭儿,你亲自看过。"此际天色将昏,张老儿略看了一看,便纳于怀中,说道:"好的,你老人家是个至诚的,哪里还有伪假的银子呢?"千声多谢、万句蒙情,出门而去。满心欢喜,一直望店中而来。

　时已将晚,只见妻子怨道:"怎么去了这半天? 可怜那府里两个公差又来呼唤,不见你,被他狠狠的骂了一顿。好言语还不肯走,说是堂上十分严,催得紧,明日扫数了。若是不纳了这项银子,恐怕带累他们,他们是难做情的。这般说,竟坐着等你同去见官呢。亏了海老爷并两位管家小哥,费了多少唇舌,方才劝了他去。已经约了明日一早清款。你不知在外边做些什么,到这个时候才回,却不知家里了。"张老儿道:"你不必操心,我有主意在此。包管明日有银子上纳就是。"不住的微笑,只管叫取晚饭来吃。其妻埋怨道:"偌大年纪,全不知忧虑。四处无门可贷,还在那里说梦话呢。"张老儿道:"这不是梦,是实话。你不信,我把件东西你看看。"遂在怀里拿出银子来,放在桌上道:"这都是梦话么?"妻见大喜,也不问银何以得来。夫妻大喜,用过夜饭,一宵无话。次日张老起来,要将银子到银号里交纳,找回些来充本。及至到了银号内,那银号的人看了,说声:"不好的。"把张老儿吓呆了。正是:只因以己忠诚处,今日方知中奸谋。毕竟张老儿怎么了,且看下回便知。

第九回　张老儿借财被骗

　　却说张老儿听得那银号的掌柜说银子不好,心中大惊,呆了半晌,说道:"怎么见得是不好的?"那掌柜的道:"这明明是夹铅的,外面用银子包皮,这就是不好的,休要强辩。难道我们当了这一辈子库号,还不认得么?"张老儿此际无以自凭,只叫得苦。便三脚两步走出了银号,望着严府而来,要寻严二的晦气。

　　比及到得严府问时,那严二跟随严嵩入朝去了,不知几时才回。没奈何只得在对面一家门首蹲着等候,自怨不小心,有了这项银子都不看过,上了人家的当。倘若不认,这怎么好?又想着严二是个大有作为的人,料然是被人家骗了的,不是故意与我的。且看他昨日这般好心看承我,他决不肯不认的。只管在那里胡猜乱想,足足等到午时方才回来。这严二随着主子马后,早已一眼看见了他,佯作不曾见到,随着主子进去了,故意不出来。张老儿是送惯豆浆的,所以府中的人也有些认得,但逢出来的,便问严二先生在里面做什么?或曰:"他如今在上面伺候爷的饭,饭毕还要帮爷签押发稿,几多事情,哪里得空闲出来?你要见他,只好明日来罢。"张老儿道:"小老要将一件东西交还与他呢。既是差事不得空,敢烦尊驾代为交与如何?"这人道:"使不得。他的性情是最古怪的,我们同辈差不多都不与他交谈。你有什么东西,且待明日当面交与他罢。"说毕,各有事去了。这老儿只得又在门首等了许久,天色差不多要晚将下来,肚中又饿,方才走回店中。

　　甫①入店门,只听得里面几个公差的声音,在那里大惊小怪的说道:"躲得去的不成?"张老儿此际无奈,走到里面,对那一众公差道:"不躲的,我来了。"公差见他回来,骂道:"真是个顽户,怎么走了去躲着,这时悄悄回来?料道我们去了,所以走回来吃饭,睡到天明,一个黑早就走了。这个方法是你拖欠钱粮的伎俩。如今我们却不管你有没有,我只带你到堂上面回官去。"便一手揸着张老儿的胸膛,扯住便走。张老儿慌了,大

---

①　甫——刚,才。

叫:"且慢且慢,有话慢慢商量。"他的妻女都来相劝,公差哪里肯依,只顾乱拖。彼此相嚷,惊动了海瑞也来相劝。公差道:"海老爷,你不要管这闲事罢。"海瑞道:"列位,且息雷霆,容我分说。不合再任你们发落就是。"内中一人道:"如此且略松一松手,谅他也走不上天去。且听海老爷有什么说。"公差听了,才放了张老儿。海瑞道:"张东家,这是钱粮,不是私债,该早日打算,亦免得有今日。你如今且说有什么打算呢?"张老儿叹道:"列位又哪里知道我这样委曲?银粮的欠项,哪有不上紧的道理。如昨日我去了这一天,也是为着此项,不知用了多少唇舌,才向一家财东借了八两银子。回家只望今日去号里交纳。谁知是夹铅的,即找原主回换。又怎晓得银主偏偏有事不得空闲,连面也不曾得见,直等到这时候才回,大抵要明日方能够换回呢。烦列位再为宽限一日如何?"公差叹道:"亏你几十岁的人,说出这样孩子的话来。你又不是三两岁的孩子,怎么银子都不看一看好歹,竟收了去号里上纳,这话哄谁?"张老儿道:"不是我说谎,列位不信,待我拿出来与你们观看便知。"遂向腰间取了那锭假银出来,放在桌上。众人看了,只冷笑不肯相信,反说是故意借此假的推却。便问道:"这银是哪里借来的?我们却还要问你一个用假银的罪名呢。"张老儿道:"那不干我事,现在原主在呢。"公差道:"你说银主是谁?"张老儿道:"不是别人,就是新通政严府的家人严二先生借与我的。"公差听了叹道:"这就怪不得你说了。好端端的却向这人借贷?这严二本是扬州人氏,做了半世的光棍,在这北京城里,做过了多少次数的犯案,也不知第几回了。后来打听得严府权势,他便投在严府充做家奴。他并不姓严,本唤李三尖。严二这两个字,是主人改的呢。如今你上了当,也不用到那里去换了。若是换时,他决不肯认的,还说是主人赏他的银子,你白赖他,立时回了主人,将个帖儿,送你到兵马司去,还要吃他二十大板、一面大枷①呢。我们目见过数次的,你这晦气,休想去换,只得快些打算完纳罢。"张老儿听了这一番言说,不觉紧皱双眉,舌头伸出唇外,半晌缩不进去,叹道:"我真要死了!"说罢哭将起来。妻女闻知,亦不禁泣下。海瑞在旁叹道:"哪有这样的人,这便如何是好?"张老儿到了此际,夫妻两口面面相觑,呆呆的立着,形如木偶一般。公差们又要作威,海瑞看见如

---

① 枷——古代加在犯人颈项上的刑具。

此,心中也觉可怜,便相劝道:"列位不必如此,钱粮一项是不能拖延的。如今他着了骗,又无门可贷,在下情愿暂为代纳,不知要多少银子才够呢?"众人道:"既是海老爷有这番好心,连我们的茶东,共是四两五钱银子就够了。"海瑞道:"如此,容易得很的。"遂急急回房,取了四两五钱银子来,替张老儿代纳。公差接了银子,反复细看了一回,收了,说:"多承海老爷了,俺们改日再会。"一齐拱手出门而去。张老儿看见公差去了,便率妻女到海瑞面前叩谢,海瑞连忙扶起道:"东家不必如此,些须小事,何必介怀!"张老儿道:"若非老爷见怜,今日被他们拿了进去,免不得吃那老棒呢。但不知将什么报答你老人家哩?"夫妻两口千恩万谢的,自不必说。

到底张老儿心中不服,次日清晨,就到严府来等那严二,直到早饭后,方才得见。严二问张老儿道:"你送豆浆来的,这时候来此何干?"张老儿便将昨日事情告知,便把银子交还。那严二故意作色道:"你今却又来了。我的银子是上人赏下来的,怎么说是假的?休再说了,被人听见了笑个大口呢!"张老儿道:"明明是二先生的银子,我们做买卖的人怎敢相欺?现有某银号银匠及公差人等可以作证。"严二大怒道:"胡说,好丧良心的人!你被人催迫得紧,上天无路,入地无门,怎么样的哀恳我,方才借这银子与你把官钱还了,剩下做了资本。怎么还要赖捏我是假银,这还了得!别个可以入你圈套,却不想想我是什么人?快快回去打算还了我罢,否则回了我家老爷,只怕你受不得这些苦呢。"骂得张老儿哑口无言,含着一眶眼泪,只得仍旧拿着假银出了严府。

一路上好不气怒,走到店内,妻女连忙来问是怎么样了。张老儿顿足搥胸,指天画地的骂道:"丧心的千家奴,竟不肯认,还拿话来吓我呢。"元春道:"父亲过于忠厚,一时被他骗了。他这般居心的,哪里还肯认账?只索自家倒运就是。"张老儿道:"虽是这般说,不久就是一月限期。倘若他来讨时,却又作何究竟?总要设法方好呢。"元春道:"倘彼来讨时,还请那位海老爷对他说说。或者以理谕之,庶获免偿,亦未可定。父亲年老,精神有限,不必过于忧虑,且由他。"张老儿虽则口中应允,心内实是忧焦,日夕烦闷,竟染起病来。元春对父亲百般宽慰,延医服药,只是无效。元春衣不解带,日夕侍奉,张老儿道:"我本来没有什么病症,只因忧虑所致,如今也不用服药了。只是恐这奸奴来催账!"元春道:"纵然他来讨账,看见父亲这般卧病在床,料亦不至十分催逼。"张老儿听了不言,心中自思,到底是我女儿看得透彻,即便我欠他的债,看我这个光景,谅亦见原。于是心中稍稍宽慰。

　　过了十余日,已是一月期满。严二看张老儿久不送豆浆,访知是染疾,也不介意。及至到满,亦不见张老儿到来偿债,等了两天,忍耐不住,遂到店里来。张老儿听得严二亲到,便急忙扶病而出。严二道:"今已满限两日,怎么不来还银?反要劳我来亲讨么?"张老儿道:"岂敢相劳二先生玉趾,只是我近日染了病症,不能步履,连生理也做不得,故此豆浆许久不曾送到府上,二先生谅亦知道。前蒙相借的银子,只因有事不得打算,还望二先生宽限,待下月并利息子母一齐奉还就是。"严二听了怒道:"怎么偌大年纪的人,作事这般胡混。当初原说过一月清还的,怎么又说下月,有这些推延!我实对你说,我严某领了主人的银子,出来放债,官府借的,不是一万,就是八千,至少三五千,都是八扣三分,三月为期。若是零星的小意思,就一月一清,哪个不是这般的!偏你这老儿,就有这多古怪,拿了银子,过了两三夜,又说是假,什么夹铅夹铜,想来骗我,幸我不上你的当。如今却又说患病,不能生理,要推下月,利息又不与一毫半丝。难道借了人家的银子,推说有病,可以不用还的么?"张老儿忙忙谢道:"不是这样说。只因小老是个做经纪的人,若是闲住了手,便歇住了口,连三餐也不敷给,从哪里还有银子来还?二先生你这人原是个最善心的,不念别的,只可怜我老病缠绵,高抬贵手,宽限一月,那时就怎么样,我亦要送还的,再不敢说推延的话。"严二道:"你当初说什么话来?"张老儿道:"果然,初时说是一月清楚的,实不虞染病,还望二先生原谅,则小老感激不尽了。"严二哪里肯依,即时乱嚷起来。元春母女在后面听得,知事不好,无奈走了出来,代张老儿哀恳。这严二一眼看见了元春,不觉失了三魂,散去七魄,一双邪目,盯在元春身上。正是:利心还未息,邪念又兴来。毕竟严二看见了元春如此出神,怎么说话,且看下回分解。

第十回　严家人见色生奸

　　却说严二忽然一眼看见了元春如此美貌,真是闭月羞花,沉鱼落雁,不觉神魂飞越,呆了半晌,遂把怒气全消,反怒为喜,便道:"贤母女请起,这不干你们的事,我自与这老狗算账。"仇氏道:"二先生,且息雷霆之怒,容我母女一言。拙夫为着钱粮催迫,不得已向二先生告贷,得蒙救援,已自感激不浅,其初,心本拟即当如限归赵。孰料天不从人,偏偏这老者又患起病来,连豆腐也磨不得,半月来在家坐着、睡着,百凡需费,典①尽衣衫,这两天连吃的也没了。心中实在惦着这项银子,只是有心无力,悚惕不安。故欲哀求恩宽一线,乞二先生再宽限一月,必当加利奉还的。"说罢又要跪将下去,严二用手挥令起来,说道:"你的言语,还带着三分道理。也罢,看在你母女面上,暂且宽缓,展限一月。只是此际他又病着,没银医治,做不得生理,哪里赚钱还我呢?自古道:'为人须到底。'也罢,我这里尚有几两散碎银子,只索性与了你罢,可将来医治,早日做回生理,免得临时又要累你母女呢。"说毕,频以目看元春。元春被他看得慌了,低着头走进里面去了。仇氏却不敢受这项银子,呼之不应,又赶不上,只得权将银子收贮,诫老儿切勿浪费了,又要费一番张罗。老儿看见如此光景,因念严二初时这般狠恶,如今却这般好意,令人猜摸不着,只是身子困乏得很,也管不得许多,走到床上睡下不表。

　　再说仇氏对元春道:"这位严爷,甚属古怪的气性,先起如狼似虎一般,令人不敢犯颜②。不知怎的,后来这样好说话,又把银子相助我们,真是令人不解。"元春道:"母亲,我看这严二蛇头鼠眼,大非善良之辈。且看他适间言语行为,可以知其大概矣。故意卖弄他的好处,特将些银子在你我面前卖好,却又把个天大的情分卖在我们身上,这是歹意,其居心实不在十两银子呢。"仇氏道:"这也不要管他,只是欠他的还了他就是,理他做什么!"

---

　　①　典——抵押。
　　②　犯颜——旧谓敢于冒犯君上或尊长的威严。

不说仇氏母女猜疑。再说那严二见了元春,就满腔私欲,恨不得登时把元春抱在怀中,与他作乐。只碍他的母亲、父亲在旁,不敢启言。故将计就计,故意将银买好,竟把一个绝大的情分卖在他们母女身上。一路上思慕不已。及至回来,呆呆的在门房里坐,连饭也不要吃了,便走上床去,合眼便见这美人在前,心猿意马,拴系不住。自思我于今有了个啖①饭之处,幸而弄得如此大财,也算得人生一大快事,只是不曾娶过妻子。我若得这老儿的女儿为妻,也不枉我严二这番经营了。只是我的年纪老了,他的女儿我看还不上十六岁,怎肯嫁我?这也是虚想的。一回又想道:我将多金为聘,谅张老头子这个穷鬼决不会不肯的。一百两不肯,我便加几倍,不怕他不肯。再复又回思:我混了大半世,不知费了多少心血,受了多少苦楚,才有今日。怎么为着一个女子,便把雪花白的银子轻易花去了?到底是银子好。那悭吝之心生了,就把爱美的念头抛下。谁知不一刻,那邪念复起,又想道:有了银子,没有悦人的妻,也是枉然的。我好歹都要弄他到手,才称我心愿。却又不舍得银子,便翻来覆去的,在床上思量妙策。忽然想起一条计来,说道:"是了,是了。"连忙爬起身,将张老儿的借券取来,详细审视,看到那一十两这个一字,不觉拍掌笑道:"谁想我这妻子,却在这一字上头呢。"拿起笔来改了一个五字,便是五十两。笑道:"五十两加上十两利息,一个月便是六十两,若隔得三个月不去催他,这就可以难着他了。"主意已定,把借券收好,便上床去睡。从此竟将这一项事情暂时按下,以至美人的心事也权时收拾,专待他日用计。正谓:放下一星火,能烧万仞山。

暂将严二之事按下。又表那张老儿之病,心事略宽,渐渐的便觉愈了,惟是恐怕严二前来逼债。不想过了一月,亦不见他来,自己放心不下,故意前往严府中来。见严二此际却大不相同,不特②不提及银子,而且加倍相敬,又请他吃饭饮酒。这老儿却尚未解其意,只道他是行好发财的人物,不计较这些零星小债,千恩万谢的去了。回来对妻女说知,仇氏喜欢不过,说道:"这该是我们尚有几分采气③,不致被逼,看来他也不上心这

---

① 啖(dàn)——吃。
② 不特——不但。
③ 采气——幸运,运气。

些银子的。如今且将铺子开张,做回生意,倘得有些利息,大家省俭了些,还他就是。"元春叹道:"母亲可谓知其一,而不知其二也。父亲一时之错误,借了他的银子,故彼以此挟制于我。先日汹汹到门,便辄白眼相加,父亲虽有千言,而怒终莫解。及儿与母亲一出,向彼哀恳,而严二则双目注儿,不少转睛,复时以眼角传情。儿非不知者,惟是既在矮檐之下,非低头莫过。故不得已立母之后,以冀能为父宽解。岂料奴才心胆,早早现于形色,目视儿而言,临行又特以金帛弃掷娘侧,恣意卖弄,实怀不善之心。故儿特早归房,此亦杜渐防微之意。今彼不来索债,而反厚待于我父,其意何为,母亲知否?"仇氏道:"你却有这一番议论。但吾未审其实,汝可为我详言之。"元春道:"母亲诚忠厚长者!父亲欠他的银子,两月未与他半丝之息,况当日曾责备严词。今何前倨后恭,其意可知,儿实不欲言,今不得已为母亲言之。夫严氏之反怨为德者,为儿也。"仇氏道:"汝何由知之?"元春道:"娘勿多言,时至即见。"仇氏也不细究,只知终日帮着丈夫做活而已。

光阴迅速,日月如梭,又早过了两月。张老儿此际也积得有些银子,只虑不敷十两之数,自思倘若二先生到来,我尽将所有付之,谅可原情。不期再过两月,亦不闻严二讨债消息。张老儿只当他忘怀了,满心欢喜,只顾竭力营生。直过了七个月头,仍见严二不来,心中安稳,此际已无一些萦念,安心乐意,只顾生理。忽一日,有媒婆李三妈来到。仇氏接入,问其来意,李三妈先自作了一番寒暄之语,次言及儿大当婚、女大当嫁之事。仇氏道:"我家命中无儿,只有一女,今年已是十五岁了,尚未婚配人家。倘奶奶不弃,俯为执柯,俾小女得一吃饭之处,终身安乐,亦感大德无既矣。"李三妈道:"你我也不是富贵人家,养下女儿,巴不得他立时长大,好打发他一条好路,顾盼爹娘,只配婚两字却说不得的。"仇氏道:"男女相匹,理之当然,怎说这话?"李三妈道:"大嫂,你有所不知,待我细说与你听:但凡你我贫家,养了女儿,便晦气够的。无论做女儿在家的时节,一切疴痒皆关疼痛。及至长,则恐其食少身寒,又复百般调养。迨及笄①之岁,一者愁无对头之亲,二者恐有失和之事。此为父母者,养了这一件赔钱货,吊胆提心,刻无宁息。迨至出嫁后,始得安然。可知养女之难,女出

---

① 及笄(jī)——旧称女子年达十五为"笄",亦指女子到了可以出嫁的年龄。

嫁之非易也。今见侄女年已及笄,却又生得一表才貌,谅不至他日为人下贱。故老身特为侄女终身而来。"仇氏道:"很好,我正要央挽你,你却自来,岂不是天赐其便么?小女今年已长成一十五岁了。正要挽人说合亲事,今得妈妈至此,大合鄙意。倘不以小女为可厌,就烦略为吹嘘,俾他日有所归就,皆为妈妈所赐矣。"李三妈乘势说道:"目下就有一门最美的亲事,但只怕令爱福薄,不能消受耳!"仇氏道:"小女荆钗布裙,但得一饭足矣,又何敢过望?"李三妈道:"非也,女生外向,又道贫女望高嫁,亦料不定的。今有内城通政司严府掌权的严二先生,他要娶一房妻子,不拘聘金。我想严府如今正盛,这位二先生家资巨万,相与尽是官员,哪一个不与他来往?若是令爱归他家,就是神仙般快活呢。今早二先生特唤我去,吩咐立找一门亲事,年纪只要十五六岁的,才得合适,我想令爱人品既称双美,年纪又复合适,正合他意,故此老身特来说合。倘若大嫂合意,写纸年庚交与老身带去,是必撮合得成的。"仇氏问道:"你说二先生,莫非就是通政司署中严爷的家人么?"李三妈道:"正是,怎么你也晓得?"仇氏道:"他曾与我老儿有些交手,故此认得。"李三妈道:"既是有相与的,最容易了。到底大嫂之意若何?"仇氏道:"女儿虽是我生的,然到底是他终身大事,不得不向他说知。妈妈请回,待老身今夜试过小女如何声口,明日回话就是。"李三妈道:"这个自然,只是那二先生性气紧迫得很呢,大嫂今夜问了,明日我来听信就是。"仇氏应诺,李三妈便作别出门而去。不说李三妈去了,再说仇氏三脚两步,走到元春房中,便将李三妈的言语,对他备细说知。元春听后,不觉呆了,大叫一声罢了,遂昏迷过去。正是:预知今日,悔不当初。毕竟元春气昏了过去,不知还能活否?且看下文分解。

第十一回　张仇氏却媒致讼

却说元春听了仇氏这一番言语,不觉气倒在地,唬得仇氏魂不附体,慌忙来救。急取姜汤灌了几口,良久方才醒转来,叹道:"儿果知有今日也。"仇氏道:"终身大事,愿否皆在吾儿心意,何必自苦如此?"元春叹道:"母亲真是泥而不化者也。今严二先使媒来说亲,从则免议,却则逼讨前债以窘我也。如此将何以解之?"仇氏听得,方才省悟,急来对张老儿说知。老儿道:"怪不得几个月头都不见他到我家来讨债,却原来预先立定了主意。我虽是贫户人家,今偌大年纪,要靠女儿生养死葬的。这贼奴现如今在严府,若是我女儿嫁到他家,就如生离死别一般。正所谓'侯门深似海',欲见一面是再不能够的了,怪不得他呢。"仇氏道:"女儿亦是为着如此,故心中不愿呢。"张老儿道:"且自由他,他若到时,只索①回绝了他就是。"仇氏道:"不是这般说。只因你欠下他的银子,若回绝了他,只怕他反面无情,却来逼你还债呢。"张老儿道:"欠债还钱,杀人偿命,自不必说,他若逼我们还债,我就拼了这条老命,只索偿了他罢。"仇氏道:"你休要拼着老命去撞人家,还是打算还他好。"张老儿道:"你休烦聒②,我有主意。"暂且按下不表。

再说李三妈次日又到张家店内,来讨回信。仇氏道:"小女尚小,今年与他推算,先生说是不宜见喜,说要过了三载之后,方可议婚,故此有妨台命,罪甚之至。"李三妈听了,不觉两颊通红,心中好生焦躁。正是:怒从心上起,恶向胆边生。李三妈冷笑道:"昨日大嫂说的话,怎么都改变了,是甚么缘故?我昨日已将你的言语回明二先生了。他叫我今日来讨实信,并问要多少聘礼。昨日定议这般说,你到了此际又说这些话头,都不是弄送我么?这却使不得。"仇氏道:"昨日妈妈到此,我原说要求吹嘘为小女议配的。迨后听得妈妈说有了这门好亲事,斯时不禁狂喜,故即向小女说知。奈小女于前月请了一个极有名的先生,唤做冯见,十分应验

---

① 索——须,应。
② 聒(guō)——喧扰,嘈杂。

的,把他八字一算,说是今年命犯红鸾①,更带羊刃,不宜见喜。否则必有血光之灾,更兼不利夫家。昨夜始知,故此不敢应允,非是故却,祈望原情。"李三妈冷笑道:"昨日这般说得好,今日忽然变卦,还有许多言语支吾。我也管不得许多,只是回复二先生去,看他怎生发落就是。"悻悻②出门而去。

一竟来到严府门房里面,寻着了严二,便将仇氏推却之言,备细告知。严二满望成就这件亲事的,今忽闻此言,恰如冷水浇头一般。正所谓:我本将心托明月,谁知明月照沟渠。

此际严二不禁大怒道:"这老儿好不知好歹,倘不收拾他,何以消得我这口气!"乃对李三妈道:"相烦你再走一遭,说我如今不想娶他女儿,立即要他把券上银子还我就罢。如若不然,只怕他到兵马司处吃不起棒呢。"李三妈见他发怒,不敢怠慢,即时应允,急急来到店中,对仇氏说道:"我说是你要害我捱③骂,如今你却吃苦了。"仇氏道:"怎么累你着了骂语?我却怎么吃苦呢?婚姻大事,岂是强为得的?且说来我听。"李三妈便将严二要他立即还银子的话,备细说了一遍。仇氏道:"我家不过是穷了,借他十两银子,他便欲以此要挟于我。这也不妨,自古道,'讨得有,讨不得没有'。如今我们现在这里开店,又不曾拖他的,任他怎么利害,也要凭个礼性,为什么以此制人?我只不服。就烦你去回复他,说我家欠了他的银子,自然还他;若说婚姻之事,却不烦饶舌了。"李三妈见仇氏说得如此决裂,也不再劝他,带怒而去。

比及见了严二,又加了些说话。严二听了不胜愤怒,叱退李三妈。自思仇氏如此可恶,我必显个手段叫他看看。便即时走到兵马司衙前,请人写了一纸状词,并那张老儿亲笔借券粘了在内。到署内寻着了兵马司的家人,说了原委。他们当常随的都是一党之人,便满口应承道:"二哥的事,就是弟的事一般。待敝上人回来时节,送了上去,批发过了,立即拘来追缴。"严二听了,不胜称谢而别。

再说这兵马司指挥姓徐名煜邦,原是广东人,由进士出身,现受今职。

---

① 红鸾(luán)——旧时算命者所说的吉星,主婚配等事。
② 悻悻(xìng)——恼怒的样子。
③ 捱(ái)——同"挨"。

管门的名唤徐满,当下受了呈状,专待徐煜邦回署呈送上去。少顷,喝道之声来近,果是徐公回衙。徐满即忙相帮下了轿子,入到内堂。只见徐满走到面前,打了一个千说道:"奴才有下情,要求爷恩准。"徐公道:"有什么事情,只管说来。"徐满道:"是严府的家人严二,因被张老儿赖了他些许银子,故此有个禀呈来到,要求爷代他追理。"说罢,遂将那状词呈上。徐公一看,只见状词上写的是:

具禀人严二,现充通政司署严家人,为赖欠不还,乞恩追给事:原小的随主到京,数年以来,叠蒙恩赏,积有银子五十两。有素识之开豆腐店张老儿借去,言定一月还清,每月三分起息,过期利息加倍。此是张老儿自愿,并非小的故意苛求。兹已越五月而不见还。小的家有老母,年届八旬,皆借此养赡。今被张老儿吞骗,反行骂辱,情难哑息。只得沥情伏叩台阶,恳乞赐差拘追给领,则感激洪慈靡既矣。沾恩切赴大爷台前,作主施行。
计粘张老儿亲笔借券一纸呈审
嘉靖　年　月　日禀

徐公看了问道:"这是你的相好朋友么?"徐满道:"小的在京,随着爷日夕巡查,哪里衙门的人不认得?况且他在严通政衙门走动。闻得这严二乃是嵩爷心腹的家人,求爷赏他主人一个情面,恩准了状子,批准追理。将来不独严二感爷恩典,即严通政亦感爷的盛情,乞爷详察。"徐公听了道:"我却不管得情面不情面的,但我今当此职,理宜主管此事。批准出差唤来,谁是谁非,当即一讯,清浊分判矣。"遂提起朱笔来在状尾批道:

具禀是非,一讯即明,着即拘赴案质讯。如张老儿昧良赖欠,亟应追还,并治之罪。如虚坐诬。

粘券附词,批发出去。那经承凛遵批语,立即缮①稿送上。徐公看了票稿,打了行字,仍旧发出。该房即便缮正送进,徐公立时签押讫,发了出去。

差役领了朱票,即时来到张老儿店内提人,恰好张老儿正在店中打那豆腐皮。突见两个差人,手持朱票走进店来,不分清白,只说得一声有人告你,便一把扯了张老儿出门而去。张老儿不知为了何事,急忙问道:

---

① 缮(shàn)——抄写。

"二位,到底我犯了甚事,你们前来拿我?要说个明白,我方才去呢。"差人道:"休要装聋作哑!你欠了严二的银子不还,如今他到兵马司衙门告你赖欠。我们大老爷准了他的状子,现有朱票在此,你还推不知么?"张老儿听了方才醒悟,说道:"既有朱票,烦你取来观看如何?"差人道:"你偌大年纪,想必晓得衙门中规矩。快些拿利市①来,好开票你看。"张老儿道:"这个是本应的,但这次不意而来,手头未便。烦你与我了,改日相谢如何?"差人道:"也罢,说过多少才好上账,谅你是欠不得我的。"张老儿道:"区区微意,二钱罢?"二人不肯。又加上一钱,差人还不应允。张老儿道:"官头,你老人家总要见谅。只索送你五钱银子就是。"方才应允,把票子打开,递与张老儿观看。只见上面写着道:

　　五城兵马司指挥徐,为差追拘讯事。现据严二禀称"小的跟随家主通政司严在京数载,屡蒙家主赏赐,致积有银子五十两。有素识之张老儿,现开豆腐店生理,称因缺本,向小的贷银五十两充本,约以一月为期。兹越五月,屡讨弗偿。张某欺小的异乡旅家,以为易噬。只得匍伏台阶,叩乞拘追给领"等情。据此,除批具禀,是非一讯自明,候差拘赴案质讯。如果张老儿昧良赖吞,亟应追给,并治之罪。如虚坐诬。粘卷附词在案外,合行拘讯。为此票差本役,即速前去豆腐店,拘出该张老儿带赴本司,当堂讯追。去役毋得缓延,藉票滋事。如违责革不贷。速速须至票者,原差任德、张成。
　　嘉靖　年　月　日承发房呈司行　　　限一日销

张老儿看了说道:"是了,这是你们不错的。我与你们去就是了。"于是三人同来到衙门。任德即时具了带到的票呈,里面批了出来,随堂带讯。任德、张成二人便小心伺候,自不必说。再说那仇氏,正在里面与女儿闲话,急急出来,只不见丈夫。只有几个邻人在店中说道:"张老儿到底为什么事情,致被拘摄②?"仇氏听了,方才知道,便急急赶来打探。正是:无端风浪起,惹起一天愁。究竟仇氏赶到衙门如何,且听下文分解。

---

① 利市——买卖所得的利润。此处指贿赂。
② 摄——捕。

第十二回　徐指挥守法严刑

却说仇氏听得丈夫被官差拘去，便没命的走到各处探听丈夫消息，逢人就问，恰如疯了一般。幸遇着了对门的刘老四，问起情由，方知张老儿现在兵马司署内。仇氏即便来到署前，却又不敢直进，只得在外面东张西望。恰好张成出来，看见喝道："你这妇人，在此东张西望的，到底为什么？"仇氏道："我是豆腐店里张老儿的妻子，闻知丈夫被拘在此，故来看看丈夫的。"张成道："原来你就是张老儿的妻子。你丈夫现在班房内候讯，不便放你进去。你若要看他，明日再来。他不过欠衙门些钱债细故，不必大惊小怪。"说罢竟自进去了。仇氏听了，方才明白，只得转回家中，对女儿说知。元春听得父亲被系，放声大哭道："我想父亲今日之苦，皆因为我所致。如今捉去，不过是要还银而已。也罢，孩儿受双亲深恩，怎忍见父吃苦？母亲何不将儿卖了，得银还了此项，免得父亲受苦。不然，那严二暗中行贿，致嘱官吏，那年老多病的人怎生受得这般苦楚？诚恐一旦毕命图圄①，则儿万死不能赎其罪也。"仇氏道："儿不必如此。我想钱债细故，官府也不能把他老者怎么样委曲呢。待等明日，做娘的前去探听如何，再作道理。"多方劝慰，元春方才收住眼泪。这一夜，母女的忧愁，笔墨难以尽述。

再说是日午后，徐公升堂，吩咐张成把张老儿带上堂来，问道："你这老儿，偌大年纪，昧良吞赖人家的血本，是何道理？"张老儿叩头道："小的果是欠了严某银十两，并无五十之多。今严二因说亲不遂，挟恨浮理，以此挟制小的是真。"徐公道："欠银就是欠银，怎么又说起婚姻事来？严二要与你做亲家，亦不辱没于你，其中显有别故，你可将始末从实招来。"张老儿叩头道："事因本年五月，小的欠了官租，无处措置。严府是小的惯送豆浆的，严二所以认得小的。因提及追呼之事，严二一时慷慨，许借小的银子十两，实则八扣，每月加三利息，一月为期，期满子母缴还。此际小的迫于还税，只得允肯，即时立券。严二收券发银。时已天黑，小的携银

---

① 图圄（líng yǔ）——监狱。

归家,不及细看。比及次日到银号里还税,将银一看,乃是夹铅的,小的即赶到严府回换,奈严二不见。直候至第三日,始得一面。此际严二立心撒赖,哪肯认错。还说他的银子是上人赏与他的官宝,哪有官用夹铅银子的道理。把小的詈①骂一番,还说要将小的送来老爷处打腿枷号等语。小的此际无以自明,只得回家。比及到门,公差喧嚷。幸得店中住寓的那位海老爷看见,一时慷慨,借了几两银子,才得把房税清楚。至期严二就来讨债,此时小的就为这项银子,忧思成疾,卧于床上,连豆腐也磨不得,哪有银子还得。严二在店中大声嚷骂,立要讨偿,小的妻女,都来求恳。岂料严二心怀私念,就时假卖人情,不特不来讨银,反将一小锭银子放在小的家中,说相助小的衣食药费,如今银子现在家中。从此严二一连五个月头,都不来讨偿。于三日前忽遣李三妈来小的家中说亲,要娶小的女儿为妻。想女儿今年才得一十五岁,哪里配得严二,所以小的不允。孰料触怒了严二,复令李三妈来说:若是不允亲事,便要立即还银。故此到老爷台前冒告是实。"徐公道:"你说来虽则如此,但是你现有借券在此,怎么说是浮извест?"张老儿道:"小的亲手书券的时节,是十两数目,如今券上不知多少?"徐公道:"现在是五十两呢。"张老儿道:"天冤地枉,这是哪里说起!必然是严二故意改写,以此挟制小的了。求老爷详察。"徐公道:"真假皆当质讯明白。唤了严二到来,浊清立分矣。"吩咐将张老儿带候差馆候质,遂将一通名帖,差张成到严府提取严二到案相质,即便退堂。

再说张成拿了徐公的名帖来到严府,恰好严二正在门房上坐着。张成便走上前去,唱了一个大喏道:"严二先生,我们是兵马司那里来的,有话儿要面见大老爷,就拜烦相传一声。"严二不知就里,接了名帖,便即来到内宅。时严嵩正退朝回来,在书房内看稿。只见严二手持一个名帖,走近身边说道:"兵马司徐爷,有名帖到候,并差人有话面说。"严嵩接过帖来一看。只见上写着:"年家眷晚生徐煜邦顿首拜。"

严嵩看过道:"他与我素无来往,今日差人至此何事?只管传了进来,看他有甚话说?"严二领命,立时传了张成进内。张成进内,连忙叩头,嵩唤起来说话,张成道:"小的奉了家老爷命,有帖子请安。因为尊管严二爷,昨日有状子到本衙门,控追豆腐店张老儿银两,本衙业已将张老

---

① 詈(lì)——骂,责骂。

儿拘到,即时审讯。奈张老儿不服,称说只欠十两,并无五十两之多,非对质不足以服其心。故本官特差小的到爷府上说明,要请二爷过去对质。"严嵩听了笑道:"原来如此,这是应该。"便吩咐严二道:"你既告了人,如今要去对质,即随该差前去就是。原帖带回,代我请安。"严二不敢不遵,便与张成叩谢了,随即出府而来。暂且不表。

再说仇氏探听丈夫审过,押在差馆,听候质讯。自思严二势大,倘若徐公徇情,如何是好?便与元春女儿商酌。元春道:"母亲所虑极是。如今两造①打官司,一则要钱,二来要情面。他那边是财势俱全的。我们只怕吃亏呢。想那海老爷,十分卫护我们,如今何不向他求个计策,倘幸而超脱,也未可知。"仇氏道:"微②汝言,我几忘之矣。"于是母女一齐来到客房,见了海瑞,备细将丈夫的情由,对他说知,并求他拔救。说罢,母女跪在地上,叩头不起。海瑞连忙把仇氏扶起说道:"尊嫂不必过礼,此事尚容酌议。如今尊夫不过是候质而已,总之缴足十两银子,还了他就是。"仇氏道:"欠债还钱,固是本该的。只是目下没有银子,如何是好?况且严府上的人,财势俱有。倘若徐公受了人情,却不把拙夫难为么?"海瑞道:"不妨,这位徐爷本是我的乡亲,我常与他来往的。也罢,待我到他署中,把你丈夫的真情对他说知,求他格外施恩于他罢。只是银子是要缴的,你家却又没有,我尚有二十余两银子在此,只索借十两罢。当日这锭假银子并严二放下的银子,都要一并拿去缴了,如此情证俱有,自然严二无能为的。"仇氏听了说道:"前日官税已累了海老爷代垫,尚未偿还,如今又怎好再取老爷的客囊呢?"海瑞道:"这个不妨,你可拿了那日前的两项东西来,立即与你前往就是。"仇氏母女再三称谢,便将一锭假银,几两碎银,一并交与海瑞。海瑞就在箱内取了十两银子,一同包好,别了仇氏母女,命海安拿了名帖,一径望着兵马司署而来。

时徐公上衙门方回,门上的传进海瑞的帖子来,说是亲拜。徐公即令开门延入,彼此相见,略叙寒温。海瑞道:"小弟今日之来,特有一事相求乡台作情者。"徐公笑道:"海兄,你我乡亲,怎么说了客套的话出来了?岂不令人笑煞呢!"海瑞道:"不是小弟之事,乃为他人之事,理应如此。"

---

① 两造——指诉讼双方当事人,即原告和被告。
② 微——如果不是。

徐公道:"到底为何人之事？只管说来,弟无不代为尽力。"海瑞遂将张老儿告贷严二之银始末对徐公说知。徐公道:"吾昨日堂讯张老儿之时,也疑到严二改写券数,故此特令人到通政司要了那厮前来对质。帖子已去,谅不久便到。想奸奴如此肆害,这还了得。小弟是个不避权势的,须要办他。"海瑞道:"现在假银碎锭在此,如今小弟代张老儿还缴十两,一并带来了。"即唤海安,拿上来,与徐公观看。徐公叹道:"再不料奸奴如此,言之令人发指①!"遂吩咐家人,将三项银子立时交与张老儿,叫他到对质时拿来呈缴。海瑞道:"仰蒙乡台照拂,如弟身受也。"徐公道:"不是这般说,小弟生性最好锄奸去暴的。"海瑞谢别而去。

少顷张成来报,严二业已唤到,请爷示期带讯。徐公听得严二唤到,即吩咐各役在大堂伺候。少刻升堂,徐公坐在公座上,吩咐先带严二上堂。严二来到大堂,见徐公打千请安。徐公大怒道:"怎么见了本司不跪？哪里来的偌大的家奴？"吩咐左右揸下去,先打五下脚拐。两旁答应一声,把严二揸下,重重的打了五下。严二叫痛连声,只得跪下。徐公道:"你控告张老儿欠你五十两银子,可是真的么？"严二道:"怎么不是真的,现有张老儿亲手书券为据,求爷详察。"徐公笑道:"张老儿欠你十两银子是真的,这是原券上的银子数。那实在的银子,却是夹铅的,难道本司不知么？"严二道:"银子真假,张老儿难道不认得？况且事隔三日,方才来换,便可见矣。"徐公道:"可又来,既说是五十两,怎么又只赖尔一锭？这还有什么辩处？"严二不服,徐公即唤左右带张老儿上来。须臾张老儿到堂,徐公问道:"你的话有无捏骗？今日对着本司质证。"张老儿便将严二如何起意借银,如何逼债,如何遣媒来说亲事,备细说知,并将三项银子呈上堂去。徐公道:"严二,你的假银子现在此处。至于放下买好的银子亦在此处。你还有何说？"严二道:"假银不在今日言之。这几两银子,是我一时可怜,故此帮他的。难道有什么不是么？"徐公大怒道:"你在本司面前,如此矫强,平日横暴可知。本司要先办你一个假银骗陷,恃势挟制的罪名。"吩咐取大枷过来,先将这厮枷示通衢②,然后再行申办。严二听得要枷他示众,急忙叩头说道:"求爷恩典,容小的剖诉。"正是:人心似铁非为铁,官法如炉铁铸熔。毕竟严二说出什么话来,且听下回分解。

---

① 发指——头发竖起,比喻非常愤怒。
② 枷示通衢(qú)——戴枷游街示众。

第十三回　三部堂同心会审

却说严二听得堂上吆喝，要取大枷来，将他枷号。那时严二慌了手脚，无奈叩头哀乞道："小的借银与老儿，本非歹意。今蒙老爷枷号，则主人之面目何存，恐于理不顺。"徐公喝道："该死的奴才，自知有罪，却不自悔，动辄以主人权势吓人。别个可以被你吓得，我徐某既奉圣旨来守职，惟知执法如山，不肯半分徇私的。你恃主势重利放债，律例峻严，自应按议，何况又以假银坑陷贫民，加写券约，种种不法，言之令人发指。本司只知照公办事，分毫不苟。"吩咐左右，快将大枷来。各差役答应一声，急急将顶大、极重一面大枷，抬到堂阶。看时约有一百斤重。徐公喝道："来给我快些上了！"须臾之间，把严二上枷。徐公亲执朱笔，标判枷由。写着：

五城兵马司指挥枷号恃势骗陷犯人一名严二示众。

枷号三月，限满另办。

发正南门示众。

枷子上颈脖，严二此时无可奈何。徐公吩咐将严二发出去，张老儿只许缴银八两，另有假碎各银，均交库吏收贮，判毕退堂。书吏领了赃银进内禀道："老爷适间枷号严二，固属情理均有。但伊主严嵩现任通政，威权正盛。今老爷将他家人按律严办，不无忌恨之念。老爷既已秉公办理，即当申奏朝廷方是正理，庶有质证，望老爷详察。"徐公听了点头道："非汝言，吾几忘之矣。须要通详方可冀邀代奏，如此汝可即速缮详文送阅，以定行止。"书吏应诺，即到外厢连夜书缮详文，立即送入。徐公接来一看，只见写的是：

五城兵马司指挥徐煜邦为奸奴恃势欺压赤贫，业已审实，特详以期俯察事：窃照南城张老儿开张豆腐小店，一向守分。夫妻无子，只有一女，年将及笄。父母三口，相依为命。迨因本年张老儿店中生意淡泊、拖欠地税，屡奉严催。张老儿无以为计，忧焦莫解。适送豆浆前往严府，而严二素日认得张老儿，见其面带愁容，偶尔询及。张老儿备将始末罄诉。严二即佯为慷慨，许借银子十两，约以八扣加三，一月清还。张老儿迫于交税,明受重利,希图应手,即日书写借券,交严二收执。时已日暮,严二故以假银相授。张老儿不暇细验,即将银袖回家。次日即至银号兑纳。孰料该银夹铅,系严二有心坑陷。此际张老儿既不能上纳国帑①,复又受骗,随即赴府寻觅严二回换。而严二预知隐匿,使张老儿欲见无由。直至第三日,始得见面。严二即责以不早来之词。张老儿并述不得见面之由。严二正在行计之秋,哪里便甘易换,说银是通政赏赐,焉有假夹之理。原以张老儿贫老无依,噬肥混赖为词,将要面禀严通政送司究办。张老儿本乃市佣,忽闻此言,如稚子乍闻轰雷,心胆俱裂,只得抱憾而归。甫及店门,而公役追迫之声喧阗②一室。正在无可奈何之时,恰值住居客人见其情景难堪,不忍见彼狼狈,特捐囊代纳税项。迨至期满,严二即到逼讨。时张老儿亦因欠债无偿,忧思成病,卧床闭铺,自治不暇,妻女枵腹③,奚能及偿?故严二得肆詈骂,百般索诈。张老儿妻仇氏、女元春,见严二追逼,遂面恳稍宽期限。严二偶见元春美貌,便欲共赋桃夭④。先自包藏祸心,立宽期限,复以碎银相助,佯为慷慨而去,实盖欲藉此以买好于仇氏母女也。迨去后五月不来,实有预算。旋遣李三妈为媒说亲,而张老儿夫妻以其女与严二年纪不当,坚执不允。严二怒,复遣李三妈致词,称说如不允婚,即要还银。窃将借券加改一十两为五十两,欲藉⑤多欠以为挟制之术,前来控追。经职唤张老儿到案,再三研讯,所供不讳,明无遁词。随即唤严二赴质,经张老儿面证其非,所有假银并碎银等项,当堂呈缴。而严二恃势不服,违抗堂判,实属目无法纪。忖思京都会至大,岂容此等奸奴作恶,将来必至效尤。又查律载"家主作官,失约家奴,致作奸犯科,罪止军徒者,主照失检律革职"。今通政严嵩,身为通政大员,不能觉察一家奴,

---

① 帑(tǎng)——国库。
② 喧阗(tián)——声大而杂,喧闹拥挤。
③ 枵(xiāo)腹——空腹,饥饿。
④ 桃夭——《诗·周南》篇名。《诗序》说其是赞美后妃的作品,现代研究者认为这是民间祝贺新婚的诗篇。此处代指婚姻。
⑤ 藉——借。

遂致坑陷良民,抗藐地方官员,实属不能防范,有亏职守,理合查照国律按议。其家奴严二合问议恃势剥民重例,杖一百,发口外充军。其家主照滥职失约律,照例革责。理合先具禀宪台①察夺。除已将严二枷号候办,合行详候宪台察夺施行。特此申详。

　　右　　申

　　　　　　　　五城都察监察御史王

　　嘉靖　年　月　日兵马司徐煜邦

　　书吏把缮稿呈进,徐煜邦看了,立时书了行字。书吏即刻缮正送进用印,立时申详到监察道处。这监察道御史姓王名恕,原是山东临城人,进士出身,历任部属,特授今职,最是一个忠直之臣。见了详文,即时收了进内,批道:

　　如果严二不法,重利剥民,并用假银,陷害贫户,大干功令,仰即严究历来所犯次数,录供详报,候具奏请旨定夺。先将张老儿保释,如质讯,再行传唤,毋得滥行羁押。粘抄并发。

这详文一批,发了兵马司,敢不领遵。即命张老儿取保回家候讯,暂且按下不表。

　　再说那王恕,即日具本奏知,嘉靖帝看了本章,私忖道:"严卿为何失察家人,致被有司参奏?"这是国家定例,碍难辗转,遂朱批道:

　　通政司严嵩,有无纵容家人滋事,着三部大臣,秉公确讯具奏。如虚坐诬。先将该指挥承审缘由录报,候旨定夺。

　　旨意一下,三部大臣领旨,即来请严嵩赴质。看官你道三部大臣是谁?小子说来:

　　兵部尚书唐瑛、刑部尚书韩杲、太常寺卿余光祖,这就是三部大臣。明朝定例,凡有在京大小官员作奸犯科者,皆传三部会讯。当下严嵩听得有旨,发到法司衙门候勘,不禁惊恐,埋怨道:"这奴才好没来由。有限银子,怎么闹出这般大事来,连累于我。即今奉旨,不得不去。"遂换了青衣便服,来到三法司衙门。恰好三位大臣升堂,严嵩只得低声下气的报门而进。正所谓:既在矮檐下,怎敢不低头?

　　严嵩既进了大堂,只见三位大人端然坐于座上,严嵩只得上前行参。

---

① 宪台——御史台的别称。后世用作地方官吏对知府以上长官的尊称。

韩杲道:"通政司少礼,请厢房少坐,有话再来相请。"嵩揖退。少顷韩杲吩咐左右,将人犯带上堂来。须臾,张老儿、严二俱已带到跪于堂下。韩杲吩咐把枷松了然后问话。左右立即把枷脱松,仍带严二上堂跪下。韩杲道:"你就是严二么?"严二叩头道:"奴才便是严二。"韩杲道:"你身充通政司家人,自有吃着,何故重利放债,假银骗陷,改写借券,藉制贫户?复敢勒娶人家闺女,这就罪不容诛了,你可知死么?"严二叩头:"奴才并不敢索赖良民。借银图利,这是有的,求大人参详就是。"韩杲道:"既是奴才,哪有许多银子借与人家?敢是在外勒诈人家的么?"严二叩道:"这个奴才又怎敢?此项银子,乃是家主平日赏赐的。"韩杲道:"哪有赏赐得许多?我也明白了,必是你家主交与放债的,你便于中侵易,故意骗人,可是的么?"严二道:"家主身为大臣,焉敢放债图利?还望大人详察。"韩杲见严二口供太坚,不肯成招,便令带了下去,遂唤张老儿上堂,细问一遍。张老儿就照着前供直禀。唐瑛听了,想一想,便向韩杲耳边称说:"如此如此,这般这般。"韩杲点头,便令把张老儿缴的假银并碎银二项呈了上堂。又唤左右,请严嵩说话。须臾嵩至,唐瑛道:"通政不合与银子奴才放债,故有今日。如今这锭假银,严二坚供是通政原兑银子,说这般如此,只恐有累足下矣。"严嵩只道真是严二所供,乃作揖道:"在下原有些须银子,交与严二生息,俾其藉此养赡,并非图利肥囊,哪有假银之理?只是奴才自行换易是真。列位大人,休听此人谎供。"韩杲道:"银现在这里,足下可看一看是原物否?"遂将假银递与严嵩观看。严嵩接着看了笑道:"哪里是在下做的?即在下的银子交与此奴手者,俱有字印。列位大人不信,可即令此奴来面证可也。"韩杲便令带严二上堂。严嵩一见大怒,骂道:"该死的奴才,私用假银,还敢赖我?我平日交与你的银子皆有字印的,为什么在各位大人面前诬主?"严二听了不知所以,含糊应道:"爷平日交与小的银子,果有字印的。此锭无印,乃是张老儿换转了的。"唐瑛听道:"是了,是了,你主是个高官,哪有这项假银来?都是你换了的。"遂请严嵩方便,即令左右将严二复上了长枷,把张老儿释放回家,吩咐退堂。三位大人商酌,要将严嵩纵容家人出本放债字样,具本申奏。唐瑛点头道:"如此甚善。"三人遂联衔上本入奏。嘉靖看了,心中偏袒着严嵩,乃亲批本尾云:

严二借主放债是实,干连家主,殊属有因。此所谓城门失火,殃

及池鱼者也。朕已洞悉其情。兹着将严二枷号三个月,期满杖释,以警将来。严嵩着革职留任,以示失察之咎。张老儿免议。钦此

旨意下了,三部大臣只得遵旨发落。正是:世上无财不为悦,朝内有人好做官。要知后事如何,且听下回分解。

第十四回　大总裁私意污文

却说圣旨一下,三部大臣只得遵旨办理。严嵩奉诏革职留任。严二枷号不题。光阴荏苒①,日月如梭,不觉又过三个月余。其时严二业已松枷,复回严府。严嵩亦开复原职。惟严二挟恨张老儿,时刻要寻事陷害。所恨无隙可寻,暂且隐忍。

又说元春见海瑞屡次有恩于父,心中十分感激。时对父母说道:"海老爷在我们店中,将近住了两年。父亲屡屡受他大恩,自愧我们毫无一些好处报效,心中甚是过意不去,如何是好?"张老儿道:"海老爷是一个慷慨的人,谅亦不在于此。只是我们须记在心上,好歹报一报他的大恩就是。"

一日元春偶见海瑞足上的鞋子破了,便对父亲说道:"你看海恩人的鞋子也穿破了,我意欲亲做一双送他,聊表我们的心,以为报恩之意。不知可否?"张老儿道:"如此甚好,亦使他知我父女的心。"便即时到街上去,买了鞋面上等南缎、丝绒布里等项。买齐回家,交与元春。元春道:"父亲可到海老爷房中,寻他一只旧鞋来,做个样子,大小不致失度呢。"张老儿听了,急急走到海瑞房中,见了海瑞道:"海老爷,我意欲与你老人家借件东西,不知肯否?"海瑞道:"你老人家要什么去用只管说来。"张老儿道:"小老看见老爷云履十分好样,意欲借一只去,依样造双穿穿,不知肯否?"海瑞道:"这有什么要紧?"便亲自取了一只旧鞋,交与张老儿。张老儿接过鞋来,就揖道:"改日送还。"遂相别,直拿到里面交与元春。元春便收下。次日照着式样,把缎子裁了四页鞋面,亲自用心描绣。不数日已经绣起,果然绣得如生的一般。又将丝线滚锁好了,随又拿白布裁砌成底,不数日业已告竣。是日将新并旧一齐递与父亲送去,张老儿接鞋一看道:"我儿果然做得华丽。"即便欣然手舞足蹈,急急的到街上买了一盘馒头,回家将一个盒子盛了,送进客房。见了海瑞,纳头便拜。海瑞不知其故,忙挽起说道:"老人家此礼何来?"张老儿道:"小老屡屡蒙老爷恩庇,

---

① 荏苒(rěn rǎn)——时光渐渐过去。

无可为报。昨小女亲绣朱履一双,送与老爷穿着,聊表寸心而已!"海瑞道:"不过略为方便,何足为念。又劳姑娘费心,断不敢领惠。"张老儿道:"小女区区薄意,岂足为敬。老爷如不肯赏脸,使小老合家不安。"海瑞道:"既蒙你父女一番心意,在下只领一只足矣,余者决不敢领。"张老儿笑道:"鞋是一对的,哪有受一只之理!"海瑞道:"我本不敢收的,只是你老人家一番厚意,故此不得已收下一只,以为他日纪念。"张老儿道:"收下一只,也就罢了。只是这几个点心,还要望老爷再一赏脸如何?"海瑞道:"受了鞋,这就够了,点心是决不敢领的。"张老儿再三央求,海瑞决不肯领,张老儿无奈收回。海瑞受了这一只鞋子,看见果然刺绣得好,玩视良久,收置箱中。暂且按下不题。

又说严二一心挟恨着张老儿,恨不得一时寻事陷害于他。适值嘉靖有旨,要选宫妃。凡有人间美女,俱着有司送京候选。这旨意一下,各省钦遵,纷纷挑选,陆续进京,自不必说。严二听了这个消息,满心欢喜,自思此恨可消矣。遂将元春名字面貌令画工绘了,就假传严嵩之意,送到大兴县来。那大兴县姓钟名法三,见了画图,吃了一惊,说道:"天下哪有这样的美女子,真天姿国色也!"遂即时来到张老儿店中,把张老儿唤了出来,倒把张老儿吓了一跳,战战兢兢的出来跪着。知县道:"闻得你的女儿生得美艳,当今皇上,亦已知道。现有画图发下,着本省前来相验。可即唤出来,待本县验过,好去复旨。"张老儿道:"小女乃是村愚下贱,蒲柳之姿,怎能配得天子。"知县道:"这是皇上旨意,好好叫他出来一看就是。"张老儿不敢有违,只得进里面把元春唤了出来。元春大惊失色,只得随父亲出来,见了知县,深深下拜。知县定睛一看,果然勾人魂魄,说道:"果与画图上不差。今可随了本县回署,令人教习礼仪,待等香车宝马送进宫去,管教你享不尽富贵。"就即吩咐左右,立唤一乘小轿上来,将张氏先送进署去。张老儿哪肯容去,急急唤了仇氏出来,一齐跪在地下哀恳。知县哪里肯,吩咐速速上轿,如违以抗违圣旨定罪。张老儿不敢再抗,眼巴巴望着女儿上轿而去,知县押后而行。仇氏哭倒在地,反是张老儿再三劝慰。时海瑞亦来相慰道:"二位不必悲泣,令爱具此才貌,此去必伴君王的。二位就是贵戚,富贵不绝的。况他是奉旨来召,纵是哭留,也是无用。"张老儿听了,方才渐渐止了哭泣,只得安心静听消息。正所谓:眼望捷旌旗,耳听好消息。

再说元春被知县喝令左右强扶上轿，来到内署。幸有知县夫人为他宽慰。元春自思薄命红颜，今已至此，亦不悲泣了。知县大喜，立时令人制造香车宝马，以及锦绣衣服。忙了半月，诸事停当。此时元春亦习熟了见君的大礼，钟知县便来见内监王恺，将元春来历备细告知，恳托王恺代奏，王恺应允，乘便奏知。嘉靖大喜，即命王恺以宫车载入内廷。果见元春生得如花赛玉，虽西子①、太真②无以过之，龙心大悦，令备宴在西华院，与元春欢宴。是夜帝与元春共寝，十分欢喜，次日即册为贵妃。令内监持千金赐与知县，将张老儿钦赐一品，仇氏为承恩一品夫人，另有彩缎、黄金、玉璧等项，赐赍③甚厚。此际张老儿乍膺显爵，又得钦赐许多东西，竟不知所措，惟有望阙④几叩而已，又来叩谢知县。钟法三看他是个国戚，急急开门迎接，备极谦厚。张老儿道："小女若非大老爷，焉有今日。此恩此德，何时可报？"知县道："岂敢，此是娘娘洪福，与仆何干？但是国戚，向有定制。公今既为贵戚，自当珍重，旧业合行弃却矣。"张老儿道："大老爷吩咐，本当从命。但是小店尚有一位海老爷在店中，住了二载有余。今一旦改业，岂不撇下了他？"知县道："这是客人，哪里住不得？何必介意。"张老儿道："不是这般说。这位海老爷虽是个客人，然有大恩于我家者也。今得富贵，岂忍弃之。"知县道："既是恩人，不忍相弃，就留下这店与他居住就是。大人与夫人，可到敝衙来住。待等造了府第，然后迁去便了。"张老儿应诺，告别回店，将此事对海瑞说知。瑞曰："这是本该如此。但宝店物件太多，只恐在下一时不能照拂，若有遗失，心中过意不去。况且场期在迩，会试后即便言旋。久欲迁往别店，恰好相值，就此交还老大人便了。"张老儿道："如此岂非是老拙故意推出恩人么？这却反为不美。如今恩人且再屈些时，待会试后再去不迟。若今日迁去，人皆说我负心人也。"再三强留，海瑞只得住下。未几便是场期，海瑞打点会试，自不必说。

---

① 西子——即西施。
② 太真——即杨贵妃，因其曾出家为尼，法号太真，故也称杨贵妃为太真妃。
③ 赍（jī）——以物送人。
④ 阙（què）——古代宫殿、祠庙和陵墓前的高建筑物，称"阙"。通常左右各一，建成高台，台上起楼。后也为宫门的代称。

再说是岁会试大典,嘉靖帝钦点几贤大臣为大总裁。你道哪几位?

大总裁通政司严嵩,大总裁礼部尚书郭明。副总裁兵部侍郎唐国茂,副总裁詹事府左春坊胡若恭。提调官兵部侍郎王琅。监试官太仆寺卿沈蔚霞。巡风官光禄寺卿应元。监试官内阁学士刘彬。

内帘同考官:翰林院侍读学士朱卓云,翰林院检讨伍相,刑部主事刘瑾,工部郎中李一敬,户部郎中果常,给事员外郎白亮祖,太子洗马邹升,翰林院侍读学士吕知机,侍读学士胡湍,太常寺少卿陆和节。

外总巡察官:步军统领一等承恩齐国公张志伯,左卫都指挥开国诚意伯刘椿。

其余在事人员,不必多赘。

到了三月初六日,各官入闱时,严嵩是个大总裁,自然另具一番模样,各官俱不心服。严嵩与众人大不相能,所以各怀异向之心,暂且不表。

到初八日,各省举子纷纷入闱,海瑞亦到贡院,点名已毕,各归号舍。初九日五更就出题目:

首题:"大学之道"一章。次题:"君子务本"一节。三题:"足食足兵"一章。诗题:"赋得春雨如膏"得速字五言八韵。

题目一下,各举子潜思默想。海瑞更不思索,一挥而就。头一个交卷,就是姓海的。到了二场,五经文论,海瑞作的十分流利。三场策问,亦中时弊。海瑞自忖今科幸或获售,亦未可定,遂在店中静候放榜。再说海瑞的卷子,是朱卓云首荐上去,三位总裁俱称叹不已。以为会元非此卷,再没有第二卷可得的,佥①谓宜置第一。惟严嵩怀恨妒忌,自忖他们看我不上眼,我是个正总裁,主政在我,我却偏偏不中他,遂在卷上面故意弄了油脂在上面。到揭晓日,四位总裁都在至公堂上,共议五魁,三位都说此卷可以中元。惟严嵩摇首道:"不得、不得。"众问何故。严嵩道:"列位还不曾看见么?你看上面沾有油脂,这却不得越例的了。"郭明道:"这是我们里面沾了的,不与举子相干。若是自行打污的,收卷官就有证明,房师②也不荐上来了,岂可因此屈了此人之才!"

---

① 佥(qiān)——都,大家。
② 房师——科举制度中,举人、贡士对荐举本人试卷的同考官的尊称。

严嵩道:"但看其文理亦甚平常。"竟不中了。故意将卷子撤开,另取别卷抵换。正是:功名皆命定,偏遇丧良人。毕竟后来如何,且听下回分解。

第十五回　张贵妃卖履访恩

　　却说严嵩心怀妒忌，要显自己利害，故意把共荐的会元卷子撤了开去，另换一卷上去抵补，把榜放了。故此海瑞名落孙山，无情无绪的，不禁长叹。海安道："老爷不必如此。今科不得高中，明科再来就是。"海瑞道："功名得失，固不必怨。但此刻盘费都没有，如何归家？"海安道："昔日张老儿贫困时，老爷屡捐客囊相济，如今他已富贵了，何不向他略借百余两，以作路费，下科赴考带来还他就是。"海瑞道："你们哪里知道，张老儿到底不是读书的人，今者偶因女儿乍富乍贵，我却向他借贷，则平日护卫他的心事，也尽付之流水。况我曾有言说过，会试后便迁居的。如今名落孙山，复有何颜再与伊人相见？迁居之后，再图归计。你二人可到外边寻觅旅店，迁了出去，再作道理。"海安不敢多言，便去寻觅旅店不提。

　　再说张老儿因女儿乍得富贵，此际就有许多官员与他来往。这一日是哪一位大人相请，那一日是哪一位尚书部堂邀饮，所以无一时空闲时节。这仇氏亦不时到宫里伴侍女儿，那店中并无一人往来。海安寻着了旅店，便来说知。海瑞看见张老儿不来店中，遂做一书札，以为留别之意。其书云：

　　　　萍水相逢，竟成莫逆。三载交契，自谓情殷。诸承关注，感荷良深。更喜天宠乍加，椒房亚后，贵勋之庆，欣慰故人。瑞命途多蹇①，仕路蹭蹬②。两科不售，徒有名落孙山之叹。今议图归计，故以暂别东道主人。近因老丈贵务纷纭，不获面辞。所有店中什物，俱已照点，如数封志完固，并请邻人眼同点齐，封锁店门，以候翁归检点。所有厚恩，统俟③将来衔结可也。定期归日，另当躬亲拜辞。专此布达，并候升祺不一。

　　　　　　　　　　　　　　　　　　　　晚生海瑞顿首

---

① 蹇(jiǎn)——跛足，引申为艰难。
② 蹭蹬(cèng dèng)——遭遇挫折。
③ 俟(sì)——等待。

海瑞把书信写了封固，另将房内什物，逐件开注明白。命海雄请了左右邻人来到，告知备细，并请他们眼同检点一次，什物各件，交付清楚，随与邻人告别，一竟搬到东四牌楼旅店住下，徐图归计。比及张老儿回时，海瑞已经搬去两日。邻人备将言语告知，张老儿不胜赞叹其忠厚。及进里面，看见了遗札，自悔不该前日到某人家去饮酒，以致不能与海瑞恩人一钱，深以为恨。暂且不表。

再说元春既蒙恩宠，贵掌椒房，然时刻念着海瑞之恩，未尝须臾忘报。这一日看了新科进士录，却不见海瑞的名字，叹道："何斯人之不偶也？他的才学以及心术，慢说一名进士，即使状元亦不为过。怎么偏偏名落孙山，这是何故？想起当日我父母被严二强迫之时，若非海恩人相救，焉有今日之荣，受恩岂可不报？但恐他看见榜上无名，即议归计，我纵在皇上面前提挈他也是枉然的。"左思右想，忽见仇氏进宫而来。元春便问道："母亲，近日海恩人在店中作何景况？"仇氏道："他见榜上无名，竟迁去了。临别之际，你父亲不在店中，他便邀了左右邻人到店内，将他房内所有的物件，逐一公同查点明白交付了，然后迁去，又不说是迁到哪里。及你父亲回店，始知备细，又得见留别书札，只言不日就要起程，再来面辞等语。我想此人真是个诚实君子，来去分明，令人起敬也。"元春道："不独诚实，而且义侠。我家若不得他卫护，只恐此时你我不知怎生样子了。只可惜他中不得一名进士，我如今有心要弄顶纱帽与他，但不知他还在京城否？"仇氏道："以我料之，此人必不曾去。"元春道："母亲何以知之？"仇氏道："海恩人说话，是一句只说一句的。他书中曾言有了定期，亲到辞行，若是回去，必来我家辞别的。今不见他来，是以知其必不曾去。但是京城地方如此宽阔，东西南北，不知他住在哪间店儿里面。况且他是个最沉潜的，在我们店中住的时节，你也见的，无事不肯出门少立一回。就是他两个家人，亦不许出外走走，如此实难寻觅的了。此是你有此心，而彼无此机会也。"元春道："只要用心访寻，哪有寻访不着之理？我想起当日在店中，曾做了一双绣鞋相送与他。他只受了一只，以为日后纪念。此时我亦将这一只收拾好了，如今现在什袭①之中。明日我只唤一个内监，拿了这一只绣鞋，在各门内呼卖鞋子。只是一只，再没别人肯买的。若是有人

---

① 什袭——把物品一层层地包裹起来。此指包裹。

呼买,就是海恩人了,此却最妙的。见了海恩人之时,我另有话说,叫他在此候着。我却在皇上面前代他弄顶纱帽,亦稍尽你我报恩心事。"仇氏道:"岂不闻古人云,'有恩不报非君子,有仇不报非丈夫',这两句说话,你我正当去做呢。"元春点头称善。

到了次日,元春唤了个内监名唤冯保,吩咐道:"我昔年在闺中,绣有一双鞋子,及后失了一只,再没心神再做了,如今这一只尚在这里。我意欲命汝袖了此鞋,悄悄的出了宫门,到街坊上去,只将这鞋叫卖。若有人叫买,你便卖了他,但只要问那人姓甚名谁?即来回我,不得张扬,自有重赏。"遂将一只鞋子交与冯保手。冯保接鞋叩头,悄悄的出宫而来。一路上逢人便叫:"卖鞋!"人人看见是一只鞋,只管叫卖,个个掩口而笑,都说他是呆的。冯保一连走了两日,却不曾遇着一人叫买。直至第三日,在宫中吃了早饭,却从东四牌楼这边走出来,亦是一般样叫唤,暂且按下。

又说海瑞自搬出了张老儿店来,终日思想归计,只是没有银子,如何回得粤东?意欲向同乡亲朋告贷,自念交游极少,只有潮州李纯阳在翰林院内。就是徐煜邦在兵马司任内,其缺亦是清苦。余者都没甚来往,怎生开口求人?又念妻子在家必要悬望,谅此时亦已得见新科录了。知我落榜,不知怎生愁闷呢!自思自想,好生难过。无奈只得往李纯阳处走走。刚出门来,恰好遇着冯保,手拿一只绣鞋叫道:"卖鞋!"连声不断。海瑞看见,就愣了眼,猛省道:"这一只鞋,我好像见过的一般。是了、是了,不错的,就是张老儿的令爱相送与我的。那时只收了一只,现在箱子内。如今这一只,怎么落在这人手上?谅必有个什么缘故。待我唤转他来,再作道理。"便急赶上前去,叫道:"买鞋,买鞋!"唤了几声,那冯保方才听见。回转头来,问道:"相公你要买鞋么?"海瑞道:"正是,请到小店议价如何?"冯保暗中欢喜不迭,遂随了海瑞,来到店房坐下。冯保问道:"相公,果是要买么?"海瑞道:"果然要买,不知此鞋一只,还是一对的?"冯保见问,心中疑惑,因绐①之曰:"一对,哪有一只卖得钱的道理?"海瑞道:"如此不合适了。"冯保急问:"何故不合适?"海瑞道:"在下也有一只,与尊驾这只相同,故此要买。若说是一对,只恐剩了你的一只,岂不屈了你的么?"冯保问道:"原来相公也有一只么?乞借一观,可相像否?相公意下

---

① 绐(dài)——欺哄。

如何?"海瑞道:"这又何妨?"便令海安开箱,取了出来。冯保接过手来,将自己的一并,就是一对儿所出的,丝毫不错,因暗暗称奇,喜意浓浓的说道:"相公,这一只果然与在下的合适,想都是一手所出的了。怎么只有一只?倒要请教呢!"海瑞道:"这一只鞋儿,却有个大大的缘故呢!待我说来你听!"便将始末备细说了一遍。冯保听了,始知原委,因问道:"相公高姓尊名?"海瑞说了姓名,冯保听了道:"原来就是海老爷,失敬了。如今在此久居的呢,还是暂寓的呢?"海瑞道:"本拟即归,只因缺乏路费,难以走动,故而迟延至今。左思右想,郁郁无聊,只得散步往李翰林处走走。刚出门来,偶见此鞋,因而触起旧日之情,请问驾上,这鞋儿却从哪里得来的?乞道其详。"冯保道:"说来话长了,我有几句话儿。你试猜一猜看。"海瑞道:"烦说来,待在下试猜中否?"冯保朗吟道:

家住京城第一家,有人看我赏宫花。

三千粉黛归吾约,六院娥眉任我查。

日午椒兰香偶梦,夜深金鼓迫窗纱。

东君喜得娇花早,故伏甘霖夜长芽。

吟毕。海瑞道:"猜着了,莫非驾上是宫内来的么?"冯保道:"怪不得你们读书的这般厉害,一猜便猜中了。我直对你说,咱家不是别人,乃是内宫西院的司礼监。昨奉张贵妃娘娘之命,着咱家拿这鞋子出来叫卖,说是有人要买,就要问了姓名,立时复旨。却原来皇家娘娘受过老爷大恩的,故此着咱家前来密访,想是要报老爷的恩了。老爷可住在这里,听候咱家的信,自然不错的。"遂即告别起身,回宫而来,见了张贵妃,跪下说道:"娘娘,奴才为主子访着了。"张贵妃便问:"访着什么?"冯保道:"容奴才细奏。"便将如何遇海瑞,叫唤买鞋,逐一说知。张贵妃听了道:"是了,是了,不错的。你可认定了他的住址么?"冯保道:"奴才已经认得了,故此回来复旨。"张贵妃道:"你明日可将他那只鞋儿拿来我看,我自有话说。"冯保应诺,次日天明急急起来,连早膳也不用,一径来到东四牌楼,到海瑞房内,彼此相见了。冯保将张贵妃要看绣鞋一节对海瑞说知,海瑞道:"谨尊台命。"乃起取出来,交与冯保手带回宫去。冯保大喜,作别而去。正是:山穷水尽疑无路,柳暗花明又一村。不知冯保将鞋拿进宫去,张贵妃怎么发落?且听下回分解。

第十六回　海刚峰穷途受赦

却说冯保取了鞋儿，急忙来到宫中，见了张贵妃，将鞋儿呈上。张贵妃看过，果是原物，乃吩咐冯保道："你可去传我的话，称他作海恩人，请他暂且安心住下。旬日之间，必有好音报他就是。"冯保领命，复到海瑞店中，口称："海恩人老爷，娘娘见了鞋儿，认得是自己原物。叫我来对恩人说，暂且安居，旬日之间，自有佳音相报等语。"海瑞谢道："下士乡愚，有何德能，敢望娘娘费心？相烦公公代奏，说我海瑞，多承娘娘锦念，已是顶当不起，焉敢再廑①清怀！善为我辞，则感激不尽矣。"冯保道："咱家娘娘是个知恩报恩的人，老爷只管宽心住着，咱家告辞了。"海瑞送出店门，冯保又叮咛了一番，才回宫复命不表。

元春此时既知海瑞下落，便欲对嘉靖皇帝说知，求赐一官半职，以报厚恩。只是海瑞与己无亲，如何敢奏？左思右想，忽然叫道："有了有了，就是这个主意。"

少顷，驾临西院。元春接驾，山呼毕，帝赐平身，令旁坐下。内侍把三峡水泡上龙团香茗，帝饮毕，对元春说道："今天天气炎热，挥汗不止。与卿到荷花香亭避暑，看宫女采莲罢。"元春道："臣妾领旨，谨随龙驾。"内侍们一对对的摆队，一派鼓乐之音，在前引导。帝与元春携手，来到荷花香亭上坐着。那亭子是白石雕砌成的，四面尽是玲珑窗格，对着荷池。那池里的荷花，红白相间，下面有数十对鸳鸯，往来游戏。又有画舫数对，是预备宫娥采莲的。此时帝与张妃坐于亭上，只见清风徐来，遍体皆爽。即令宫女取瓜果雪藕之类及美酒摆在亭中，与妃共饮。帝在居中坐，张妃再拜把盏，帝饮数杯，令宫娥弹唱一曲。只见张妃眉头不展。帝笑问道："卿往日见朕，欢容笑语，为甚今日愁眉不展，却是为何？莫非有甚不足之意么？"元春连忙俯伏，口称："妾该万死，臣妾市井下贱，蒲柳之姿，蒙陛下不弃，列以嫔妃之职，则恩施二天，妾实出望外。受恩既深，常恐不足以报高厚。臣妾实有下情，敢冒奏天颜，伏乞恕罪。"帝笑令宫娥挽起道：

---

① 廑（qín）——多次。

"卿且坐下,有事告朕,朕当为卿任之。"元春再拜奏道:"臣妾本乃下贱之辈,昔在父母豆腐店中,饥寒莫甚。上年一家俱病,父母将危。幸有广东琼山举人海瑞,在妾店中作寓,见妾一家无依,亏他慷慨,屡捐客囊,为妾一家医药,遂得生全。今妾得侍至尊,父母俱贵,惟海瑞落魄京城,不得归家。妾闻此情,心中实不忍,自恨弱质,不能少报其德,故此闷闷不乐。不虞为陛下察觉,妾万死不容辞矣。"帝听罢大笑道:"朕只道卿为着什么,却原来为此。这乃小事,何须介意?他既是举子,怎不赴试,甘于落魄呢?"元春复奏道:"彼曾入闱,怎奈名落孙山。"备将海瑞初次入京,误过场期,逐细奏知。帝道:"此人功名不偶,命运坎坷。朕当与卿代为报德就是。"元春连忙谢恩,欢呼万岁。帝即令取了纸笔,亲书道:

海瑞怀才不售,功名不偶,此尔命数使然。朕特起之,着赐进士及第。吏部知照,即以儒学提举铨①用。钦此。

写毕,递与元春看道:"卿意云何?"元春复山呼拜谢。帝令内侍,即将上谕发与吏部知道。随与元春共饮数杯,方才散席回宫。

再说海瑞在店中,思想冯保取靴去了,不知作何景况?正在沉思之际,忽闻外面一片声喧,瑞急令海安出看。海安走出店来,只见几个报录的,内中一个手捧报条一张道:"哪位是新进士海老爷?快请出来,待我们叩贺。"满店人都道他是疯癫的,这个时节,连殿试都过了,武闱又没有恁②早,报什么进士?大家都笑起来。海安道:"我家老爷是姓海,既是中了进士,可拿报条来看。"那人便将手中的报条展开,只见写着:"捷报贵寓大老爷海瑞,蒙旨特赐额外进士及第。"海安看了,心中暗暗称奇。便把报条拿进里面,对海瑞说知。海瑞大喜,即望阙谢恩。打发报子去了,正欲回身,又见有人来报说:是吏部差来的。海瑞接了展看,原来是签授浙江淳安县儒学。海瑞心中不胜大喜,即打发了报人,次日冠带伏阙谢恩,随到吏部拜谢。那吏部看见海瑞是格外恩赐的人,料为天子所知的,便加意相待,自不必说。次日即令人送其文凭到寓。

海瑞此际既得了文凭,只是苦无盘费,不得赴任。想起李纯阳与他最厚,便连夜来见纯阳,欲借银子赴任。李纯阳笑道:"似此小弟实属不情

---

① 铨(quán)——量才授官。

② 恁(rén)——这样。

了。弟自到京以来,今已六载,家中付过两次银来京。现在拮据之状,莫可名言。但弟与兄相交最厚,义不容辞,十两之资,可以勉为应命。幸故人勿以不情见怪也。"海瑞道:"弟亦知兄拮据,但事在燃眉,不得已而犯夜行之戒。"纯阳道:"兄莫言此,令人惭愧。"遂令人取十两银子出来,亲手递与海瑞道:"微敬勿哂。"海瑞再拜称谢道:"蒙兄分用,此德当铭五中。"闲话一回,方才别去。回至寓中,只见冯保手捧着一个黄锦包袱,坐在店里。一见了海瑞,喜笑相迎。说道:"恭喜老爷荣任,娘娘特着咱来道喜,并有程赆①相贶②呢。"说罢,把包袱双手送与海瑞。海瑞接来,觉得沉重,说道:"海瑞何德何能,屡费娘娘厚意?"便望阙谢恩,然后收下。冯保道:"娘娘说,恩人老爷路上须要保重。莅任放心做官,有甚事情,自有娘娘担当。"说罢起身告辞,海瑞嘱道:"烦公公代奏,说海瑞不能面谢娘娘恩典,惟有朝夕焚香顶祝,愿娘娘早生太子。"冯保应诺而归。少顷人报张大人到,海瑞急急出迎。却原来是张老儿前来道喜,并送程仪。彼此闲谈了一番,方才别去。海瑞将张妃锦袱打开看时,却是三百余两纹银。又将张老儿的拆看,是一百两元丝。此时海瑞有了四百两银子,计及到浙盘费之外,尚剩三百余两。满心欢喜,急将适间所借李翰林十两银子,原封包好。另将一百两银子,包在一处。作书一札,其意略云:

异乡拮据,形倍凄然。弟以冷曹累兄,实不得已而为之也。幸而天假我便,承西院张贵妃惠我三百金。又叨张贵妃父张公惠我百两。值此涸辙③之际,忽西江之水直苏救涸鱼。除应用费用外,尚余三百两奇。故人亦在涸竭之候,我敢不施一西江水而苏涸鲋乎?除将原银归赵外,另具百数,少表故人之情,幸勿见却。专候升祺④不备。

海瑞恭拜

写毕,将原银并百两一包的,连书着海安送去。随又修下家信,亦是一百两银子,令海雄交与千里马,附回粤东省城,转寄琼州。打点明白,立即收拾行李起程,主仆三人出京去了。

---

① 赆(jìn)——赠给人的路费或礼物。

② 贶(kuàng)——赐与。

③ 涸辙(hé zhé)——处境困难。

④ 祺(qí)——吉祥。书信中用为祝颂语。

再说严嵩自从开复以来,百计夤缘①,每在帝前献媚。今日暗奏这一部大臣贪赃,明日冒奏那一班武将怠玩。帝无不准,不知黜②革了多少官员,帝十分宠他,不数月就升了刑部侍郎。严嵩威权愈大,势焰愈炽,心恨张老儿不死,反得大官,身为内戚,每每思欲中伤之。岂知天不从人,海瑞去后,张老儿一病不起,数日便死了。帝念其国戚之贵,赐银开丧,赠太师,谥③贞侯,严嵩愈加恼恨。

此时严嵩威权日盛,文武多有依附其势者。步军统领张志伯,因嵩得封国公。嵩生子名世蕃,未周岁,张志伯即以幼女扳亲,其女长世蕃一岁。二人即订了亲,彼此勾结作奸,鬻爵卖官。种种不法,帝颇有所闻,而不一问。嵩又建造府第,阔十顷,其中花园亭榭,与宫中相等。正是:天上神仙府,人间宰相家。嵩又以美女十名,教以歌舞,各穿五彩云衣,每当筵前舞蹈,望之如五色云锦,灿烂夺目,名为"霓裳④舞"。唱演既精,送嘉靖帝作乐,帝愈宠贵,即加太保衔,升吏部尚书,协兼办大学士。张志伯在京既久,意欲讨个外差,出去快活快活,就来央严嵩。嵩道:"外差不过指挥、巡按,公乃一品武职,两缺俱不合例。除非钦差方好。"张志伯道:"近闻各省多有侵销帑项,库中多有亏空者,大人何不奏请圣旨,差某前往清查,藉此可以少伸心志。倘有所入,敢不与大人南北么?"严嵩点头称善,即日具疏⑤入奏,以各省亏空太多,非专差大臣清查不可。倘用文臣,未免官官相卫。武职出巡,则有公无私。查步军统领为人忠厚廉明,可充此职,帝即允奏。正是:一封朝奏入,百害日滋生。毕竟张志伯可得外差否,且听下回分解。

① 夤缘(yín yuán)——攀附上升。比喻攀附权要,以求仕进。
② 黜(chù)——废除。
③ 谥(shì)——封建时代在人死后按其生前事迹评定褒贬给予的称号。
④ 霓裳(ní shang)——霓,虹的一种。裳,下身的衣物、裙。指美丽衣装。
⑤ 疏(shū)——奏章。

第十七回　索贿枉诛县令

不提严嵩专权,再说那张志伯奉了圣旨,即日收拾起程,由直隶、山东巡察而来。一路上好不威严,头旗写的是"奉天巡察"四字,带领兵部骁骑百余人,请了尚方宝剑,所过州县地方,有司无不悚然①,额外的供应,俨如办理皇差一般。张志伯满望席卷天下财物,故以先声夺人。方出京来,便擅作威权,首先挂出一张告示:

> 钦差总巡天下纠察御国公张,为晓谕事:照得本爵恭膺简命,总巡天下各省钱粮以及贪官污吏。受恩既重,图报犹艰。本爵惟有一秉至公,饮水茹藻②,以期仰副圣意。所有各省仓库钱粮,均应彻底清查。如有亏空即行具奏。并各省命盗奸拐重情,如有贪官污吏希图贿略,故意出入者,一经察觉,或被告发者,亦照实具题,决不稍为宽贷。各宜自爱,毋致噬脐③。预告。

这告示一出,沿途州县无不心惊胆战。传递前途,以作准备。谁知这张志伯立法虽严,而行法实恕,只管打发家人预通关节,所过州县,勒补折伕价银一万,照办则免盘诘④,否则故意寻隙陷害。所以地方有司,莫不送财,以图苟免了事。

一日,巡至山东历城县地方。这历城县知县姓薛名礼勤,乃是山西绛州人氏,由进士出身,即用知县。为人耿直廉介⑤,自从到任以来,只有两袖清风,并未受过人间丝毫财贿。阖⑥县百姓,无不知其贤能,素有廉吏之声。这日接得前途递到公文,报称张国公奉旨巡察各省钱粮、官吏。并有私书,单道其中陋规之意。这薛知县乃是一个穷官,哪有许多财宝奉承

---

① 悚(sǒng)然——恐惧的样子。
② 茹藻(rúzǎo)——茹,吃;藻,水生植物。茹藻,比喻艰辛。
③ 噬脐(shìqí)——后悔不及。
④ 诘(jié)——责问。
⑤ 廉介——廉能耿介。
⑥ 阖(hé)——通"合"。

与他？况且自思到任以来，并无一毫过犯，案牍清理，谅亦无妨，只备下公馆饭食伕马等项而已。先一日，就有张府家人来打头站。带领二十余人来到县中，高声大叫知县姓名。这薛知县在堂听得明白，心中大怒，只得走出相见。那家人端坐堂上不动，问道："你系知县么？"薛公应道："只某便是。"那家人笑道："好大的县尹①！既知国公爷奉旨到此纠察，你为什么一些都不预备？直至我来，仍是这般大模大样的，你可知我家公爷尚方宝剑的厉害么？"薛公听了道："敝县荒凉，没有什么应酬的。只是伕马饮食，早已备下了，专等公爷经过就是。"那家人便道："怎么这般的胡混，难道前途的有司，都没有知会与你么？"薛公故意道："前途虽有公文先到，亦不过知会预备伕马迎送而已。"那家人大怒，骂道："你这不知好歹的东西，故意装聋作哑。少顷国公到来，好好叫你知道。"说罢竟自去了。知县颇知不妙，只是不肯奉承，任他的主意便了。

少顷，张志伯领着一行从人来到，薛公只得出郭②迎接。张志伯吩咐进城歇马，知县便在前引导。迎到公廨③，张志伯坐定，薛公入见，请了安，侍立于侧。张志伯问道："贵县仓库，可充足否？"知县打躬回道："仓库充足，并无亏空。"志伯又问道："县中案牍可有冤抑久滞不伸者否？"知县道："卑职自莅任以来，案无大小，悉皆随控随问，并无久悬不结之案。"志伯所问言语，不过是故意恐吓的，好待知县打点。谁知这薛公毫不奉承，对答如流，志伯心中有些不悦，便作色道："既是贵县案牍无滞，钱粮充足，本爵钦奉圣旨，是专为稽查纠察来的。贵县虽则可以自信，然本爵亦须过目，方可复旨。就烦贵县立即备清单，好待本爵查验。"知县不敢有违，打躬道："谨遵台命，待卑职回署，立着书吏开列呈上就是。"志伯道："不须回去商酌，就在这里开注。"便令人取过纸笔，放在面前，勒令书写，不容迟缓。薛公无奈，只得当堂写明。先把仓库钱粮开列，后把各房案件开注呈上。志伯观看，只见写着是：

历城县知县薛礼勤，谨将县属管下仓米谷石开列。计开：

---

① 尹（yǐn）——官名，县长也称县尹。
② 郭——外城。古代在城的外围加筑的一道城墙。
③ 公廨（xiè）——旧时官吏办公处的通称。

天字第一廒①,贮米一千五百六十九石零三升六合七勺。地字第二廒,贮米一千二百三十二石二升七合八勺。元字第三廒,贮米一千七百二十五石六斗一合一勺。黄字第四廒,贮米一千零七十三石零二合。宇字第五廒贮米九百二十五石一升七合三勺。宙字第六廒,贮米一千零一十二石零三合。洪字第七廒,贮米八百石零七升二合三勺。荒字第八廒,贮米九百一十二石三升三合七勺。

常丰仓谷石列后:

东字廒,贮谷二千八百二十五石三升八合三勺。南字廒,贮谷一千石无零。西字廒,贮谷一千零五石二升九合一勺。北字廒,贮谷九百一十五石七升一合。上下中末四廒,每廒贮陈谷三百一十三石无零。

库存钱粮:地丁银,除报销外,实存银三万八千七百五十三两六钱三分七厘。

各房案件开列:

刑房命案未结共一十三件,已结共一十八件。兵房盗案未获共二十八件,已获共一十三件。礼房拐奸两案未结案共五件,已结案共一十一件。又户房婚案未给共一十六件,已结共一十六件。户房田土案共一十七件,已结案共二十一件。粮屯两房未结案共一十七件,已结案共八件。吏工两房并无未结案件。

志伯看毕,把清单收了,对薛公道:"贵县今夜且在公廨歇宿一宵,明日随同本爵一起查验可也。"薛公应诺,晚上令人取了酒饭上席,志伯一概不食,仍旧发还出来。那些家人们要这样要那样,稍有不到,百般辱骂,薛公明知他们有意寻衅,只是诈作不闻,任由他们絮絮叨叨。到了二更时候,忽有一自称张志伯的心腹家人进来,与知县扳谈,自言姓汤名星槎,因与知县言及钱粮仓库之事,知县道:"本县原亦有亏空,乃是前任相沿下

---

① 廒(áo)——通"敖",仓库。

来的。在下接篆①之时,业已禀明列位上宪,方才出结的。现在收准移定之后,并无一毫亏空。"汤星槎笑道:"太爷固是不曾亏空一毫,其如上手不清,何以混接?只恐国公不准。向来钦差出巡,皆有定例,所过州县,均有备补伏价银两,以免苛求毛疵。今太爷何不仍循旧例,可免明日多事,不知尊意如何?倘若有意,某情愿先为绍介。"知县笑道:"管家有所不知,想在下一介贫儒,十载寒窗,青毡坐破,铁砚磨穿。一朝侥幸,两榜成名,筮仕②远方,两袖清风,一琴一鹤③之外,别无长物。家有老妻幼子,尚且不能接来共享此五斗折腰之粟,其中苦况,不待絮言而管家谅能洞悉也。哪有银子会来作伏价?倘若国公不肯作情,明日吹毛求疵,亦惟付之命数而已。"汤星槎见他坚执不从,遂长叹而出。回见志伯,备将言语说知。志伯笑道:"汝且退,我自有以处之。"

次日黎明,志伯吩咐从人,摆了队伍,一对对的来到县衙,知县随后亦至。志伯升堂坐下,先点过了书吏差役名册,随唤户仓粮三房书吏上堂,吩咐导引到仓廒,点视仓贮米谷。书吏领着米役看廒报数,斗役当面量报,果然与清单所开相符。一连查阅八廒,并无差错。又来查视谷石,亦皆照数,并无少欠。志伯道:"米谷照依开列现在数目,固无少欠,但不知从前还有亏空的否?"知县忙打躬道:"历有亏空,共计一万八千石有奇。只是上手之事,卑职接任之际业已禀上宪报明在案的。"志伯颔④之,复到库房查点银数,亦合现在清单。志伯道:"一县的库,只有这些须之数?当时前任,亦有亏空否?"知县道:"自正德三年王县令手上起,至前令止,共亏空三万八千余两,亦有通报卷宗可据。卑职接准移交的时节,只有这些数目,并未侵蚀半丝。"志伯不答,复行升坐,令各书吏将所有未结案卷抱上堂来查阅。须臾各书吏抱着案卷上堂,逐件报了案由。志伯点过了数目,总奈不多一件,无可如何。心中转怒,指着知县道:"你说自到任以来无亏空,怎么仓库两项均有亏空?且多过贮的?不是你侵吞,更赖哪里

---

① 篆(zhuàn)——官印。
② 筮(shì)仕——古人外出作官,先要占卜吉凶,后称初作官为筮仕。
③ 一琴一鹤(hè)——形容官吏的清廉。
④ 颔(hàn)——点头。

去?却如此贪墨①,要你何用?蠹②国肥家,法难宽纵,若不正法,何以肃官方而警将来也?"吩咐:"左右与我绑了。"左右缇骑答应一声,不由分说,抢上前来,把薛公的乌纱除下,五花大绑起来。志伯请出尚方宝剑,令中军官斩讫报来。左右已将知县拥下,此际虽有同城文武在侧,只得自顾自己,谁敢上前说个保字?只听得薛公大骂奸贼,挟私假公,枉杀民社,引颈受戮③。百姓观者无不下泪而暗恨志伯,几欲生啖其肉。此时志伯既杀了薛知县,即令县丞陆亨泰暂署县事,又令人榜知县之罪于通衢,以为打草惊蛇之计。次日志伯起马望着江南进发。前途地方官闻知此信,各各心怀畏惧,惟恐贿赂不足,竭尽民脂以填贪壑。正是:奸权擅作祸,百姓尽遭殃。毕竟后来张志伯如何,且看下回分解。

---

① 贪墨——通"贪冒",即贪图财利。
② 蠹(dù)——蛀蚀。
③ 戮(lù)——杀。

第十八回　抗权辱打旗牌

却说张志伯擅作威福,枉杀了薛知县,暂且按下不表。再说那海瑞领了文凭,带着海安、海雄,一路上水陆继进,不一日来到省垣。先到藩司处禀见,验看过了,然后到任,望着淳安县内来。那学里的生员①、同寅②,都来迎接。海瑞一一相见过了,上任视事。在学里也没甚事情,只好邀了那些生员到来训遵经义,所以生员们都喜爱他,说他认真司铎③。一日海瑞偶然想起,我今已得一职在此为官,却把妻子抛弃在岳母处,心中有所不忍。乃修书一札,取了五十两银子,交与海雄回粤,迎接家眷。海雄领了银札,拜辞海瑞,搭了海船,望粤东南而来。

又说那张氏夫人,自从丈夫入京之后,就在娘家过活。谁知身中已怀六甲,到了十个月足,生下一女。张太夫人好不欢喜,诸事亲为料理。满月之后,取名金姑。此际张氏一面抚育女儿,专盼丈夫的捷报。到了次年五月以后,还不见一些声息。及阅南宫试录,方知海瑞名落孙山。未几有书寄回,称说留京宿科。张氏又只得安心守待。至本年的七月内,接得京中家信,始知丈夫不曾得中正榜,不知为何叨蒙朝廷特赐进士,改授淳安儒学教谕,又有百两银子付来安家,此时张氏母女喜得眉开眼笑。张氏夫人说道:"女婿是终不在人下者,今日果然。但他如今到任上去了,谅不日会来接你。"过了数月,忽然海瑞差了海雄持书而回,称说奉命来接家属,并有书信与太夫人请安。张氏大喜,即拆书札来看。其略云:

别卿数载,裘葛④四更。幸借福荫,博得一官。现在分发浙江淳安县儒学教谕,虽属冷曹,亦感朝廷格外恩典。兹已抵任,身子幸获粗安。古人云:富贵不忘贫贱友,身荣敢弃糟糠妻? 特遣海雄来家迎

---

① 生员——秀才。
② 同寅——旧称在同一处做官的人。
③ 司铎(duó)——儒家有"司政教时振木铎"的说法,把宣扬教化的人称为司铎。
④ 裘葛——夏衣葛、冬衣裘。比喻寒暑的变迁。

接,幸即随同到任,俾得一酬杵臼之劳,亦少慰夫妻之意。书到之日,即便束装。

岳母大人处,另有禀帖请安,毋庸多及。此字。

张氏贤夫人妆次。

刚峰手书

太夫人亦将书信看了。海雄道:"小的来时,老爷有五十两银子交付小的,以作太夫人路费,此项却不用过虑了。但不知太夫人何日起身?待小的好去雇备船只。"张夫人道:"择吉起程就是。"海雄应诺,便先行雇备了船只,专待吉日解缆不提。

再说海瑞自到学任以来,用心训迪①。又禀知上司,除了学中几处陋规。上宪嘉其廉能,大加叹赏说:"海提学才干卓异,可司民牧。"为他具题,请改授州县以资委用。本上,帝批准了,发回本省。该抚即便拆开来看。只见朱批是:

奉旨:该抚所题淳安儒学海瑞,才干卓异,堪为民牧。乞改授州县,以资委用。所奏如果属实,着即出具考语具题,遇有州县缺出,即行委署。如堪治理,另题实授,钦此。

该抚看了朱批,即时发下藩司,着将海瑞改注候委县册内,听候委用。未几,淳安县知县以贪墨被百姓上控免职,该抚就以海瑞委署淳安县知县事。海瑞此际,身膺民社,益励精忱,凡有兴利除害之事,无有不为。不避怨嫌,只顾为民为国,一清如水,那些百姓爱之有如父母。上任不一月,盗贼顿息,民歌乐业,竟然有路不拾遗之风。海瑞不惮②劳苦,每夜带领二仆改装访察,不知拿了多少匪人,审判如神。书差畏其明察,不敢欺隐。百姓号之为海爷,如婴儿之呼父也,其依之如此。未几,海雄接家眷至任所,夫妻相会,又见了四岁的女儿,海瑞之欢喜,自不必说。

过了两月,人传朝廷差张国公稽查各省钱粮案牍,纠察官吏廉墨。头旗大书"奉天纠察"四字,现在朝廷赐他尚方宝剑,十分威肃,一路盘查将来。闻得山东历城县知县薛礼勤,一言不合,为他所杀。所过地方供应伕马,十分烦剧,倘有怠慢,立时有事。海瑞听了叹道:"天子为何差这样的

---

① 训迪——教诲开导。

② 惮(dàn)——怕,惧怕。

人来此,适足以扰民矣。且自由他,我这里是没有许多供应的。"过了几日,邻县就有文书移知,并有私书,说是国公之意,如此如此,否则必遭参革。海瑞笑道:"岂有此理!我一毫也不备办,看他奈何。"遂命人于前途哨探。果然,不三日,张府的家人头船来到,只见淳安县城中,十分冷落,并没有半个人儿在外招呼,怎怪那张府的家人气恼,盛怒而来。走到县里,仍是这般冷悄悄的。那家人就是汤星槎。当下汤星槎怒气来到二堂,坐在一把椅子上,大声道:"怎么国公的差事都不备办?知县到底往哪里去了?"海安、海雄忍耐不住,便齐声问道:"驾上是哪里来的?请道其详。"星槎冷笑道:"你们在此做什么的?"海安道:"是跟随海太爷办事的。"星槎笑道:"却原来你们是县里的长随,就该晓得官场中的礼套。我们国公是奉旨来稽查纠察的钦差,邻县谅有文移知。你等怎么这般冷落,莫非欺藐我们么?"海安道:"我们这里乃是一个极贫极苦的县份,现在衙中米薪都不敷用,哪里还有余项来供应差务?只请驾上方便些就是。"汤星槎听了大怒,忿然而去,临行恨恨的说道:"你们且看仔细,少顷便知。"遂悻悻而去。

　　再说海瑞在内厅听得外面喧嚷,心中大怒,遂悄悄的走在屏风后窃听。正听得海安与星槎问答,不觉:怒从心上起,恶向胆边生。亲听得星槎含恨而去,随即唤了海安、海雄入内,吩咐道:"适间来的就是张国公的家丁。方才你们与他口角,彼必然迎上前途,搬弄是非,要来我县糟蹋了。你等且到外边私行打探,国公船只车辆共有多少,急来回复,不得有误。"海安、海雄二人领命飞奔而去,小心打探。去了二十余里,正好迎着张志伯的坐船蔽天而来。海安等故意坐在一只渔船之内,只顾跟着官船而走。原来张志伯的船只,除官船之外,大小共三十余号,每一船都是沉重满载的。海安、海雄二人看在眼里,急急走来回报。海瑞听了自忖他是从京中出来的钦差,又没家眷,随来不过一两只船就够了,为什么有许多船只?想必是装载赃物的了,且自由他,看他来意如何,再作区处。

　　正说之间,人报张国公差旗牌官胡英来到,称:"奉令箭到此,请爷出去迎接。"海瑞道:"国公奉旨而来稽查地方,本县理应迎接,亦不过护送出境而已。怎么差来的贱役也要本县去迎,这款是何人设的?"衙役禀道:"历过州县,都是这般迎候,老爷不可抗违,国公是不好惹的。如今旗牌现在衙前,专等老爷迎候。"海瑞不觉勃然大怒,就吩咐三班衙役,排班升堂。这话一传出去,那三班的差役,各房书吏,俱各纷纷上堂站立,分列两边。三梆已罢,海瑞升堂于暖阁之内。书差们陆续参叩毕,海瑞道:"今日本县特为本衙门与万民争一口气的,你等休要畏缩,须要照依本县眼色行事,如违,革职不贷。"两旁书差唯唯听命。海瑞吩咐开门,传旗牌入见。左右答应一声,把头、仪①两度大门开了,大声唤叫:"本县太爷,着来差报名进见。"那差官是惯受人家奉承的,所过州县,无不谄谀之,满以为知县会出来迎接,得意扬扬的站在署门。初听此言,犹以为唤别处的差官。未半刻,只见两个衙役走上前来说道:"你这差官耳聋了么?如此呼唤,你却听不见?如今老爷现在堂上,立唤你进去说话呢。"那旗牌听了此言,不觉:三尸神暴跳,七窍内生烟!勃然大怒道:"狗奴才,你在这里絮絮叨叨的,叫哪一个?"衙役道:"是特唤你进去,俺家太爷坐了堂等你呢。"那旗牌冷笑道:"好大的知县!待我进去看他怎的。"遂大踏步盛气而入。海瑞见他手持令箭,乃起身离坐,对着令箭拜了两拜,请过一边供着,然后复行升坐。旗牌看见知县复行从容的升座,心中大怒,道:"请问贵县,高姓大名?"海瑞笑道:"你既为差役,不向本县报名叩见,倒也罢了,怎么反来问起本县的姓名?本县的姓名,已有在那万岁爷前传胪册上,谅不用说你亦知道。你今至此何事,可对本县说知。"那旗牌笑道:"俺奉了国公令旨,特来着你等预备伕马,供应船只、纤夫、水手等项。毋得刻延,如违听参。"海瑞道:"这话是国公说的,还是你说的?"旗牌笑道:"令在手上,就是我说的。"海瑞道:"原来如此。我们县中大荒之后,百姓死亡者半,现在力田之际,哪有闲丁当役?且请国公自便罢。"旗牌道:"怎么说自便两字?你这厮想必做厌了这知县么?好个弥天的大胆,竟敢胡言乱语冒渎。我亦管不得许多,只要立刻取齐一百名纤夫,又要五十号大船,前去缴令就是。"海瑞道:"国公的坐船不过一只,哪用得百名纤夫,又要五十号大船何用?"旗牌道:"你只管预备就是,哪里管得许多闲事。"海瑞笑道:"本县自蒙圣恩授此县以来,所用一文皆系动支库项。今汝勒要如许船只,将来的开销,却落在哪一项上?这却不能从命。若是国公的坐船需人牵缆,本县就立刻督率众役当差便了。"旗牌哪里肯依,骂道:"放屁,哪里来的偌大瘟官,胆敢抗违国公令旨?你敢下座来,我与你

---

① 仪——即仪门,明清两代称官署大门之内的门为仪门。

第十八回 抗权辱打旗牌

去见国公,算你是个好样的!"说罢哈哈大笑。海瑞听了大怒,说道:"哪有如此大胆藐法的差役,胆敢在本县公堂之上大模大样。左右,与我拿将下去,重打四十。"两旁差役答应一声,齐来扯旗牌下去。正是:福由人自作,一旦失威严。毕竟海瑞可能打得那旗牌否?且听下回分解。

第十九回　赃国公畏贤起敬

却说旗牌出言不逊，恼了海公，吩咐衙役，拖翻在地，重责四十大毛板，然后说话。左右答应一声，立即上前，不由分说，将旗牌捽①到阶下，按着头脚，一声吆喝，大叫行杖，打了十板，旗牌咬着牙根，只是不肯求饶。海瑞看了如此，大骂衙役畏惧，不敢用力，便亲离座位，夺过板子，尽力打去，竟不计数，约有五十余板，打得旗牌叫喊连天，皮开肉绽，鲜血迸流，叫道："好打，好打！"海瑞怒气未息，令人取过链子来，自己与旗牌对锁着，吩咐退堂，一同来见志伯。

却说志伯的船只业已傍岸。所有县属城守捕衙，俱来迎接。志伯既登了岸，却不见知县，便问各官道："知县何处去了？却叫本爵到哪里去住。"捕衙跪禀道："本县因要办公事来迟，谅即来也。"说尚未毕，只见旗牌与那知县对锁着，一路迎上前来。志伯见了，不知什么意思，便吩咐县官，快上前问话。知县即便上前禀见。志伯道："贵县为甚与本爵的旗牌共锁，请道其详。"海瑞道："只因贵差来县，勒要备办供应，并要纤夫、船只，将卑职的公堂闹了。所以卑职将贵差打了，对锁着来见国公请罪。"志伯听了心中大怒，道："原来如此，且到县里说话。"吩咐先将两人的锁开了，随即来到县衙，升堂坐下，传知县问话。海瑞昂然而入，打躬毕，侍立于侧。张志伯道："本爵并非私行，乃是钦奉圣旨，稽察天下仓库案牍。所到地方，理应供些伕马。所以本爵欲到之处，预将令箭传知前途，以便汝等备办。贵县何故竟将该差痛责，岂非辱亵本爵么？"海瑞道："上司往来，地方官迎送出境，此是自然之理。但贵差到署，勒要纤夫百名，大船五十号。想此际正农夫力田之时，本县百姓，皆是耕作食力的，顷刻之间，哪有百名人来？况且小县地方，一时焉有许多船只？故此卑职略为推延，以为赶办。而贵差则擅作威福，欺藐官长，故此卑职将他责打，以警将来，万乞恕罪。"志伯道："本爵乘船而来，每县送出本境便要换船，难道不该觅船的么？那船又大，近因冬旱水浅，必须用人牵缆，始得过去，难道纤夫也

---

① 捽（zuó）——揪。

用不着的么?至于船只五十号,自有本爵的东西装载,故此开明数目,以免滋事。今贵县一些不曾预备,又将我的差官责打,明明是欺藐本爵。本爵难道没有斩知县的利刃么?"海瑞从容进曰:"国公钢刀虽利,不诛无罪之人。卑职自莅任以来,一向奉公守法,并不曾虐民媚上。今国公既钦奉圣旨纠察奸邪,盘查仓库。皇上之意,本是为民,今国公至此,适足以扰民也。卑职不自揣度,有言奉告,伏乞容诉一言,即死亦瞑目。"志伯道:"你们什么言语,只管说来。"海瑞道:"且说朝廷差公抚恤天下,问民疾苦,纠察官吏,意盖至良也。公身为大臣,仰荷①重爵,自当仰体圣意才是。怎么动以游骑先行,百般滥勒?所过州县,勒令补折伕价银若干两,饭食钱若干两,又仍复勒酒食、船只、伕马,否则以天子之命以挟制之。州县既竭营资财,民亦备极劳苦。然从无不取民之官,一旦营办,必致多方搜括万民之膏,饱其贪壑,此岂身为大臣者所为,窃为公不取也。"志伯听了,满面羞惭,不觉怒发冲冠,大声作色道:"何物知县,敢揭吾短处?"盼咐左右推出。海瑞急止之道:"死固不可辞,然亦有说。"志伯问道:"还有何说?"海瑞道:"卑职开罪明公,罪固应死。而明公受贿百万,又当如何?"志伯道:"你却哪里见来?"海瑞道:"三十余号沉重满载之船,内是何物?"志伯道:"三十余船,乃是奉皇上特谕,沿途采买下的磁器、花盆等物,怎么说是赃物?"海瑞道:"皇上大内所需各项器皿,倒有各省进奉,何劳圣虑,特以巡边大臣采买,而启天下之疑心耶?"志伯被海瑞这一番话说得无言可答,怒道:"这是本爵之事,不要你管。"海瑞道:"明公说是不要卑职来管,卑职亦要与皇上算一算账。明公自出京以来,所过州县,多者二三万,至少者一万余两,统计所过州县一千有奇,计赃百万不止。此事只恐明公他日归朝,未免招人物议。今海瑞既已问罪,谅亦难逃一死。但死亦要具奏天子,俾知海瑞曾亦与国家出力,死且不朽矣。"即从袖里取出一个算盘来,对众人计算道:"明公一路而来,大约共有赃私三百余万。"志伯满腔惭怒,只恐海瑞认真,纵然杀了他,也不得干净,遂笑道:"你这厮我看乃是疯癫的。"盼咐从人赶了出去,海瑞大笑道:"这是卑职的公堂,明公要赶卑职到哪里去呢?且请息怒,海瑞不过与明公戏言也。"志伯就乘机道:"须属戏言,下次却不可如此,免人看见,只当是真的一般。本爵且住

---

① 荷(hè)——担任,担负。

汝的衙署罢。"海瑞道："当得如命,但敝署隘窄,恐不足以息从者奈何?"志伯道："不妨,只本爵与三五亲随在内,其余悉在外边,不搅扰贵县。"海瑞应诺,便请志伯入内,至花厅住下。

海瑞并不相陪,一面提犯审讯。少顷家人搬了四味荤菜,两盆素菜,一碗清汤,一壶水酒,说道："家爷现在公堂审案,不得奉陪,望乞公爷勿罪。"志伯看了,不觉哑然而笑道："你家太爷,既有公事,只管自便罢。"遂将饭略用半碗,连酒也不吃。那亲随的人亦是这些饭菜,各人肚里好生不悦,然见主人都不言语,也只得忍耐。志伯被这海瑞当着众人抢白一场,心中大怒,便唤亲随来吩咐道："你且到外面看这海瑞做甚勾当,即速回来报我。"亲随领命悄悄的来到外边,只见海瑞正坐在大堂,提了一干人犯,在那里审问。亲随见了,急来回报,志伯便私到堂后窃看。只见海瑞口问手批,顷刻之间,把几案的事一一了结,无不折服。志伯回到花厅,自思此人果有卓然之才,只是可惜了,不得展其骥足①。又转念他今日如此行径,倘若认真与我作对,这便如何是好?看来他在此地决得民心。如此能廉耿介,必定一些破绽都没有的,我却拿什么来参革他?一味的胡思乱想,自不必说。

再说海瑞把公事办完,退入私衙,唤了海安吩咐道："你明日可领着三班衙役,共二十名,在码头听候。待他起程之时,本县却与你等牵缆就是。"海安道："小的们当差牵缆,固然本该的。但老爷身为民牧,怎么反去作此下贱之事?即此衙役,亦断无当差之理。老爷何不唤那各处的地保前来,吩咐叫他立传数十名民夫就是。"海瑞道："这是什么话?现今秋收之期,禾稻将次登场,若是抽取他,如何防守相望?倘有失,岂不枉了他们数月劳苦?这却使不得。你只管依我去做,不必多言。"海安应诺,即到外厢唤起差役,将海瑞的言语,对他们说知。众役听了笑道："我们在本县,也当了十数年的差,并未曾见代民当夫役的。不特不会,抑且失了衙门威风。烦大叔代回一声,只说并无先例,求太爷另唤民夫就是。"海安道："便是我亦这般说,只是老爷不依,说是恐失农务,你等只管伺候,明日老爷也来相帮我们呢。"众役听说是太爷都帮着牵缆,不敢作声,只得应允。

---

① 骥足——骥,千里马。骥足,喻高才。

次日,天尚未明,志伯即便起身。海瑞便来参谒,禀请盘查仓库。志伯道:"贵县的仓库,定然是够足的,不必查验了。本爵就要起马。"海瑞道:"粗粝①之饭,亦望明公一饱。"志伯道:"昨夜打搅不安。"即时吩咐起马。海瑞也不强留,相送出了县衙,来到码头。志伯下了坐船,张府家人正在那里乱嚷,说是没有纤夫,海瑞即与海安并差役等一同下了水把缆绳牵着。那些百姓看见,齐声道:"岂有此理,本县太爷是我们的父母,怎么都来当人伕,要我们何用?"大家都跳在水里,说道:"父母大人请上岸去,待小人们来牵缆就是。"海瑞道:"你们且去,休妨了大众的农务。"百姓齐道:"父母大老爷说哪里话来,我们当伕是应该的,怎么要连累太爷受苦。"遂一齐将缆头牵住,志伯看见,急令人传海瑞上船,谢道:"贵县如此爱民,真乃社稷之福。本爵回京,自当奏明圣上,升官加级。"说罢,吩咐开船而去,连百姓也不用牵缆了。满城之人,无不赞叹。

不说海瑞回衙,再说张志伯一路巡察过了,即日回京复命。先将赃物陆续缴到严府。是时严嵩已为丞相加太师,权倾人主。当下严嵩唤了来人讯问志伯行径。志伯家人道:"家爷一路都已照中堂的言语行事,有清单呈上。"严嵩即令取来观看,只见:

河南省:共得白金五十三万,土物玩器共一百一十二箱。

山东省:共得白金四十二万,土物玩器共三十九箱。

浙江省:共得白金三十六万,土物玩器共七箱。

江西省:共得金条五十八条(巡抚送),白金四十万,土物玩器共七十六箱。

江苏省:共得白金六十万(梁太昌送),土物绸缎共一百箱。

广东省:共得黄金一百二十条(关差邹炳春送),洋钟表共一百八十架,翡翠犀石念珠两副,洋货匹头五百箱,白金共七十万。

其余各省俱是六十万,土物不等。严嵩看了大喜,立即吩咐严二,照数收贮,待等志伯复旨后,再为瓜分。正是:下虐民和吏,饱填贪壑中。要知后事如何,且听下回分解。

---

① 粗粝(lì)——糙米。

第二十回　圣天子闻奏擢迁

却说严嵩看了清单,满心欢喜,吩咐家人严二,照单查收,且暂贮库。待等张志伯见过了皇上,再作道理。按下不表。

再说张志伯次日早朝,于阶下山呼舞蹈毕。帝赐平身,慰劳备至,问曰:"卿到各省,目击地方风土如何?"志伯道:"各省粮稻均属平平,人民亦甚安妥。"帝又问道:"天下官吏最关紧要者,即是州县。州县有司民之责,县令贤否,即百姓忧乐所系。卿历各省,曾见有一二最称廉介者、最称滥墨者否?可为朕言之。"志伯自忖道,海瑞如此刁强,我却引他入京,徐徐图之,以绝后患,有何不可?乃乘间奏道:"臣奉陛下圣命巡察各省,所过州县,无不悉心访察。山东历城县薛礼勤,贪墨民怨。臣甫入山东之境,即风闻其事。乃抵历城,细加详讯,该县供认不讳。臣于审得实据后,即恭请尚方宝剑斩之,民皆称快。及至浙江,有署淳安县知县海瑞,广东琼州人,由儒学教谕改任知县。在任廉介,且爱民若子,臣到淳安时,正值旱浅之际,来往船只,皆需牵缆。而又值农忙之候,海瑞则免民之役,躬率差役家丁代民牵缆。臣亲自愿谢之。臣见天卜之大,如此廉介耿直者,惟海瑞一人而已。若以之居侧近禁,必有可观。"帝闻奏大喜,即起吏部缺册观阅,只有刑部云南司主事员缺,帝即将海瑞名字注之册上,敕吏部知照。

张志伯即谢恩而出,来到严府,与严嵩相见,彼此慰劳。三巡茶罢,严嵩笑道:"亲家出此一差,不知费了多少心力才得如此,可谓能事矣。"志伯道:"在下自从出京以后,一路上巡查而去,莫不心胆皆畏。惟至浙江淳安,那县令十分矫强,与在下抗拒了一番。不知他怎生的厉害,沿途收受的礼物,彼亦得知,要与在下算账,险些儿被他弄个不好看。后来只得勉强吞下这口气,说多少言语才得开交呢。"严嵩道:"这样可恶的知县,亲家就该立请尚方宝剑诛之。"志伯道:"在下亦是这样想,只因海瑞在县爱民如子,百姓敬之有如父母,若遽①杀之,惟恐激变,故不得已隐忍之,

---

① 遽(jù)——通"遂",就。

另寻妙策除之。适才朝见皇上之际,曾以海瑞具奏。天子爱其才廉,即时提了云南司主事,业已敕吏部知照了。不日海瑞来京,那时却伺其短,因而杀之,方为全计。"严嵩听了大喜,即时吩咐家人备酒。一则与志伯接风,二则庆功慰劳。二人在席又说了许多各省陋弊。彼此一问一答,直饮至午后才散。严嵩邀了志伯,到后花园来坐定,把所得的赃物分为两份。志伯道:"此物就暂寄在大库,待在下陆续来取,不然只恐招人窃议。"严嵩点头,志伯珍重而别。

再说海瑞自从送了张志伯之后回衙,更加恩惠于民,民乐为之死。不两月,朝廷有恩旨到,升擢部曹。海瑞望阙谢讫,即便打点入京赴任。此时百姓闻之,皆来挽留,海瑞道:"非是本县舍得汝等,只是朝廷之命,不敢推延。自古君命召,无不俟驾而行,此之谓也。但愿汝等守法奉公,父训其子,兄勉其弟,悉为良善,共乐此升平之福,则本县大有厚望者也。"说罢,不觉掉下泪来,百姓亦随着哭泣。海瑞将印信送与新任,随即起程,带着妻子一路望北京而来。

露宿风餐,晓行夜住,非止一日。到了皇都,暂且侨寓,次日即到吏部禀到。吏部收了手本,即令赴任,此际海瑞领着妻女,竟无处可住。那部里向有主事公廨,只因年久倾倒,满地荆棘,却要修整收拾,才能住人。海瑞宦囊涩滞,哪有银子?此时张老儿亦死已久,那李翰林散馆后,升了编修。海瑞只得又到他那里告贷。李编修正在拮据之时,勉强代为打算了几两银子,海瑞才得略盖茅房三椽,安顿妻女。

既上了任,便要上衙门谒见。第一紧要就是丞相府,海瑞去了一连五朝,只不得见。你道为何?却因严二把持宅门,凡有官员初次禀见者,必要三百两门包,否则任你十天半月,也不能见的。丞相怪将下来,又不是当要的。所以内外的官员,每每都要受这严二挟制。海瑞次日又来伺候,严二危坐门房之内,只得忍气吞声走上前去,把自己的手本递上,赔笑脸说道:"二先生,相烦通传一声,说擢刑部主事海瑞求见丞相已经数日,万望方便。"严二将那手本掷在地上,说道:"好大的主事,二先生是你家养出来的么,怎么要与你奔走?好没分晓,一些事也不懂得,还不快走!"一顿言语,说得海瑞红了脸,觉得没趣,走了出来,坐在大门外板凳上,一肚子的气。海安看见主人这般光景,问道:"老爷因甚如此气恼?莫非见了严相,有甚的糟蹋么?"海瑞叹道:"见了严相受些气也罢了,只是白白受了那严二的鸟气,实属不值得呢。他说我不知分晓,你道有这等可恶的么?"海安道:"老爷有所不知。适间小的打听得一件事来,正要对老爷说知。那严二是丞相的心腹家人,把持宅门,凡有内外的官员初次禀见丞相者,三百两见面门包,另需送与丞相参谒礼。那就说不定一万八千,至少都要上千,没有就不能得见丞相。怪将下来,说是欺藐了他,即时对吏部说知除名挂劾,这等厉害!老爷不知其中陋弊,故此连来几朝,都不得见。且勿气恼,回去再作道理。"海瑞听了叹道:"辇毂之下①,目无法纪如此,帝之任用小人,殊不觉察。"遂与海安同回。

张氏夫人问道:"老爷见了丞相有什么话说?"海瑞只是摇头不答,不禁叹息。张夫人看见丈夫如此,心中疑惑,只道他为了什么不是之处,便私问海安。海安将如此如此,这般这般,逐一告诉,张氏方才晓得。少顷用饭之际,海瑞只食了几口,就放下了。张氏道:"老爷且莫烦恼,此是上压下的势了,烦恼亦无益的。还须打算到里面禀见了才好,不然这个官就有些不妥呢。"海瑞愕然道:"你却从何而知?"夫人道:"问海安故得其情。"海瑞道:"想我一介穷官,哪得这些银子与他?前日收拾这三间茅房的银子,还是在李编修处借的。世情如此艰难,京中又没甚相好可以挪借得的。我意欲拼这顶纱帽不戴,索性与他做个见识。"夫人道:"老爷,你休将卵撞石,自取破亡。想你十载寒窗,磨穿铁砚,才得这官。今日为什么事,就拼了这个前程。若是知者,便道老爷不阿权贵。有等不知者,还私相议论,说是老爷在任滥墨,致此免官而归。还是忍气待时为是。"海瑞道:"夫人之言固属爱我,但目下如何措办呢?"夫人道:"妾自闺中积有数年,现有白银二百,业已随带在身,以备老爷不时之需。今愿奉君前去作贽,不知可能够如数否?"海瑞道:"还差一百,另有参谒礼不在其数。"夫人说:"若得进见就是了,那严相千富万有,哪里争你这一份薄礼?况他看见你这样狼狈,谅亦原宥②的。今缺一百,妾有金首饰,料可抵数。老爷一总拿了去,暂应此急如何?"海瑞道:"去了这些首饰,夫人却哪里得来饰鬓呢?"夫人道:"我向来不戴的,你只管拿去。"随唤金姑去取来。金姑此时年已八岁,颇识人事,说道:"母亲好好的东西,怎么拿去与人?"

---

① 辇毂(niǎn gǔ)之下——即指京都,犹言在皇帝车驾之下。
② 原宥(yòu)——原情赦罪。

夫人道："你哪里晓得？没了这些东西，你的爹爹就难保得住这顶纱帽。没了官，只怕连饭都没得吃呢。快去拿来。"金姑道："做官才有饭吃，难道爹爹当日未做官时，就不吃饭么？"夫人怒道："小孩子嘴巴巴的，是要讨打么？"海瑞叹道："可知此物如此可爱，这难怪他。"因对金姑道："我儿你且去拿来，为父的自有一个主意，包管就带回来与你就是。"金姑道："爹爹说过的，休要失信。"海瑞道："说过就是。"金姑随即进去，少顷捧着一个小盒出来道："在这里，拿去罢。"海瑞接来，觉得沉重，揭开盖一看，只见盒内放着珠花一对，金钏一对，金耳圈一对，扁簪一枝，另有东珠结成蝴蝶的花边。海瑞道："这些东西谅可抵得，夫人可将那二百两拿了出来，即时就去。"夫人进内，把两袋银子拿了出来，交于海瑞。海瑞唤了海安上来捧着，别了夫人，望着丞相府而来。

时严二正在门首坐着，海瑞看见，便上前笑脸相问道："二先生用饭否？"严二只是不理。海瑞又道："二先生，丞相可曾退朝回府否？"严二道："退了朝，又怎么？"海瑞道："在下有个小茶东，敬送二先生买杯茶吃，相烦通传一声。"随在海安手上拿了两袋银子，上前笑嘻嘻的，送与严二。严二接在手内问道："多少？"海瑞道："足二百两。"严二听了，忙把银子掷在地下，笑道："你真是顽皮，哪一个不晓得这里的规矩，三百两少一毫休想见的。"说罢便欲转身，海瑞急上前说道："二先生不必动怒，另有商量。"严二道："你商量了再来。"海瑞道："即此就与二先生商量。"随向海安手拿了那个小盒子，递与严二道："在下一时不能措办，尚缺一数，今有些须之物，谅可抵数，望乞二先生一观如何？"严二遂揭开来看，见是些金器首饰，他本来不稀罕的，只见内有一对珠花，那珠子却也圆莹得好，严二心中大喜，便道："既然如此，我只得将就罢。"遂收了，随道："太师的参谒礼呢？"海瑞道："见了太师，自然面送。"严二道："只是太师少憩在万花楼上，你且在此候着，待太师起来，我觑个便，替你通传就是。但太师的礼，是少不得的。"海瑞道："这个自然，不须费心。"正是：任他奸巧计，自有主持人。毕竟海瑞见了严嵩，有甚话说，且看下回分解。

第二十一回　海瑞竭宦囊辱相

却说严嵩退朝回府,用了早膳,自觉身子困倦,到万花楼上睡息半时,谁知一觉直到未刻方才起来。严二侍立于侧,严嵩洗了脸,家人随将八宝仙汤进上。严嵩一面吃着,问道:"今日有甚事情?"严二乘机进道:"新任刑部云南司主事海瑞禀见。"随将手本呈上。严嵩忽然触起张志伯之言,遂勃然怒道:"他是几时上任的,怎么这时候才来禀见?"严二道:"是本月初五日到京,初六日上任的,计到今日已是半月。但该员在外一连候了十余日,只因太师有公务,小的不敢通传。"严嵩道:"这海瑞前在淳安时,颇有循吏①之声,你们休受他的门礼。"严二道:"领命。"严嵩盼咐传进。

严二即来门房,见了海瑞说道:"海老爷,你今日好造化,恰好太师起来了,今传你进见。若见了时,只说三日后即来禀安,只因他有公事,门上的不敢通传就是。"海瑞应诺。随着严二来到后堂,转弯抹角,不知过了多少座园亭,方才得见。严嵩在那三影亭上凭椅危坐,旁边立着十余美貌的娈童。海瑞即便趋前参谒,行了庭参之礼。严嵩问道:"久闻贵司廉介,颇有仁声,故天子特迁部曹,以资佐治,汝其勉之。"海端打参道:"卑职一介贫儒,屡试不第,谬蒙皇上格外殊恩,特赐额外进士,即受淳安儒学教谕。受命之日,跼蹐②未安,惟恐无才,有忝③厥④职。复蒙当道以瑞才堪治县,即以淳安县改授。卑职到任,惟有饮水茹蘖⑤,矢⑥勤矢慎,以期仰副圣意而已,何期殊遇频加,深荷太师格外提掣,得授斯职,实出意外,深感云天之恩。自愧浅薄末才,辜负堪虞,伏乞太师复加训诲,则卑职实感再造之恩矣。"严嵩道:"此是天子之意,与吾何干?你且退去罢。"海瑞

---

① 循吏——旧谓遵理守法的官吏。
② 跼蹐(jú jí)——跼,即"局";蹐,后脚紧接着前脚,用极小的步子走路。跼蹐,形容畏缩不安。
③ 忝(tiǎn)——辱,有愧于。
④ 厥(jué)——其。
⑤ 蘖(niè)——树木的嫩芽。
⑥ 矢(shǐ)——正直。

复打一躬道："卑职有个委曲下情,不揣冒昧,敢禀太师,不知可容诉否?"严嵩道："有甚事情,只管说来。"海瑞先谢过了罪,随说道："太师大魁天下,四海闻名。今复佐君,总理庶务,燮①理阴阳,调和鼎鼐,天下无不仰望,以为久病乍得良医,苍生皆有起色。卑职昨到京来,赴任后,即到太师府禀见。其如太师家人严二,自称严二先生者,每遇内外官员初次禀见,必要勒令三百两银子以作门礼,否则不肯通传,还称太师设有规习,每逢参谒者,必要千金为酬,否则必捏以他事,名挂劾章。以此挟制,莫不竭囊供赞。似此,则声名扫地矣。大抵太师皆未察觉,所以如此小人弄弊,太师岂可姑容? 还望丞相详察。"严嵩听了海瑞面揭其短,心中大怒,本欲发作,只恐认真,遂故作欢容道："微先生言,几被这小人舞弄。但不知先生来时,严某可有勒索?"海瑞道："若是没有见证,卑职焉敢混说?"严嵩道："他却取你多少?"海瑞道："需要不多,无过卑职倾家相送,尚欠一百两。尊管还不满意,不肯代传,又以危言恐吓。卑职自念一顶乌纱虽然不是十分紧要,但是十载寒窗及妻女万里相从,故亦有所不忍。卑职妻子苦夫失官,不得已尽将闺中金饰交于卑职,持送尊管作抵,尚费多少唇舌始得相通。今日得亲颜色,亦非小可。然卑职从此衣食俱尽,丞相却将何以训诲?"严嵩听了,不觉满脸红一块青一块的说道："岂有此理!这奴真欲倾陷吾也。先生且暂少坐,容某讯之,如果属实,则当正法,决不稍事姑容也。"海瑞道："习性成惯,太师当以好言劝之。"严嵩越发大怒,即便唤了严二进来骂道："你充当本衙家丁,有得你食,有得你穿,这就是了。怎么在外瞒着我,如此滋事? 你知罪否?"严二见海瑞在旁,又见严嵩发怒,谅是为着此事发作,只得跪下说道："小的自蒙爷收录以来,无不遵法守分,并无过失。乞爷明示,死亦甘心。"海瑞在旁,却忍不住插嘴道："你休要瞒太师,你适问受的是什么东西?"严二厉声道："你看见什么东西? 无端在我主人面前逸潜?"严嵩喝道："休得多言,我且问你,海主事现在告你私收门包,可有么?"严二道："没有。"海瑞作色道:"明明二百两,另外一盒金器,经我亲交与你手上的,难道白送了么?"严二被海瑞质对着,谅不能抵赖,乃道:"我们当家人的,上则靠着主人赏赐,下则仗着你们老爷们赏封。适才蒙老爷赏的,如今现放在门房里,还未曾收起,怎么就在主人面前逸害? 既然老爷舍不得,就请拿了回去就是,又何必捏造这些言

---

① 燮(xiè)——调和。

语。"海瑞道:"可是有的? 如今当太师面前还我便罢,不然恐太师执法如山,不能稍宽汝矣。"严嵩在上,听得真赃俱在,只得叱骂道:"不肖的奴才,怎么大胆私受人家赏赐? 还不拿来,当面缴还主事老爷么!"严二不敢再说,只得急急走到门房,将那二百两银子,并小匣儿一齐捧将出来。跪着道:"这就是海老爷赏与小人之物,今当向海老爷交还,算是小的多谢海老爷赏了。"严嵩笑道:"你是一个家奴,怎么消受得起? 这却是海老爷故意与你作耍,你怎么却认真了? 快些送还海老爷罢!"严二急忙将银子钗饰,交还与海瑞。海瑞接着,便向严嵩拜谢道:"多蒙丞相破例相贶,使卑职衔结不已矣。"严嵩明知其言刺己,故作欢容道:"先生勿怪,旋当整治此奴矣。"立即吩咐家人备酒,与海瑞叙话。海瑞告辞道:"卑职乃是部属微员,明公乃朝廷极品,焉敢忘本? 只此告辞。"严嵩道:"偶尔便饭,吃一碗去。"海瑞只是告辞,坚执不从。严嵩道:"诸事不合,祈先生包涵,敢忘厚报?"海瑞唯唯,辞谢而归。暂且不表。

再说严嵩打发海瑞去了,即唤严二责骂道:"你怎么这般糊涂? 我原说过的,叫你不要收他的礼物,怎么竟收了? 如今却被他当场出丑,好生没趣。想我自莅任以来,只有势压于人,并不曾稍出逊言,今为你却受了一肚子的鸟气,真是岂有此理!"严二道:"老爷且息雷霆之怒,暂宽斧钺之威。想小的自从跟随老爷以来,于兹八稔,所行之事,无不与老爷商酌。自爷登仕以来,向设例规,无不禀遵,惟未见这个海瑞如此混账。他适间胆敢毁谤老爷,何不立即参奏了他,以警将来?"严嵩道:"海瑞为人刚直忠正,且不畏死。倘被奋然扣阍,陈说你我是非,则数载之劳苦心力一旦尽付东流矣。汝不见前者张国公之事耶? 此即可为前车之鉴矣。"严二道:"张国公奉旨纠察天下州县官吏贤否,仓库虚实,又何予海瑞之事? 小的实所不知,乞爷明训。"严嵩笑道:"亏汝还是一个宰相的家人。前者张国公奉旨巡察天下州县,是奉旨躬代皇上巡幸,还有谁人敢稍抗逆? 所以每过州县,派令府县供应银两,一路俱皆遵办。惟到浙江时,海瑞初署淳安知县,不特不为供应,且骄傲,国公到县,亦不为礼。及张国公发怒,责其不恭之愆,彼则昂然不肯少屈,竟与国公抗衡,并面叱国公之非,还要与张公爷算账。后来张公爷见事势不好,恐怕当场出丑,只得忍气吞声。后来还说了多少好话,才得开交。张公爷尚且如此,何况我府近在禁垣,他虽职分卑微,然乃是一个部曹,若是央求一个尚书、侍郎,亦可以代上奏的,所以适间我也让他。今后汝等再休惹他,吾自有主意,徐徐图之。"严二应诺而出。从此严嵩心中挟恨海瑞,千筹百计寻事陷害,这是后话。

再说海瑞回衙中,妻子忙上前问道:"事体如何?"海瑞道:"幸喜不致失信。"遂唤海安,仍将小盒子交还小姐。金姑接着,喜不自胜。张夫人道:"且喜见了严相,这顶纱帽方保得稳呢。"暂且按下不表。

又说那张娘娘,自蒙皇上宠爱,在宫三载,产下太子,皇上十分欢喜,遂有立他为后之意。尚未发言,而皇后已死。此际天下臣民挂孝,自不必说。到了小祥①,皇上升殿,聚众文武商议,欲立张氏为后。时严嵩在旁奏道:"陛下立后,乃天下之大事,何无一女可当圣意者?贵妃张氏,乃出身微贱,伊父市侩之流。既蒙陛下立为贵妃,则张氏之幸已过于望外。今陛下若欲册为正宫,不特该妃微贱,不足以配至尊,且恐臣民窃议,伏惟陛下思之。如陛下再续鸾胶,当于各臣宰之家,遴选其四字俱全者册之,名正言顺,谁曰不然。"帝听奏不悦,道:"朕自别驾微员入居九五,亦由微而显。今张妃虽乃市侩之女,然工容言德,靡所不僭②。事朕以来,端庄严谨,况已生太子,朕册立为正宫,卿何谏阻?"遂即日册张氏为皇后,立其子朱某某为太子,即迁于昭阳正院居住,封妃母仇氏为荣国夫人,颁诏布告天下。严嵩心中不悦。看官要知道他为什么不悦之意,原来嵩有甥女,姓郝名卿怜,年方一十七岁,生得倾城之色、羞花之貌,诗词歌赋,无所不晓,居止闲雅,洵③是神仙中人。其父郝秀,娶嵩之姊。郝秀曾为部办,携妻在京。及严嵩得官之际,亲戚来往。未几郝秀病死,其姊亦相继而殁。郝卿怜时年十四,无所依靠,嵩遂接归府第,养为己女。三年间,已长大成人,更有超凡的美媚。嵩日夕抚育,爱如掌珠。时延大内乐部女,教以歌舞,满望进于皇上,以固己之宠。怎奈皇后尚在,张妃之宠未衰,无隙可乘。今皇后已薨,正欲进献,忽帝要册张贵妃为后,故此严嵩从中谏阻。岂知天子不听,决意册立。嵩心中不悦,恨恨回府。自思有此机会,又被他人占去,如何不恨?正是:不如意事机偏巧,有心之人恨便多。要知将来严嵩果能把甥女送入宫否,请看下回分解。

---

① 小祥——周年祭日。
② 僭(jiàn)——超越本分。此处指超越本该具有的水平。
③ 洵(xún)——诚然。

第二十二回　严嵩献甥女惑君

却说严嵩久欲将甥女卿怜进于天子，今见其志不遂，便恨恨而归。回至府中，不胜忧闷，自思我着意许久，用了多少心血，才得卿怜习谙歌舞，今大失所望，如何是好？千思万虑，再不能算得一个好方法出来。忽然想起兵部给事赵文华素有学问，为人多谋足智，与我相契，何不请他到来商议，或有计策，亦未可知，遂吩咐家人拿了一个名帖，到兵部中请赵文华过府闲话。家人领了名帖，便一径来到兵部公廨，见了赵文华，将帖子递上，致主人之意。赵文华看了帖子，即整衣冠，随着来人急趋相府。

时严嵩早已令人预备下酒筵在那万花楼上，嵩却在花亭相候。文华来到花亭，见了严嵩，急急上前打躬请安。嵩一手挽起，相携到万花楼上，分宾主坐下。家僮献上龙团香茗。赵文华躬身道："旬日事忙，不曾到府上问安，罪甚，罪甚！不知老太师相召，有何训谕？"严嵩道："闲暇无聊，特邀先生与我一谈。"文华道："屡扰尊厨，醉酒饱德，不知何日衔结？"嵩道："先生何必客套？自古道，天下知心无几人。今吾与先生同朝，甚惬素怀，故无事之际，敬邀先生闲谈。"文华就要把盏。嵩道："先生不必客套。"遂对酌于楼上，彼此劝酬，备极欢畅。嵩道："昨日皇上欲再册后，仆欲以小女奉敬，不意今日已立张贵妃矣，先后只差一刻耳，诚为恨事。"文华道："昨闻太师曾谏来，怎么皇上如此固执？"嵩道："皇上以张贵妃有子，故立之。"文华道："张贵妃出身微贱，帝实不察，将来何以母仪天下？诚不可解也。"嵩道："吾欲送小女进宫，但此刻张贵妃已正昭阳，且帝爱其子，因重其母，倘不肯纳，如之奈何？"文华道："今观帝亦耽于酒色者，当以计饵之，自无不纳之理。"嵩因问其计。文华道："今皇上与太师乃是忘形之君臣。来日早朝，乘间奏请帝过相府赏花，帝必不推。若是驾临，太师则盛饰女乐，亲妆小姐而出，使之把盏进馔①，则帝必乐。酒至半酣奏之，必然允纳的。"嵩大喜，忙谢道："先生真妙计也。"即与痛饮而别。

次日早朝，帝问严嵩道："近日市中米价如何？"严奏道："今春雨水调

---

① 馔（zhuàn）——食物。

匀,正是'雨旸①时若'。各处禾稻丰足,真所谓'一禾九穗',实足为丰年之庆也。"帝喜道:"若此,则朕无忧矣。"嵩呼万岁,道:"陛下忧民若此,故上天特降丰年,此苍生有幸,臣等不胜欣忭之至。际此升平之时,臣敢恭迓六龙过臣第赏花,小显君臣之乐,不知有当圣意否?"帝大喜道:"久闻相国园内佳雅,朕每欲一玩。今相国有心相邀,明日必至,惟恐有累卿耳。"嵩忙谢道:"陛下圣驾一临,草木生辉。臣不过水酒一杯相敬耳。"帝应允。嵩辞谢而去,回到了府中,即请文华到府布置。文华应命,便即唤了严嵩的家人要那一件这一项,顷刻之间,摆设得如花团锦簇一般,水陆并陈。预将甥女卿怜修饰,又令各女乐预先打点。

至次早,嵩具朝服伺候。至午刻,只见黄门官飞奔而来,称说圣驾起行,已离正阳门,将次到了。嵩即令人于路焚香恭迎。少顷只见黄伞飘影,远远望见銮驾②。嵩即手捧玉圭,跪于地下。那侍卫仪从一对对的不知过了多少,随即有女乐十六人,一派笙歌嘹亮,一对香炉过去就是銮舆。嵩即山呼万岁,帝赐平身,嵩扶帝而行,一直来到内堂,方才下舆。帝坐于当中,嵩复山呼舞蹈。帝赐坐问道:"卿居此第几年?"嵩道:"蒙皇上天恩,臣秉钧衡于兹三载,居此不觉三年矣。"帝笑道:"光阴似箭,日月如梭,卿与朕相处,屈指不觉将近十载矣。"嵩谢道:"臣以一介庸愚,谬蒙陛下知遇殊恩,不次超擢,惟有赤心一枚,以报陛下也。"须臾,筵宴齐备。嵩以小碧金车坐帝,令两个美人牵拽以行,来到万花楼。果见幽雅不凡,迥殊人世,俨然瑶岛琼台,即大内亦无如此布置。帝心甚喜,赞道:"此是神仙之府,朕焉得长处此也?"嵩谢不迭。赏玩了一番,随即登楼。那楼高数仞③,更且四面窗扇,皆以玻璃为之。其中朱栋雕梁,自不必说。嵩请帝坐于当中玉龙墩上,帝仰望无际,青山远叠,绿水潆洄④。正是:欲穷千里景,更上一层楼。当下帝观眺良久,不觉心旷神怡。嵩即亲自把盏,随有女乐一十余人,皆衣绣绮丽,油头粉面,真如锦簇花团一般。为首一

---

① 旸(yáng)——出太阳,天晴。
② 銮驾——皇帝的车驾,用于皇帝的代称。
③ 仞(rèn)——古长度单位。
④ 潆洄(yíng huí)——潆,大水;洄,水回旋而流。潆洄,水回旋貌。

女子,更觉美艳非常,立于诣女之中,如鸡群之鹤,以春葱捧玉卮①,跪献席前。帝注视良久,不觉神为之荡,笑道:"卿真乃神仙中人也。"频以目视之。嵩乘间进曰:"此女有福,得见天颜,亦一时之大幸也。"帝笑道:"此女不减太真,朕欲为三郎,未审丞相肯见惠否?"嵩曰:"此臣女卿怜也,今年十七岁矣,尚未有问名者。然蒲柳之姿,恐不足近亵圣躬。"帝笑曰:"司空见惯,故以如此。使苏州刺史断肠几回矣,丞相勿吝。"嵩即与卿怜齐呼万岁,当席谢恩。帝大喜,即赐卿怜平身,命人以小车先载入宫,与嵩畅饮一番,然后回宫。嵩直护驾至宫门方回,好不欢喜。复与赵文华饮至月上东墙,方才各散。至次日,闻帝即于是夕在翠华苑留幸严女。嵩得了这个喜信,以千金谢文华之妙计,从此与文华更加相厚,格外另眼相看。不一月,将文华改擢刑部郎中,暂且不表。

严氏卿怜自从得帝宠幸,便做出百般媚态迷惑人主。帝宠之日深,遂被严氏所惑,常在严氏苑内。未几月册严氏为上阳院贵妃,宫中称为严妃,十分宠爱,言无不从,严妃便欲谋为皇后。适张后失宠,帝听信严妃朝夕谗谮②,遂决意废张后而立严氏。群臣闻之,多有上本阻谏者,帝只留中不发。八年五月,帝御温德殿,以皇后本市曹女,不得母仪天下,废为庶人,立严妃为皇后。群臣不敢复谏,张后遂被废矣。严氏既立,因见张后有子,恐他日己子不能立,乃复进曰:"皇后怨陛下深矣,不如仍复立之,庶无后患。"帝问:"何出此言?"严氏道:"张后怨陛下之废彼为庶人,心深慊怨,口出不恭之言,待其子稍长,即当复仇,故宜避之。"帝怒甚,即时囚张氏母子于冷宫,永不许朝见。可怜张后并无失德,一旦为奸妃所害,囚于冷宫,不见天日。时太子年已三岁,日夜啼哭,后甚忧之。宫中之人,无不窃叹。海瑞闻之,即上本申奏,劝帝复立张后,其内有云"太子久已储位青宫,天下所共知也。今一旦被废,窃恐无以取信于天下。惟陛下思之"等语。帝闻奏不悦,只念海瑞向日廉介,况又是正言,乃批其本尾云:

览奏备悉,卿忠心为朕,然事已更,岂可复乎? 俟后图之,不负朕意也,汝其隐之。

海瑞见了批语,叹道:"谗言惑主,虽有忠言,皆逆耳矣。"海瑞不觉已

---

① 卮(zhī)——古代盛酒的器物。
② 谮(zèn)——诬陷,说人的坏话。

在部三年,应该报升迁擢的,只因严嵩记其曾上过奏本,心中恨之,故特不迁瑞之官。瑞不以为意,惟愿天子早日省悟而已。

　　帝既惑于严氏,自然重信严嵩。此时严嵩位极人臣,其宠无比,乃尊为国丈。嵩便肆行无忌,朝廷大小事务,悉归嵩手。凡有升迁降调一切,皆禀白于嵩,然后入奏。嵩又另植群党,以赵文华为通政司。时张志伯已为陕甘提督,嵩欲以志伯为护卫,遂奏请撤回志伯为京城兵马都督。这缺是京城总管,掌理九门军马。志伯既得了恩命,即日起程赴京。先到严府请安,随将礼单呈上。内开的是:

　　锦州大毡毯一张,　黄州柑子一百篓。
　　宝石如意一枝,珍珠如意一枝。
　　碧玉宝带一围,金供器五件。
　　西洋时钟一对,锦缎千端。
　　水晶帘一挂,玻璃照身镜二面(高九尺厚五寸许,紫檀镶)。
　　浣火布①一丈,玉马一匹(高五尺,有轮自能行走,转动如生)。

　　严嵩看了礼单,惟喜的是那张大毡毯,笑道:"仆因万花楼高大,冬月欲得一方毡毯铺于地上,以便煖②坐,只苦无此大材料,常以为憾,今见此毯,谅与楼之宽窄不差什么。"志伯道:"丞相试铺在楼上,看是如何?"嵩即令人展开铺在楼上,果然一些不宽,一些不窄,俨如定制的一般,遂大喜道:"莫非亲家量过了,然后命人织的么?"志伯道:"然也。"嵩笑而谢之道:"亲家真知我心也。"遂令人备宴,相与畅饮,尽欢而散。正是:只因心爱处,即便遂怀来。后来张志伯如何,且听下回分解。

---

① 浣火布——石棉布,不怕火烧。因可用火燃法除去布上的污渍,故名。
② 煖(xuān)——通"煊",温暖。

第二十三回　张志伯举荐庸才

却说张志伯次早入朝，朝见已毕，帝令平身，宣上殿来，慰劳毕问曰："陕甘一带近日如何？"志伯奏道："陕西一省幸赖宁安，惟凉州一度陷于鄯善①之夷，彼时有窥视之心。甘北界邻胡地，胡亦图入脚。臣到任后，即时加巡警，严饬戍士，所以守御严而衅无从起耳。此乃陛下洪福，国家之幸也。"帝喜曰："卿可谓能理而善治者也。今卿来京，不知守者可如卿万一否？"志伯奏道："臣奉恩命之日，即在各营镇哨内悉心遴选。查有中营中镇胡芳，年力精壮，善得抚守之法，且待军士有恩，人乐为之死。臣将军务，令其暂署，候陛下简放才干兼优者赴任，以资弹压。"帝道："此任甚重，非素谙抚治之员，不克胜任。卿意以何人可当此职？"志伯道："臣观才干兼优者固不乏人，然非在外重镇，即夹辅都城，恐不能移易。臣伏见相国族弟严源，年富力强，谙晓治道，具有王佐②之才、孙吴③之略。现为驾部郎，这人可当此任。陛下试召之，面讯其治理之道，必有可观。如否，则臣甘受欺君之罪。"帝曰："卿为社稷之计，举贤才，荐忠良，乃大臣之礼，朕甚嘉尚，何罪之有？"遂令黄门官，持节到相府宣召严源，明日早朝见驾。黄门官领旨去讫，帝即对张志伯道："明日吉辰，即当接印任事可也。"随赐玉如意一枝，飞鱼袋一个。志伯山呼万岁，谢恩出朝。急忙来到相府，恰好严嵩正在书房用膳。张志伯进见，嵩即请同吃。志伯道："饭且自吃，特为君报喜而来。"嵩问："有何喜事？"志伯便将帝问彼答，现在简放令弟源老兄，已差黄门官持节来宣，明日早朝陛见，即为大将军的话说明。嵩闻言反觉不悦道："蒙亲翁美意，特为舍弟吹嘘。但舍弟自江西来，诸事未谙，仆无奈以一职而羁其身。今忽然膺此大任，只恐弗胜，诚不免画蛇添足，似此如之奈何？"志伯尚未及答，人报黄门官奉节至，请爷快出接旨。嵩即穿朝服出至中堂，跪接圣旨。黄门官口诵圣旨道：

---

① 鄯（shàn）善——古西域国名。
② 王佐（1126—1191）——南宋绍兴山阴人，进士，官至宝文阁直学士。
③ 孙吴——即兵家孙武、吴起。

现据张志伯奏保丞相族弟严源,有王佐之才、孙吴之略,朕甚嘉悦。特着黄门官持简到宣,卿宜携弟明日早朝陛见,朕另有委谕,毋延,钦此。

严嵩谢恩已毕,向黄门官谢过了劳。黄门官道:"恭喜相国,令弟今承特召,必有大缺简放,可喜可贺。"嵩谢道:"乃尊使福庇所致。"黄门官作别回朝复帝不提。

再说严嵩打发天使回宫,即来与志伯商议道:"明日舍弟入朝,只恐皇上面询其戍守方略,舍弟如何能答对得来,怎么是好?"志伯道:"太师不须忧虑,可令人请令弟来此,仆自有以教之,必不致误事的。"随又着人到府中,取地舆图来。二人领命,分头去讫。少顷,严源来到。二人相见毕,志伯便向他道喜。源道:"何事可喜?乞即示知。"志伯道:"二爷旋作大将军矣,岂犹未知耶?"遂将如何始末,备细说知。严源听了,惊呆半响,始道:"谬承亲翁大人吹嘘,恐仆有负所荐,如之奈何?"志伯道:"不妨,且坐片时,自有分晓。"言未毕,家人取图来到。志伯展开悬壁上,乃是一幅地理图。上载着陕甘两省的山川关隘形势以及路径险要,一一均有注脚。哪里为最重要之地,何处是冲繁之区,指摘清楚,历历如见。志伯道:"二爷明日到了那里,必要先整饬哪里,次及哪里。"细细为之解说,再三指示。严源默记于心。志伯又将如何答应戍守之道,复为开说。严源亦细心记之。嵩喜道:"非亲翁之大教,真弄巧反拙也。"顾谓严源曰:"汝默记之,毋致临时遗忘可也。"源当面称谢,嵩即命人取酒共酌,志伯辞道:"现奉圣旨,仆明日上任。仆尚有事,只恐明日不能相从二君入朝,幸勿见怪。"遂辞去。严嵩恐源不能记忆,是夕竟不放严源归,将图形屡屡指点,复令其诵读注脚之语,直至四更,始息片刻。

刚转五更,兄弟双双抖擞朝衣,令家人提了绛笼,一径入朝。金鸡三唱,天色渐曙,忽闻景阳钟三响,各内侍鸣鞭静殿,各文武分班立着。嵩与源二人跪于阶下。少顷,御香氤氲①,一派音乐,两行宫女及许多太监,拥簇着帝升殿,坐于九龙绣墩之上。文武山呼已毕,帝令卷帘,宣严嵩、严源。二人山呼万岁,趋上御前,俯伏金阶。帝赐平身,二人谢恩起,立于龙书案侧。帝顾严嵩曰:"此即汝族弟耶?"嵩奏道:"乃臣弟严源也。"帝随

---

① 氤氲(yī yūn)——同"绾缊",形容气或光色混合鼓荡。

问源道:"卿现居何职?"严源伏奏道:"臣现充驾部郎之职。"帝笑道:"志伯荐卿之才高,朕今日当展汝骥足,朕欲以卿为陕甘提督诸军,卿料能守此否?可为朕言之。"源顿首道:"臣乃一介庸愚,毫无知识,谬蒙张都督过誉。臣不才,惟有竭尽忠诚,以报陛下高厚于万一耳。至于守抚事宜,非可以预定者,见机而行,遇时而进,抚则不失为讨,讨则仍复为抚。抚讨两道,即治理之道,诚非臣所能逆料者也。"帝闻源语,大喜道:"真将才也,大将在谋,今卿得之矣。朕欲以全凉①委卿,卿其勿负朕意。"源顿首道:"臣无才无识,诚恐弗克胜任,有负陛下委托之重。"帝道:"卿之才,朕已知之。"即以严源为甘凉总督诸军事,赐上方剑,即日起行。源九顿谢恩出朝,二人好生欢喜。少顷就有许多官员前来道喜,此际严源恰如山阴道上,竟然应接不暇。次日,赵文华即以千金为酬,另有名马玉带之类相送。严源既受恩命,即日打点赴任。吏部那边,即着差人送了文札,并上谕训旨过府。严源择吉起程,一路上的供应迎送,所过州县官,无不攒眉②吞气,俨然先日清算之张国公也。暂且不表。

光阴似箭,日月如梭。海瑞在部,不觉四年有余,备极勋劳。二次报功,皆被严嵩驳回,不许填报卓异,且每欲寻隙陷之,只因海瑞办事小心,又并无一些破绽,嵩故无从下手。时张志伯在京城,恐怕海瑞见帝,即败露其故恶,每劝严嵩隐忍,总不迁其官爵,使彼不得见帝。因为如此,瑞又在部年余。一日,人传严嵩与弟甘凉总督严源常有私书来往。嵩子世蕃,年方十五岁,终日在外嫖荡,恃势凌人。昨日在于翠勾栏院饮酒,一语不合,酒后使性,竟将院娘击死。知县前去相验,拘问邻人,方知是世蕃所为。知县竟不敢根究凶首,反把尸母扣押,令其遵依埋领。如此肆横,种种不法,海瑞听了叹道:"似此则小民受害者,恐无宁晷③矣!"但自己官职卑微,咫尺天颜,无由得见,心中烦闷。值部务稍暇,乃过李纯阳编修处闲话。李翰林延至内堂,彼此谈论。说起朝中之事,海瑞慨然曰:"皇上信任严嵩,则社稷将见倾危矣。"相语未毕,忽人传李侍读到拜。李纯阳道:"海兄且少坐片刻,待小弟陪了客来,再来叙谈。"海瑞笑道:"既有贵客

---

① 凉(liàng)——古地名,今甘肃、宁夏、青海一带。
② 攒(cuán)眉——紧皱双眉,表示不愉快。
③ 晷(guǐ)——日影,引申为时光。

至,请自便罢。"李纯阳拱一拱手,往外陪客去了。且说海瑞独坐无聊,遂将纯阳的书籍翻阅,看了几本。忽见一本书内,有一小折儿夹在其中。海瑞展开来看,却不是别的,乃是严嵩的劣迹十二款。只见上写道:

第一款:二年春三月,嵩在通政任内,窥见顺城门张一敬之女美媚,以势娶之。其父母不允,嵩讽县令以横事陷一敬于狱。嵩因娶其女为侧室,阻隔其父母往来。一敬幽死于狱,敬妻旋亦屈恨而死。嵩恐女为父母复仇,夜缢死其女以灭口。

第二款:嵩改擢刑部尚书,凡有天下抚院所咨命盗各案,必取押咨银若干两,否则驳回。

第三款:嵩在刑部尚书任内,讯江南一家三命之案,凶首有财,令人贿赂严嵩,以白金三千为酬。嵩受之而翻其案,使死者抱憾九泉。(五年九月事也)

第四款:嵩迁丞相加太师,日益肆纵,目无君父,专擅朝政,所放之官,布满天下。六年五月,嵩以太保刘然不为己用,遂矫旨收之,杀于狱中。

第五款:福建闽王某,因无贡物于帝,亦无嵩贿,嵩即谮于帝前,称闽王不贡,便有不臣之意。闽省地接番夷,恐王为患,劝帝早除之,免滋后患。帝乃赐闽王死。嵩复使该地方官抄籍王家解京,以肥己囊。

第六款:嵩善窥上意,每遇帝喜,必暗奏之,彼党羽某人好,他人歹。帝惟嵩言是信,升降不明,朝廷解体。

第七款:嵩有心固宠,欲为椒房之戚,以甥女育为己女,特请帝至府中献弄,盅毒君上,陷害张后以及青宫,皆废为庶人,现今幽于长门宫。

第八款:嵩与步军统领张志伯,结为党羽,又为儿女之亲,屡屡保荐,直至封爵,出镇大州。今复奏帝调回,总掌九门之钥,其居心更有不可问者。

第九款:嵩与主事赵文华友善,朝夕绸缪,欲为己用,超擢文华通政之职。迁擢由心,目无君上。

第十款:私加官关课税,以饱贪壑。

第十一款:放纵家人严二,刻薄重利放债。

第十二款:府第款式,仿照大内①,而更极其新巧,僭越有罪。

海瑞看了,随大喜道:"有对证了。"即急急的收于袖中。正是:看明十二款,拼得一身亡。未知后事如何,且看下文分解。

---

① 大内——指皇宫。

第二十四回　海主事奏陈劣迹

却说海瑞见了严嵩劣迹十二款，便急急拢入袖中，竟不辞而去。回到馆寓，展开再看，愈加恼怒，拍案叹道："如此国贼，若不参奏，殊非为君为臣、忠君爱国之心矣。"遂即作稿具奏，将这十二款劣迹，书载于内。其奏稿云：

刑部云南司主事臣海瑞，诚惶诚恐，稽首①顿首，谨奏，为国贼专权，官民被害，亟请严旨，立除横暴，以安臣民，以靖天下事：窃见丞相严嵩，身膺重禄，深负国恩。自蒙陛下殊渥②以来，不次迁擢，以郎官荐升通政，旋擢尚书，复蒙格外殊典，钦加太师职衔，义秉钧衡。计嵩自及第筮仕以来，屈指未及十载，以献媚工谗，遂致位极人臣，从古未有之幸。理当竭忠报国，以答高厚。然嵩自得宠以来，日肆暴虐贪戾，性成残忍。甚至门庭如市，大开卖官鬻爵之权，公用贿赂，罔③顾王章，植党树威，其心莫测。小人任为心腹，君子视若寇仇，擅杀大臣，私放官职。如其族弟严源，从豫来京，白丁得职。复令其儿女亲家，现在九门总督之张志伯，谬加混荐，乍膺重镇，因托以代志伯回京，以便结成一体。文武之权，悉归嵩之掌握，诚欲危国家而为不轨谋矣。臣受国恩深重，虽肝脑涂地，亦难仰答高厚于万一。睹此国贼专擅肆横，情难哑忍。不揣冒昧，谨列嵩历行劣迹十二条于左，以冀陛下电察。乞将严嵩革职拿问，交三法司拟议。则国家幸甚，臣民幸甚矣。谨据确实以闻，臣不胜待命之至。

计列国贼严嵩劣迹共十二款。恭呈御览。

次日五更，海瑞穿了朝服，竟趋朝觐帝。内有同僚见之问曰："先生从来不曾趋朝，今日何故趋朝，有何大事？"海瑞道："朝廷乃臣子陈说利害之地，但有事即得趋奏。公何必多问，自便罢了。"那同僚见他如此抢

---

① 稽（jī）首——古时一种跪拜礼。
② 渥（wò）——沾润，此谓恩宠之意。
③ 罔（wǎng）——不。

白,自觉没趣,遂不再问。少顷金钟响亮,帝已升殿,文武随班朝贺,山呼舞蹈毕。海瑞越班而出,俯伏金阶,奏道:"臣刑部主事海瑞,有本冒奏陛下,伏乞赐览,臣不胜幸甚之至。"帝突见海瑞在阶前,手捧奏章而跪,乃令内侍取来观看。帝览阅良久,自作沉吟之色,乃传旨道:"卿且退,朕自有处。"竟将奏稿纳于龙袖之内回宫。文武看了如此光景,皆不知何故,退出朝房,有来问讯的,海瑞笑道:"此乃机密,少顷便见。"众皆疑惑不定,只得各别回去。海瑞亦别众而回,于路大喜道:"倘蒙天子准了此本,则与臣民除害,纵瑞一死,也是值得。"回到私衙,又复欢笑。张夫人便问其何以甚喜,想必要迁升官秩①么?海瑞道:"迁秩倒是小事,所可喜者,业已参奏了严嵩矣。"张夫人听了,不觉大惊失色:"老爷疯了?"海瑞道:"好端端的办着正事,为什么说我疯了?"张夫人道:"若不是疯了,难道死活都不晓得吗?今严嵩势倾人主,炎权灼手,你竟敢参奏他,岂不是以卵击石,自取其死耶?"海瑞道:"严嵩虽然势大,但彼自犯法,理当惩创,怕他则甚?"夫人道:"虽则犯科作奸,律有明条。然彼女现为皇后,吾料老爷不能与彼抗衡也,姑待之罢了。"海瑞道:"夫人且自宽心。吾以一介贫儒,受恩深重。今见国贼不奏,何以仰答圣主洪慈?纵为奏嵩而死,亦所瞑目,夫人勿言。"

不说海瑞夫妻之话,再说嘉靖帝袖了海瑞奏稿,回至宫中,与皇后严氏观看道:"汝父为官不轨,致被廷臣参奏,卿意如何?"严后便俯伏在地哭奏道:"臣妾之父,待下过严,是以不得众心,固而有此一端,伏乞陛下察之,妾与父不胜幸甚。"帝曰:"虽云不得于众,而本内十二款,款款有据,朕若故为庇护,未免过于偏袒。今当批行廷臣,秉公确讯,却示意于承审之员,彼此开解了事就是。"遂提起御笔,批其本尾云:

海瑞所奏,如果属实,亟应严究。着三法司会同秉公确讯。如有稍虚,即加倍反坐,以警将来。严嵩、海瑞,即并押发收审,三日具复。

承审官毋得稍存袒护,钦此。

这个旨意一出,随差了两名内侍,分头到两处押交。严后再拜谢恩不表。再说那三法司是太常寺卿,刑部尚书,都察院都御史。你道那三位是谁?——太常寺卿刘本茂,刑部尚书郭秀枝,兵部侍郎陈廷玉。

---

① 秩(zhì)——官吏的俸禄,引申为官吏的职位或品级。

当下三法司接了旨意,即命廷尉提人。谁知朱票未出,内侍早已将两人送到。郭秀枝即命权禁刑部司狱看守,悬牌明日听审。二人交到刑部司狱处,彼此分开看守,自不必说。

再讲严后打听三法司,乃是某人某人,即暗令小内侍,将三份礼物悄悄的送与三人,至嘱方便。三人却不敢收下,惟对使者道"谨遵懿旨①"而已。郭秀枝平日是与严嵩相好的,心中自然要袒庇,又有娘娘之旨至嘱,更要回护,即来见陈廷玉道:"仆观此案,乃海瑞怨恨严太师不迁其官,故而有此一端。今奉懿旨,还当仰体圣意为是。"陈廷玉道:"只是海瑞所奏十二款,似有确据,如何偏袒得来?只是皇后既有懿旨,等待临时见机而行就是。"秀枝称善。二人一同来见本茂,备以此意告知,本茂含混应允,然心究不平,姑应之而已。

少顷升堂,三人坐下,吩咐左右,先请严嵩问话。时嵩已青衣小帽,来到堂上。三人略略起身拱让,便令人取大垫,铺于地上,让嵩坐下。秀枝问道:"闻得太师与海瑞有隙,不知是否?"严嵩道:"海瑞与某向不通问,有何仇隙?此事是海瑞怨某不迁其秩,故而冒奏,希图泄忿。惟三位大人察之。"秀枝道:"太师之言,如见其心,且请自便。"嵩谢而退。秀枝即唤海瑞到堂,海瑞亦是青衣小帽,朝上打躬,秀枝却不让座,便问道:"汝告严太师十二款,可有确据否?"海瑞道:"严嵩专权罔上,肆暴恣横,鬻爵卖官,植威树党,公行贿赂,天下之人,无不深知,何为不确?"秀枝道:"尔却不揣冒昧,但凡大臣有罪,诸廷臣会衔联奏。汝乃是一介微员,辄敢妄奏国戚,汝知罪否?"海瑞笑道:"夫贼子乱臣,人人得而诛之,又何怪一部之微员也。海瑞受国厚恩,誓以死报。今奸臣蠹国,正瑞报主之时也,虽断首捐躯,亦复何憾!"秀枝道:"汝既有确据,能指其人否?"海瑞道:"不能一一指出。但不论皇城内外,无人不知此一十二款。"秀枝怒道:"既未能指实据,岂不是冒奏么?观此必有他人主使,不然,这十二款从哪里得来的?"海瑞道:"人人皆知,却是哪里没有?"秀枝道:"听此口词,不打哪肯招认?"吩咐皂隶扯下去掌嘴。本茂急止道:"且慢!海瑞主事,尔此事却从何处得来,亦不妨直说出来,否则徒受敲掠,终亦要说的,此非达士所为也。"海瑞听了本茂之言,忖思道:"有理,想我一时粗糙,竟不审辨真伪,

---

① 懿(yì)旨——皇太后或皇后的诏令。

遂闻于上。今被郭贼问得无言可答,何不供出李翰林,亦得他来作个确证。"便道:"此十二款却从史馆得来的,难道还不确凿么?"秀枝道:"史馆所载的事实,皆入于金縢柜中,汝焉能取得?又是胡说的。"海瑞道:"现从编修李纯阳书籍中得来的。如有不信,可即传李纯阳来问,便可以见其确凿矣。"郭秀枝笑道:"原来是你与李纯阳捏造的,且带下去。"左右答应一声,将海瑞簇下。本茂对二人道:"海瑞之言,必有来因,可唤李纯阳来问便知端的。"即令廷尉官往唤纯阳。

且说纯阳,哪里知道此事,正与客对弈,忽家人报道:"不好了,不知海主事怎样,把老爷的密事宣泄于帝之前。今日奉旨,令三法司会讯严、海二人,谁知这位海主事却把老爷扳扯在内。如今三法司已差了廷尉官来请老爷,现在堂上,请爷去相见。"李翰林听了,不知这话从何说起,便丢下了棋子,急急出来迎接。那廷尉官见了纯阳,将来意说知。李纯阳道:"不知海公为着甚事,扳扯在下,公可悉其情否?"廷尉官道:"原来尊驾还不知道么?那海主事前日将严相参奏一本,具奏一十二款,帝即批发三法司会审,在堂上供出太史来的。我们且到那里再作计议可也。"李纯阳道:"暂容入见妻子一诀。"廷尉官应允。纯阳入内见了妻子,备将上项事情说知。其妻莫氏大惊,且泣道:"君家今日此去,可保生回否?"纯阳道:"夫人莫要悲忧,此去即不能生还,亦无所憾。但我在生一世,只有一子,年尚未冠,一生只有这点骨肉,汝当善视之,毋负我意可也。"莫夫人道:"夫妻之义,父子之情,自不必说。老爷且自放心,吉人天相,谅亦无妨的。"此时李公子在旁,见了这般光景道:"父亲不必如此恋恋作儿女态,生死有命,又何迟疑之有?"纯阳听了大喜道:"好好,有汝如此,吾死亦瞑目矣。"遂出外与廷尉官同到三法司堂上去了。正是:忠臣能有忠臣子,强将麾下无弱兵。未知李纯阳此去可得生还否?且听下回分解。

第二十五回　青史笔而戮首

　　却说李纯阳听了儿子李受荫一番激烈言语,遂奋然就行,同着廷尉官一路望着三法司衙门而来。廷尉官进内禀知唤到,郭秀枝便吩咐,且候明日随堂带质,当下廷尉官将李纯阳带回看守。至次日午堂,一干人证俱到,三法司升堂危坐。先带李纯阳上堂,李纯阳看见秀枝在座,叹曰:"吾必死矣。"原来郭秀枝与李纯阳同在翰林院时,两不相睦。纯阳最鄙其为人,故相左。当下秀枝见了,分外眼明,俨然问官一般,威福擅作。乃把朱笔来点李纯阳之名,书吏在旁高声喝点,李纯阳心中不忿,也不答应于他。郭秀枝连点三次,只见李纯阳不应,乃怒道:"何物书呆,如此大胆!法堂之上,尚敢如此矫强耶。"纯阳笑道:"实不敢自负,但贱名自殿试传胪之日,经圣天子御笔点过,至今无人呼唤。不虞为汝等所呼,大奇,大奇!"秀枝愈怒道:"汝自恃为太史,不服王法么?"纯阳道:"率土之滨,莫非王臣。有功受赏,有过领罪,何敢不服王法?但吾之名讳,非汝得而呼之者也。"本茂看见如此,皆难过意,遂从容道:"李太史之言,怕不有理?惟公既已奉勘①,不得不如此。"纯阳道:"此是奉旨否?"本茂道:"亦非奉旨,然事有因,故致勾摄太史,何太于过执?且说现在事罢。"因问道:"刑部主事海瑞,冒奏严太师一十二款,奉旨发在法堂听勘,昨已严讯一切。惟海主事不能历指事迹,致使再三研讯,称说一十二款,乃从太史家内书籍中检出,不知果有此否?"纯阳听了,如梦初觉,方知海瑞私自取了他的密缄具奏。乃道:"一十二款果是严嵩实在劣迹,但不知为海瑞所盗耳。"本茂道:"太史身为史官,凡有文武内外臣工以及大内一切贤否之事,均应密缄②金柜,何乃疏忽至此,为海主事所盗。忽略之咎,只恐难辞。"纯阳道:"严嵩所犯十二款,乃是确据无疑的,故此直书于史册,惟恨一时未曾放入金柜,不虑为海瑞所盗。忽略之咎,固无可辞矣。但严嵩身为贵戚大臣,犯科作奸,不知可有罪否?"本茂道:"太师犯法,自然皆与民同罪,无

---

①　勘——查问。
②　缄(jiān)——封闭。

实据何以为案？太史亦太造次①矣。"纯阳尚未及答，只见秀枝大怒，拍案叱道："汝为史官，不稽②实迹，动辄秉笔诬捏，罪有应得，汝亦知否？"纯阳道："有无反复，尽属公言，则朝廷可以不必设史馆矣。"秀枝叱曰："朝廷设立史馆，原以直朴之臣，原以书载那廷臣贤否，岂容汝一人在内舞文弄墨，以伤正气也。若不直供，只恐毛板无情，悔之不及矣。"纯阳道："事属确切，须死不移。"秀枝大怒，便欲行刑。本茂道："玉堂金马之臣，未曾有受辱者。如果属实，应具奏天子，当明正法。公切不可因一时之怒，辱及仕途，为将来者怨。"秀枝怒气未息，叱令发在廷尉看守，吩咐退堂。退入私衙，与二人商议道："幸喜纯阳不能实指的确，此案似可规避，不知二公之意若何？"陈廷玉尚在无可无不可之间，惟刘本茂不允，说道："若反史馆之案，则十部纲鉴，皆不足信矣。"独不与联衔会稿。郭秀枝看见刘本茂不允，乃私以陈廷玉名字，联衔具复。其复稿云：

臣郭秀枝陈廷玉等谨奏，为遵旨议复事：窃臣等奉敕着三法司勘问刑部主事海瑞恭参太师严嵩一案。臣等遵即会合，秉公确讯。现据主事海瑞供称，与太师向无交往，亦无仇怨。惟太师自秉钧衡之后，海瑞日望其提挈迁秩。如是者引望数载，不得迁擢，遂以为怨。故与翰林编修李纯阳谋以捏造浮言③，计共一十二款，希图中伤之。经臣等再三研讯，矢口不移。旋传李纯阳到质。据称伊与海瑞同乡，更兼同年，梓里④之情，故多来往。纯阳自散馆⑤后，改授编修，心意未足，乃向严太师求卓异⑥擢迁侍读⑦之缺。而严太师以正言责之。纯阳诚恐有罪，遂思先中伤之，以灭宰相之口。故特挽刑部主事海瑞来家，故以一十二款作为偶尔搜检，冒昧上陈，彼此希图承听，共泄私愤等情。再三研讯，坚供不讳，似无遁饰。臣等伏查例载，下僚以私怨上司，捏造浮言，冀欲中伤者，首犯议斩主决；从则免官，仍治以枷

---

① 造次——轻率。
② 稽——考核，查实。
③ 浮言——没有事实根据的话。
④ 梓(zǐ)里——故乡。
⑤ 散馆——清朝翰林院庶吉士经过一定年限举行甄别考试之称。
⑥ 卓异——清朝吏部考核官吏，才能出众的称为"卓异"。
⑦ 侍读——官名。清代侍读掌勘对。

杖之罪。臣等未敢擅便，谨将今讯过缘由，据实具复，伏乞皇上睿鉴，训示遵行。臣等不胜待命之至。

这复本一上，天子看了，惟不见有刘本茂名字，心中疑惑。乃命内侍悄地宣召刘本茂进宫，细问原委。内侍领了密旨，来至刘本茂私第宣召。恰好刘本茂正因昨日郭、陈二人联复之事，忖思海、李二人本是为国之诚，今一旦为郭贼所诬陷，眼见得身首异处，我岂可袖手旁观？况我亦是奉旨的，既不联奏，亦当另复才是。于是在窗下作稿，书缮正了，要待明早面呈御览。忽家人报称有天使至。本茂匆匆衣冠出迎，延入书院坐下，茶罢，本茂道："天使光降，有何圣谕？望乞示知。"内侍道："适因天子看了刑部尚书郭秀枝等复奏本章，圣心疑惑，又见奏章上并无大人名字，故此特差咱家前来宣召老先生进宫问话呢。即请速行。"本茂即与内侍同到宫中，见帝于卿云轩中。帝正将陈、郭二人复奏看阅。本茂上前俯伏，口称万岁。帝敕平身，随赐绣墩。本茂叩谢毕，帝问道："会讯海、严之案，卿亦在列。今是非均无定着，卿又不签名联奏，却是为何？莫非其中另有别情？卿当为朕言之，毋使枉纵，以昭平允可也。"本茂奏道："臣奉旨会勘海瑞恭奏严嵩一案，已得其情矣。只因郭秀枝、陈廷玉二人任情偏断，故此臣不敢签名，以坏陛下之法。今臣另有察勘严、海二人实情，具复小折呈览。"遂在袖中取出一折，呈于帝前。帝展开一看，只见上写着：

太常寺臣刘本茂谨奏，为据实具复，以期圣鉴事：臣窃查海瑞，向与严相并无仇隙，而瑞性固耿直，每恶其为人，常有参奏严嵩之心。但以微员不获睹天颜为恨，故虽有奏嵩之心，而无可乘之隙。五中①隐忍，非一日矣。瑞偶过翰林编修李纯阳家闲话，适有客来访，纯阳便出款友。海瑞独留书斋，久坐无聊，偶检阅纯阳案头书籍，不意见纯阳记嵩劣迹共一十二款。瑞见之益怒，遂有参奏之机。即时不别而行，连夜修成奏章，申奏陛下。其忠君爱国之心如此。而李纯阳送客后，亦不曾觉。及瑞在堂供出纯阳所记之事，臣等即传伊到问，一字不差。此乃海、李二人之实情。但纯阳身为史官，自应慎事，何得以国家密事，存放家中案头，殊属忽略，难辞其咎，合依泄露机密律治罪。其主事海瑞无罪，毋庸置议。不知有合圣意否，伏乞皇上裁处。

---

① 五中——五脏。

臣不胜幸甚之至。谨表以闻。

帝看毕,持疑未决,复问道:"卿何备得其情,若此真确?"本茂道:"臣于讯审之后,私到廷尉①处,叩其真情,是以知之为确。"帝听了沉吟不语,良久乃道:"卿且退,朕自有以处之。"本茂辞谢而出。不表。

又说那嘉靖帝看了两处复奏,只见各执一词,较之本茂所呈似近情理。然嵩有此一十二款,难怪海瑞参奏。诸臣不签一字者,乃畏嵩之势,而缄口结舌。幸有主事一人为朕敷陈,不然则听嵩蒙蔽不已。方欲批发,将嵩革职治罪,适严氏来到,俯伏阶下,口呼万岁,帝赐平身,便问道:"卿何至此?"严氏泣道:"妾父不得众心,被海瑞诬陷,昨闻廷臣多有附会之者,惟陛下察之。"帝道:"卿父向与朕交厚,今复为国戚,虽然作奸犯科,朕当宥之。但海瑞所奏一十二款,得之史馆,事难反复,如之奈何?"严氏道:"史馆有事,则不该宣泄于外,即此可见矣。譬如陛下立法之事,史臣亦可任意泄耶?李纯阳忽略机密,罪无可逭②,愿陛下先诛纯阳以警将来,则是非从兹定矣。"说罢,不胜哀泣。帝惑之,即时批了一道旨意云:

据三法司申复前来,海瑞本与相国并无怨嫌。惟编修李纯阳,不合私造浮言,夹于书籍之中,故使海瑞得见。瑞即认真,动此忠君之念,旋以一十二款具陈朕以尽忠。其中委曲,尔毋庸再问。严嵩仍复原职。海瑞不合造次冒奏大臣,但念其因公,并非私意,尚可原情,仍着主事用。罚俸半年,以警不应。其编修李纯阳不合忽略,故捏大臣,着即处斩完案。钦此。

这旨意一下,可怜这李纯阳一旦身首危然。后人读到此处,谁不为之痛心哉。

及李纯阳被斩之后,海瑞方才得释,听得这个消息,即如飞的奔法场而来,抚尸大哭。且吩咐家人,勿要收殓,急奔朝堂而来。时已将晚,海瑞却不能少候,直趋殿上鸣鼓。正是:只因全友谊,哪惜此身躯?毕竟海瑞这一上殿如何,且看下回分解。

---

① 廷尉——官名。掌刑狱,也称大理寺卿。
② 逭(huàn)——逃避。

第二十六回　红袍讽以复储

却说海瑞在廷尉衙门得释，闻知李纯阳被害，遂急急来到法场，抚尸痛哭一番。随令人看守，自己却急急的走向朝房而来。此际天色已暗，海瑞也等不到明朝，悄悄的走到龙凤鼓边，拿起槌儿把鼓乱击，咚咚连响，惊动了守御的官军，立将起来把海瑞拿住，问他所以。海瑞道："我有隐情，除非见了万岁爷，方可说的。"那些侍卫见他说话含糊，便把他带住。少顷，有司礼监出来，问道："谁人大胆击鼓？"侍卫道："刑部主事海瑞击鼓，业已带下，候旨定夺。"内监听了，吩咐："把这蛮子海瑞带着，待咱家好去复旨。"侍卫应诺，内监即到内宫，奏知皇上。帝即出殿，时已曛①黑，满殿点着了灯烛，便传海瑞进见。那些内侍如狼似虎的一般，走到外边，把海瑞抓进殿来。海瑞连忙叩头，口里只呼万岁。帝问道："你乃一个微员，何故诬捏宰辅，罪有应得。朕念尔出于无心，故特加恩宽恕。如今复敢击鼓，难道还有什么委屈于尔么？"海瑞顿首奏道："微臣参奏严嵩，原为忠君起见。然臣蒙恩宽宥外，李翰林忽被斩首，此臣所以不敢偷生也。特诣宝殿，伏乞陛下立赐臣死，以全朋友之义，以明为臣之志。"帝道："李编修泄露机密，罪应正法，汝何独为他殉耶？"海瑞道："陛下垂拱万方，而凡百姓莫不群承德泽。君臣、父子、兄弟、夫妇、朋友，乃五伦②备者，夫妇有恩，朋友有义。今李纯阳身为编修，秉笔史馆，书记严嵩一十二款，乃其分内之事，实不虞瑞之偶见而盗之。今蒙陛下赐以一刀之罪，纯阳罪固当戮，死而无憾。然臣实是害纯阳之人，敢独偷生耶？伏乞陛下亦赐臣以一刀之戮，则微臣无憾矣。"帝听了海瑞这一番言语，不觉长叹道："卿可谓不负人者也。然李纯阳已死，不能复生。卿乃朕之直臣，朕忍轻弃耶？"乃传旨，赐李纯阳冠带，用五品之礼安葬，追赠为翰林学士。因海瑞之忠义，转赐以玉如意一枝，以旌其义。海瑞谢了恩，领旨下殿。早有礼部以五品冠带一袭，交与海瑞。

---

① 曛（xūn）——暮，黑暗。
② 五伦——即五常。封建时代以君臣、父子、夫妇、兄弟、朋友为"五伦"。

海瑞接了,急急来到法场,时李夫人正与公子抚尸大恸①。海瑞大呼尊嫂贤侄止哀,有恩旨来。李夫人听得有人叫唤,便止了泣,只见海瑞到来。海瑞作揖道:"尊嫂且接恩旨。"李夫人便与公子跪着。海瑞捧住冠带道:"奉旨以李翰林加五品职衔,赐冠带殓葬,家属谢恩。"夫人、公子口呼万岁,把冠带接收讫,旋各官僚皆来吊唁。海瑞此时穿了一身孝服,跪在一旁,如丧父母一般,逢人便道自己之过。少顷棺木已备齐了,随即入殓,将柩寄于城外之资报寺。海瑞竟随着灵柩相守,夫人与公子倒觉过意不去,劝道:"海老爷,不必忧焦了,如今且请回衙理事,亡夫之灵柩,自有愚母子服伺。"海瑞坚执不肯,直至小祥后,方才回衙。即对夫人说道:"李年兄因我而死,今其家眷流于京邸,又无依靠,吾甚过意不去,意欲将女儿许配了他的公子,一则以报李年兄之恩,二则女儿终身有着,不知夫人意下如何?"张夫人道:"老爷之言甚善,如今他们母子无依,先接过来居住,且供应公子读书,其婚姻之事慢慢再说。若是预早说明,只恐公子畏人谈论,不肯过来同住呢。"海瑞大喜,次日即到公馆来,见了李夫人,便将相往同住之意说了一遍。李夫人道:"多承叔叔厚意,但是愚母子在京亦是无用,不日当整归鞭,惟是目下并无分文,难以行动耳。"海瑞道:"贤嫂且到舍下暂住,待愚叔打算盘费,再送尊嫂贤侄回家未迟,幸勿推却。"李夫人不得已,乃与公子搬到海瑞私衙。张夫人加意殷勤,情同姊妹一般相待,自不必说。海瑞偶暇之时,更用心教那受荫的经史,谆谆讲解义理。李受荫却也聪明,一听书便悟,因此海公更喜其聪慧,比自己生的还倍加爱惜。如此住了一年,过了礼仪的大祥②。海瑞便请了冰人③,对李夫人说合他儿子的亲事。李夫人道:"愚母子流落天涯,上无片瓦,下无立锥,母子飘泊,犹如萍寄,多承海老爷提携,使愚母子不致饿毙他乡,则感恩靡既矣,焉敢仰扳千金小姐作媳?烦善为我辞可也。"媒以李夫人之言回复,海瑞便自来见李夫人道:"以小女配令郎,实瑞所应报先人者也。尊嫂休得推却。"李夫人看见海瑞如此情形,只得依允。只是并无聘礼,只得将玉簪一枝,权为聘礼。海瑞接了,从此改口相称,此时又更

---

① 恸(tòng)——大哭,哀痛之至。
② 大祥——两周年的祭礼。
③ 冰人——媒人。

加亲厚矣。夫人虽然屡欲回家,怎奈海瑞坚留不放,一则要女婿近身攻书,二则又因盘费未备,不觉又过了一年。

时值皇上四旬万寿,京都臣民各处张灯结彩,与帝恭祝称庆。大小臣工,皆有恭祝贡物。海瑞是个穷官,更兼近日又多了几口养活。可怜他自上任,只有一领红袍,直至于兹,冬夏也无更替的。如此劳苦,哪里还有甚银子备办贡物? 不过空手随班祝贺而已。是日帝大喜,遍赐诸臣之宴,海瑞亦在列内。只见严嵩手捧玉卮跪于帝前,顿首祝道:"臣愿陛下福如东海,寿比南山,皇图永固,帝道遐①昌。臣有恭祝圣寿之诗一律,恭颂万寿。"遂将诗呈上。帝看诗毕笑曰:"丞相过誉,朕恐不当。今日可谓太平筵宴,君臣之乐,无过于此,岂可无诗以纪其盛。凡尔诸臣等,各和一首何如?"诸臣皆呼万岁。随有刑部侍郎唐瑛,左春坊右庶子刘保邦,各吟一首,无非都是些赞扬之句。帝览毕,乃向海瑞道:"诸人皆有诗章,主事何独缄口?"海瑞俯伏奏道:"臣才迟钝,今尚思索矣。"帝令速和,海瑞即便到自己的位上,浓磨香墨饱笔,题成一律呈上。帝览诗,再四吟哦,复又沉吟半响,不觉慨然长叹,低头不语。众臣莫知其故,海瑞面上却有欢容。帝即宣瑞到御座之前,谕道:"观卿数语,使朕有愧于心。然事已至此,如之奈何?"海瑞顿首奏道:"陛下恩遍万方,何惜一开金口,使彼母子亦得称庆。"帝大喜道:"依卿所奏。"海瑞顿首谢恩,欢呼万岁,退回原位。帝对文武百官道:"朕行年三十入继大统,屈指不觉十载。回忆少年所行之事,大半乖错,今甚悔之。现与卿等共聚一堂,诗酒相娱,亦可谓千古一时之盛,但缺一乐矣。"诸臣齐道:"陛下垂拱万方,四海一家,乃极乐之天下,独有缺者何也? 伏乞陛下示知。"帝叹道:"古人有云:'有子万事足,无官一身轻。'而今朕富有四海,汝诸臣工无不竭诚尽职,翼辅王室,可谓乐矣。但缺一乐者,惟朕无子。若有太子,今日席前称庆,岂不称全美乎?"诸臣未答。海瑞急急趋至御前,俯伏奏道:"陛下有子,何以云无?"帝故意道:"寡人何处有子? 卿何以言之?"海瑞道:"张皇后产太子,曾经颁行天下,于今七载,陛下岂忘之耶?"帝作惊喜之状道:"朕却忘怀了,非卿言,朕儿不省。今日不可不使皇子一睹盛事。"海瑞复奏道:"太子称

---

① 遐(xiá)——远。

庆,礼固宜然,今陛下何不召来,与诸臣相见?一则太子得亲祝遐龄①,亦稍尽人子之道,亦不负陛下以仁者治天下也。"帝正欲降旨,只见班中闪出一人,手执象笏,俯伏金殿,口称:"万岁,微臣严嵩有一言冒奏,伏乞陛下恩准,则臣等亦不胜幸甚。"帝笑道:"卿试言之。"正是:奸臣恐怕君恩降,故以谗言阻止君。未知嵩奏何事,且听下回分解。

---

① 遐龄——高龄,高寿。

第二十七回　贤皇后重庆承恩

却说严嵩在殿上,听得海瑞与帝之语,诚恐特降恩旨,把太子赦了出来,仍居储位,则己女之宠就衰矣,随即俯伏金阶,奏道:"前者皇子与张氏有罪,被废已经数载,天下臣民皆知。陛下不宜听海瑞之言,致有出乎反乎之讥。此必海瑞勾通长门,因此乘机巧说,以图蛊惑①,望陛下速诛之,则天下幸甚矣。"帝笑对嵩说道:"卿有子否?"嵩道:"臣只一子。"帝曰:"朕欲卿子代朕子幽禁数载,卿愿否?"嵩道:"臣儿无罪,不得入此幽宫。"帝笑说:"可知道,又来了。汝子无罪,故不得入此长门。岂朕子有罪,合当长禁耶?丞相勿再言,且退。"嵩惭愧而出。帝即令内侍持节赦皇后、太子出冷宫,另备宴于绮春轩,父子相庆。诸臣随驾回宫,各各散出。严嵩急急回府,再作计议,自不必说。

再谈张皇后与太子自从贬入幽宫,不觉四载。母子二人,日夕惟有对泣而已。幸赖有冯保时时开解,不然则恐不能双全矣。这日张后在冷宫,想起今日乃是皇上万寿,又值四旬,遂对太子说道:"今日正是汝父四旬万寿,天下臣民,皆来称庆。若是我与尔不曾被废,今日不知怎生高兴呢。"太子听了,含着一眶眼泪说道:"可恨奸妃狠毒,致使我父子不能见面。他日重睹青天,我怎肯与他甘休。"说罢痛哭起来。冯保在旁劝慰道:"娘娘、太子爷,都莫要哭,朝廷岂无公论?且自宽怀忍耐而待之。"话犹未了,忽听叩门之声。冯保出问何人,只见司礼监胡斌,手捧节钺②说道:"皇爷有旨,特赦皇后、殿下二人,立即到绮春轩朝见,幸速前往。"张后与太子连望阙谢恩。旋有小内侍,捧着冠服进来,张后与太子换了吉服,随着胡斌来到。时帝已在绮春轩等候,忽见张氏携着太子而来。其时太子年已七岁,生得志气轩昂。帝一见,不觉喜动颜色。皇后与太子俱伏于地下待罪,帝即下座,亲手挽起后与太子,重新祝寿。帝动了父子之情,不觉流下几点泪来。张后道:"罪妾幽闭深宫,以为今生不能再见天日

---

① 蛊(gǔ)惑——迷惑。
② 节钺(yuè)——符节和斧钺。古代授予将帅,作为加重权力的标志。

矣。何幸陛下突施格外天恩耶？"帝惭愧笑道："昔日之事，毋烦絮说，且言今日之欢。"此时筵席已备，太子亲自把盏，帝大喜，与张后叙些旧话，直至月上柳梢，方撤之。是夕帝与张后宿于绮春轩内，令冯保侍护太子于青宫。次日，帝令侍读学士颜培源为傅，教习太子诗书，改绮春轩为重庆宫，却只不题起改易之事情，张后亦不敢多言，百凡缄口而已。冯保打听明白，才知是海瑞之力，即奏知张后。张后感激海瑞之恩，召太子入宫谓曰："吾与儿得复见天日者，皆海主事之力也。汝当铭之五内，他日毋忘其功。"太子道："儿当镂心刻骨，将来图报恩人就是。"暂且不表。

又说那严氏卿怜，得知皇上复召张后，特赦太子，仍复青宫，心中大怒。又见帝久不临幸，未免惊忧，终日嗟怨，泪不曾干。乃修书一封，令人送与严嵩，令其为计。严嵩正因女儿之事，心中忧闷，连日不曾上朝。忽然接到宫中书札，乃展视之，见写着：

女卿怜百拜，敬禀者：女蒙大人豢养，并荷提撕，得侍椒房，亦云幸矣。不意坐位未暖，忽有此变。今张氏与太子皆蒙恩赦，女料不日皇上必复其位。太子今已复居青宫，张后现居绮春轩，帝即改为重庆宫，观此则可想矣。虽不明言更复，其改名重庆者，盖有自也。倘一旦复位，置吾何地？当先思所以自卫之计，庶免不测之虑。惟大人图之可也。书不尽赘，惟早决。谨禀。

严嵩看了，沉吟半晌，无计可施。自思皇上之意却要改复。未言者，是所不忍也。若不及早自卫，必有不测之祸矣。乃复书一札，令人持回。致复卿怜，叫他依书行事。来人持回，卿怜将书即时拆开，细看其书云：

览阅来书，备知一切。但此事之祸机已伏，发在迟早，则未可料。其改重庆二字，乃重相欢庆之意。汝宜早退旧地，乃让正院于彼。则帝喜汝之贤淑，而祸患尽息矣。汝宜悉想，毋致噬脐。吾尔与有荣施焉。此复，不尽所言，统惟早定大机可也。

严氏看了父亲回书，自思让位之说亦得。但我已在正院四载，今日复居人下，岂不被人耻笑？若不让回正院与他，皇上必然有以怪我，此际更不可开交。左思右想，别无妙计，只得自作小奏一笺，令人持献与帝。帝览其奏云：

臣妾卿怜，诚惶诚悚，九顿谨奏：窃妾乃蒲姿柳质，谬蒙圣恩，持置正质，受恩之日，心身未安。时以圣意过深，不敢固辞，忍隐五中，直至于兹。今恭逢皇上四旬万寿，八方庆洽，所有囚徒，皆被恩泽。皇后张氏，太子某，皆蒙恩赦，俾得重沐恩膏。妾心数载之默祈者，一旦已酬。今谨具寸笺，伏乞皇上鉴原，仍以皇后张氏复正昭阳。妾仍侍侧，不胜幸甚矣。谨奏以闻。伏乞陛下圣鉴。妾卿怜临池，不胜惶恐之至。

帝览奏即批其笺末云：

览阅来奏，不胜欣忭①。俱见卿贤恭德淑，洵堪嘉尚。准如所请，着即日移居临春院。其昭阳正院，着司礼太监王贞，即行洒扫。差礼部郎中侯植桐，备法驾恭迎张皇后复居故宫。其文武诸臣，仍往朝贺三日。钦此。

批毕，即令来人持回。严氏看了，即日移迁临春宫去了。王贞把昭阳正院洒扫一番，张灯结彩伺候。郎中即齐了銮驾仪从，引领着到绮春轩来。早有太监们进后冠服，张后穿了，望阙谢恩毕，随即登舆。就有许多宫娥、侍女随从。太子身穿吉服，腰悬宝剑，护驾而行。来到正院，一派音乐，迎入宫中。礼部率领文武诸臣朝贺毕，张后传懿旨，卷起珠帘，宣谕诸臣曰："哀家前者因咎被废，今蒙皇上重加殊恩，复正昭阳。汝等皆宜忠君爱民为首，毋负至意。"众臣领命，其时海瑞亦列于内，张后看见，特宣上阶谕道："哀家今复昭阳者，赖卿之功也，特赐锦缎十匹、如意一枝。"海瑞叩头谢恩。诸臣皆散，帝亦进宫，与张后称庆，从此夫妻相爱如初，按下不表。

且说李夫人思念家乡，坚意要回潮阳。海瑞亦不便强留，便向张夫人致意："吾女年已及笄，必须婚配。今既回粤，彼此相隔数千里之远。况我在京不知何日满任，恐耽误了亲事。不若择个吉日，就在衙中成亲，甚为两便。"李夫人应允。海瑞便择了吉日，把女儿金姑招赘李受荫为婿。不觉过了满月，惟是没有盘费打发他母子起程。海瑞焦闷了数日，并无一策。忽然想起太子待我恩深，今值此忧蹙之际，何不修书，向他借贷少许？主意已定，遂即拂拭花笺，浓磨香墨，一挥而就。封缄完固，袖到青宫门首，候了半日，方见冯保出来。冯保见了，忙上前作揖道："海贤公在此何干？"海瑞回礼道："殿下安否？"冯保道："太子幸托清安，现在太傅处念书

---

① 忭（biàn）——喜乐。

呢。"海瑞道:"在下有寸缄,敢烦公公转致如何?"冯保道:"这个使得。"海瑞便在袖中取了书札,交与冯保道:"相烦即送,明日在下来听回信。"冯保答应,各相揖别。海瑞回到本衙,对张夫人说知。夫人道:"此书一到,太子必然见允的。"

不说海瑞盼望佳音,再谈那冯保接了书信,急急来到青宫,恰好太子放学,冯保即把海瑞的书札呈上道:"海恩公今日在宫门外遇了奴婢,先请问爷的安,次将书札交与奴婢,说是要面呈殿下开拆。"太子接了札展开,只见上面是:

> 臣海瑞谨百拜,致书于青宫殿下,敬禀者:瑞因敕亲家李纯阳之家属,即日回粤,苦无资斧①,百贷莫应。敢冒昧敬干,乞贷千金,俾得借资敕亲回粤,不致流落京城,并故翰林之柩,得归故土,以正首丘,皆赖洪慈所赐矣。专布,并请金安。

太子看毕说道:"海恩人固已如此。但我一时没有,怎生是好?"便向冯保问计。正是:惟有感恩与积恨,千年万载不成尘。毕竟冯保说出什么计策来,且看下回分解。

---

① 资斧——也作"齐斧",即旅费,盘缠。

第二十八回　奸相国青宫中计

却说太子看了海瑞的书札，自思年来幽禁冷宫，今始得出，纵有每月的月俸，亦是有限，如何便得千金来与他。然他是我一个大大的恩人，今日初次启齿，却怎好不应他命，情上难过。遂对冯保道："目下海恩人急需，修札与我告贷千金。只是两手空空，如何是好？"冯保道："海恩人是必迫于不得已，方向千岁开口。今日却要应承他才是。"太子道："固然如此。但此际却到哪里去弄银子来？你可替我想个主意。"冯保道："爷何不到户部去借一千两银子与他呢？"太子道："吾亦知向户部库里可以借得。但是动支库项，该部必要奏请。倘彼动之，皇上知道，问吾要此银子何用，势要说出来的。汝岂不知青宫的规矩么？凡有与外臣往来，以及私来相授受者，均干例禁。况且我奏赦未久，今与海恩人来往，倘严嵩借此为词，复施谗言，则我与汝恐又要入冷宫去矣，故此是使不得的。"冯保听了，眉头皱了几皱，不觉计上心来，便道："有了，有了。"太子道："有了什么？"冯保道："奴婢想起来了，那严嵩他家现放着许多银子，爷明日何不向他借几万两来用呢？"太子道："他与我不睦的，怎么反向他去借银子？亏你说得出来！"冯保又再三沉吟说道："又有好计在此，说来听如何？行则行之，否则另议罢。"太子道："你且说来，看中用否？"冯保道："太子爷明日可请严嵩进宫来，只说请他讲解五经。来了的时候，理合让座献茶。待奴婢先把一张椅子，砍去一只腿儿，再将锦披围住，自然是看不见的。复把一盏放在滚水之内煮至百滚，那盏儿自然是滚热的。烹上了茶，却不用茶船，就放在茶盘之上。待他来拿的时候，必然烫着了手。一时着热，必然身手齐动，那三腿的椅子一动，岂不连人翻倒。那奸贼一倒，那盏茶却难顾了，必定连茶也丢在一边，打碎了茶盏，爷即变起脸来，将他抓着去见皇上，说他欺负爷不在眼上，好意请他入宫讲经，优礼相待，他竟敢当面打碎了茶盏，就如亲打爷一般。那时另有话说，怕奸贼不赔爷的茶盏么？此际就大大的开口，要多少，随爷说就是了。若得了银子，将来送与海恩人，应剩下的，爷买果子吃也是好呢。"太子听了大喜，不觉手舞足蹈起来，说道："妙计、妙计！即依计而行可也。"遂先令冯保去相府相请。

那严二看见是内宫的人,不敢怠慢,急急进内通报。是时严嵩正在书院坐着看书,只见严二来说:青宫内侍冯公公要见。严嵩便亲出来相迎,延入书院让座。冯保谦让道:"咱们是个下役,怎敢与太师相国对坐,这却不敢。"严嵩道:"公公乃是青宫近臣,理应坐下说话。"冯保还再让谢,方才就座。严嵩便先向冯保面前请问了太子的安,然后问道:"公公光降,有何见谕?"冯保道:"只因太子爷今岁就傅,所有五经俱未曾听过讲解,故特令咱家前来,敬请太师明日清晨进宫,太子爷亲诣叫太师讲解,故望太师明日光降。"严嵩道:"太子现有师傅,常在青宫侍读,怎反唤老夫前往呢?"冯保道:"只因太傅不十分用心讲解经史,爷大不爱他,所以特请太师爷前往呢。"严嵩道:"既蒙太子宣召,明日恭赴就是。"冯保便作别回宫而来,对太子说知。太子道:"这事尽在尔一人。你可预备,切勿临时误事。"冯保道:"奴婢自当理会得来。"

次日清晨,严嵩竟不上朝,来到青宫。时冯保早已把那椅子并茶盏弄妥了,在宫门候着。严嵩即便上前叫声:"冯公公,恁早起来了么。"冯保连忙说道:"太子候久了,请进里面相见。"严嵩便随着冯保而进。到了内面,只见太子坐在龙榻之上,见嵩至,即忙起身迎道:"先生光降不易。"嵩便向上朝躬,太子急忙扶起道:"先生少礼。"吩咐冯保拿座位来,嵩谦辞。太子道:"焉有不坐之理,请坐下说话。"嵩便谢恩坐下,冯保立在椅后,暗以自己的腿来顶住缺处,所以那椅子不动。严嵩道:"蒙太子宣召,今早趋朝,不知太子有何指示?"太子道:"孤昔者获咎,奉禁四载,于前日蒙皇上特恩赦宥,使孤就傅。惟太傅不善讲解五经,孤心厌之。故特召先生进宫求教,幸勿吝也。"严嵩道:"臣学浅才疏,不克司铎之任,还乞太子另宣有学之辈。"太子道:"久闻老先生博学宏才,淹①贯诸经,故来求教,幸勿推却。"遂唤内侍送茶,那内侍即便捧了两盏茶来。先递与太子,随以眼色示意,太子会意,便拿了那一盏在手。余下那一盏,便是滚热的,送在严嵩面前。严嵩便将手来接,初时还只道是那茶水烫热的,不以为意,及拿在手内,如抓着一团红炭一般,哪里拿得住,便将手一缩,早将那茶盏丢在一边去了;冯保在后面把脚放开,严嵩身子一动,那椅子就倒了,把他翻个筋斗,那茶竟溅着了太子的龙袍。太子此际强作怒容,骂道:"是何道理,

---

① 淹——广博。

在孤跟前撒泼么？冯保与我抓着，扯他去见皇上分剖道理。"只吓得严嵩魂不附体，即跪在地下，不住的磕头谢过，说道："臣不觉失手，冒犯殿下，实不敢欺藐千岁，伏乞殿下原情。"太子怒道："孤亦明白，你看孤年幼，所以当面欺藐是真。孤岂肯受尔这一着的？去到皇上面前再说。"叱令冯保："把严嵩带住，孤与彼一同面圣去。"冯保此际心中暗笑，哪里还肯放宽一线？把严嵩紧紧的抓着胸前的袍服，一竟扯到大殿而来，太子随后押着，一同来到金銮。此时早朝尚未曾散，文武看了不知何故，皆各惊疑。皇上一眼看见了，叱令冯保放手。冯保将严嵩松了。嵩即俯伏于地，头也不敢抬起。太子走到龙案之前，俯身下拜，与皇上请了圣安。皇上赐令平身，上殿侧坐。问道："吾儿不在青宫诵读，却与冯保把太师抓到殿庭，是何缘故？"太子奏道："臣儿蒙父王特恩，令臣就傅。只因儿五经未谙为愧，故令冯保过相府，敬请严嵩进宫讲解诗书。可奈这严嵩欺臣年幼，进得宫来，臣以师傅之礼相待，而严嵩竟敢把臣的茶盏当面打掷得粉碎，欺藐殊甚，所以特扯他来见陛下，伏乞陛下与臣作主。想相国欺臣，就是目无君上，乞陛下公断。"帝闻奏，向严嵩道："太子好意相延进宫讲书，尔何故擅把御用茶盏掷打，是何道理？这就有罪不小了，汝可知否？"嵩叩首不迭，奏道："臣奉青宫令旨相宣，即时趋赴，蒙殿下赐茶。此际臣实不知茶盏故意弄得滚热的，伸手来接，被烫失手，误将茶盏打碎是真。臣焉敢欺藐，伏乞皇上详察。"帝闻言自思，此必冯保所为。但今日之事，惟有解开就是，便对太子道："相国之失手本出于无心者。今已碎了，可令他赔还就是。"太子道："明明是他有意将茶盏打碎的，今还说是茶盏故意弄得滚热，只这一语，便可以见矣。今蒙父皇训示，臣敢不遵。但嵩有惊驾之罪，不可因此以启将来诸臣不敬之端。伏乞皇上着令相国立即赔臣的盏价，并治以不敬之罪。"帝道："吾儿，汝却要他赔还多少？"太子道："臣只要他赔一千两就是。"帝便宣谕道："相国，你不合误打碎了御盏。今着汝赔还银子一千两，明日清晨缴到青宫去，并与太子负荆请罪。汝本有不敬之罪，朕决不枉法，该着发往云南充军三年。但是朕今需人办事，特加恩典，着发在云南司过堂三日，以作其罪。"严嵩不敢再辩，只得叩谢天恩，各皆下殿。严嵩受了一肚子的屈气，抱恨回府而去不表。

再说太子与冯保大喜，回到青宫说道："今日有以报海恩人矣。"冯保道："爷太公道，皇上问爷要赔多少，爷就该说要数万，怎么只说一千两？

如今有一千两,送于海恩人,却没有余剩的了。"太子笑道:"你我有衣有食,要他则甚?这就够了,不必妄求了。"冯保口虽则应允,然心中实有不甘。自思亏我随着爷与娘娘,受了四载之苦,哪里去得一文半文来。今日有了这个机会,哪肯就此轻放了他?明日严嵩这老贼要来缴那一千两银子,待我故意将他受难,谅想他必要我相传的,待咱诈他一些银子用用,也是好的。想他们不知诈了人家的几万亿数,我却弄他三五百,可就似羊腿上拔去一根毛,有什么相干。主意已定,专待行事。自语之间,不觉天将傍晚,冯保伺候晚膳已毕,时已二鼓,各归安寝。然冯保把诈财之念思慕一夜,何曾合眼?

到了次早,天尚未明,即抽身起来,俟严嵩缴银进来,好诈他一番。眼巴巴的望了半日,方才见那严二引着两人抬着一箱银子来到。冯保一见,故作起模样,假意作睡熟的光景。那严二走上前来,叫了几声公公,冯保只是不应。严二将他肩上拍了一下,冯保只作梦中惊觉的光景,骂道:"尔是什么人,敢来打我?"严二走上前去赔了个笑脸说道:"冯公公,是我。"冯保把眼揉了几揉道:"原来就是严二先生,休怪休怪。到来作什么?"严二道:"奉了太师之命,送一千两赔价银子到来。相烦通传一声,请殿下阅收。"冯保笑道:"很好,我们的规矩可带来了么?"严二听了,心中明白,便向袖中取了一锭银子,约有五两多重递上,道:"这是区区之意,幸勿嫌轻。"冯保拿在手中一掷,掷到阶上去了,说道:"岂有此理!你们是充家人的,难道不知规矩么?你们丞相府中闹热得很,所以每遇内外官员禀见,就勒要三百两。我这里青宫冷淡,凡有要求见爷的,门包也是三百。若是少了半毫,再休想见得着呢。"严二听了不觉好笑。正是:彼来我往皆以理,今日冤家遇对头。毕竟后来严二却与冯保多少银子,且听下回分解。

第二十九回　怒杖奸臣获罪

却说严二听得冯保要他三百两银子的门包,不觉哑然而笑道:"公公休要取笑,若是嫌少,又加些就是。"冯保道:"谁与尔作儿戏事？这是一定之例,少则不能见的。只怕迟了日子,爷在主子跟前说声,你家丞相恐怕肩不起呢。"说罢,竟转身将要入内之意,严二急急唤住道:"公公,且请少留贵步,有事慢慢的商酌。"冯保怒道:"有什么商酌之处？只管在那里絮絮叨叨的,令人好不耐烦呢！"严二道:"如今身上却没有许多银子,故此要与公公商酌。"冯保道:"你只管说来看。"严二道:"我们实不晓青宫向有这个例规,如今方才得知。若说三百两,就要回去与主人商酌送来如何？"冯保道:"不是要你主人的银子,是要你平日讹诈的。想你自从投在严府十有余年,诈的银子盈千累万。今日里付我三百,只如毡上去下一根毛,有什么相干？怎么说出这话来？想必要将你的主人来压咱家。好好的与我滚出去,这银子休想缴进去。"严二见他如此说话,正是大拳打中了他的心坎,不得已道:"既蒙公公过爱,在下就送一百两过来就是。"冯保摇首道:"不中用,不中用,少了一厘也不济事,你自去商酌就是。"严二道:"只是目下哪得银子如此方便,倘若误了期限,如何是好？"冯保道:"只要尔肯出三百,我便肯挂个赊账的。尔如情愿,这里有纸笔,尔可写张借券来。"严二道:"如此可借一用。"冯保引他进到门房,给与纸笔,严二即便写了一纸借券,递与冯保观看。冯保接来一看,只见上写着:

借券人严二,今因急需,借到冯保公公纹银三百两,约以本月内清还,恐后无凭,立券约以为存照。

嘉靖　年　月　日严二亲笔。

冯保接了借约问道:"几时交足？"严二道:"就依着这个月内便了。"冯保方才应允,把借券收了,然后才进内说知。太子道:"你在外收了进来就是。"冯保领命,便出对严二说:"咱爷吩咐,就此收了便是。"严二即令一人把一箱银子抬到大殿之上,对着冯保点验明白,方才作别。冯保道:"尔的东道,是万延不得的。若失了信,咱却要与你算账呢。"严二唯唯应诺,恨恨而归不表。

再说冯保收了银子,进内禀知。太子道:"即令你将原银送到海恩人那里去,道我多多拜上。"冯保应诺,即时唤了两个内侍,把这一箱银子抬起,自己引路,望着海瑞衙中而来。时海安正在闲立,冯保便将上项事情说知。海安急到里面说知,海瑞急忙出迎。冯保令小侍把箱子抬到里面,与海瑞相见毕,说道:"幸不辱命,咱爷多多拜上。若是恩公有什么急需之处,不妨又来。现在一千两,尔可收下。"海瑞谢道:"一之为甚,岂可再乎?"便望空拜谢,复向冯保致谢一番。说道:"今瑞在穷厄之际,叨蒙公公与殿下恩施,得济此急,海瑞惟有焚香顶祝,以报高厚耳,容日登堂叩谢。"冯保道:"区区意思,什么相干,何必介意?若说到宫面谢,这却不用。主人曾有言,恐怕为严贼晓得,说是交结外臣,反为不美呢。"海瑞道:"如此,烦公公转致就是。"冯保作别回宫而去,自不必说。

海瑞既得若干银子,便送到李夫人处,说是盘费。李夫人道:"哪用许多?不过二三百金足矣。"海瑞道:"剩下的以为读书膏火①之资。"坚要全收,李夫人只得收下,择吉起程,海瑞吩咐家人即去雇备伕马。伕马停妥,话不多赘。忽人来报:严嵩因为打碎青宫的御用茶盏,被青宫抓去面奏皇上,罚他赔了一千两银子。又说他惊驾,要发往云南充军三年,只因朝中无人办事,如今特加恩典,着发在老爷处过堂三日,权作三年。明日严相便来过堂,故此特着家人来禀说。海瑞听了不觉大喜,手舞足蹈起来,笑道:"天呀,你真真报应不爽了。"又以手指着严府那边说道:"奸贼,你平日专权肆横,今日却有这个日子。"遂传了差役皂隶到来,吩咐道:"明日奸相严嵩过堂,你们只看我的眼色行事就是。若是叫你们拿下,你便拿下;若是叫你们动手打,你们即便动手重重的打就是。如违,重责不贷。"差役们应诺,海瑞恨不得就是次日好去报仇,一宵无话。

次日清晨,海瑞起来,即便吩咐海安,在门外伺候。海安领诺,即来门首候了半个时辰,见前面摆着几对马及随从的家人,前遮后护,拥簇着严嵩到来,海安即便上前叩见。严嵩道:"请起。"遂下了马,坐在一张马鞍上,令海安进去通报。海安应诺,随即禀知海瑞。海瑞听了,即时吩咐三班衙役,开门伺候。然后出来,立在大堂之上,吩咐海安便请。海安便来禀道:"家爷在堂上,恭接太师。"严嵩此际随即换转了青衣小帽,把众家

---

① 膏火——旧时书院、学校中给学生的津贴费用。

人约在外边,自己随着海安而进。只见海瑞立在堂上,笑容可掬,严嵩即便趋前。海瑞作揖道:"恭请太师金安!"严嵩道:"刚峰安好!"海瑞道:"荒衙何幸,得太师光降? 请坐,海瑞参见。"严嵩道:"惭愧,老夫有罪,今日奉旨过堂。正是:刚峰端坐,待老夫听点。"海瑞道:"岂敢。想太师位极人臣,又是当今国戚,佐辅国家,多立奇勋,天下苍生,仰如父母。今因小小瑕疵,圣天子不过略顺青宫小意,不得已令太师光降。然太师贵步一临,草木皆春。还请太师少坐,少尽一参之敬。"严嵩见海瑞这般殷勤谦恭,只道是真敬意,笑道:"如此有占了。"竟走到上座坐了。海瑞道:"太师少坐,待海瑞取茶来。"便进去了。严嵩坐在堂上,只见两旁衙役立着,察其动静,各皆似有怒容,自思海瑞平日是与我不合适的,今我既奉旨到此过堂,他不特不作一些气,且还如此谦恭。既是如此,怎么又令差役升堂,莫非有甚别故不成? 正欲下坐,海瑞忽然突出,向外役问道:"上面坐的是什么人?"衙役答:"是严太师。"严嵩听了,也站起来道:"就是本部堂在此,刚峰莫非眼花了么?"海瑞道:"来此何干?"严嵩道:"奉旨到此过堂,汝岂不知耶?"带着三分怒气,复坐上,便道:"岂有此理,岂有此理。"瑞怒道:"你既奉旨前来过堂,就该遵着王法,报名听点,怎么反把我的座位公案占了,是什么道理?"严嵩亦怒道:"没什么道理,就是偏宫私殿,老夫亦不辞坐,何况这一座小小主事公堂耶? 海瑞,尔这般怒气不息的,到底为着什么? 尔与谁来?"海瑞道:"就与尔来。"吩咐左右:"与我抓了严嵩!"那些差役,平日知道严嵩的厉害,不是好惹的,个个面面相觑,恰如泥雕木塑的一般,只见答应,却不敢动手。海瑞看了大怒,即叱海安、海雄二人上前。安、雄二人一声答应,如狼似虎的一般凶恶,走上公座,一把将那严嵩抓了下来。严嵩大怒骂道:"畜生,反了,反了!"海瑞即便升堂问道:"你这厮胆敢不遵圣旨,不报名,不应点,亦不过堂,反把公案占了,皇上又不曾差你来此作问官,你知罪否?"严嵩笑道:"任你怎样说,谅亦奈何我不得,你却把我怎样?"海瑞听了此话,勃然大怒,正是:三尸神暴躁,七窍内生烟。当下海瑞大怒道:"你恃着权势,谅我不能奈何于你。不思王子犯法,与庶民同罪。今汝既已获罪,奉旨前来,尚敢如此矫强,我便打你一个藐法欺君。"吩咐说:"左右,扯将下去,重责四十大板。"各差役仍不敢动,惟安、雄二人把他扯翻阶下,海瑞怒将八支签儿撒将落地。那衙役无奈,拾起大叫行杖。皂隶①不得已,拿了一条三号板子,走到面前,还说了一声告罪,才将板子轻轻的打将下去。海瑞看了大怒,叱退皂隶,亲自离座,接过了板子在手,重重的打了三十五板,以凑足四十之数。打得那严嵩皮开肉绽,鲜血迸流,在地下乱滚乱骂。海瑞大声道:"此是初次,明日早些到来过堂。如再敢猖獗,又是四十大板。"叱令差役将严嵩扶了出去,吩咐退堂。

外面严府的家人,候久了,突然看见了主人这般狼狈而出,各人吃了大惊,急急上前致问。此际严嵩连话也说不出来,只是摇头不答。家人们急急赶回府中,把一乘坐轿打来,才将他坐了回府。严嵩痛极,躺在床上,竟不知人事一般。家人们不敢动问,只是守着伺候,直至过了一个时辰,严嵩痛定苏醒,方才说出话来。即唤儿子世蕃到床前谓曰:"可恨海瑞擅作威福,故意让我坐在公案上。即又翻过脸来,将我责打四十,并将欺藐圣旨四字的大题目压我,受了这一场亏,怎么忍得? 故此唤汝前来,就在此写成草本,明日早朝,与这厮见个高低,定个生死,方可出我这口气。你可用心写来。"世蕃听了,连忙取过了文房四宝,把奏稿立时修起,对着父亲念了一遍。严嵩点头示可,安息一宵。

次日早朝,严嵩令人抬到午门,众文武看了,各各惊问何故? 严嵩便将海瑞挟仇,假公泄忿,毒打四十,险些一命呜呼,逐一说知。各人听了私相叹息,怎么这海瑞恁般大胆,当朝一品,又是国戚,皇上素日心爱的近臣,怎么却下此毒手,岂不是自欲讨死耶? 各人为他捏住这一把汗。有几个心恶严嵩的,心中好生欢喜,恨打少了他。须臾,金钟响处,鸣鞭净殿,文武各各随班而进,分站两旁。内侍一对对出来,一派音乐之声,一对雉尾宫扇,拥簇着天子出宫而来,升了宝座。两班文武,上前山呼舞蹈毕。只见嵩故意一步步挨到龙书案前,口称万岁。天子见了,吃了一惊,便问道:"卿因甚事,如此狼狈?"严嵩即便叩头奏道:正是金殿几句话,法场失三魂。毕竟严嵩怎么样启奏,下文便知。

---

① 皂隶——衙役。

第三十回　恩逢太子超生

却说嘉靖看见严嵩这般狼狈，便开金口道："卿家为甚这光景？"嵩泣奏道："臣因获咎，蒙陛下殊恩，格外姑宽，令臣到云南司衙过堂。不料主事海瑞，意图陷害，无端将臣毒打四十板，狼狈可怜。臣体受伤过重，只恐性命不保，伏乞陛下作主。"遂向袖中取了折章递与内侍呈览。帝赐平身，随将奏本一看。只见写道：

臣严嵩稽首顿首，谨泣奏，为擅殴大臣，目无国宪，乞恩正法，以警将来事：窃臣原以不检，误倾青宫御茗，打碎御用茗盏，例应即死。仰蒙陛下殊恩，格外宽容，罚臣赔价银一千两，并发臣到云南充军三载。缘以庶务纷繁，需臣协办，复蒙特典，发臣就近到云南司衙门过堂应点。此陛下格外殊恩，亦不得已从权之事也。臣感激之外，遵即前往该司衙门听点。孰料该主事海瑞，欲图杀臣。无端发怒，喝令狼仆虎差，将臣扯下重打。复又自提大板，尽力行杖。致臣双腿几无完肤，旋即晕去。该主事复令狼仆，将臣拖出。幸有家奴抬回灌救，逾时始得苏醒。忖思臣虽获咎，叼蒙陛下格外施恩。今海瑞则不容于臣，是抗陛下也。况臣承恩，位备台辅，而海瑞竟敢以一介部属微员，擅杖宰相，不独无法，仰且轻蔑圣旨。有此悖逆，势难稍宽，以致将来效尤。伏乞陛下，饬着廷尉立即将该主事锁拿严究，早正国法，则警将来效尤者。臣等不胜幸甚之至。谨据实以闻。

帝览毕，不觉龙颜大怒道："何物海瑞，擅敢动打大臣，这还了得！"立即传旨，令御林军五名，前往锁拿海瑞当殿问话。御林军领了圣旨，飞奔前去，不一刻已将海瑞拿到，俯伏金阶。天子大怒，骂道："严相国偶因小有过失，朕着发在你的衙门过堂三朝。因甚你却这样目无法纪，无端毒打大臣，你知罪否？"海瑞叩头道："臣该万死，乞陛下容臣一言，死亦瞑目。"帝道："你尚有何说？"海瑞奏道："严嵩藐视青宫，致奉旨发臣司过堂应卯，此乃陛下旷古未有之施也。乃嵩不遵圣旨，仍恃禄位，到臣衙门犹摆列仪从。及至公堂，勒要臣接，此际只得公堂迎接。而嵩即占臣公案，危肆威权，如比问官。此法堂乃陛下特以肃规矩的。臣虽微员，亦为陛下之所特设以执法也。嵩则自恃威权,不遵圣旨,臣乃食陛下之禄,为陛下执法。是以臣不忍枉法,宁甘擅杖大臣之罪,于是执杖亲殴,果然有的。但嵩位极人臣,犹敢肆其威福,则与欺君罔上无几?臣实如此,惟陛下察之。"严嵩在旁急奏道:"陛下犹有格外之恩,汝则不能遵耶?"帝听罢,不觉颜色皆变,喝令御林军把海瑞绑缚,推到西郊地,午时处决。左右一声答应,把海瑞五花大绑起来,帝叱推出。海瑞亦不再言,面笑出之。

刚到午门,恰好遇了冯保。冯保一见,吓的魂不附体,上前细问缘由,海瑞具以直告。冯保道:"恩公且自宽心,待我进宫启知娘娘与殿下,必然有救的。"海瑞道:"多有不能够了。烦公公善为我辞,说海瑞叨沐殊恩,今生不能相报,统俟来世罢。"说罢,急趋而去。

冯保如飞的跑到昭阳正院,来见了张后,说道:"不好了,不好了!"张后忙问何故?冯保便将前事说明。张后大惊道:"如此怎么?可速请殿下来商议。"冯保点头,飞也似的跑到青宫,且不细说原故,称说:"奉娘娘懿旨,请爷立即到宫中,现有紧要密事相商。"太子听得这话,也急来到宫中。只见张后两泪纷纷,不知如何,未免吃了一惊,急问所以之由。娘娘便把海瑞如此如此,这般这般,说了一遍。太子道:"似此如之奈何?难道看着恩人被杀么?冯保,你可有什么计策?快说来好去搭救恩人!"冯保道:"没有甚计策,况且日子促迫,纵然保奏也迟了。莫若太子亲到法场,对那监斩官说了,且将恩人带回候旨。待等皇爷怒气少息,然后再去说,或者可以赦免,不然竟无别策矣。"太子称善,随即拜别了母后,乘着快马,与冯保望着法场而来。

再说海瑞被绑到法场中,自料再无生活之理,因举首向天祝告道:"苍天呀苍天,想我海瑞,平日务以除暴安良是念。昨见奸贼严嵩,不合①将他责打,触怒皇上,致奉圣旨决斩,刻不容缓。但愿瑞死之后,上苍默佑,早除奸佞②,俾得国家安乐,廊庙清宁。瑞在九泉,亦复何憾!"祝罢坐于石墩之上,专待行刑。少顷,就有三五位同僚部员,前来祭奠。海瑞一一称谢,并无一句怨言,众皆称赞。未几,只见四名摆手拥着一位官员来到,不是别人,正是严嵩门生姓张名聪,现充兵部郎中,乃是奉旨监斩而

---

① 不合——不该。
② 奸佞(jiān nìng)——奸邪谄媚的人。

来。当下到了法场下马,就在亭子内坐着,问左右是什么时候?左右答以巳初,张聪道:"天色尚早,你们可小心看守,待等时候到了,立请催斩官来处决就是。"转身进公厅后边去了。

再说太子与冯保二骑赶到法场,一直闯到里面方才下马。那些押解的官兵,哪里认得是青宫太子?又见他二人来得这般凶猛,忙喝道:"是什么人,敢闯法场重地?还不去!在这里想要死么?"冯保叱道:"何物官军大胆!敢是瞎了你们狗眼,认不得青宫,亦该认得咱老冯呢。"官军听了这话,吃了一惊,各人急急跪在地下叩头不迭,说道:"有眼如瞎,死罪、死罪。"太子叱令起来,问道:"何人监斩?"官军以张聪对,冯保道:"大胆的官员,殿下到此,却不来接驾,这还了得!"那张聪在里面听得喧嚷,急急出来观看。那些官军见了,指着说道:"这就是监斩官了。"张聪犹不知备细,还在那里作威作势的道:"什么人在此絮叨,与我拿下去见太师。"那些官军带笑说道:"老爷,尔道这二位是什么人?"张聪道:"莫非是那死囚的亲人吗?与我一并拿下去打!"官军们说道:"只怕老爷不敢,这就是青宫殿下呢。"张聪听了,吓得浑身发抖,忙俯伏于地下,不住的叩头请罪。冯保叱道:"起来,慢慢再与尔等算账。我且问尔,海老爷现在哪里?"张聪道:"海瑞在那边石墩上,听候行刑。"太子道:"快些放了,来见孤。"张聪不敢急慢,急急走到石墩上,亲把海瑞的索子松了,说道:"海老先生,你的救星到了,快些前往相见。"海瑞道:"怎么说?"张聪道:"尔休细问,前去便知。"领着海瑞到厅上,太子一见,不觉竟流下泪来,叫了一声:"海恩人。"海瑞见了太子,跪将下去,不禁流泪说道:"臣有何好处,敢蒙殿下龙驾到此?臣死不安矣。"太子亲自扶起,命张聪取座位过来。海瑞道:"不可,此是法地,臣乃待刑之人。太子到此,已为越礼矣,可与臣对坐的么?今臣得见太子一面,死亦瞑目于九泉。惟愿殿下善事圣上,惟仁慈孝友是务,则天下幸甚矣。余无所请,请驾回宫。臣即当受戮矣。"说罢痛哭起来,太子亦流涕道:"恩人且当放心,孤当面见父皇,保公不死。"说话犹未毕,人报催斩官到了,太子便问是谁?左右答道:"是严太师之子严给事。"原来严世蕃此时已为兵部给事兼刑部郎中了,所以着他为催斩官。当时太子道:"宣来见孤。"左右领旨迎将出来,恰好严世蕃已下了马,将要进厅的光景。官道:"殿下千岁有旨,着催斩官进见。"严世蕃听得殿下两字,心中暗忖道:"又遇着了他在此,包管这厮杀不成,深为恨事。"只得上厅来见,说道:"臣严世蕃见驾,愿殿下千岁!"太子道:"平身。"世蕃起来,侍立于侧。太子故意问道:"尊官高姓?"世蕃道:"郎中姓严名世蕃,乃严嵩之子。"太子道:"原来就是相国公子,到此何干?"世蕃道:"臣奉圣旨,前来催斩海瑞。"太子道:"海卿乃是忠良之士,不幸为汝父所害,孤家今亲来保他。你且回朝,待孤见了父皇,与你缴旨就是。"世蕃哪肯依从,便道:"殿下令旨,臣敢不遵?但海瑞一犯,乃是奉旨处决,立等缴旨的,臣不敢枉法。"太子怒道:"怎么说是枉法?冯保,与孤赶了出去。"冯保便走来喝道:"不知死活的奸贼,在太子爷面前混言乱语么?还不快滚出!"骂得世蕃唯唯应命,不敢出声。无奈且与张聪退出厅外,无计可施,又不敢行刑,只得听候而已。太子对海瑞道:"恩人且在此少候,待孤进宫见了皇上,好歹讨个情来,只要不死就是。"即吩咐冯保,在此陪伴着海瑞,自己领张聪与严世蕃三人,来到朝门下马。太子吩咐二人在此候旨,遂亲自进宫而来。

恰好帝午睡未醒,张后此际亦在宫中,见了太子回来,急问道:"我儿,海恩人不知如何了?"太子道:"海恩人今在法场,儿已令冯保在彼作伴,特领着监斩官张聪、催斩官严世蕃前来候旨。母后有何妙计,可以救得恩人性命?"张后道:"吾亦思之再三。只是皇上未醒,若是醒时,尔我母子二人切实哀恳,或者帝怒稍解,则海恩人有救矣。"太子道:"倘若父皇不准,又如之何哉?"张后道:"我有言语,可以料得着的。亦谅皇上可以恩准。"母说话之间,宫娥来禀皇爷醒了,张后便与太子急忙趋近龙榻问安。帝见了太子,便问道:"吾儿不在青宫习读,来此何干?"太子跪在榻前奏道:"儿臣有不揣之言,故来冒奏陛下的。"不知这一奏,有何分教。正是:受恩深时还恩倍,方是人间大丈夫。毕竟太子所奏何言,皇上准否,且看下回分解。

第三十一回　冯太监笞杖讨情

却说当下太子见了皇上请问安毕。帝问道："朕儿不在青宫诵读,到此何故?"太子俯伏榻前奏道："臣有下情,叩乞陛下恩准,容臣启奏。"帝道："汝小小年纪,有甚事情只管道来。"太子道："刑部主事海瑞,不知身犯何罪,致奉旨西郊处斩?臣敢保之。"帝道："海瑞目无法纪,擅杖宰相,故此正法。儿何为他保奏?"太子道："海瑞有恩于臣母子,故愿保之,以报其德。"帝笑道："海瑞乃部属一介司员,与儿固风马牛不相及,有何恩德?"太子道："臣奉旨幽禁,非海瑞苦谏陛下,何得今日父子完聚?实有大恩于臣,臣岂敢作负心人耶!陛下治天下,以仁义为本。海瑞之杖宰相,自有解说。"帝问："有何解说之处?"太子奏道："夫宰相与部曹,则职位隔如天壤,下属固不得问罪于上官者,例也。今者犯罪充军,奉旨过堂,则不得以宰相目之也。嵩自仍复一宰相,而瑞则知奉旨之军配犯人也。彼复自恃威权,不遵法度,公然占坐公案,此海瑞故以杖之也。海瑞不敢执法,一任奸臣妄作妄为,于瑞则为诌谀之臣,陛下何所敢之?今瑞只知奉旨,不避权贵,执法不徇,此陛下之直臣。陛下有此直臣,正自贺不暇,何反杀之?诚恐后来忠直之臣,望而为诌佞①之辈矣!惟陛下察之。"帝被太子这番言语说得心花都开了,自忖:彼虽年少,而条陈确确正理。若杀海瑞,只恐后来之臣,相将畏缩;若竟释之,则严嵩心必不甘。沉吟半响,乃道："儿且退,朕为瑞宽恩就是。"

太子谢了恩出宫,复到西郊而来。海瑞跪接,太子一手挽起道："恩人,救星至矣!"遂将进宫如何哀恳皇上,皇上如何传旨,细细说知。海瑞复谢道："太子之于瑞,可谓生死而肉骨也。"语毕,人报圣旨到。海瑞与监斩、催斩两官,一齐跪接。只见冯保手捧圣旨而来,立在当中开读曰:

　　海瑞擅杖宰相,罪当斩首。但严嵩以获罪,奉朕敕旨,发往其衙门点名应卯者,非亲任宰辅之比,瑞固不合擅行刑杖。除嵩业已受刑,毋庸置议外,其海瑞照不应律,发廷尉衙门,重杖八十,监禁刑部

---

①　佞(nìng)——惯用花言巧语的人。

狱三个月,以警将来。满期,该有司具奏,请旨定夺。嵩着开复,以佐朕躬,协理庶务。钦此。

读毕,海瑞山呼谢恩。太子即令人松了一应刑具。旋有差官来提海瑞,太子对那差官道:"海主事是孤恩人,今虽奉旨受杖,汝等休得故意狠毒。如敢抗违,孤是不依的!"差官唯唯应命。太子即命冯保亲送海瑞前往,并至嘱冯保:"须要看着行杖,如有故意肆狠,即来回我。"瑞复向太子泣谢道:"殿下爱臣之恩,犹如再造。瑞虽肝脑涂地,不足以报殿下之万一也。"太子遂挽起慰之曰:"恩公请自放心。此去自有孤为恩公作主,即宝眷亦有孤照应。"瑞再拜谢恩,随与差官并冯保而去。太子与两官回去不表。

又说严嵩遣人探听海瑞得青宫保奏不死,今奉旨倍杖监禁。严嵩听了,跌足道:"太子何故偏偏要如此与我不偶也?"遂即时修书一札,令人致于廷尉,却为就在廷尉杖下结果了海瑞性命。当下廷尉官接得严嵩书札,忙启视之。只见上写着是:

嵩拜书于廷尉大人座下:海瑞以一介微员,擅杖宰相。嵩以奏请圣旨,押送西郊正法。不料青宫为之护卫,致皇上特开格外之典,赦宥海瑞得以不死。今奉圣旨发在贵衙门发落。但瑞与嵩有不共日月之仇。若瑞不死,嵩亦不得独生也。专此致恳,祈为鉴谅。倘海瑞到日,狼头重棒八十之内,结果伊命。此恩此德,嵩当铭之五内,敢不仰报大德。美显之缺,惟公欲之,决不食言。此致。

廷尉官看了书札,自思:严嵩之命,若是不遵,必然受怪;若从其议,则那海瑞与我无仇无怨,怎忍得他委屈?况又有太子为他作主,此事属在两难之际。左思右想,却无可如何。

少顷,人报海瑞已到衙了,青宫特差冯保公公护卫而来,称说是来监杖的,请爷立即升堂发落。廷尉官听见有青宫太监在此,即忙请冯保入内相见献茶。冯保道:"海老爷是奉旨来贵衙门发落的,咱爷放心不下,特着咱家来监杖呢。"廷尉官道:"海老爷既是奉旨发落的,在下照应就是。"冯保道:"照应不照应,出在驾上,咱家哪里管得许多,好歹都在眼里看见的,自然有个道理。请升堂吧。"廷尉官唯唯应命,吩咐升堂,多摆一张椅子,请冯保同坐。冯保让道:"这却不敢,咱是个内官,怎敢坐这公堂?这是朝廷办公的所在,使不得的,请便吧。"遂立在公案之侧。廷尉官告了几声不当,方才坐下。差官随将海瑞带上堂来。廷尉官看见冯保在此,便站起身来拱一拱手。海瑞跪在地下,廷尉官道:"海公今日是奉旨发落的,休怪晚生得罪了。"海瑞道:"这是理当。乞大人早施刑吧。"廷尉官即便吩咐左右:"好生扶海老爷下去。"海瑞听了,自己却走到阶下。左右皂役上堂请杖。廷尉道:"二号。"冯保道:"哪里受得起二号的,取七八号的来。"廷尉道:"没有许多号数,只是三号的罢了。"冯保点头,皂役取了三号的上堂看验过。冯保道:"轻轻的,若是重了,只恐要你们狗腿割下来赔呢。"皂役唯唯领命,书吏高叫行杖,左右吆喝一声,皂役动手。未五杖,海瑞叫痛起来。冯保道:"罢了,罢了。这就算了吧。"廷尉官道:"哪里使得。这是奉旨的事,在下不敢枉纵。"冯保道:"既然如此,待咱替了他吧!"廷尉官道:"取笑了!"只是吩咐皂役,须要最轻的就是,皂役听了言语,真是用尽了功夫,轻轻的打将下去。海瑞亦不觉得十分疼痛,又听见了冯保的话,若是呼痛,诚恐连累皂役陪杖,故此忍着,杖完了方喊。冯保即忙挽他起来,说道:"海恩公,今日杖已受过了,尚有三个月狱中的烦闷。你老人家只管进去安心坐着,自有咱爷不时来看你。"海瑞道:"多蒙殿下、公公的厚情大惠!烦为多多拜上,说海瑞今生不能衔结,来生必为犬马相酬报恩。"冯保说:"知道了,请自珍重!"各自泣别,冯保回宫。

再说廷尉着人将海瑞送到刑部狱中而来。那刑部司狱将海瑞收下,谁知严嵩见廷尉不曾毒打海瑞,务要斩草除根,又着人对刑部侍郎桂岳说知,就中取事。桂岳原是严嵩门生,又新拜在严嵩膝下的,此际领了嵩命,立即传了司狱来到,吩咐道:"今日发有本部主事海瑞到此,汝可想个计策,取张病状结果了他。"司狱官胡坤道:"海瑞本与我等无仇,大人何故要将他断送?况且又是本部的同僚,还该用些情面为是。"桂岳笑道:"胡太爷,你只知其一,却未知其二也。"遂将严嵩本与海瑞有隙,现差人来说,要你我二人结果了他性命,好去回复,备说一遍。胡坤道:"这等说,既然太师爷有命,哪敢不从?卑职即行就是。"桂岳道:"你的意思何如?"胡坤道:"除非断了水米,不过旬日就结果了。"桂岳点头称善。胡坤回狱中,唤了牢头禁子入内吩咐,告了严嵩之意。禁子们领了言语,就将海瑞禁在"狱底"之中。那"狱底"是狱牢尽头之处,黑漆一般,凡有将死及已死的犯人,便抬到那里去,专候验看过收敛,就叫"狱底"。若是好端端的人,到此坐着,只觉阴风透体,毛骨悚然,任你怎么壮健的人,也逃不出性命。

　　当下海瑞被禁子们手铐足镣的，又加上脑箍，举动掣肘。蹲在地下，只觉得冷气侵骨，时复一阵昏迷，睡坐不宁，竟然病将起来。那海安等二人送饭到狱，又不得入内，都被他们挡住。海安无计可施，便欲求见太子。谁知冯保这几日有事在昭阳院中，不得出来。海安在宫门外，一连候了两三日，并不曾见那冯保的影儿，只得归与张夫人商议。张夫人道："要见老爷的形迹，除非是他们刑部里面的人，方可进得去，你们再休想见得着的了。"海安忽然想起一人来，说："有了。刑部郎中邓来仪老爷，乃是老爷的同年。他是广州东莞县人，大家都是乡亲，况且老爷与他相好，又是同部的。他每五日一到狱中，查看犯人，何不哀求他，带小的进去见老爷一面，看有甚话说，也是好的。"张夫人道："如此甚好。你可即速前去，道我本当前来亲求的，只是严嵩耳目甚多，恐累老爷不便，多多拜上就是。"

　　海安领命，如飞的跑去，来到邓郎中的私第。他的管门家人都是东莞人，彼此都是乡亲。海安说了来意，那邓管家代他回明了，来代吩咐着他进见。海安见了邓郎中，即忙下跪叩头，泣告道："家主母特命小的前来代恳，说家老爷与奸相作对，在廷尉衙门被杖了八十，如今禁在狱中。而小的们几次送膳进去，皆被守狱的挡住，不得进去，又不知家老爷在内怎么的了。所以家主母放心不下，特令小的来代恳求，乞老爷念在乡情，谊属同僚，倘老爷明日查监，带小的随着进去，见家老爷一面就感激不尽了。"邓郎中道："闻得严嵩意欲令禁子们断绝你老爷的水米，要在狱中结果了性命。又令严二把守狱门，不许送饭进去。想必此时你主已饿了两日。至查监，要后日才轮着我的班期。你后日清晨来此等候。"海安叩谢而回。正是：风闻遭难处，动了故乡情。未知后事如何，且看下回分解。

第三十二回　邓郎中囹圄救饿

却说海安再三向邓郎中哀恳，邓郎中动起乡情，便对海安道："你且回去，上复夫人，说我后日方是值巡之期，自然进狱见你家老爷，好歹作个计策。你若要去，后日清早来此，充作我跟随的人进去就是。"海安叩头谢过了，随即回去，对张夫人说知不表。

再说那邓来仪应诺了海安所托，自忖思：海瑞今为严嵩所禁，必然断绝水米，若至后日进去，多管饿得慌了。此际又不能送饭与他吃，岂不是白白空走一遭，似此如何是好？左思右想，忽然想得一计，说道："有了，有了！"即到里面，向夫人取了米仁人参，随唤家人到外边买了二升糯米进来，吩咐丫环将米煮熟，用棒槌舂烂，又把人参槌烂，和于糯米之内，打成奶饼一般，将一张纸包裹好了。直至后日清晨起来，殊不知海安早已来到，见了邓郎中，又称主母再三申意。邓郎中道："此时天色尚早，你且在我这里用了早饭，然后相随我去就是。"海安应允，随着府内的家人们吃了早饭，邓郎中唤了海安吩咐道："少时我到狱中，你便跟着一同进去，只要见机行事，切不可造次。"海安应诺。邓郎中穿了衣服，只唤三个家人和海安，共是四个相随，来到刑部狱中。

谁知严二早已坐在狱之门首，见了邓郎中，尤自不甚理会的光景。邓郎中亦不言语，唤了禁卒，把监门打开了。海安并在从人之内，一齐混了进去。邓郎中来到亭子上，有司狱前来参见。邓郎中道："这几日可有新收犯人否？"司狱道："新收犯人十八名，其中女犯一名，官犯六名，俱已入册，请大人亲点就是。"邓郎中道："取册过来。"司狱忙将新收犯册呈上。邓郎中接册在手，随着书吏相随，先到南一仓点名。书吏把着册子叫道：

　　黄观福，直隶大兴县人，犯因奸致命事。
　　卢一志，直隶香河县人，犯劫财毙命事。
　　伍亚初，江南长洲人，犯拒捕杀人事。
　　刘华，江西南昌人，犯殴毙叔父事。
　　蔡鸣骀，湖广荆州人，犯聚殴毙命事。
　　胡大犹，河北平山县人，犯积匪猾贼事。

柳三,陕西长安人,犯妖邪惑众事。

共是七名,邓郎中逐名点过,亲行验看过镣铐,随又到西三仓来。书吏把一起五名犯人唤了出来跪着,逐一叫名:

侯三保,直隶东光县人,犯殴毙发妻事。

阿洪,天津卫人,犯醉杀家主事。

廖松,江苏吴县人,犯鸡奸幼童事。

郭容秀,江西南昌人,犯斗殴杀人事。

高镜,江苏无锡人,犯包揽词讼事。

点名既毕,邓郎中逐一以好言慰之,复到北二仓来。书吏唤了一起,共是六名犯人,逐个点过了名。随到女仓,只见女犯一名。邓郎中问他姓名,乃是江南常州人,姓龚名赛花,犯谋杀亲夫事,因为孕未离胎,故以留禁。邓郎中问过了,复来到官犯仓坐,令书吏点名。书吏持簿喝名道:

刘学元,粤东人,原任江西抚州府录事,奉命进京候审。

柯柏仁,江西南安府人,原任浙江衢州通判,被百姓控告吞蚀社谷。

吕知机,徽州人,原任广西远平县知县,亏空饷。

柳春发,广东大埔人,原任山西太原府知府,以醉殴上司,奉拿来京候审。

徐微,江苏太仓人,原任广东龙川县知县,滥刑误命事。

海瑞,广东琼州人,原任刑部云南司主事,以擅殴上官,奉旨监禁。

邓来仪点了五名,叫到海瑞名字,便不见有人答应。来仪道:"这人却往哪里去了?"书吏只称不知,邓来仪怒道:"监狱重地,怎说不知?"旋有狱卒上前跪禀道:"海主事现奉严相国之命,着监于狱底。"来仪道:"他们都是一般官犯,怎么独将他禁于狱底,是何意见?"狱卒道:"这是太师主意,小的们哪里得知,不过奉命而已。"邓来仪道:"且去那里查点。"狱卒不敢违抗,只得引导邓郎中来到狱底,只觉一派阴气,黑漆一般,却不见人,但闻呀唔之声。来仪道:"这是何人之声?"狱卒道:"这就是海老爷之声。"来仪道:"为甚的这般黑暗?快拿灯来。"狱卒随即应诺,即到外边取火。来仪四顾无人,便走近唔声之旁,唤道:"你是海兄么?"海瑞在黑暗之中,听得有人叫他,便应道:"是我。你是哪一个?"来仪道:"我便是东莞邓某,汝知否?是今日特为救你而来。"旋在纱帽内取出那人参糯米饼儿,摸到海瑞身边,交与道:"你且拿着,饿时便吃少许,即可以暂延残喘。弟自有为兄之计。"海安即便走近前去,正欲说话,忽见那狱卒点灯进来,海安急急走开。那狱卒将灯放在一边,方才得见海瑞那副狼狈形容。

邓来仪故意点名验看毕,旋到亭中坐定。时已未刻,那邓郎中的家人,送点心来到。那严二在门首看见,恐怕他与海瑞相好,送进去就会分食海瑞,抵死不肯放他进去。那家丁大怒道:"你是什么人,怎敢断绝巡监老爷的点心!"硬要进去,严二大怒,把那点心倾在地下,彼此二人,在狱门大吵起来,惊动了司狱官,并那邓郎中都出来查看,只见自己的家人却被严二扭住撕打。邓郎中喝住:"你们为什么喧闹?这里是什么地方,敢如此大胆么!"管家便将严二如此如此,这般这般,备说一番。严二犹自只在那里不干不净的叫骂,恼了邓郎中,喝道:"何处狂徒,敢在这里撒泼!"严二道:"你又系哪里来的呢?难道不晓俺严二先生的声名么?"来仪道:"原来你就是严太师的家奴,怎么胆敢打我的家人,并把点心打碎,是何道理?"严二道:"俺奉了太师钧①旨,来此把守狱门。你的家人混将东西要送进狱,是以将它打碎,难道不应么?"来仪听了,越发怒道:"你家太师又不曾代理刑部,你怎么却来这里把守?难道六部里的事,你家都把住不成!这点心是我用的,你敢将打碎,这还了得!可恶之至,不打你这奴才,何以见同僚于本部!"盼咐道:"左右,与我拿下!"那些狱卒俱不敢动手。来仪大怒,喝令家人上前。那四个家人,得了言语,急忙上前,把那严二抓着。来仪道:"快取大毛板来,与我重打!"海安是恨人骨髓的,急急向狱卒寻了一条头号大毛板,尽力打去,不计其数。可怜打得那严二皮开肉绽,鲜血迸流,在地下乱滚乱骂。来仪怒气未息,复令海安除下皮鞋,紧紧的掌了十下嘴巴。打得那严二的嘴恰似雷神一般,疼痛难当,这回就不敢骂了。来仪恨恨而去。海安满心欢喜,亦自归家,回复夫人去了。

再说那严二被打,动弹不得,令人取了一乘轿子来抬了回去。时严嵩正在堂上观书,只见严二狼狈而回,急问其故。严二便将邓来仪如此如此,这般这般,逐一说知。严嵩叹道:"你却不知好歹,他是一个该管的官员,进去巡查犯人,乃是奉旨的。送点心进去,亦是应该的。你怎么不分皂白,竟把他的东西打碎?怎怪得他动怒?若是遇了我,还不止如此呢,

---

① 钧(jūn)——敬辞,一般下级对上级用。

你还算好造化①呢!"一顿话,说得严二哑口无言,只得忍痛不语,回到府中好生衔怨②,暂且不表。

再说海安回见张夫人,备言海瑞之苦。张夫人道:"似此如之奈何?非死即毙矣!"海安道:"若要解脱此厄,除非寻着了冯保公公,方能有济呢。"张夫人道:"如此,你可再往等候,须要耐心等候,休再空回。"前者因冯保有事服役,整整数日不出,故海安不得一见。今张夫人故重嘱之,令其耐守,切勿空回。

海安应诺,即便出了衙署,径望着青宫而来。等了一日,却只不见,闷闷回去。至次日天尚未明,便来宫门等候。直候至未时光景,方才看见冯保从那边而来。海安见了,此际恰如获至宝一般,慌忙上前叩头。冯保不知所以,急急挽起,说道:"尊管何故如此?"海安道:"可怜我家主人将要饿毙于狱中,故此家主母特着我来央求公公方便。自前五日已在此相候了,直至于今,幸得相见公公,家老爷有救了!"冯保听了问道:"你家主人前者受杖,业已发往刑部狱中,迨三月之后,即便超脱③,汝今何忽言此?"海安便把嵩恨海瑞,暗嘱监卒如此如此;又令严二守狱门,恐怕有人照应,这般这般,备说一番。冯保不胜大怒道:"何物奸相,擅敢陷害!你且随我到宫中去见爷爷。"海安谢了,随着冯保进宫而来。时太子正在书斋观史,忽见冯保领着海安来到,便问道:"海管家,来此何干?"海安见问,跪在地下,只叫得一声千岁,便痛哭起来,连话也说不出。太子看了不知何故,问道:"到底为着何事,这般光景?"海安只是痛哭,冯保没奈何,代他备细说了。太子听了,不觉勃然大怒,说道:"严嵩,严嵩,你亦太逞刁了!一个人既服了罪,这就罢了,怎么苦苦的偏要寻害?这却岂有此理!海主事乃孤恩人,孤岂肯任汝肆毒耶!"便对海安道:"你且勿哭,孤自有主意,包管你主人安然无事就是。"海安听了,叩谢不迭。太子即时穿了衣服,就命冯保、海安二人相随,一直望那刑部狱中而来。正是:泪落千滴原为主,怒生一刻要酬恩。毕竟太子此去,可能救得海瑞否,且听下回分解。

---

① 造化——运气、福分。
② 衔怨——心中含怨。
③ 超脱——此处指释放。

第三十三回　赦宥脱囚简授县令

却说太子听了海安之言,不觉勃然大怒,即时令海安、冯保二人相随,竟往刑部衙门而来。到了大堂,只见并无一人出来接驾。冯保亦怒,高声叫道:"有人么?"叫了许久,方才见一老者从内而出。冯保道:"你是什么人在此?"老者道:"小老乃是看守衙署的。"冯保道:"他们官府都没一个在此么?"那老者道:"各位大人都有私衙,各各回去的。若有公事,均来聚会。清晨自然都到,过午时候,他们都各回私衙去了。所以把一两银子,雇小老在此看守东西。"冯保道:"原来如此。你可到各处通知,只说有人要见几位大人说话。"那老者听了笑道:"你这人好没分晓。这是什么所在?这是什么官府?你是什么人,动辄说这般大话?还不快走,想是要挨打么!"冯保说:"你们各位大人到哪里去了?"老者道:"今日是严太师那边演戏,所以他们都到那里去了。你到底是什么人,只管在此絮絮叨叨什么?快些走开去吧。"冯保说:"你要问我是哪里来的么?我就是你家各位大人的小主子,司礼太监冯太爷在此。"老者听了,将冯保看了几眼,说道:"老眼胡涂,一时不认得贵人,休要见怪!"冯保道:"我亦不来怪你,尔可即去各位大人处通知,只说青宫爷在此立等问话就是。"老者听了,吓得心胆俱惊,答应一声,飞也似的跑到刑部尚书何阶的府中报知。

何阶听得太子来到,不知为着何事,便急急来到署内。只见太子坐于厅上,旁立二人。何阶急趋上前道:"臣何阶接驾来迟,乞望恕罪!"太子道:"主事海瑞身犯何条,怎么你们竟要断了他的水米,是何道理呢?"何阶见问,自知太子此来,却要寻觅对头出气的。因道:"海主事奉旨到狱,微臣一些不知。这几天都是左侍郎桂岳轮值,殿下须着他来见,一问便知。"太子笑道:"虽然是桂岳轮值管事,难道你身为尚书,竟不一问耶?如此废弛,实属不成政体。"何阶唯唯服罪。太子道:"快与孤立传桂岳来见。"何阶叩谢讫,即刻令人请桂岳至。

桂岳当下见了太子。太子大怒道:"海主事是奉旨发来监禁的,你怎么却把他如此难为?想要断送了他的性命么!他与你有什么仇?"桂岳只推不知。太子道:"主政在你,怎说不知?可速请海主事出来。"桂岳领命,急急来到狱中。其时海瑞得了那人参糯米饼充饥,渐觉有些起色,卧在地上。桂岳急令狱卒扶了出来。桂岳将他一看,只见形容枯槁,那棒疮不知怎的发将起来,行走不便,举动维艰。桂岳见了,急急上前安慰道:"主事安否?"海瑞道:"这几天很安静,只是地下太湿了些。"桂岳道:"都是他们之过,待在下把他们警责就是。如今青宫太子前来望你,请到外边相会去。"海瑞听得太子到来,便故意倒在地下,作呻吟之声道:"我遍体疼痛,举动不得,不去了。"桂岳道:"如此怎好?"说未毕,只见冯保走了进来,一见了大骂道:"你们这等坏良心!一个好端端的人,放在这里不过几天,就弄成这般光景。且到外边,再与你等算账!"海瑞道:"冯公公,可怜我自到狱以来,被他们旦夕狠打,于今变成了一个残病之人,走又走不得,烦你取板来,将我抬出去,见殿下一面,死亦瞑目。"冯保叱桂岳道:"好,好,好!你却将他打得浑身痛楚,行走不得。如今太子爷立即要他问话,这却怎的?也罢,你且与我背了他出去。"桂岳被冯保骂得慌了,无可奈何,只得上前把海瑞背负。那海瑞是心中恨极他的了,故意在他脖子上吐了许多津涎鼻涕。桂岳一路吞声忍耐而走,来到刑部大堂放下。太子与海安见了,急急走来问候。瑞便翻身下来,俯伏地下泣谢道:"臣何幸蒙殿下龙驾辱降,使瑞身心不安,虽犬马不足以报万一也。"太子道:"海恩人,为甚这般狼狈?请道始末,我自与恩人作主就是。"海瑞便说:"始初进狱,即遭桂岳等舞弄;严二把住狱门,禁家中送饭,要生生的将我饿死。放在'狱底'黑暗之中,蹲在地下,过了几昼夜,只因地气潮湿,把身子弄得残废了,今成了半身不遂,乞殿下作主。"太子听了,勃然大怒,唤桂岳上前骂道:"海主事与你无仇无隙,亏你下得这等狠毒心肠。若不是孤今日来看,多管死于'狱底'!他是奉旨而来的。今后孤将他交与你服侍,每日三餐,如有缺少,我是不依的。"桂岳唯唯应命,冯保在旁言道:"就是我们走了,背后他又是这般的苛刻奈何?为今之计,却将海恩公把大秤来称过,看有多少斤数,上了册子,交与这厮供养。若是养轻了,要这厮将肉刮了下来赔补就是。"太子点头称善,便唤转桂岳吩咐如此如此,这般这般。"若有差失,孤只要你的肉割下来赔补就是。"桂岳不敢不遵,说道:"遵旨。"太子吩咐:"海安,你有甚话,上前去说。"海安即便走到海瑞身边问道:"老爷有甚言语吩咐,小的回去。"海瑞道:"我亦没甚吩咐,你回见夫人,只说我身安,不用挂念。不过期满便释的,余无别嘱了。"海安应诺。太子复命冯保,将一套新衣服与海瑞换了,然后叮咛而别。临行又吩咐了桂岳道:"只管好生服侍海主事,孤五日亲来称验一次,须要打点,勿谓孤言之不预也。"方才与冯保乘马回宫去了。

桂岳受了满肚子屈气,又不敢向海瑞发作,只得令人将海瑞送在官仓里住下,每日好酒好菜供奉,真不敢有一些怠慢。海瑞自出仕以来,却不曾受过这般安享,每日在那醉乡之中,私叹道:"此间乐不思蜀矣。想我海瑞,在家不过就是一行作吏,终日里萦萦扰扰,惟恐政事不清,哪得这般享受。今日却口厌粱肉,身厌绮罗了,恨不得在此多住几年。"果然五日一次,冯保亲来问候。不上半月,把个海瑞养成一个胖子一般,暂且不表。

再说严嵩满望托嘱桂岳,把海瑞饿死狱里,以报私仇。这一日,忽见桂岳慌慌张张的走来说道:"太师之谋又不成矣,如之奈何?"严嵩愕然,急问何故。桂岳便将太子与冯保到狱,怎生叱骂,却又怎的勒要供养。上了秤,五日一验,若是轻了,就要将孩儿身上的肉割下赔补,逐一说知。严嵩听了跌足道:"有了这人在朝,我这私仇何日得报?必要想个计策除了此人,你我方才立得脚稳,徐徐图之。你且回衙理事,这遭就算便宜了他吧。"桂岳谢别而去,严嵩从此更深恨海瑞,时刻未曾去怀,暂且按下不表。

再说张后在宫,日夕忧念海瑞在狱,无由得出。忽一日,帝在宫中饮宴,后乘机进曰:"海瑞乃陛下直臣,诸文武中不可多得,陛下宜加恩赦之。"帝道:"朕已加恩,赦其死罪,着令刑部监禁三月,待等期满,将畀①以外任,两相了事。不然彼与严嵩势不两立的。"后曰:"既蒙陛下殊恩,三月亦是一般。于今天气炎热,囹圄倍苦,陛下常有宽囚之典,何不一视同仁,赦宥海瑞,彼也感恩靡既矣。"帝听后言,点头称善,笑道:"朕当释之,卿勿挂心。"张后谢过,是夜帝宿于宫中。次日早朝,帝即传旨一道,着吏部侍郎封樾,赍②往刑部狱中,特赦瑞出狱。

封樾领旨,赍旨来到狱中,传了海瑞来到亭中,宣读圣旨道:

奉天承运皇帝诏曰:国家有律,有犯必惩;亦惟有恩可原则赦。兹尔海瑞,为国竭忠,敢言奏宰相,朕前已赦之。今复狠杖国戚,罪有

---

① 畀(bì)——付与、给予。

② 赍(jī)——送。

应诛。朕念忠诚,故加格外之施,免其死罪,借杖偿辜,复令监禁百日,以儆将来不敬者。今值三伏之际,溽暑①炎热。每念坐囚者手足被系,举动维艰,自觉倍刑热苦。故国家定有宽刑之律,每逢盛暑之时,则宽于缧绁,俾得舒畅。此我国家之殊恩者也,行之历久。今海瑞亦厕其列。彼是忠荩②之臣,更宜特加旷典。兹着加恩赦宥出狱,汝其钦遵,随使来朝,朕另有旨,速赴毋延。钦此。

宣诏已毕,海瑞欢呼万岁,随同钦使出狱,直趋金殿见帝。海瑞二十四拜,谢帝赦宥之恩。帝宣谕曰:"非朕枉法,每念竭忠之臣,倍加爱惜,以励将来者。今赦汝出狱,着往山东济南府,以历城县知县用,如有循声,再行内召重用。汝其勖③之,即便起程赴任可也。"海瑞叩谢龙恩出朝,竟不回家,直进青宫叩谢。太子道:"恩人此去,自当珍重,不过三年后,复得相见也。"瑞叩谢而别回来,张夫人此际夫妻复聚,其乐可知。

次日,太子特命冯保赐白金三百,俾为赴任之需。海瑞道:"屡蒙殿下殊恩,深愧万无一报。今复愧领,殊属不安。"冯保道:"不必介意,咱爷爱你,故有此赐。恩人到任,请自为官,自有咱爷在内照应。"叮咛而别。少顷,吏部令人送了文凭到来,海瑞便到青宫谢赐,又到吏部里谢照讫,择日起行。只携着海安、海雄,并张夫人一共四人及萧条④行李而已。出了京城,使望着大路而去。夜住晓行,饥餐渴饮,四人在路上竟无人知是出京赴任的知县。

到了山东道上,海瑞就将家眷住在旅店,且不上任,带了海安,改扮测字先生的模样,一路访查将来,只留海雄在店服侍夫人。海瑞每日里就在各处热闹的所在,去摆摊测字,海安不离左右。如此半月有余,访了几宗大案。正是:要悉民情处,全在费工夫。毕竟海瑞查访得甚的案件出来,且听下回分解。

---

① 溽(rù)暑——又湿又热,此谓盛夏的气候。
② 荩(jìn)——通"进"。
③ 勖(xù)——勉励。
④ 萧条——萎缩、衰少。

第三十四回　访查赴任票捕土豪

却说山东地方，多聚富豪之家，一府之中，必有数千余家，都是巨万之富者。因其地气厚，每发科用，较胜于他省。其时济南府历城县，有一富户姓刘名东雄，富甲一郡。只因这东雄为富不仁，恃财凌贫；族又蕃衍，又复恃强贬小。各村坊的小户，受其欺凌迫逼，一则畏他财可通神，二者俱他丁强人众。这东雄武断乡曲①，视人有如无物。广有田地，骡马成群。自己却建了一所庄院，离着县城五里，其中仓厫库房俱备，盛栽花木。娶有十数个美妾，以实其中，朝夕欢乐。又有一十余个恶仆，分管各处租业亭园，计每年征银六十五两外，其余放债，各项批货，诸筹笔难尽矣。东雄既已富甲一乡，便无恶不作，闹出事来，拼把一二万金子去了便已，好不冤冕！所以远近之人，实不敢犯他私令。若是近着历城的村庄，某人有女美貌，这东雄便要娶归作妾。其父母不肯，东雄就千方百计，务必得到手里，方肯甘心。竟有率领家人，白日抢回庄上，旋②以百金置其家中，以为聘礼，其家父母无如之何。又重利放债，譬如小户人家间有急需，问彼借贷，必倍其利。而贫户急需之时，则不遑③计其利害。而东雄故意不索，直至数月，计其本利相对，则令家人日夕严讨，势必不能偿还，或押以田地，亦或勒取其子女，如不遂意，即行送官究办。那知县因与东雄结好，所言无不依从。于是负欠之家，并遭其害。知县受了嘱托，自然顺着人情，故作威福。那些贫户敢不忍气吞声，鬻妻卖子，勉强偿还。所以刘东雄财雄一方，势霸一郡，历年已久，邻郡皆知。一则富于财帛，故东省官员，无不乐与交接。东雄既做这桩昧良的事，自然要结交官府。本府本县固知加意奉承，其余阖省官员，东雄无不趋奉。东雄恃着这脚，便恣意妄为，无所不作。其被害者，不知凡几。

当下海瑞改装，私行访察二十余日，已经访得亲切，心中大怒，便即上

---

① 乡曲——乡里。
② 旋——不久。
③ 遑（huáng）——闲暇。

任视事。点卯过了,即时检阅案卷,查看得刘东雄犯卷叠。即时出了一张朱票,差人立拿刘东雄到案审办。那差役拿了朱票来看,只见上写着道:

　　山东济南府历城县正堂,为访查拿究事:照得本县下车以来,访闻得乐逸庄刘东雄,武断乡曲,重利剥民,目无法纪,妄作威福,遗害闾阎①,为害殊甚。本县念切民休,亟应立拿重究。毋使良莠不齐。为此票差本役,速即册去,按址协同地保,立即锁拿刘东雄带赴本县,以凭严究拟处。去役毋得故纵干咎②。速速须票。

　　　　　　　嘉靖　年　月　日　兵房承
　　　　　　　　限一日销。
　　　　　　　　　县行!

　　差役把朱票看了,笑道:"再不料这位太爷一些世务不谙,如今却来作此威福。这票子慢道一张,就是千张万张,也只好拿来覆瓮糊窗而已。"遂不以为意,只管放在一边。过了几日,海瑞只不见到,立即传了承票差役进内问道:"昨差之票怎么这时候还不把犯人带到,这是什么缘故?"差役禀道:"蒙太爷恩赏朱票,小的们即速前去。奈这刘东雄府第深沉,小的们不敢进去,所以不能拿来。太老爷如欲拿这刘东雄,除非躬亲前往他的家中,方才可以获得。"海瑞道:"我亦知道他是本县一个土豪,你们常常与他来往,贪受私贿,与他结成一块,衙门有事即往通报。如此情形,本县早已稔悉。今再勒限,五日内务要拿获刘东雄到案,如若不获,即提正身严比③。"众差役唯唯领命。及至下来的时节,大家都笑起来说道:"这位太爷,想必访得刘大爷的富豪,意欲吃他一口。但是刘大爷的银子,是要甜顺的才得咽下,若是他这般擅作威福,不特刘大爷不肯与他,还只怕在上司那里弄送他呢。"内中一人道:"你我休要管他,就把这朱票拿去刘大爷看,他见了必然大怒,那时你我却将这些话说来耸动他,他必然不肯甘休,到上司那里去弄送,管教他不好下场呢!"众人齐道:"有理,有理。"遂各各拿出朱票,一程来到刘府,对庄丁说知。时刘东雄正在庄下闷坐。忽见家丁来禀,县差某某求见。东雄道:"且传他进来见我。"

---

①　闾(lǘ)阎——贫民居住的地方。
②　干咎(gān jiù)——牵连(进自身而成)罪过。
③　比——仿照。

第三十四回 访查赴任票捕土豪

庄丁领命,复出庄前,对差役说道:"你们好造化,恰好我家员外在那里闲坐,如今唤你们进去,可随着我来。"众差役说声相烦,便随着庄丁进内,转弯抹角,不知过了几处园亭,才得到那亭子上。只见员外在亭子内坐,差役急忙上前叩首请安。刘东雄道:"请起,有甚话说?"众差役道:"乞大爷恕罪,小的方敢直说。"刘东雄道:"说过就是,只管说来。"众役齐道:"大爷莫怪,只因新任太爷,姓海名瑞,原是部曹降调来的。这太爷却不晓得世务,到任未及十天,就出了一张票子,把大爷的尊讳①写上了,立要小的们来请。小的哪有闲心理他,把票子搁了几天,只道罢了。谁知今早唤了小的们进去问,请到大爷否?小的们只说大爷是个有体面的乡绅,实不敢票唤。他便大怒,说我们故纵,勒了五天的限,如有不能唤到,即要倍比。所以小的们不得已,敬诣府上来禀知大爷。还求大爷作主,免得小的们受苦,这就感恩不浅了。"刘东雄听了问道:"票子在哪里?"差役们道:"现在小的身上,却不敢与大爷观看,恐怕得罪呢。"东雄道:"尔且拿了出来我看。"差役说:"看过,大爷请休怪。"遂怀中取了出来,递到东雄手上。东雄接过仔细一看,笑道:"且自由他。我却明白了,正是他初出京来,囊中乏钞,意欲与我打个抽丰是真,但是他不晓得奉承的意思。若要用我银子,这也不难,除非恭恭敬敬的写个帖子来拜,我却送他个下马礼,有甚要紧。如此行为,我只好与他个没趣,叫他知道我刘东雄手段。不干你们之事,请回去至嘱他,说我的言语,叫他好好的做这知县,倘若不懂得好歹,我这一封书,管教他名挂劾②章呢。"吩咐家丁,取了十两银子,赏与众人,众差役们连忙叩谢而去。

到了五日限满,海瑞还不见他们回话,乃令兵房送签,带比该房。即时将签稿缮正,一齐送进署内。海瑞立时签押讫,差了皂役前去,即刻带赴听比。皂役领了朱签,急急来到快壮两班,寻着了他们,把签与看。那几名差役便将签接转同看,只见上写着:

特授历城县正堂海签:差本役急速前去快壮两班,唤齐承办刘东雄一案,日久并不弋获③之玩役张青、刘能、胡斌、何贵、槐立等,带赴

---

① 讳(huì)——旧时对帝王将相或尊长不直呼其名,为"讳"。此指所讳的名字。
② 劾(hé)——揭发罪状。
③ 弋(yì)获——谓缉获盗贼。

本县当堂严比。去役毋得刻延,致干并此,速速。

差皂役张源

众差役看了道:"这位太爷真是不晓事的,今日只得对着说明。张老兄你且回馆,到了午堂,我们就去便了,决不干累的。"张源应诺。到了午后,海瑞升堂,立传皂役回话。张源即便领着张青等五人跪到案前,当堂销差。瑞视五人笑道:"好差役!尔却会刁逆,办公就一毫都不在意。五日之限已满,尔怎么巧说亦难免这二十大板。"张青道:"小的罪固应得,但有个下情禀明,立毙杖下亦所不憾。"海瑞道:"且自说来。"张青道:"小的们奉了太爷钧票,即到刘东雄庄内,闯了进去。恰好东雄在内,小的们便欲下手上锁。只奈他的家丁共有百十余人,见了朱票,个个如狼似虎的,眈目相视,不肯甘休之势。小的们只有十数人,自料寡众不敌,故以善说知。雄即冷笑道:'济南一带官吏,亦知我的所为,并没一差一吏敢上我门。若是你家县令要打抽丰,除非好好奉承还有想头,似这般不敬,只恐自讨一场没趣。倘若大老爷不知好歹,我只一封书札到京,管教大老爷卸任。'是这等说。"海瑞便问:"他是什么人,为何一封书札到京,便叫我做不得这个县尹?"张青道:"大老爷还不知么?这东雄富甲一郡,守土官吏以及巡按指挥,皆与他来往交厚,当今位极人臣的严太师乃是他干爹。故此他有此脚力,一概不惧。这话就在严太师身上,老爷休要惹他罢。"海瑞听了不觉勃然大怒。正是:只因一句话,激怒百般寻。

毕竟海瑞可能拿获得刘东雄否,且听下回分解。

第三十五回　酬礼付谋窥恶径

却说海瑞听了众役之言，不觉勃然大怒道："这是刘东雄亲口说的么？"张青道："正是。"海瑞道："你既见他，怎么不将他拿来？想是得了银子。"张青道："那庄上强壮佃丁，何止百计。小的们若是下手，只好白白送了性命。"海瑞道："然则你们是再不敢拿他的了？"张青道："小的们实实不敢。"海瑞大怒道："可见你们惯于卖放匪徒，所以如此！"吩咐皂役把众人拖下，每人重责三十大板。皂役们一声答应，将五人扭下。海瑞吩咐，用头号板子重打，如有徇情三板不见血，执板人陪打。皂役听了，不敢徇情，果然三板就见血，打得五人皮开肉绽，鲜血迸流，在地下乱滚，险些儿起不来。海瑞道："今日比了，还要勒限，如再违限，将来枷比。将家眷先行监禁，伺获犯之日释放。"青等唯唯，又勒了五日的限。海瑞又差了十名散役，随同张青等前往帮办。旋命皂役先将张青等五人家眷拿到监禁，然后退堂。

海瑞入到私衙自思：我如今在此作县，不能除得这个土豪，还与百姓除什么害？今日张青等之言，这刘东雄是恃着强势的大光棍，所以府县都不敢奈何他。想必历任的府县，都与他来往，受他的贿赂，所以弄得根深本固，不得摇动倾倒。即使张青等此去，亦是无用，徒将他们委屈矣，但是立法不得不如此。想了半晌，忽唤海安到来，对着他耳畔说道："如此如此，这般这般。"海安应诺，旋即来到班馆。张青等正在那里敷棒疮药，见了海安，众人齐立起来。海安道："请自方便。你们今日受了委屈了。"张青叹道："今日真是委屈。在堂上挨了三十重重的板子，又勒了限，妻子又提去监禁了。这条贱命料亦走不去的。"海安道："你们做了许多年的差役，难道官的意思都不晓得么？"张青道："大老爷的意思我们怎么晓得？乞大叔说知，这就感恩不浅了。"海安道："我见你们可怜，待我实说与你们听罢。我家老爷是在京降调来的，幸得严丞相提携，才得了这个知县。一路出京而来，就闻得这位刘东雄是本县大大一个富豪，故此到任就出票拿他，却欲弄他三五千两。谁知你们拿不到手，他便生气，在公堂之上下不得场，所以将你们重打，遮掩众人耳目。你们说他是严太师的干儿子,恰好我们这太爷又是拜在严太师膝下的,如今甚悔。你们不用忧心,只管将养就是,这事是罢手的了。你们家眷不上三日包管出来。"青等听了如梦初觉,方才悟道:"原来如此,这有何难?这位刘大爷是好挥霍的,每常哪一位新太爷到,他不来交结?待我们棒疮好了,走到他的庄上说知此意,包管是有礼送来的。连大叔你老人家也得沾点风气呢。"海安又说了许多话,方才别去。青等私相笑道:"这位太爷怎么这样,弄银子都没方法?若是早有声息,这时候银子到手了。"胡斌道:"我们明日去对刘大爷说,看他如何。好歹叫他送个礼来就是,免得我们受苦了。"众人齐声道:"有理。"

过了三五日,各人的棒疮都痊愈了,遂一同来刘东雄庄上见了,以此意说知。东雄笑道:"这叫做过后寻舟——不得渡矣。他先前若是恭恭敬敬的,我即与他个脸面,如今知我是相爷的人,他便转过话来,我却不吃这一注的。"众役齐道:"大爷好歹赏些薄面与他,救一救小的们性命则个。"东雄道:"你们且回,我自有处。"差役谢了回衙不表。再说海瑞自命海安与众差役说话之后,时令海安打探他们口气。海安这一日来说,差役业已前往刘东雄处说了,他说自有主意等语。海瑞听了点点头儿,却不言语。

又说刘东雄正在庄上,忽然庄丁传进一札,说是北京千里马付来。东雄拆书观看。其书云:

屡接厚惠,感佩良深,只以途遥,未遑面谢为歉。兹有义儿海瑞,原在部曹,缘事左迁,出为贵县令尹,前月已抵贵境。但此人赤贫,自行作吏,悉仆提携。今远隔一天,自难照拂。惟先生推此屋乌之爱,时济惠之,并赐教言,使彼知避凶趋吉,则有造于仆者也。专此布达,并候近福不一!

东雄先生文几

分宜严嵩顿首

东雄看毕,便问投书人何在。庄丁道:"其人手拿许多书信,说还有几处投递,忙迫去了。"东雄自思:"差役来说的话不差。今既太师有书到此叫我照应他。也罢,看在太师面情,与他一个分上罢。"次日具了十色礼物,一个名帖,着庄丁送到县署而来。海安接着礼单并帖子拿与海瑞。海瑞暗喜道:"中吾计矣。"只见礼单上是:

金爵杯十对,玉箸子一双,锦缎十端,西毡毯一席,白金一千两,黄金四锭,绍酒十坛,金华茶腿十只,燕窝一盒,钩翅四桶。

海瑞吩咐收了,又将名帖来看,只见上写着:"年家眷同门弟刘东雄顿首拜。"海瑞不觉笑了起来,照旧回了一个帖子,赏了一两银子与那庄丁,着海安出来致谢。海瑞吩咐送来的东西,一概封志,不许动了一些。次日对安、雄二人道:"昨日刘东雄送了一份厚礼前来,我已故意收下,以稳其心。今却要回送过去,方才像样。怎能够得些礼物来呢?你二人可为我到哪里借一借礼物,挡一挡架子何如?"海雄道:"别的可以借得,若是这些东西,纵然借了来,送到那边去,倘若他竟收了,却将什么来去还人?"海瑞道:"你们且到店内,与掌柜的商量,他肯借时,却问明白了价。若是他那边收了,照价送还。待等冬季领了俸薪银两,照依原价发给就是。"海安道:"如此,恐怕他店内的不肯。"海瑞道:"大抵你们不愿去,自觉难于启齿是真。也罢,你可将名帖分头去请那京果店、绍酒店、绸缎店、玉器店四处的掌柜到来,我当面向他求借就是。"海安、海雄二人只得分头去请。到了下午,请了四处掌柜来到。海瑞衣冠出迎,请到花厅内坐。那些掌柜的哪里肯坐,说道:"大老爷是小的们父母,小的们焉敢冒坐。"海瑞道:"这原是私见,就是与宾主。公堂之上,方拘正礼。"再三推让,方才坐下。那绸缎店里的姓鲁名祺,当下说道:"不知父台老大人相召,有何吩咐?"海瑞道:"说来惭愧。只因本县在此一贫如洗,前日有个乡绅送了我几色礼物,虽然不曾受他的,只是礼相送还,本县亦要回敬过去。只奈没有一些东西,又没银子去买,故特请列位到来商议,要向宝店内各借几色,装一装脸。若是那边收了,该多少价钱,照依送还就是。"各人道:"大老爷吩咐,小的们凛遵就是。要取多少只管着人到店取来。"海瑞道:"不是这等说,本县不过权宜之事,你等不必疑心。每店只要动借四色就很够了。"各人唯唯应命,叩谢而出。海瑞复唤转来,吩咐道:"只要四色,若是我的家人多借一些,你等须来见我。"店人齐叫道:"真难得这位太爷这样清廉,真是我们行户有福。若是往时新任的官来,便是那一位官亲挂帖,这一位师爷赊取,其余家人们各个来侵占小利,怎似得这位太爷这般清净,向我们借几样东西,还是这样恭恭敬敬,真是不愧上苍的知县了。"各人回到店中,将货物上好的拣了四色,即刻送至署内。

须臾之间,绸缎、绍酒、京果、玉器,共十六色俱已齐备。海瑞写个名帖,夹着礼单,令海安、海雄抬了送去,并嘱其留心窥察庄上来往路径。海安二人领命,抬着礼物来到庄上。庄丁问了来历,即来报知。刘东雄看了礼单名帖,笑道:"这才是个道理呢,他是个贫知县,怎好受他的礼物。"一些不收,赏了来人十两银子,礼物仍复发回出来。海安有心要窥探他的地方,便对庄丁道:"家老爷略备些须之敬,今大爷不肯受,是不肯赏脸与家老爷,乞大叔引在下到大爷面前面恳赏收,不然就连这赏钱都不敢领了。"庄丁遂引着二人进内,转弯抹角,过了一带粉墙,进三重朱门就是水阁,过了水阁又是一座小桥,桥下有大池,池中许多莲花红白相间,三间暖阁才是刘东雄坐的地方。海安进到里面,只见刘东雄身穿单衫坐在一张湘妃竹椅上。海安二人慌忙叩头请安问好,道了海瑞想慕的意思,东雄也不说请起,大端端的坐着不动,说道:"就烦二位尊管归报主人,说我心收就是。"海安道:"小的家主素慕大爷慷慨,又属同门,忽承大爷赐惠,不以客套,故将厚礼全收,以显相好。今主人稍备一芹之敬,而大爷挥之门外,岂不屑与家主人相交耶?"刘东雄道:"不过一刺①到了便是,何必定要收下?今尊管既然如此,就收将一二色礼就是。"乃吩咐庄丁,将两坛绍酒收下,其余的璧回。海安复又再三相恳,刘东雄道:"主意已定,无须尊管强劝矣。"复令每人赏银五两,海安、海雄叩谢而出,抬了礼物循着旧路而回。正是:有心窥捷径,奸恶岂能知。毕竟海安回署,见了海瑞如何说话,且听下文分解。

---

① 刺——名片。

第三十六回　窃书失检受奸殃

却说海安、海雄二人,把礼物抬回,来见海瑞,备言其事,并说其得了二十两银子的赏封。海瑞道:"除了两坛绍酒的价银,余者你二人拿去,买些衣物。"想海安、海雄二人自随海公作吏不下十载,今日却得了二十两,这是他二人大造化之处。安、雄二人叩谢。海瑞道:"你可曾探得路径否?"海安便将庄内的路径,口说指画,备说一番。海瑞听了,心中记着。

过了两天,就是七月十五日中元①盛会。探得那刘东雄,延僧仗众在荒地搭起一座高台,做功德,超幽施食。如此歹恶心肠,即做大千亿万功德亦难补缺。想必因陷害人口过多,故特设此盂兰盆会,以冀万一之忏悔矣。庄上张灯结彩,十分热闹,远近的人,都到那里去看。当下海瑞得知这个信息,即便改了装,扮作算命先生的模样,由署后而出,随着行人来到庄上。只见灯烛辉煌,梵音咒韵。其中又设茶缸十余个施茶,往往来来的不知多少人数。正面就是八个僧人,在台上念经开解。台左一所小厅样,摆设着八张学士椅,俱系顾绣大红缎椅帔②。中间一张香几,一张紫榆八仙桌子。那桌上东边是插屏,西边是天青色大花瓶,上供着几枝玉簪花,当中一个宝鸭仙炉,内焚沉檀,香气扑鼻,却没有人在此。海瑞暗想,必是刘东雄坐的。便故意走到椅子上坐着。少顷,只见三两个高长大汉子来到。海瑞料是助纣为虐③的庄丁,竟不出声,只管坐着。那庄丁上前喝道:"你这人好没分晓。既来看高兴,若是渴了,东廊下有茶,又有板凳,那里歇脚吃茶,岂不是甚便么,竟在这里则甚!看你的打扮,莫非是个算命的么?"海瑞便立起身来道:"我正是个算命的。"内中一人道:"我几年的运气怎么这般颠倒,先生,你且与我算一算命,看是如何。"海瑞道:"今年贵庚?"那人道:"丙申三月十一巳时。"海瑞故意推算良久,说道:"大叔

---

① 中元——旧时以阴历七月十五为"中元"。
② 帔(pèi)——即披肩。
③ 助纣(zhòu)为虐——喻帮恶人做坏事。

莫怪,在下直讲:你这八字,虽然不少穿,不少吃,惟是宾强主弱,都要靠着他人的,却不能自振家声。行至己巳、庚午这两个字,还却有些意思,亦是有限的财帛。寿享八旬,一子一女成家。"那人听了带笑谢道:"先生真是再生鬼谷①,是眼见的一般。"众人听说,都要求他占算。海瑞一一赠之,左撞右盘,自然有几分合着。直算到点灯时候,恰遇刘东雄出来。那庄丁们见了,急急走开。

东雄见了海瑞却不认得,便问众庄丁道:"这是什么人?你们在此做什么?"庄丁道:"他是算命的,偶来此观看高兴。遇了小的们叫他占算,果然灵验非常,再没一句话假的。所以大家都叫他推算,直至这个时候,不料撞了大爷。"海瑞听他叫大爷,知是东雄,便急急上前作揖道:"小可②不知,多有得罪大爷。"东雄笑道:"他们说你占算十分灵验,你可与我推算一纸如何?"海瑞乘机道:"大爷提挈是最好的,只是天色黑了,小可还要进城,明日一早来罢。"东雄笑道:"这时候城门已闭了,你且先与我推算。这里很有便铺,你不必过虑。"海瑞谢道:"怎好打扰?"东雄道:"这时候谅亦饿矣,且请用晚膳再算罢。"因对庄丁道:"外面喧哗,你们可引到红渠阁去,那里又清净,就在那里摆饭,不论你们哪一个相陪,用了饭我却来呢。"海瑞又谢了。那庄丁便引着海瑞来到阁中。只见那沼③里满栽红莲,一片清香。进得阁来,明窗净几,放着文房四宝、瑶琴、宝剑,原来是东雄常坐的所在。那庄丁搬了一桌酒菜到来,坐以相陪。海瑞恐怕醉了误事,却推不饮酒的,只是用饭。饭毕,庄丁收拾去了。少顷,只见两个绛纱灯笼照东雄而来,海瑞急忙起身迎接。东雄带着醉意坐下道:"先生不要拘礼,请坐。"海瑞坐下。东雄道:"在下生于戊申年正月初五子时,烦先生直言一算。"海瑞即将八字排开,推算一回说道:"此乃系双蝴蝶之格,大富大贵之命也。"东雄笑道:"先生休奖,须要直言。"海瑞道:"台造于戊申年所生。戊乃中央之土,土能生金,故主大富;申庚皆金,金旺生水,水旺生财,故断得大富。若论贵字,得怪勿怪,一生得贵人提挈,至四十一

---

① 鬼谷——即鬼谷子,战国时期楚国人。
② 小可——自称的谦辞。
③ 沼(zhǎo)——小池。

岁,必得异路功名,正途则无分也。得官不在三秩①之下。若论子息,三枝送老,但妻宫略要少些为妙。尊驾一生疏财仗义,虽然挥霍,每遇谋望,皆事事如愿。贸易则利倍于本。此时正交子运,目下虽未用定,却现有贵人扶持,绿马暗动,官秩不日就有消息。寿可至九十。此是在下直言,幸勿见怪。"东雄一边听,一边点头说道:"先生真是灵验,所言皆合。不才仰承祖父所遗,颇称饶富。若说贵字,在下虽不善读书,然幸得大贵人与我交好,若论二三品的官秩,他不过吹嘘之力,便可为得的。今岁正月间,曾有信息来知会我,约在明年,可以得官。今先生之言,恰如亲见一般。尚有小儿及拙荆、小妾的八字,亦求先生一算。今夜辛苦了,且宿一宵,明时起来再推罢。"海瑞道:"不妨的,夜静人稀,心清气静,更得精神。请大爷写下八字,明早来取。待小可逐一批评如何?"东雄便将儿子、妻妾八字写下了,交与海瑞。又说了许多好话,方才作别道:"先生就在此相屈一宵。只因今夜功德圆满,焰口②超幽之时,在下要去参佛,不能相陪,先生休怪。"海瑞道:"大爷请便。"东雄别去。

海瑞看见天气尚早,才交二更,乃挑起灯来,把八字排毕。少顷,只见一个丫环,十五六岁,捧着一壶香茗、一盘点心进来,放在桌上说道:"这是大娘送来与先生下茶的。先生为我们推算辛苦,大娘说烦先生留意直言,明日重谢呢。"说罢自去。海瑞想道:"如此妇人却这般有礼,可惜错配匪人。"且把门来闭上,自思:我今日之来,原为着要打探刘东雄的犯罪实迹,好去禀知上宪,如今却坐在里面,济得甚事? 独坐无聊,只见桌几上堆着好些书札在内,海瑞即随手捡一札来看。事有凑巧,却是严嵩从京来的,其书云:

字付东雄老谊台先生阁下。启者:前蒙惠我东珠百颗,光洁圆净,实为罕希之珍。拜登之下,深铭五内。贵省巡按熊岳,乃仆门下生也,今将次到任,若是抵省之后自当来拜候矣。但彼人地生疏,诸事之中还祈指示。前者所言关伦氏一案,该抚业已具题,以威逼毙命

---

① 秩——官吏的俸禄。
② 焰口——佛教名词。传说中的一种饿鬼的名称。以身形焦枯、口内燃火、咽细如针得名。佛教密宗有专对这种饿鬼施食的经咒和念诵仪轨,一般叫放焰口。过去非常流行,作为对死者追荐的佛事之一。

为定谳。仆驳饬之矣。至于捐衔一节，朝廷定例，捐二品封典以赠父母则有。如若捐自身职衔则不许，惟四品可矣。以仆忖之：莫若来年到京，援例加捐郎中，此际复加捐即用，仆自当以刑、兵两部掌印握篆为君谋之。旋以绩最，随奏擢侍郎，则不三年可出外任矣。如此筹度，不知有当尊意否？如可行之，则赐回示。俾是日报捐，预为根本，届期庶毋庸又费周章也。专此布达，并候近祺不备。

海瑞看毕，自思道：这厮真是财可通神，他竟有本事勾通奸相。若不早除，他日养成气候，得了官爵，则天下百姓无遗类矣！但关伦氏到底何人？又见上有威逼毙命字样，此必这厮所犯之案，上司具题，故彼贿赂严嵩，将案驳回，遂使冤无可伸了。怎的本县却不见有这案卷移交？这就奇了。将此书且收起，明日却将为证，奏嵩杀府尊在此书矣。复又翻阅别札，都是各省官员与他来往致候之札，内中有兼叙案件者，有特托夤缘者。阅至尾后一札，却是本府的，内云：

启者：前云关伦氏一案，闻上宪业已具题。然先生能致意于严相，则必奏驳。但见证之张三姥，矢口不移，将来似难移转。今该县已将该氏押候，必欲令其改供。而张三姥再四不肯，似此殊碍结案。前日该令曾有密函来禀，欲在旬日内将该氏鸩①却，以免疑碍。但该氏一死，则案易于转动矣。专此布复，并候日安！

海瑞看了，才明白，但不知关伦氏属哪一县的百姓，料亦在济南府属，这是还可以查访得的，亦将这书取了。不觉已是四更将尽，其时实觉困乏，乃就几上睡了。

天明，庄丁持水进来，只见门尚未开，又见纱窗未闭，便从窗口而入。见海瑞隐几而卧，鼻息呼呼。近视案上书札，翻得乱了，庄丁便想道："书札怎么这般乱了？莫非这先生翻阅么？"遂走近案前，将书叠齐，只不见两封书。庄丁自思道："这两封书札未知是闲书札或事关紧要？却不见了，必是他偷藏过了。"遂急急摇醒海瑞问道："先生，你可曾翻阅这书札否？"海瑞道："我在案上推算八字，直至五更方才睡了，却有甚空时去翻阅你的书札？"庄丁道："你休要瞒隐，那些书札都乱了！"便一把抓住往外就跑。正是：一札私书能致祸，总因失检遭奸殃。毕竟那庄丁抓住了海瑞往外就走，欲到何处，海瑞的性命如何，且看下回分解。

---

① 鸩(zhèn)——传说中的一种毒鸟，其毒放在酒中能杀死人。

第三十七回　机露陷牢冤尸求雪

却说那庄丁搜书不见，心疑海瑞偷盗，上前把海瑞叫醒，便问书信。海瑞道："我在此推算八字，哪里见你家什么书信。"庄丁怎肯依他，一手抓着海瑞，一手开门，竟扯到刘东雄面前来。那刘东雄正在书院打坐，忽见庄丁扯着算命的过来，便问："你们为什么？怎的把先生抓着，成何规矩？"庄丁说道："他是个歹人！"东雄道："怎知他是歹人？"庄丁道："昨夜大爷好意，叫他在阁中安歇。谁知他竟把大爷的书札偷了，想来是个歹人，不知是哪里来的？大爷审他便知来历。"海瑞叫道："勿要屈我。我从二更推算八字，直至五更方才睡去的，不信且看桌上批评了几纸八字，就可以知道了。"东雄道："都不用多辩。但在你身上搜得书札出来，便是真的。"遂叱命庄丁把他身上遍搜，果然搜出两封书信。东雄看了，不觉大怒道："可巧天地哀怜窥破，不然我的性命送在你手。"乃唤："庄丁，抓到后花园去，待我来审问来历！"众庄丁答应一声，早把海瑞簇下，拥到后花园来。

到亭子上，只见俨然摆着公案刑具。海瑞自悔失于检点，今一旦却遭在这厮手上。东雄坐在正面，吩咐将这歹人带上来。众庄丁把海瑞拥到面前，叱令海瑞跪下。海瑞勃然大怒道："你是什么人，本县却来跪你？"东雄听得本县二字，心中猛笑道："你莫非历城知县海瑞么？"瑞笑道："本县便是，你敢无礼么？"东雄大怒，叱道："畜生，你自视得一个知县恁大，却想来胡弄我么？今日被我拿住，又有何说？"海瑞道："我乃堂堂县令，是你父母，你敢把本县做什么？"东雄道："慢说你是这一个畜生，不知多少巡按、府县葬于水牢者不知凡几。"吩咐庄丁："把他推到水牢去，叫他知道利害。"庄丁应诺，将刚峰蜂拥而去，过了一带高墙，又是一重小门，开了小门，推在里面。只见黑暗暗的不辨东西，听到水声潺潺。却原来这所在乃是跨濠搭篷的，上是大板，下是濠堑。将人推到里面，断了水米，七日间必然饿死。随将尸首推在水里，下面团团竖了木桩，那尸首在内却流不出去的，所以无人知觉。此时刚峰被推到里面，听得庄丁将门锁了，自思："这个所在，必死无生的。我刚峰亦是为民起见，今日却要死于此地。

海安哪里知道？就是夫人亦难明白吾之去向。过了几日，衙内没了官，他们必然去报上司知道，另换新官来署。我那家眷却不知作何光景？况且宦囊如洗，安、雄二人哪里弄得盘费送夫人回家？上司还说我不肖，逃官而去。这刘东雄还怕不肯甘休，又要斩草除根，连家属都要陷害，这是可知的。"想到此处，不觉掉下泪来，长叹道："我刚峰一生未尝有欺暗之事，怎的如此折磨？"然亦无可如何，只得坐在板上，不禁长叹。不知红日西沉，又不知晓暮，远远听得更鼓之声，方知入夜。

刚峰此际又饿又倦，把身子躺在板上。朦胧之间，似有一人衣冠楚楚，立在面前，说道："刚峰，你不用忧愁，自然有个出头的日子。但吾等含冤于此十有余载，尸骸水浸，还望刚峰昭雪。"刚峰道："你是甚人？在此为甚的被害？可说来我听。若有出头日子，自然与你伸冤雪恨。"其人道："吾乃江南华亭县人，姓简名缵字佩兰，于正德庚辰科乡荐，旋叨鼎甲第二名，即蒙亲点巡按此省。一出京城，沿途密访，已知刘东雄稔恶。到了省，未及上任，先改扮混入此地，以冀密访东雄实迹。谁知被他窥破，饱打一顿，备极非刑，推在这里，饥寒而死，将吾尸体推在水内，屈指十有一年，现有巡按印信为证，尚在怀中。明日刚峰上去，可即禀知提督，乞其领兵前来，将此庄围住。先拿了东雄，随来此地搜检。下面有五个尸体，一是太守李珠斗，一是本县尹刘东升，其余三个乃是本县百姓：一因妻子被抢，寻妻受害；一因欠了东雄米谷，被陷于此；一因妹子被抢，寻妹遭祸，竟无发觉者。刚峰前途远大，正未有艾，不日自当出去。"言罢，一阵阴风，倏忽不见。却把刚峰惊醒，原来是南柯一梦①。刚峰自思："我难道还有出头之日么？梦中之言，大抵不差。但不知怎的得出去才好。"乃立起身来，再拜道："倘君有灵，立即指示我路途，再见天日，何惧冤仇不复！"说毕，忽闻风声吼吼，少顷雷雨大作，电光射入牢来。刚峰叫道："天呀！可怜刚峰今日为国为民，反陷身于此。瑞死何足惜，但有六人之冤，无由得泄。倘蒙眷佑，俾瑞得出牢笼，收除凶恶，共白沉冤，则瑞死无所憾矣！"言未已，忽然一阵红光射入，一声霹雳打将下来，把那水牢打一个大洞。一阵光亮，狂风大作。此际刚峰心摇胆战，不知所以。谁知这阵大风，竟把海瑞摅出牢外。少顷，雷声少息，电光尚未息时，有光亮射来。海

---

① 南柯一梦——比喻空欢喜一场。

瑞醒了转来,却不是牢里,凭着电光细看,乃是一座危桥,自身坐于桥上。刚峰暗想:"适间雷雨,就是救我的。"遂望空叩谢,乘着雨而走,亦不辨东西。但听得前面更鼓之声,侧耳听时,已交五更。刚峰便向着更鼓之处而奔,此际顾不得衣衫淋湿。远远透出灯光,却原来就是提督行署。

明朝所设提督,每三年一次巡边,所以各府俱有行署,以备巡察驻脚的。当下刚峰到灯光近处,方才知道是一所衙门,便闯进里面,却被更夫拿住,叱道:"什么人,敢是奸细么?"刚峰说道:"我乃是历城县知县。"更夫笑道:"你是知县,怎么这般狼狈?快些直说!"刚峰便问:"这是什么人员的衙署?"那更夫道:"这是提督行署。你既是知县,为什么不见你来叩接我们大人?"刚峰听了,喜的手舞足蹈的说道:"我正要求见大人,相烦通传一声,说历城县知县海瑞要见,有机密事面禀。"更夫道:"你休要走了。"海瑞道:"我是特来求见的,怎肯走?你若不信,可与我一同携着手,去门上大叔处说话。"更夫应诺,便与刚峰来到大门,叫醒了那守门的家人,说了上项事情。那家人把刚峰看了一看,说道:"你且在门房坐着,待我上去禀明了大人。"

且说那提督姓钱名国柱,乃是浙江严州人,由武状元出身,历任到提督,平生耿直,不避权贵。家人走到面前,当下便报有历城知县海瑞冒雨而至,声称有机密事要面见大人等语。钱国柱自忖:这知县是在城里的,如今冒雨而至,想必有甚关系本县的事,故此冒雨而来,便吩咐即传进见。家人领命,急急来到门房说道:"大人起来了,传你进见呢!"刚峰随着家人来到穿堂,灯光之下,见提督行了庭参之礼。国柱道:"贵县何以冒雨一人至此?请道其详。"刚峰便将如何访察,被刘东雄关在水牢,幸得某人梦中示知及雷雨相救,逐一告知。国柱听了道:"哪里有这等土豪恶势!可见当时府县废弛政务,致此养虎为患。依贵县尊意若何?"刚峰道:"求大人立刻传令兵丁前往,把刘东雄庄上围住,一齐打进里面,不分好歹,见人就拿。若是迟延,东雄知风必然远飏了。"提督依允,即时传令点兵三百,命中军官领着,随海瑞前往庄上,捉拿刘东雄全家。这令一下,中军官立即点齐兵丁,同着海瑞如飞而来。及至到了庄前,天尚未明,刚峰道:"先分一百五十名,将这庄子团团围住;一百五十名,随我进去。"中军官应允,即令兵依计而行。一声呐喊,刚峰在前领导,打进庄来。那些庄丁一个个梦中惊起,不知何故,有的穿衣不及已被拿了的。一百五十名兵丁,奋勇拿人。那些庄丁虽然有勇,然值此仓猝之际,又见是官兵来拿,各各手软脚酸的,被他拿了。当时东雄正在惊慌,急急披衣走出来看,却被刚峰看见,唤令兵丁上前拿下。至此时,天色大亮,刚峰对中军官道:"大老爷,且先押解犯人前往行辕①请功,待卑职在此拆毁水牢,打捞尸首。"中军官应诺,传令留下五十名官兵,听候刚峰使用,余者押犯回辕而去。刚峰即时把那红渠阁中的私书,尽行放在身上。遂令十名官兵把守庄门,余者带着来至水牢。令四十人一齐动手,即时把水牢拆去,地板揭起,只见下面尽是浊水。刚峰令人把水略略车干,然后命十人下去,跃入水里,果然负了五个尸首上来。只因其被水浸着的,所以不烂,但一身黑肿,不辨面目矣,衣服仍在。及至负出水上,其尸就卸了,只剩白骨。刚峰亲自细查一番,内中有一尸,中有铜印一颗。刚峰细视,印上有文曰:"山东巡按关防"六字。刚峰道:"此必简巡按之尸也。"即忙拜谢其阴相助之恩,令人别以锦被裹之。但不知哪个是前任县令尸首,再加详检。只见一尸的衣服,尚有角带在内,刚峰道:"此必是前县令也。"亦向着再拜。拜了,亦令人别以布裹之,亲书记认。余者三尸,悉用布帛包好,取了五张竹笪②,把五个尸首盛着,令人先行抬到庄外之大安寺前放着。其时海安、海雄二人寻到庄上来。只见主人浑身湿透,仍自在那里指手画脚的,竟不知自己身上湿了。安、雄二人上前见了,才把自己的衣脱下,去与刚峰换了。海瑞令他二人先回,随将东雄庄上各物,当众点过,上了清单,一一封志。其诸妇女关在一室,不许他人扰乱。留兵丁三十人把守,自己来行辕缴令。正是:不惜身劳苦,为民除害先。要知刘东雄如何,且听下回分解。

---

① 行辕——旧时高级官吏外出时的行馆。亦指在暂住地设立的办事处所。
② 笪(dá)——粗竹篾编成的像席子一样的东西,通常用于晾晒粮食。

第三十八回　案成斩暴奉旨和番

却说海瑞吩咐已毕,便与众兵丁一齐来到行辕,海安业已将冠带拿来伺候。海瑞整冠束带,来见国柱。国柱起身迎接道:"贵县辛苦了,请坐。"瑞告坐毕,呈上搜得刘东雄私书一束,共三十六札,都是严嵩及各部并本省的官员往来关系利弊的书信。国柱看了,对海瑞说道:"此项书札,若复留之,只恐他们不安,莫如焚之,以安众官之心,如何?"海瑞躬身道:"大人所见甚是。"随令人取火至,当面焚之。海瑞又将点封东雄之财物各项清单呈上。国柱道:"这清单仍归贵县案卷就是。"海瑞把清单收了。随将五个尸首现放在大安寺上,听候相验过以便收殓的话禀明。又呈缴巡按印信一颗。国柱道:"此案事关重大,军门①亦不在主政,贵县将人犯带回审确,详办就是。"海瑞应诺,就请提督着兵护解过县。海瑞揖谢,方才押着人犯进城。

到了衙门,进内用过膳,随令升堂。留官兵在署防护,随即出堂升座,三班衙役,两旁伺候。海瑞吩咐把刘东雄带上堂来。左右带到,东雄立而不跪。海瑞叱道:"汝乃土豪恶势,今日被我拴来,罪该万死。怎么见了本县还不下跪?"东雄笑道:"若论百姓见了你,或竟要跪。只是你老爷见了汝这一个鸟官,不怪你不来迎接就罢了,怎么反说是要你老爷下跪呢?这般不知好歹。且问你,我好端端的在家中,把我簇拥到这里,为什么?"海瑞骂道:"你乃土豪恶势,目无法纪,交结内官,逼毙人命,擅囚大臣,私立水牢,罪恶滔天,万死难偿。那关伦氏一案可即招来。"东雄道:"你老爷犯法,何止一宗。你问时,我亦记不得许多,莫费了你的气罢。"海瑞道:"水牢内三个百姓是哪个哪个?从实招来!"东雄道:"莫说你是一个知县,就是府里,还不敢问我呢!"海瑞大怒喝道:"你平日恃着权势,却不把官府放在眼里。今日要你晓得我海某厉害呢。"叱令左右拖下,取头号大板子,先重打四十,然后再来问话。此际差役们看见本官盛怒之下,亦不敢用情,即来扯着衣服,拖翻在地,把东雄重重的打了四十板,打得两股

---

① 军门——对提督或总兵加提督者的尊称。

皮开，鲜血迸流。海瑞喝令上堂再问。东雄只是不招，还自怒目圆睁，骂不绝口，说道："让你怎么的委屈于我，只恐一封书信到京，你这顶小纱帽还戴得牢否？"海瑞道："王子犯法与庶民同罪。今汝恃着严嵩，便辄欲横行天下？本县是不能稍贷①汝的！"吩咐带去监禁，其余家人、庄丁人等，一共四十五名，发在外羁押②候听审。

海瑞退入私衙，自思：刘东雄这厮不肯招供，其意盖欲迟延，待他好弄手脚。我偏与他个不然，坐供出详便了。遂连夜查检刘东雄历犯款迹，录案详报上台。其时巡按员缺，系布政司王绮兼护。文书详到，王绮见了，便再三研勘，一则与刘东雄向有往来，二则知他是严嵩门下，却有心回护，遂将详文批驳：

据详称刘东雄恃财倚势，凌虐乡愚，侵田占地，强夺良人妻女，并敢私设水牢，卒陷多人，并将巡按、知县擅自囚害，如果属实，亟应严办。但查正德年间，有简巡按来山东，未及到任即无踪迹。其家人报乃疯癫迷失，屡觅不获。今据该县指称，前简巡按尸首，现在刘东雄庄内水牢捞起，现有印信可据。查简巡按自迷迹之日，屈指计算十有一年，岂有其尸尚未腐，仍捧印信耶？此固不足深信。候委员③确验详复，到日再为核夺。其余四尸，均着一体殓埋，候查案再夺。

这批文一下，海瑞料是上司有故纵刘东雄之意，若不严鞫④招成，将来必至翻案。遂即刻升堂，复提出刘东雄再审。这一回极备严刑，五般重刑，均已用过，刘东雄打熬不过，只得招认。海瑞令人给与纸笔，唤令画招。刘东雄只得亲笔招供，一共认了大小不法事情，总共计三十六款。水牢共淹毙五命，简巡按为首。其余威逼自尽者，连关伦氏案共逼死七人，一一尽招，已成铁案。海瑞即又详上司，令人批解上去。此际上司见了亲供，也不能为他护卫，却叹其自招之速而已。次日，那巡按不忍自审，乃委按察代讯过口供。海瑞便上院面请上方剑杀刘东雄。上司无奈，只得从

---

① 贷——饶恕。
② 羁(jī)押——依法将未决犯人关押在看守所或其它规定处所，以限制人身自由的一种措施。
③ 委员——委派专人。
④ 鞫(jū)——审讯，查问。

其所请,遂挪刘东雄寸磔①于市,人人称快。其余助虐之家人、庄丁,分别军、流、徒、杖,发落完案。刘东雄之家属,分别问罪。海瑞既除这刘东雄,所有平日匪类,闻风知警,各皆勉而为善。海瑞复行出示,暴东雄之罪于市。一日宣传到京,严嵩得知东雄为海瑞所杀,心中大怒。触起前仇,又要计陷于他。终日伺隙寻衅,只奈一时无从入手,暂且按下不表。

且说那南交地方,即今之交趾国②是也,地近粤西、贵州等省。那国素来强悍,不遵王化,时有入寇之心。国王姓朱名臣,乃是汉人。只因其祖在南交贸易日久,宗族蕃大,遂广施金帛以买众心,首先倡乱,遂得南交一带,自称交王。太祖皇帝因其地远难征,只得赐玺以服其心而已。及至正德年间,其国王乃名朱光裕,便妄自尊大,自称南交大帝,便欲侵占本朝土地。乃暗令番将瑚元领兵五万,来至南关。这南关属粤西南宁府界,那府里只有一员都司,领兵八百把守。此时瑚元领番兵一路奔杀前来,好不声势,分队而进:头一队番将乌尔坤领兵五千为先锋;二队番将一珠领兵五千为副先锋;三队番将广心领兵五千为应护使;四队番将五十七领兵五千为合后;五队番将陆海领兵五千为解粮官;六队番将乜③先大领兵五千为探听使。六队番将,一路奔杀前来。到了南关,一声炮响,安下营寨。那都司与知府听了番兵入寇,自见兵马稀少,慌做一团,不敢出迎,惟令兵马紧守关隘,飞报指挥使马湘江。听知如此利害,亦不敢擅动,急急申本奏闻朝廷,请旨定夺。

严嵩接着告急本章,喜道:"海瑞今番难逃吾手也!"连夜修起本章,次早入朝具奏。帝接奏章,展于龙案,只见写道:

太师丞相臣严嵩谨奏,为边烽乍起,请旨定夺事:现据粤西指挥使臣马湘江报称,于本年二月内,有交趾国王某顿萌异志,特遣番将瑚元领卒五万,前来侵界,兹已兵抵南关。其都司、郡守,以兵微将寡,不敢出迎,即指挥使亦不敢擅调大兵,飞章告急前来。臣窃思太祖皇帝朝,当时天威远播,犹以地远难征,赐予敕玺,以慰其心。今升平日久,政事废弛,若与之决胜负,诚恐一旦稍败,有辱国家锐气。臣

---

① 磔(zhé)——古代的一种酷刑,即分尸。
② 交趾国——古地区名,泛指五岭以南。因地在南方,又称南交。
③ 乜(niè)——姓。

愚意以为宜抚。陛下若遣一介素受番人仰望之臣，前往宣示圣谕，说以利害，则番将自当慰服。但查得现有历城知县海瑞，本乃琼南人。粤东琼州，邻近南交，可悉番将情形。陛下若以之前往，必有可观。不知有当圣意否？伏乞皇上睿鉴施行，天下幸甚！

帝览奏，即时下了一道旨意，差兵部差官星夜赍往山东。差官领了圣旨，飞驰前往，不日来到山东。当下文武官员，一齐恭迎圣旨。到那万寿宫开读，差官高声朗诵道：

奉上谕：兹据粤西指挥使马湘江奏称，交趾国王不遵王化，遣兵入寇，已抵南关。该指挥以兵微将寡，未敢擅动，飞奏前来。复据丞相奏称，非用名望素著之官，前往说以利害不可。今查历城县知县海瑞为人忠耿，乃琼州本土，善谙番人言语。故特奏请，海瑞为天使行人之职。朕如所请，今差官赍旨前来，加升海瑞为兵部郎中，并赐方物①若干。汝于拜受恩命之日，即刻起程，前去讲和。有功之日，再加升赏。钦此！

钦赐海瑞各物，计开：玉如意一枝、蟒袍一袭、角带一围、皂靴一对、飞鱼袋一对、锦缎百端、黄金十锭。

钦赐南交国王方物，计开：敕书一度、银玺一枚、蟒服一袭、平天冠一顶、皂靴一对、玉拱璧一双、玉如意一枝、金爵杯十对、玉箸十对。

宣读毕，海瑞谢恩，送天使于驿馆安歇。次日，具表申谢，顺付天使回朝讫，海瑞即时收拾起程，文武各官相送出城。海瑞把家眷留下，着海雄服侍夫人，自己带领海安望着粤西地面而来。所过地方，文武护送。其时，严嵩暗中欢喜，以为瑞必被番人所杀。正是：一心指望将人害，事到头来陷自身。毕竟海瑞此去可得平安否，且听下文分解。

---

① 方物——土产。

第三十九回　诈投递入寨探情形

却说海瑞拜受恩命，即日赍捧着御赐敕玺，离了历城，一路望着山东大路而行。出了本境，就由粤东肇庆水路进发。所过地方官供应船只伕马，自不必说。海瑞每到一处，先发告示一道，以杜滋扰。其示云：

钦差兵部郎中行人大使海，为严禁滋索，以肃功令事：照得本府膺钦命，持节南交，并赍捧恩纶，宠赐番徼①。所过地方州县，不免供应。但本府自出境以来，除扛抬龙亭之外，只用一仆，日用两餐，所费无几，不必珍膳，即园蔬苦菜，亦堪下饭。尔等州县，不必特为设置。如有匪类乘供借称本府亲随，诈索船只伕马折价，以及饭食等弊，许尔等立即捉拿，解赴行辕，本府以凭严究，决不徇纵。尔等一体遵照毋违。特示。

所过州县，秋毫无犯。海瑞在路次②，亦不与州县官员交接。到了粤东，就由肇庆水路进发，过了多少险滩恶峡，来至南宁。该府君即时督率属员，出郭迎接。海瑞此时因有王命在身，大小官员都来朝请圣安。当下海瑞进了馆驿，将圣旨敕玺放下，随赴有司衙门询问军情。太守道："前月番王朱臣，命将瑚元领兵到此，本属不过数百护城兵弁③，自难迎敌。故此飞禀指挥使，指望发兵来援。谁知指挥心怯贼众，不敢擅动，只令附近营哨之兵卒，同乡民守护土城而已。今被困一月有余，而贼仍未少退，城中绝了樵薪④，四民嗟怨。观此情形，亡在旦夕。幸得大人远来，必有以赐教。"海瑞道："番兵乃乌合之众，乘兴而来，若是日久，不许与战，彼必粮尽而逸。此时乘势击之，必获全胜。彼若败北，吾遂以恩旨抚之，则彼无不乘机感激矣。"郡守应诺。海瑞乃在南宁住下。那指挥使闻得天使已到，即赶到南宁来与海瑞相见，便问皇上之意若何。海瑞道："圣上

---

① 徼（jiào）——巡查。
② 次——出外远行时停留的场所。
③ 弁（biàn）——旧时称武官为弁。后专指管杂务的武职。
④ 樵（qiáo）薪——柴米。

以蛮夷地远难征,故今特命仆赍捧御赐敕玺前来安慰。但不知大人之意若何?"指挥道:"番兵虽已逼近关隘,计有月余。然我军不出,南关坚固,彼亦不敢正视,如此相持而已。"海瑞道:"然则并不曾交锋耶?"指挥道:"并不曾出战,彼亦按兵扎寨而已。"海瑞道:"彼远涉内地,粮草不继,必当自退,虚而乘之,此胜算也。以愚意忖之,今军中乏绝樵薪,此是第一桩紧要的事。今可驰檄①邻郡,饬令②每郡供应柴薪十万担,即日取齐。若百姓得薪,则不致惶恐,可无内顾之忧。然后相时而动,乘彼遁逸之际,一鼓而下,则获全胜矣。"指挥使道:"大人高见不差,但是天子有命,今故延搁,倘将来朝廷知之,岂不致于未便耶?"海瑞道:"将在外,君命有所不受,盖以机不可失,而事不固执者也。今若以敕玺前往,必致自讨没趣。夫彼主朱臣积怀不轨,非止一日矣。今贸贸③而来,其锋正不可当。若以弱示之,彼必自骄其志,不以为备。粮尽,势难久驻,当谋归计。彼军卒一退,我却乘虚以袭其后,必获大胜。随以威命收抚之,彼必投降无疑矣。此乃两得之力:一则可以保养士卒,二则恩威并济。人有良心,岂不自忖?此将军立功之时也,惟详察之。"指挥使谢道:"大人所见极是,依计行之可也。"海瑞乃与指挥同驻南宁之内。指挥使即檄饬各营将佐,各以精兵赴南关听调。

再说番将瑚元,已率兵三万直抵南关。一声炮响把南关围了,只望明兵出迎。谁知一连十余日并不见动静。瑚元心疑,速令细作探听。回报明兵俱扎于关内,并无出战之意,惟日筑垛塞缺,并督率民壮在内相守,防范十分严密。瑚元听了,心中忧闷:"彼恃坚固,深沟高垒,不与我战,是将欲老我师也。吾远涉而来,利在速战;若与久持,是必粮草不继。似此如之奈何?"辗转忧思,终夜不寐。次日升帐,召集诸将议曰:"吾等奉命而来,本欲与主上出力,夺取大明关隘。今到此将及一月,并不得利。吾料明兵之意所以坚壁不出者,欲老我师也。若与彼相持日久,我军必疲,且恐粮草不继,如之奈何?"诸将皆曰:"吾等自领兵以来,却不曾与彼交过兵刃。今日事势,元帅何不发书请战,彼岂能忍辱耶?彼若肯出,吾等

---

① 檄(xí)——用文字晓喻。
② 饬(chì)令——上级命令下级。
③ 贸贸——同"眊眊",蒙昧不明。

竭一朝之勇气,或可成一世之功,亦未可定。不知元帅尊意若何?"瑚元听了诸将之言,自忖若不请战何以回报主上?乃即时令中军幕官,立作战书,令人到门下投递。那守关的军士接着,即呈与指挥使。指挥使便拆开来看,却是本朝字体,并非番字。原来南交国俱读四书,惟奉解缙,而不敬奉孔子,故此能作国家字体。当时指挥使细看,其书云:

南交国统兵大元帅瑚元谨顿首拜书于大明元戎麾下:窃元奉国王之命,领兵五万,欲与将军会猎于关外,以决雌雄。兹驻扎月余,而未曾一睹大阃①军容。岂以元军过弱,不足以交锋刃耶?抑将军实有马头不敢向西之意?如书到日,可即示知。如果畏威惧剑,则请即日来降,早献关隘,吾主待下有礼。若将军来归,必蒙恩擢,定以元戎加之,此千古一时之功也。惟大元戎察之。专待来命不赘。上致大元戎老将军麾下,瑚元拜订。

指挥看了,不觉勃然大怒,掷书于地说道:"瑚元何人,敢将此不逊之词前来欺侮!"便问投书人何在。左右答道:"今早番将着人前来致书,守关军兵不敢放入,用麻绳缒木桶于关下,以接其书。那投书人早已回去了。"指挥即持书来见海瑞,备言其故。海瑞接来细看,说道:"大人知其意否?"指挥道:"此番人见我军日久不出,故以此不逊之词,前来激怒,盖欲激我军出战,彼则奋力以劫吾关隘也。"海瑞拍掌笑道:"大人之言,明如指掌矣。今贼即欲劫我,大人却有何妙策以御之?"指挥道:"大人胸中具数万甲兵,必有良谋,幸祈赐教。若仆则空空如梦矣,切勿吝却。"海瑞谢道:"岂敢,但是为今之计,大人可即批回。待瑞扮作小军模样,到彼寨中探听虚实,并探熟彼之出入路径。若知道便捷之径,则容易进兵了。"指挥道:"番将不近人情,大人若到彼处,恐彼不情,将大人陷害,如之奈何?"海瑞道:"不妨,吾命系于天,死生自有定数,何必患之?大人可即修书来,待瑞即去可也。"指挥乃立即修下回书,用了印信,递与海瑞观看。只见上写着:

大明粤西指挥使谨顿首复书于大元帅瑚元麾下:兹接来书,已悉一切。但本朝素以仁慈治政,所以我太祖洪武皇帝平定八荒,四海来归,何止八十余国。汝南交一隅之地,先亦伏阙来顺。我太祖皇帝惠

---

① 阃(kǔn)——特指城门的门槛。后亦指阃外负责军事的人。

及天下，无不一视同仁。故以特予敕玺，封汝主为南交国王。历昔至今，皆区区伏德，不敢稍萌异志。迨后该国王某以酒失德，国人怨之。汝主以商贩流民，诈谲①成性，幸得起家，并图大位，年来亦自护屈，惟恐我天朝兴起问罪之师。而我世祖皇帝，复特加格外之恩，故免讨逆之众。今汝主不知报德悔罪，反敢逞此小丑，意欲跳梁，独不思天朝一十三省雄兵猛将，何止百万！汝乃一隅小国，辄敢与大国抗衡，此真所谓犹欲以卵敌石，安得不破者也。南关金汤之固，谅汝辈亦奚能为耶？书信到日，可即弃甲抛戈，早为悔罪，犹可予以自新。倘若执迷不悟，恐大兵一出，汝等无遗类矣。统限一月之内，尽行退回本国，上表请罪。如敢违抗，即当帅众来剿。书不尽矣，尔意知悉。

海瑞看了赞道："大人笔下如刀剑之利，彼等一见，自当碎胆矣。瑞当即行。"指挥道："大人须要加意提防，幸勿轻入虎口。"海瑞应允，即便取小军衣服换了，带着战书，独自一人而往。只见关门已被大石顶住，瑞乃用绳系腰，由城上缒下。既落在关外，即将绳索解脱，望着番营而来。早被伏路番将拿住。海瑞道："我是大明元帅帐下的小卒，奉了本营主帅之命，特来下书与你家元帅的，烦一引进。"那个小番把海瑞看了一看，暗自笑道："这般软弱的军士，怎能抵敌得我们过！所以闭门不出，却原来就为此也。"乃作笑容道："你家元帅战又不战，只管把守着做什么？这又不是来与你们考文的，怎么书来书往做什么？"海瑞道："你且休问，相烦通传一声就是。"小军遂将海瑞领着带到辕门，时正交二鼓，小卒道："天色尚早，你且在此候着，待等三鼓报了，我自然与你通传就是。"海瑞只得应允，乃取了一锭银子，送与小卒道："这关外的地方，亏了我们是个本地的兵丁，却不曾得见过关外的光景。如今天气尚早，相烦老兄跟我走遭，看看关外地方的景色，也是好的。"小军既得私馈，也不暇备细查问。正是：钱可通神，财能役鬼。未知海瑞观看景色如何，且看下回分解。

---

① 谲（jué）——诡诈。

第四十回　计烧粮逼营赐敕玺

却说小卒应允,将银子收下,说道:"你既当兵,怎么连地方不曾见过呢?"海瑞道:"我们是新充的,食粮不上两月,所以不曾见过这关外的地方,故特烦老兄引我一游。"小卒道:"虽则引你到外面玩赏一回,不是紧要。但你身上穿的号衣,不合我门军中的样,你可脱了下来,待我将这一件号褂与你穿上,就可以去得了。"海瑞道:"如此更好。"那小卒遂将自己的衣服换了,与海瑞穿着。随即出了营门,领着海瑞到各处营寨观看,复一一令其指示。小卒哪里知得他的就里,每到一处,便把怎么怎么,这般这般,说了出来,一则要自夸威勇,一则谈谈闲心。海瑞一一记清,不一会把番营大寨全行观看清楚,记在心中。小卒道:"你可观尽否?"海瑞道:"八门俱已看过,果然威风。但只欠了些粮草屯积。若是有了粮草,只恐我们都不能与你家相拒呢。"小卒道:"你说得是,我们没有看粮草,你且随着我去看一看呢。"遂领着海瑞转过营后,只见一个小山头上,有些小军在那里扎营,上面俱是破车。小卒指道:"这不是粮草么?"海瑞故意道:"有限的,怎么得够支应?"小卒道:"你却是个新当兵的,难道你家关内,也堆着十年二十年的粮草么?不过是陆续运解而来。"海瑞又道:"我们解粮运草是邻省接解来的,所以便捷。若是你们老远的运解,岂不费力么?"小卒道:"我们虽则远涉,但是亦有以逸待劳之计。"海瑞道:"怎么说是以逸待劳?我却不晓得。"小卒道:"我们的粮草,却是从贵州那边偷运过来,到了东京口上岸,离这里不过五百里之遥,两三日便到了。"海瑞道:"如此却才容易,不然就运转难矣。"小卒道:"好夜深!我们这时候前去大抵已报三鼓矣。我们且回去罢。"海瑞遂与小卒一同回到大寨而来。恰好那瑚元升帐理事,小卒令海瑞仍旧换回穿来原服,领了进去,禀道:"小番们奉令巡哨,拿着一个小军。询问起来,却是大明营中遣来送书的,业已带来,请令定夺。"瑚元道:"带了上来!"小卒便将海瑞带领到帐中跪下。海瑞叩了三个头,说道:"小的乃是大明营中奉元戎差来下书的。"遂向袖中将书取出,呈递上去。瑚元接来细看一遍,不觉勃然大怒,将书扯得粉碎,骂道:"你家战又不敢战,只管推延,这是何故?我却不管,明日就引大军前来攻关。好汉的只管出关迎敌,若不敢出,就算不得成的了,可即草表献关。如若不然,有朝攻破城池,玉石俱焚。"海瑞唯唯领命,故意做出惊慌之状,抱头鼠窜而出。瑚元乃集诸将听令道:"今日大明指挥有书回报,内中延以时日,其意却真欲老我师也。本帅已对来使说了,准以明日攻关。诸帅宜各竭力向前,初阵须要得利,譬如破竹,数节之后,迎刃而解矣。"乃令乌尔坤领兵三千攻打头阵;乜先大领兵两千往来接应。明日五更造饭,天明进兵。务要奋勇齐攻,如有怠惰不前者,即按军法。众领命各各①准备去了,瑚元随后点起大军继进,暂且按下不表。

再说海瑞急急奔回,到了关下,仍用麻绳吊了上去。来到行辕,见了指挥。指挥便问:"探得军情如何?"海瑞道:"瑚元轻勇无备,不足惧之。"遂将瑚元如此这般,逐一说知。指挥惊道:"各路援兵,尚未到来,今大敌猝至,如之奈何?"海瑞道:"贼乃乌合之众,全无队伍。一则吾所恃者城池坚固,濠堑甚深,彼焉能立破?刻下可令随营各将,连夜上城防守,且把鼓声偃息,彼兵若到,且不理他。待至骄惰之际,然后以大炮乘高视下攻之,则彼必败走矣。且先挡了目前这一阵,然后徐图良策,截其粮草。彼军乏食,不战自乱矣,必速奔归。那时我却乘虚袭之,无不应手矣。"指挥听了大喜,随即传令:各随来将佐,率部下兵丁,尽伏城垛上,以大炮、擂木、灰瓶等物,预先藏着,听得炮声响处,一齐突起,放炮攻之。各营将佐,领了将令,即时尽率佐部上城。到了次日黎明时候,远远听得人叫马嘶。海瑞此时亦在城楼观看,远远望见番兵旗帜。海瑞即令各人偃旗息鼓,各各伏于城上地基,不许交头接耳。番兵来近,只见关上并无旗帜,又不见一卒在上,心中疑惑,急急报知乌尔坤。乌尔坤乘马亲来观看,果如所云。自思道:此必明兵疑兵之计。吩咐各人奋力攻城。军中鼓声大震,众番兵只顾奔前呐喊,却不见一人。开炮打去,却那城楼坚固得很,一连攻了半日,亦不见有人迎敌,城墙果然攻打不开。瑚元领了大队随后亦到。前军报知,瑚元传令各军士下马裸骂,以激其众。军士听令各各下马,坐在地下大骂道:"不早出降,攻破城池,草木同铲,悔之晚矣!"百般的辱骂,城上只是不应。竟有脱衣露体扇凉而骂者。约近已时,海瑞在垛伏张良久,

---

① 各各——表示不止一人,分头去做。

说道："可矣。"指挥令人将号炮点着,一声炮响,三军一起突起,将火炮、灰瓶一齐施放。那番兵正得意之时,忽然被那炮子、灰瓶打来,哪里抵挡得住?只顾躲避,急急奔逃。那灰尘乘着风势,刮面吹来,开眼不得。霎时之间,被炮击者不计其数。瑚元后军,却被前军推动阵脚,自相践踏,死者甚众。城上发喊助威,番兵只道明兵开关杀出,急急奔走,逃去十余里下寨。海瑞望见番兵去远,乃令开关,乘势出屯,就与指挥驻于关外。一则便于调遣人马,二则且占形势,不致番兵迫近关门。当下瑚元败了一阵,急奔十余里,才下寨扎住。查点折去五千余军,笑道："我却中了蛮子之计也。头阵已此,后当加意便了。"忽然军吏来报,粮草只剩五日。瑚元道："如之奈何?新粮草未到,军中乏食,必然生变。"即着了乌尔坤领兵一千,去寨外五里屯扎,以为犄角之势,一有消息,即刻回报。是时,乌尔坤领了将令,即部兵前往屯扎去了。瑚元又传令着乜先大持令箭沿途催赶粮草接应,自不必说。

再说海瑞在关外屯了几日,忽然城内郡守着人来报:所调兵马俱已陆续到齐,请令定夺。海瑞即来对指挥说道:"刻下各营新兵已到,大人何不尽令出扎关外,好待在下调遣也。"指挥称善,即传令箭,立时传了新兵,尽出关外驻扎。海瑞道:"吾料番将之粮不日将至,谁可去截他的?"帐下一将应声出道:"末将不才,愿去走遭。"海瑞视之,乃骁骑额附庞靖也。当下海瑞道:"此去东京口,乃是番将运粮上岸之所。你可领着一千军士,到夜半偷至那里埋伏,若是番将运粮上岸,待其尽,突起烧之。"庞靖应诺,立即点起军兵,携带硫磺、焰硝引火之物,连夜起行,前去埋伏。

过了三日,番营各将俱以乏粮为忧,乃皆来帐上禀瑚元道:"刻下营中乏食,解粮官未到,似此如之奈何?"瑚元道:"吾亦因此忧愁。前日已令乜先大前往催赶矣,谅不日亦至,汝等皆宜静守,不得惊扬,恐怕敌人知之,必然乘虚来袭矣。"说尚未毕,人报乜先大奉命催粮,中途为明军所杀;明兵夺了本国衣甲并令箭,去到东京口候着。恰好运粮来到,被明军诈称元帅有令,令将粮草屯积荒野地。是夜三更时候,一齐火起,那粮草尽被烧完了,特来报知。"瑚元听了此言,不觉大叫一声道:"天亡我也!民以食为天,兵亦以粮为命,今粮被毁,目下又即乏食,如之奈何?"帐前幕官进道:"可即连夜遁归,再作道理。"瑚元称善,即令暗传号令,令军士各各束结,就今夜三更拔寨齐起,急急遁归,不得违令。众将应诺,各各准备不提。

再说海瑞在寨中正与指挥商议退敌之策,忽庞靖回来报称,业已尽将番人粮草烧毁一空,特来缴令。瑞与指挥大喜,即将庞靖上了头功。未几,探子来报:番将因为烧了粮草,现今营中乏食,即刻束装,意欲遁归,即来报知。瑞听得急对指挥道:"今贼势已蹙①,即夜欲遁,我等可即赍捧敕玺前去劝降,彼必迎受矣。"指挥道:"贼势既窘,我兵乘虚击之,此为上计;大人何故反纵之去?"瑞曰:"不然,彼先逞其跳梁之心,今不得利,又值乏食,其众心已散,故此连夜遁归,欲再复来。今我不以兵马加之,而反以圣恩施之,使其复得兴头,所以服其心也。若以兵袭之,彼必大败而怨愈深,彼返国旦夕皆思报复,则无限之边患也。"指挥道:"大人果然善于算度,即可行之。"海瑞道:"请即令便行如何?"指挥道:"当以多少人马随往?"海瑞道:"一军不用,只携吾仆一人而往足矣。余者扛抬赐物,照式人伕而已。"指挥即时传令兵丁,改装扮作扛抬伕役,仍藏利刃在身,以备不虞,立即随跟海瑞星夜前往。

海瑞携着海安,押着赐物,如飞的奔向番营而来。将近二更左右,已近番营。海瑞吩咐暂将伕马各物扎在一里之外,先令海安一人前往通知。海安本欲不敢往,只因海瑞这般说话,又见主人如此用心,哪里便敢推托,只得慨然而往,独自一骑来到番营。那些番兵正在忙忙迫迫之时,收拾不迭,哪里还有心前去瞭望。海安闯进鹿角②,直至营门,才见有两个番兵,在那里闲坐。海安拼胆上前说声:"老爷!"那番兵却一把将他拿住,骂道:"什么奸细?敢来此探听消息!"海安说道:"老爷且莫如此。我若奸细,亦决不直到此地,并显然招呼老爷了!"番兵道:"如此,尔来何干?"海安道:"我是特来报喜信的,相烦立即通报一声。"番兵听得报喜两字,便不胜大喜,急应道:"如此随着我来。"正是:欲知伊利钝,但听口中言。

毕竟海安此时见了番将如何,且听下回分解。

---

① 蹙(cù)——收缩。被挫。
② 鹿角——军事上的防御设备。形似鹿角,用带枝杈的树木植在地,以阻止敌人的行进。

第四十一回　设毒谋私恩市刺客

却说海安随着番兵，一直来到大营。番兵道："你且站在这里，待我进去通禀，然后再来唤你。"海安答应了。番兵即进帐中，恰好瑚元在帐督率各人收拾各物，忽见小番进来，便问何事。小番道："现有大明营中差来一人，声称是朝廷天使海大人的家人，今奉了伊主之命，前来相请元帅，前往迎接天朝皇帝恩旨。"瑚元听说，吩咐且唤那来人到来，有言相问。小番领命，即来到营外，带领海安进帐。海安急忙跪下叩头："拜上大元帅！"瑚元道："你是哪里来的？"海安禀道："小的乃是大明营里钦差海某家人，名唤海安，奉了家主之命，前来敬请大元帅出寨迎接恩旨。"瑚元道："你家老爷奉着什么恩旨前来，与我何干？为甚的要请我去接呢？"海安道："小的家主乃是兵部郎中，奉了天子圣谕，特赍恩旨而来，并有天子所赐敕书、银玺、方物等项，故此特着小的前来，家主现在一里以外相候。"瑚元道："你家主既到这里，如何不直进帐，却在一里之外相候，叫你前来通话，莫非其中有诈否？"海安道："吾国以信义待人，从不作贼盗之事，因为现有皇帝敕玺在身，故要大元帅前去迎接恩旨，并无别意。"瑚元自忖：彼既称是奉钦差而来的，又有敕玺；我想当日我家先王，亦是曾受天朝恩典；既有敕玺之予我，今师既败，彼有此惠，吾何不乘机就之？亦可以挣扎颜面。主意已定，便吩咐海安道："汝且先回，本帅随后就来迎接。"海安叩谢而出。瑚元一边吩咐军士摆队迎接，一路火把齐明，接着海瑞齐到大营而来。海瑞开读圣旨道：

奉天承运皇帝诏曰：大国有征伐之师，小国有预备之众，此不得已而用。朝廷之有造①于汝国者，不谓不深也。兹汝不思报本，而反欲弄兵潢池②，是弃旧好而图速灭也！朕垂拱八方，勇猛之将何止万员，精锐之兵难计亿兆。若以大旗一指，何难立灭此朝食？但不教

---

① 造——栽培、培养。
② 弄兵潢（huáng）池——潢池，本为星名，引义为天子之池，借指皇室。后以"弄兵潢池"为造反的讳称。

而诛,有所不忍。今特差兵部官员,捧赍御赐方物,并予封爵汝其受之,自当革面洗心,无再自造其孽。封汝朱臣为南交国王,银玺一颗,以彰显荣;其部下文武,各加一级。汝当恪遵,毋负至意。勖哉钦此!

宣读已毕,瑚元谢恩。海瑞令人将御赐各物交替,呈上银玺一颗。瑚元再拜而受之,复与海瑞见礼,并询阀阅。海瑞通了姓名,说道:"今元戎既已奉诏,即当班师各守疆土,毋生妄念,岁修好礼,永为唇齿,则瑞实有厚望矣。"瑚元道:"大人放心,南人不复反矣。"时天色已明,海瑞辞回,瑚元直送至十里,方才交别,随即传令班师回国。海瑞看见番营拔寨齐起,亦即与指挥作别,回京复命不提。

再说严嵩自从打发了海瑞去后,心中暗喜,以为必借瑚元之力以杀之也。遂尔肆志横行,无所不作,每欲倾害张皇后以及太子,然奈无从入手之处。日与赵文华、张居正等商议。赵文华献计道:"太师何不寻觅一人作刺客,带到宫中,待等圣驾出朝之时,突冲而出,必被拿获。其人便称张皇后与太子所使,帝必大怒,定发三法司审议。此时张后与太子虽有双翅,亦不能飞出宫闱矣!"严嵩听了大喜道:"此计甚妙!然哪得其人为我行此妙计?"张居正道:"在下现有一人,姓陈名春,乃山东青州人,投在府中,业有十载。在下待之甚厚,彼每欲以死图报。今当与彼商之,许其不死,彼必应诺,则此事有济也。"严嵩喜道:"既有此等妙人,大人即当为仆行之,自当厚报。"张居正道:"这个当得竭力。"遂即告辞回府,唤陈春入内,以言挑之曰:"汝自来吾家,不觉已近十载,但是吾待汝似比诸仆厚之。今欲遣汝为吾干一事,不知汝愿去否?"陈春道:"小的自投府上而来,蒙老爷爱如子女,小的受恩深厚,时愧捐躯莫报万一;今老爷若有用小的之处,虽赴汤蹈火,粉身碎骨,亦不辞也。老爷但有使用,只管驱策就是。"居正道:"非吾要用你。只因那太师严嵩向我寻一个有胆有勇的人,所以我将你举荐了他,过日可过府去,他有一事,与你商议。你与他去干,就如报答我一般。"陈春道:"但不知太师要使我哪件,老爷可知一二否?"居正道:"你乃吾之心腹,谅汝不肯泄漏我的机密,对你说知罢。只因严太师先日有位小姐,曾进于天子宫中,封为昭阳正院,把前后张氏及太子皆贬于冷宫,已经四载。谁知那刑部主事海瑞,乘着皇上四旬万寿之日,在天子面前再三苦谏。天子一时念起父子之情,准了海瑞的保本,立即恩赦了他母子出来,仍旧封为昭阳正院,把严氏退出偏宫。今严氏失宠,太师心中不安,故屡欲以计去张后母子,仍复严氏之位。故此想出这条计策:明日你过去,充在他们家人队内,跟到宫里去。太师是常常与帝饮酒弈棋的,这日故意在宫到黑。你那时却在宫中躲着,身怀利刃,五更三点,天子必然出朝,那时你却直冲御道,一刀杀了皇上,严太师得了天下,你就是一个开国功臣,封王屡代不替。若是不能杀得,被仪从之人擒获,你便大声高呼:'太子、皇后救我!'此际天子必要将你发在三法司去审问,严太师必在其列。那时你只口口咬定是与冯保相好,他是太子心腹太监,叫我来如此如此、这般这般的,是太子吩咐,若是他登了九五,必然显爵相酬。太师必自超生于你,重有赏赐。你肯去否?"陈春道:"既是老爷将我荐了,怎叫爷失信?明日随爷过府去见太师便是。"居正大喜,便立时赐以酒帛金珠。次日,果然带着陈春来到严府相议,自不必说。

再说太子此时年已一十三岁,终日常侍帝侧,帝甚爱其孝顺聪慧。一日帝问道:"朕万岁后传位于汝,汝将何以治天下?"太子道:"臣奉祖宗遗法陛下现宪,加之仁慈,庶可以不忝厥职矣。"帝又问道:"然则处下如何?"太子道:"忠良之辈用为股肱,俾以显爵厚禄;小人则逐之。所谓亲贤远佞,恩威并济。务使天下无贪墨之官殃我赤子。朝中有贤能之佐,以卫社稷,所以仰报陛下也。"帝道:"边备如何?"太子道:"修城浚池,时刻预备,以能将镇之;绥远怀柔,使彼等马首不敢西向。"帝道:"夫用将贵以老成,休任少年。老则历练军纪,讨抚得宜;年少者则轻于趋进。汝其牢记之可也!"太子谢过。方欲出宫,忽然御前起了一阵怪风,刮面吹来。帝觉毛骨悚然,对太子道:"日午天晴,何以有此怪风?朕甚不解。"太子道:"此名旋风,乃惊报也。陛下宜防之。"帝笑道:"太平日久,君臣相乐,有甚不测之处?"乃呼酒与太子对饮。太子三爵后,即停杯止酒。帝问:"何以不饮?"太子道:"夫酒者,可以怡情,而适足以召祸,故儿少饮,以免祸耳。"帝道:"酒可怡情,故文人、墨客,皆以借为消愁闷之由。朕亦性好之,宁可一日无饭,决不可无酒。"太子道:"圣人云:'惟酒无量不及乱。'愿陛下少节之,臣不胜幸甚矣。"帝喜道:"吾儿所谓善于机谏者也!"太子谢出,帝是夕宿于正宫。张后道:"陛下数日未曾临朝,窃恐诸臣疑议,乞陛下以政务为要。"帝道："这几日朕躬不快，今日粗安，后日即是朔日①，当出听政矣。"

到了次日，严嵩将陈春扮作家人，充在众奴队内随进宫中，与帝问安。看官，你道臣子入宫，怎么又带得家人进去？只因他与别个臣子不同，一来又是国戚，二者帝宠之深。嵩常常入宫，与帝弈棋、饮酒，时或要取甚么东西，要那中贵②走动不便，帝即敕嵩准带家人三四名，相随入宫，以便使用。所以严府的家人，随入宫之时，即在宫门外伺候。当下严嵩见帝问了圣安。帝道："昨日暹罗国③来贡西洋哑叭酒，其味香烈，今当与丞相试之。"严嵩谢道："陛下爱臣过深，虽口食亦必予臣，臣粉身碎骨，无以报陛下于万一也！"帝令左右将酒摆于百花亭上，与严嵩对饮畅谈。酒至半酣，严嵩起奏道："天气炎热，西洋之酒，其性过烈，陛下少饮为佳。"帝道："然则何以消此永日？"严嵩道："与陛下手谈如何？"帝喜，即令撤席，取棋与严嵩对着。嵩故意留神细看，每下一子，必致再三思索，以延时刻。帝连着三局，嵩起，抖乱棋子道："陛下且休，何以呕此心血！"帝因命侍夜膳。嵩在宫中，直至初更方出。此时陈春乘着黑暗之处，早已伏于复道之下，将身蹲着，专待五更行事。嵩辞出，帝带酒来到昭阳，张后服侍安寝。才五更，张后便请帝起身洗面穿衣，临朝听政。众内侍以及侍卫人等，皆来随从。帝出宫，两行红灯照一路而来。刚到复道，那陈春观得真切，将及驾到之际，即时突出，持刀冲入道来。那侍卫惊觉，将陈春拿下，夺了利刃。陈春故意大叫道："罢了罢了！谋事不成，天也！张娘娘，太子爷，快来救我！"帝大惊，听得亲切，即时退回内宫。侍卫等便将陈春行刺之事具奏。帝未深信，即发三法司审讯确实具奏。正是：明枪容易挡，暗箭最难防。毕竟陈春此到三法司处，如何供出来，且听下回分解。

---

① 朔日——即月球和太阳的黄经相等的时候。朔日时，月球运行到地球和太阳之间，和太阳同时出没，呈现新月的月相。也就是中国农历每月的第一天，即初一。

② 中贵——即"中贵人"，指有权势的太监。

③ 暹（xiān）罗国——即泰国。

第四十二回　施辣手药犯灭口供

却说当下陈春被捉，口称是张后、太子所使，又供冯保所荐，侍卫等即将缘由奏闻。帝沉吟未答，自思：青宫素来仁慈，未必敢行此不轨之事；况且太子年纪尚幼，亦无别个兄弟恐致别立，此事却有疑难之处。又思：张皇后并无亲眷在京，且已正位昭阳，未必有此。故特发下三法司会勘实情具复。此刻众侍卫得了旨意，即时将陈春拥簇到廷尉衙内收管，听候三法司提讯。严嵩早已知道，故意不出。及人至报陈春行刺皇上，今奉旨着三法司并太师会勘，严嵩故作惊愕之色道："岂有此理，可曾究出主使之人否？"从者道："事关内院主使，案情重大，故特旨命太师会勘！"严嵩即时吩咐打轿，来到法司衙门，那三法司早已在此等候。你道三法司是谁？就是这三位：刑部尚书赵文华，太常寺正卿张居正，都察院御史胡正道。

当下三人见了严嵩，各各见礼。赵、张二人自是一党，自然会意，惟胡正道不同心。当时严嵩对三人道："此案情节重大，三位大人当如何审判？"赵文华道："此乃内院之事，你我自当秉公研讯。"随即升堂，少顷将陈春提到，当堂跪下。严嵩问道："你是哪里人氏？"陈春道："小的是山东青州人氏，姓陈名春。"严嵩道："是山东青州，怎么在这里犯事呢？"陈春道："只因小的来京贸易，折了本钱，无可生计，就在大街上卖棒为生。"严嵩道："你既是流落的人，怎么反与内监相识？"陈春道："那冯公公与小的本不相识，但因小的在街上卖拳，冯公公看见小的生得魁伟，两胁有力，蒙他唤到酒楼谈心，说起无依之苦，蒙冯公公施济，认为相知，与我一百两银子，在大街上寻了一个旅店住下，不时将些酒肉来与小的畅饮。彼此往来，共有半载，遂成莫逆之交。前月冯公公偶然与小的说起：'欲做官否？'小的道：'世上谁不欲富贵？'冯公公便向小的说道：'你欲要富贵，但只肯依我一件，即便立可得官。'此际小的便问他有甚事务。冯公公道：'如今正宫皇后与太子意欲寻一个有胆有识的人，去行刺皇上，若是事成之后，可做大官。'此时小的哪里便敢应承。冯公公道：'只管去做，自有我与太子担承。'再三相求。小的看见他如此恳切，又有恩惠于小的身上，只得依允。次日，冯公公便领小的到东宫去见太子。蒙太子赏金帛、酒饭,并蒙太子当面吩咐,许小的做一将军职衔,此际小的不合应允。过了几日,太子复召小的进宫商议,他说皇上一连数日不曾御殿,明日届当朔望之期必然御殿,随令小的身怀利刃,藏在复道,待等驾到突出行刺。小的应允,蒙太子赏刀一把,黄金二十锭,并以酒食相馈。而小的既感太子与冯公公之深恩,虽赴汤蹈火,自无不允。继蒙娘娘召小的进昭阳正院,特赐以金珠、翡翠等物。所以小的不得已,随时就从冯公公到复道中藏躲。及见圣驾,此时小的事出不已,即便趋前行凶是真。求列位大人开恩则个。"严嵩大怒,拍案骂道:"皇宫内院,岂是别人进得去的?难道宫门外都没有人守的么?且问你,你是昨夜进宫,还是预早进宫的?"陈春道:"小的是前月初九,蒙冯公公带进宫去,直住到此时的。"严嵩怒道:"皇后贤淑,太子仁孝,天下共知。汝何妄思诬捏,以卸己罪?可即从实招来,如有半句支吾,我这里刑法重得很呢!"陈春道:"小的今日既已被获,哪敢说谎?此是确言,求爷详察。"赵文华在旁插嘴道:"不肯招认,就要用刑,你是招不招?"陈春道:"小的一派都是真言,再没一毫谎诬的了。"赵文华道:"不打如何肯招?"吩咐下去:"重打四十大板,看他招不招!"左右答应,一声吆喝,如鹰拿虎捉一般,把陈春簇下。此时陈春只道勉强过便可以过去,也不言语,随着众人下阶,被众人按在地下,叫声行杖。赵文华吩咐:"取头号板子,与我重打!"左右即将头号板子重重打下去。五板之后,陈春就不能叫喊了;打到四十板之后,竟不能少动弹,几致失声。赵文华叱令以冷水浇其面。少顷方才醒来。陈春此时虽则复苏,然痛极心迷,不知人事矣。文华叱令复拖上堂来,又问:"到底此是外边甚么人主使呢?快些说来!不然,复用三木矣。"陈春只是昏昏沉沉,不闻上面说话,又恐再用极刑,只得点头,以冀免打。严嵩道:"此人句句确供,似无遁饰,亦不必苛求根株矣。"立即吩咐左右,仍带往廷尉处收管,听候再讯。胡正道在旁说道:"如此供词,岂足凭信?当细心鞫之,方能澈其泾渭①。"严嵩道:"彼已昏去,容当再讯。"于是各各散去。

　　是日,严嵩回府,即请赵文华、张居正二人过府商议。严嵩道:"今日虽然陈春这般口供,且看胡正道之言,似不深信。倘若再究真情,如何是好?"居正道:"这却容易,今夜杀之以灭其口,则可以无忧矣!"严嵩道:

---

① 泾渭——即泾水、渭水。后常用以比喻人品的清浊。

"怎的能够杀他？还望赐教。"居正道："待座下今晚自往狱中杀之,明日敬来复命就是。"严嵩致谢道："全仗驾上。"居正即便拜辞而出,回到府中,令家人立即办下酒席一酌,以便等应用。旋又令家人到外边取了毒药为末,然后将酒席抬了出来,居正已暗将毒药搅在酒内。旋着人抬到刑部狱中而来。时赵文华早已在狱门等候。居正一到,即便开门放入,来到狱中仓神亭上,提出了陈春。居正道："你怎的受了这般的苦楚,自己放心,我自有处。"陈春道："小的有死无异,老爷再休见疑。"居正道："这个我自有主,却念着你自到此地,未尝不饱衣足食,如今困在牢里,只恐茶饭不敷,今特办些酒饭在此,你可饱餐,且莫愁闷。"有从人将酒饭抬到陈春面前,说："见你向日是穿吃惯的,如今在狱,诸事掣肘,我恐怕你饿了,所以把些酒饭来与你吃了,一面放开心事,不过旬日之间,便可以了局的了。"陈春叩谢讫,文华令人将他的刑具松了,等他好去吃酒吃饭。那陈春哪里得知就里,遂放开量大嚼一顿。此时酒饭肉餐,好生快活,竟自睡了。张居正、赵文华一齐来到相府回复,自不必说。

　　再说那张皇后正在深宫,忽见冯保气喘喘的急奔而来说道："祸事到了!"张后是个受过惊恐的人,听了这一句说话,吓得魂不附体,急问道："到底为着什么？快些说来。"冯保道："如天大事,难道娘娘还不知道么？"张后道："我在这深宫内院,知道什么来？有话快说,免得狐疑!"冯保道："今早圣驾在娘娘这里出宫,刚出到复道,突遇刺客走来,幸喜侍卫官捉住。这人姓陈名春,乃是山东青州人氏,供称曾与小奴才相好,因而娘娘、太子与伊相议,教他伺便弑君,一一说出。如今皇上将这陈春发往三法司会勘去了。但不知究是何人所使,致累内院,此特来报知。"张后听得此言,吃惊不小,指着苍天说道："哪个天杀的这般狠毒,要害我母子性命!"冯保道："这也不妨,如今娘娘何不领着太子,一同前往到万岁爷跟前问个明白,却不是好？"张后点头称善,即令冯保到青宫来请太子。太子听得母后传宣,即便趋赴。比及见了娘娘,娘娘说道："你的大祸临身,汝可知否？"太子听了这一句,不知话从哪里说起,呆了好一会,复问道："母后,到底为着什么,说起这话来？"张后道："你只晓得在青宫诵诗,却不知这祸事呢!"遂将冯保所言,备细说知。太子听了,吓得三魂飘渺,七魄悠扬。自思:这桩罪案,却也不小,似此则我母子无活命矣,乃向张后而泣。冯保在旁也觉不安,进曰："娘娘、殿下,且止悲泪,事当从长计议才是。"太子道:"汝有何策可解此危?"冯保道:"亦无别策,惟殿下与娘娘即当诣皇上面剖是非,庶或皇上恩爱不究,也未可知。"张后点头,乃携着太子望着帝处而来。于路十分惊惧,冯保亦不离左右。帝恰好在焚椒阁内,独自一人坐着。张皇后母子进阁,俯伏于地而泣。帝令平身,问道:"卿与吾儿何故如此?"张皇后与太子、冯保皆免冠奏道:"臣等死罪,今突遭诬陷,因来匍叩金阶,历表清白,伏惟陛下察之。"帝随道:"卿乃朕之内助,儿乃国之储贰①,岂不深爱耶?且起来说话。"张皇后与太子、冯保谢过了恩,起来侍立帝侧。帝道:"你们所忧者,不过因陈春之事而已。然朕虽不读书,亦颇明理,岂有受嘱切而一口便说某人所嘱者?朕未之信也。但该陈春口口声称为冯保交好,辗转传言,然亦在理者;此事当细研讯之,务得其实。"太子复奏道:"臣蒙荣养之恩,于今一十有余岁,然时时躬侍圣躬,又何暇得与别人徘徊?此事还望圣上详察。"皇上笑道:"今据陈某所供,干累内院,朕固不信;然以弑逆大罪,不得不发与法司会勘。汝且回宫,朕自有处。"太子山呼叩谢,回宫而去。张皇后甚属不安,冯保亦甚惶恐。帝皆叱令各回所处:"朕已明白了,决不为汝等害也。"张皇后与冯保各各谢恩,便即退回。正是:君命无妄僭,子孝父已宽。毕竟皇上打发三人去后,还有何说,下文分解。

---

① 储贰——太子。

第四十三回　畏露奸邪奏离正直

却说帝令太子与张后、冯保三人各退之后，自思：观此情形，实不干他母子之事。若说没有人引诱，这陈春怎得进宫？事属狐疑，到底莫释。乃召严嵩进宫，问其审出陈春实情否。严嵩奏道："陈春口供干连内院，臣正无设法之处，所以未曾得其确据。昨着刑部司狱收管，仍待复讯。"帝道："此事虽乃陈春行刺有据，然彼有牵连内宫，朕家人父子岂骨肉自戕贼耶？此决不得以此定谳①者，惟当究其主使实在之人可也。"严嵩道："臣亦这般疑议。惟赵文华以陈春乃一介愚民，非有宫中擅能出入者引诱入内，陈春焉得直进宫门？所以只将陈春重责，而陈春则故意诈死，臣等不得已暂且缓讯，押于狱中，再行定夺。"帝道："姑且研悉其情，幸勿造次，致谤宫廷。"严嵩唯唯领旨而出，心中闷闷不乐，恐怕一朝败露，岂不弄巧反拙耶？及至府中人报，陈春已于昨夜死于狱中，严嵩方才放心。这是没得败露的了；已成死供，再不能翻案的，暂且不提。

再说海瑞平定了南交，与指挥商酌定善后事宜，便起程回京复命。循着旧路而行，在路风餐露宿，夜住晓行，不必多赘。由粤至京，七千余里，亏他历尽驰驱，二月有余，方才到得盛京。先在丞相府销了差名，然后见帝复命。帝见海瑞降夷回京，乃细询其形："如何到彼寨中宣读圣旨之处。卿可备细奏朕知道。"海瑞遂将到粤西与指挥如何商议，复如何定计烧毁番人粮草，致彼粮尽遁去；即刻连夜追到某地，开读圣谕；瑚元大喜，深以悔罪，拜受恩眷，逐一告知。帝喜甚，当殿赐酒与瑞慰劳，即擢海瑞为都察御史，留京办事。海瑞谢恩出朝，即日上任视事。此时，严嵩正自与张居正、赵文华一班人朋比为奸，今见海公突任京秩，又升都察御史，这京都多少官员，为都察御史最堪畏惧的。三日一奏利弊，凡有大小官员，以及宗室亲王，若有作奸犯科，皆由都察御史参劾。所以严嵩与张居正等，俱不得安。时又有行刺一案，正在狐疑之际，恰好胡正道与海瑞同衙办事，未免把这宗案情对他细说。海瑞道："这必是奸贼所为。皇上怎么发

---

① 定谳（yàn）——审判定案。

落?"胡正道说:"皇上明知此事不足为据,只因陈春死于狱中,无可对质之处,所以皇上草草了事,也不提及了。"海瑞道:"岂有此理!若不严行彻究,则将来必有效尤。"次日,遂上一本草章,其事所奏略云:

都察御史臣海瑞谨奏,为事涉暧昧,乞恩澂分泾渭事:窃臣蒙恩擢在御史,备位言官,不敢哑忍,以亏厥职。兹查得本年月日,有青州人陈春藏匿内廷,伺便劫驾,经侍卫臣登时拿获,即闻陈春大呼"皇后、青宫救我"等语。旋奉圣旨,发交三法司并严相等会勘,已经录有供词在案。次日,陈春即毙于狱。似此骤死,实属起疑。夫陈春未曾受刑,当三司会审之时,不过只杖四十,又非带病受刑,何以猝然而死?臣窃疑之!今春已死,是案无可翻之日。然小人计毒,既欲牵连内院,并祸青宫,此与杀君奚异?岂可因陈春一死,而竟漠漠不问耶?以致事归暧昧。伏乞皇上悉将陈春案卷发臣复核,务使葛藤立断,澂清泾渭,则国宪有赖矣。伏乞皇上恩准施行,谨具以闻。

这本章一上,帝阅毕,自思海瑞之言,确是有理。且将案卷发往他那里去,看他怎么凭空勘得出来。遂提起御笔,批其本尾云:

陈春一案业经三法司员会勘,录供在案。第未经得实,而陈春已死,是为疑案。今据该御史以事属暧昧,请再复核,以断葛藤,亦未为不可。着将陈春一宗案卷,发交该御史复核具奏,钦此。

这旨意一下,严嵩吃了一惊,急请赵文华、张居正商议道:"刻下皇上因海瑞奏请,将陈春一案仍发交与他复讯,似此如之奈何?"居正道:"恩相不必忧心。今陈春已死,难道海瑞凭空去根究不成?"文华道:"不是这般说,海瑞审事精详,今值此无头之案,正在无从入手之处,其奏章所云'陈春又非带病受刑,何以猝死'这语,却是要根究陈春病死之由。必要提取狱卒拷掠,他们受刑不过,必然招供出来,这岂不是连你我二人都拖在水里么?为今之计,须要弄了计策,使海瑞不能出问这案,方才得免。不然,我等三人皆为海瑞所算矣。"严嵩道:"此言甚合我意。只是没有什么差使,叫他立即去的。"居正道:"有了,有了。往年各国俱有贡物来京,惟安南一国自那年就不曾入贡,屈指三载。今太师何不具奏,请差海瑞前往催贡,则可以免这祸患了。"严嵩大喜,乃即时修本,连夜入宫见帝。帝问:"卿乘夜来此何干?"嵩奏道:"适闻人传安南国造反,边鄙之民,尽皆惊窜,臣窃虑之。倘若安南入寇,必连诸番,则两粤之地不复为国家有矣。"帝闻言也觉不安,对嵩道:"人言不知真否,怎么并无边报?"嵩道:"边上未得若疾。譬如番人入寇,该指挥必然率兵堵御,彼此相敌,胜则毋庸请兵,败则具奏。如此,哪得如此之快。若一动兵,必损钱粮兵马,不如抚之为愈也。"帝道:"谁人可往为使?"嵩奏道:"前者南交不靖,乃都察御史海瑞前往。彼以利害说之,番人拱手听命。陛下何不再令一往,必然有济矣。"帝道:"海瑞出差回京,座席未暖,怎么又令他去?似属过于奔驰。"嵩道:"海瑞素著名望,番人钦仰,此去无不济之理。"帝不得已准奏,加海瑞兵部侍郎,充天使之职,前往安南催贡,并察动静,赐以一品仪从,立即前往。严嵩领旨出宫,心中大喜,即时到吏部去令人报知海瑞。

再说海瑞自上了那奏章,即便在寓静候批发。海安道:"今日老爷已经升庭了,夫人尚在历城。何不令小的前去迎接来京,同享荣华如何?"海瑞道:"且慢,现有疑案未决,待等皇上批发下来,办清了案,然后再接来京未晚。"过了两日,只不见圣旨下来。海瑞自思道:"莫非奸贼已知,故意留中不发否?"次日,吏部差人送钦加职衔并上谕处。海瑞看了上谕,只得拜受恩命,自怨自嗟道:"我正欲澈清泾渭,免玷宫廷,谁知又有这个远差,不得已搁下。"且把行李收拾,打点起程。次日,吏部、礼部,各差人送仪从圣旨到。海瑞谢恩毕,即与海安一路出京而来,望着粤省而去。严嵩看见海瑞出京去了,复与张居正商议道:"海瑞这厮虽然去了,彼若回来,却又要与你我作对。何不趁早想条计策将他杀了,斩草除根干净,去了我们祸患。"居正道:"这有何难哉?海瑞一主一仆,此去未远。在下又有一人姓沈名充,此人生来有胆,性喜杀人。令他赶上海瑞住宿之处,伺夜静时,突入杀之可也。"严嵩道:"甚妙,可即行之。"居正即便回府,唤了沈充,吩咐如此如此,这般这般。赏他金帛,成功之日,保他一个千总之职。沈充领命,身藏匕首即日起程,如飞的追来,自不必说。

再说海瑞过了芦沟桥,是夜宿于饭店。那桥头有一座关帝古庙。海瑞吩咐海安道:"明日五更时候,便即唤我起来,到庙拈香。一则保佑皇图永固、帝道遐昌,二来求庇你我一路平安,休得误了。"即便烧汤①沐浴。至五更,海安起来,请起海瑞。海瑞洗面更衣,恭肃至庙,点烛炷香,祝道:"弟子海瑞,蒙圣恩差往安南国催贡,伏乞神明福庇,该国王拱手悔罪,钦

① 汤——即热水。

遵圣旨;二则祈保皇图永固,帝道遐昌;三则求神恩保弟子与仆海安,一路平安至抵该国,无负圣恩。"说罢再拜起来,签筒扯了一枝签来,是要问路途上可有凶险之处否。见是第十九签,海瑞谢了神命。海安便即跑去取了签簿来看,只见上面写的是:第十九签下下。

  波浪无端起,扁舟起复沉,
  野林防暴客,夜渡祸还深。

解曰:喜中惊,惊中喜,一朝时至矣,两度皆全美。

海瑞看了一会,详解不透,乃取了纸笔,抄录怀于袖中。回到店中,天尚未明。海瑞向店主讨了伕马,用过早膳,与海安并十余个挑伕出店,趁着早凉而行。正是:

  披星非为利,戴月岂图名;
  只缘干禄①重,万里作长征。

海瑞在路上,尤以不得彻底根究陈春一案为恨。走了一日,就到了野林店面,住了店。海瑞自思:签语上有"野林防暴客"一句,今夜投居正是野林地面,莫非是今夜有甚凶险之处么?满腹疑猜,且用过晚膳。海瑞愈想愈慌,自忖神圣之言,不可不信,今夜必有暴客至此。暴客二字,非仇即盗。我一生不曾与人有仇,但只恐窃盗来偷取行李。况且现有圣旨在那箧②中,倘或失去,如之奈何?遂开箱箧取出圣旨,端正供着在帐中,暗暗唤起海安道:"你今夜且与我躲在帐中,必有匪人至此,小心防守,庶无遗失之虞。"海安道:"不必在帐中,待小的躲在门后,那贼必然钻门而入,那时拴之,岂不容易?"正是:防他有策,证彼无知。毕竟海安可拿得着贼否,且看下回分解。

---

① 禄——禄位,俸禄和官职。
② 箧(qiè)——小箱子。

第四十四回　买凶杀害被获依投

当下海安道："既有贼人到此,也不妨。亦不必在帐中守候,小的躲在房门背后伏着,那贼人进来,必从房门而进,那时小的乘其不备,突起擒捉,有何难哉?"海瑞点头称善。且不提主仆二人计议。

再说那沈充领了张居正之命,藏带匕首,一气急急追随着。这日追到野林地方,望见海瑞在前,他也不去惊动,谅海瑞必投店安歇,徐徐跟着。到了黄昏时候,海瑞主仆果然投店住宿。沈充大喜,待他入店之后,自身亦入此店,就在海瑞邻房,专待夜静时动手。吃过夜饭,又用了许多酒以壮其胆。在那店房内直等到二更之后,听得满店的客人俱已睡静,沈充即便把衣服脱下,只穿一件皂布紧身,两腿套裤,足下登了快鞋,怀了匕首,轻轻的把自己房门开了,悄步潜踪,印着脚儿,来到海瑞房门之外。只听海瑞在内朗吟道:

百年秋露与春花,展放眉头莫自嗟;
诗吟几首消尘虑,酒酌三杯度岁华。
敲残棋子心情乐,抚罢瑶琴兴趣赊;
分外不加毫末事,且将风月作生涯。

沈充听毕,自忖道："这些举动,真是腐儒之气,这等时候不早去睡,还在那里吟咏。"只得又等了片刻。又闻吟道:

小窗无计避炎氲,入手新诗广异闻,
笑对痴人曾说梦,思携樽酒共论文。
挥毫墨洒千峰雨,嘘气光腾五彩云,
色即是空空即色,淮南春色共平分。

吟毕少响,又听里面说道："见此诗新异,令人阅之不忍释手,当作一律以美之。"又复吟曰:

绝调新异已闻语,几重旧案又翻新。

狐狸冢①现衣冠古,傀儡②场中面目真。
冰柱雪花空幻象,鸡鸣犬咬属何人?
寻常事久非人想,领土轻云亦染尘。

吟毕乃渐闻欠伸之声;迨后寂然不闻复吟矣。沈充窃听良久,自思:此时当睡去。乃从门缝之中窥视,只见孤灯一盏,帐子内鼻息如雷。沈充便大着胆,将那房门轻轻的推了一推,却是挨实的。遂将匕首钻了门缝,撬了几撬,那门闩也就开了。此际海安正立着不动。沈充挨着门扇,轻轻的挨身进去,被海安黑地里突出双手将他揪住。叫道:"拿住了,拿住了!"海瑞却从帐内跳出来,帮着海安。那沈充几次挣扎,因海安蛮力双手撕住,不但不能动弹,连气险些被他撕绝了。海瑞道:"且勿放松,我把条麻绳来缚住,休教走去了!"沈充自知不好,欲动匕首,谁知撕住不能用力;刚要刺海安,却被海安一丢,刀已落地。沈充见无法可施,只得哀求道:"不用绑我。如今既已捉住,料难走脱,不必费力。"海瑞乃将房门闩实,把一张交椅靠在门后,自己坐着,方叫海安将他放松。海安道:"放不得松的,他有凶器在身。先时拿一小刀来刺小的,幸得看见打落地下了,怕他身还有刀,放了必来刺人。"海瑞闻言,先把灯照过地下,将匕首拾起,又把他身搜过,见并无做贼器具,乃令海安释放了他。沈充见手无寸铁,料知插翅难飞,只得跪下哀告道:"小人肉眼不识泰山,冒犯尊颜。幸开一面之网,恕免小人之死,则生生世世感德靡既矣。"说罢,叩头不迭。海瑞怒骂道:"我先还只道你是小户贫民,迫于饥寒,故一时萌此不肖之念,觊觎③行客。谁知你身藏匕首,意盖欲行刺,并非作窃。我且问你,你系何人主使来? 快快说来,还可略宽一线,不然黉夜怀刀,行刺钦差大臣,只恐寸斩有余,而复累及妻妾祖宗也。汝慎思之,毋贻后悔也。"沈充听了海瑞这番言语,自思句句不差。既已被拿,自然不能逃脱。且又露凶器,不能强辩的了。不若直对他说,或者原谅我,系人所使来,系为从犯,尚可宽恕。否则天明将我交与有司,只怕一顿板子夹棍,不得不招。那时

---

① 冢(zhǒng)——隆起的坟墓。
② 傀儡(kuǐlěi)——木偶戏里的木头人。比喻受人利用、毫无自主权的人或集团以及无意义的机械行为。
③ 觊觎(jìyú)——非分的希望或企图。

官官相护,有司岂肯容我直供？如严刑锻炼,逼我招认为首,这是有冤难伸,岂不白白的坐了典刑①？不如在他跟前直说为妙。乃叩头说道："小的原是张居正府内家奴。只因大人出京之后,家主命小的身怀匕首,来赶上大人,不论什么地方,杀却大人,将首级回去领赏。可怜小的迫于主命,不得已来此,今为大人所获,罪该万死。伏乞恩开汤网,大发鸿慈。念小的系威逼而行,宽开性命,则来生犬马图报矣！"说罢又叩首。海瑞见他言词真切,谅无遁②饰之处,乃对沈充说道："你的话,果是真的么？"沈充道："焉敢乱说,但望开恩！"海瑞道："你身为家奴,自然身不由己；主人有命,不得不从,自非你心中起意,吾自谅汝,汝且起来。"沈充叩头称谢起来立着。海瑞乃移椅转座,将房门开了,问道："你如今不成功,如何回见家主？"沈充道："小的只幸大人不罪,就是沈氏历代祖宗之幸。即此回去,家主虽将小的杀了,也不敢再萌异志了。"海瑞道："不是这般说话,你既为他家奴,自然要受他约束,不能抗违的了。如今又没有首级回报他,岂不怒你？还要打个主意才好。"沈充听了,连忙双膝跪下道："小的蒙大人不杀之恩,无以为报,情愿投在府中,作个家人,早晚侍奉大人,以图报答深恩,恳乞大人收录。"海瑞道："我如今要往安南催贡,一番跋涉,怎肯相累你？也罢,住在店中,待我回时,再作商量罢。"

　　沈充听得要往安南,只一句话,不觉喜得手舞足蹈起来,说道："大人要往安南,小的最熟路径,正要与大人出力,好报高厚之恩。"海瑞道："怎么,安南的路径你却熟识？"沈充道："小的幼时从父亲往安南去贸易,其国王姓黎名梦亲,原是广东广州东莞人氏。其父名唤黎森,在安南贸易。那时尚是安南郑王居位,无子,单生一位公主,名唤花花儿,生得美貌多才。这郑王要招一位乘龙佳婿,不喜他本国的人,要招汉裔。遂高搭彩楼,便在五凤楼前出下榜文,要招驸马。此时所有各商人俱各齐齐整整的前去迎接彩球,以冀打中便为驸马。那黎森才得二十二岁,生得面庞俊俏,此际亦走到人丛中去看一看。谁知天缘有在,恰好无千无万的人,公主都不中意,偏偏就看中了那黎森。一个绣球打将下来,正中那黎森的肩

---

① 典刑——常刑。
② 遁(dùn)——逃避。

上。那些番①人大声齐说:'有人中了!'大众哄然而散。须臾,一群番女走下楼来,将黎森拥簇到里面去见番王。那郑王见黎森生得好相貌,不胜之喜。即时把番服与黎森更换,立即封为驸马。唤了礼侯,请公主与他拜了天地祖宗,合卺②交杯,送入洞房,共成夫妇之礼。不上二年,那公主生下一子,郑王也一病而死。国中无人掌权,番人见他是个半子,就一齐议立黎森为主。黎森虽然登宝位,不忍改易郑王宗社,仍奉郑氏为主,自称郑王之后。在位五年,黎森亦死。其时黎森之子,方才六岁,幸有大司马侯光宗,忠心为国,拥着那六岁之儿,取名黎梦龙,以即大位。及至梦龙到了一十二岁上,便晓得仁义,不敢蔑祖,仍以郑氏为主,取国号郑黎氏,自号为郑继王,如今已是十八岁了。小的随着父亲之际亲见其事的。后来小的父亲死在安南,小的不知长进,没人管束,便任意花消,不半年已弄得干干净净一身无靠,又病起来,倒在大街之上。虽有乡亲,也不肯周济分文,遂至一丝残喘,待毙通衢。适值继王出来郊天,见了小的,问起根由,动了恻隐之心,将小的带回养病。足足养了半年方痊愈。又蒙继王格外施恩,赏小的为禁中军士,在宫六年。想起父亲棺柩无归,乃向继王哀恳,给假回家葬父棺柩。继王大喜,说小的孝思不匮,赏了一百两银子,拨定船只伕马给与小的。自那年回家之后,葬了父柩,又没生理经营,日复一日,就把那些银子用光了,依然流落,幸得张居正老爷收录。若说起到安南那里,是小的最熟的路径;二则可为大人致意,或可少报大人恩典于万一,伏乞大人俯赐收录。"海瑞听他说得有原有由,笑道:"你本是一个孝子,怎么一时差错,却投在奸贼府中听用,行此不仁不义、悖理逆天之事?好的是遇着了我,若是遇了别人,只恐你今夜就不得生全了。也罢,你若肯改邪归正,随我前去。若是回来之际,却是始终如一,我荐你一个吃饭之处。若说要随我回京城里去,这却不能的。那张、严等在彼见了你,怎肯相容?你自去想来,如果坚心,方才可应允我呢。"沈充叩首道:"小的蒙大人这番恩典,怎肯怀着异心?"乃对天指灯发誓,海瑞方才放心将他收下。次日,海瑞起程,携带着沈充而行。一路上多亏他用心用力的服

---

① 番——旧时对外族的通称。
② 合卺(jǐn)——卺,古代结婚用的酒器。合卺,古代结婚仪式之一,后称结婚为"合卺"。

侍。后人读到此处,有诗单赞海瑞,能以正言点化顽劣。其诗云:

　　石中本有璞①,只少切磋人,
　　若得良工剖,堪为席上珍。
　　凡人皆有性,惯习失其真,
　　今得一木铎②,谆谆改易心。
　　恶念时时改,金言日日亲,
　　芝兰同作伴,不觉有香薰。
　　试看沈充者,一念作好人。

毕竟沈充随着海瑞到安南去,可催得贡物否,且听下回分解。

---

① 璞(pú)——蕴藏有玉的石头,也指未雕琢的玉。
② 木铎(duó)——宣扬教化的人。

第四十五回　催贡献折服安南

　　话说海瑞,带领着海安、沈充二人,一路望着安南而来,按下不表。

　　再说那安南国番王黎梦龙,乘着父遗社稷,自称继王,有自大之意。往昔每年遣使到天朝进贡方物一次,自这黎梦龙登位以来,便欲妄自称雄,起初一二年还遣官进贡,后来三年竟不来贡。其时有丞相何坤奏道:"伏见国家以来,皆与天朝通好。今圣上欲自尊大,三年不贡,天朝必然见罪,窃料不久当有问罪之师临境矣。"黎梦龙道:"孤自蒙祖宗遗下社稷,复赖上天庇眷①,物阜②民丰,更兼邻国皆惧孤威,莫不前来结好。全赖卿等同心协辅,兵精粮足,即使不贡,天朝谅亦无奈我何。孤不忍久居人下,自非池中之物。卿勿复言。"何坤见梦龙立此心意,也不再言,出而叹曰:"仅得弹丸之地,而遽欲自大,故激大国,是犹欲以卵敌石,安得不破哉。"

　　不说何坤嗟叹。再说海瑞与海安、沈充二人一路兼程而来,到粤西由贵州一路兼程进发,直至南宁。此际,那郡守指挥忽然惊讶,只道他为甚么的复来,俱向海瑞问安。海瑞道:"在下来此非为别事,只因安南国三年不贡,奉圣旨到彼催贡,经临贵境,搅扰不安。"指挥道:"大人差竣未几,何以又出远差?"刚峰道:"食君之禄,当报君之恩,何分劳逸?"即欲出关而去,指挥道:"大人车骑到此,岂有一宵不宿即便出关的道理?不佞稍备一杯之敬,伏乞大人赏脸!"刚峰说道:"既蒙大人厚意,只得叨扰了。"是夜宿于关内。次日,指挥点了一百名精兵,护送刚峰前去。刚峰道:"不敢相烦,我有二仆服侍足矣。只要十数名挑夫,很够了。"指挥道:"虽然如此,然不佞实不放心。今大人既实不欲多人相从,在下只拨三十名,以听驱策,如何?"海瑞见他情意殷殷,只得应允。指挥便选了三十名悍兵相行,亲与郡属官员相送至关外十里,方才作别。犹自千声珍重,万句叮咛。

---

①　庇眷——庇护眷顾。
②　阜(fù)——盛多、丰富。

海瑞既出了南关,不远就是安南地界。沈充道:"老爷且在这里驻扎,待小的先到里面说知番王,叫他前来迎接,方才体面。"刚峰道:"此去须要小心,必要早早的回信。"沈充应诺了,即望安南城关而来。走了二个时辰,已到番城。沈充才得入城,便有许多旧相识问安询好。沈充此时都不暇应接,只顾望着皇殿而来。这日恰好是十五望日,诸番官文武俱到殿上朝贺。这继王对着诸臣办事,故此坐得许久,尚未退朝。沈充恰是走熟的道路,一直而进。那些侍卫都晓得他是继王的家奴,没一个不向他致意询问寒温的,所以并无阻拦。沈充一直走到大殿,正见诸臣侍立两旁,继王当中端坐。沈充即便趋至案前,俯伏道:"奴才沈充叩见,愿大王千岁。"继王开目看见是沈充,不觉喜动颜色,敕赐平身。问道:"沈充,你自别寡人,一去数载,今日却记得回来看看孤么?"沈充道:"奴才自从叩别龙颜,扶父骸骨归葬,幸借大王福庇,一路风和浪静,直抵家乡。葬父之后,即欲回来服侍大王。谁想天不从人,一病三年,终然落魂,不知受了多少奔驰,流到京城。幸遇兵部侍郎海大人收落,又幸海大人钦奉圣旨,前来催贡,小的思念大王厚恩,故特前来请安。"继王道:"什么海大人?"沈充道:"是天朝的官员,现为兵部侍郎。钦奉圣旨,前来我国催贡的。"继王道:"如今现在哪里?"沈充道:"他现在郊外十里坡扎下,特请大王前去迎接圣旨。这位海大人就如宋朝的包龙图①一般的人品性质,皇上十分喜爱他,所以特旨命他前来。"继王道:"当朝有名的,只有一个严太师。怎么不令他来,却令这人到此?"沈充道:"严太师见了这海侍郎,犹如蛇见硫磺一般。"继王道:"为什么缘故?"沈充道:"只因这位海大人生来性情耿直,只知有公,不谙徇私,不避权贵。他自出身做知县之时,便敢公然盘查国公的赃款。及至升进京城,做了一个司员,他又奏劾严太师。后来太师有罪,皇上发他在彼衙过堂应卯②,这位海爷竟敢将太师行杖。即此两般,就是个不避权贵,概可见矣。此人乃是天朝一个真正之臣也。"继王道:"他来我国何意?"沈充道:"不过与大王相见,要催贡物而已。"继王道:"孤王不去接他,你且代孤请他进来相见,孤王殿下立等就是。"沈充

---

① 包龙图——即包公包拯。宋代有龙图阁,人称龙图阁学士为龙图。
② 应卯——旧时官吏每晨卯时到衙署听候点名,称"应卯"。亦用以比喻循例到场,敷衍了事。

应诺,辞了继王,即便飞奔来见刚峰,备将言语说知。刚峰怒道:"梦龙何物,擅敢抗旨,敢不出郊迎接?"沈充道:"老爷且请息怒。耐着些性儿,到了那里,却以硬对硬,彼即喜也。"刚峰道:"原来他是这般性的。"遂与海安、沈充飞马而来,一路昂然而入。继王自沈充出去之后,即令帐下武士百人,各带宝剑,分列两行,自殿下直至阶下。又将大鼎一只,下堆红炭数十斤,鼎内注了沸油,方请瑞入见。海瑞竟昂然而入。看见阶下武士百余人,各个手按刀鞘,怒目而视,海瑞全不以为意,只顾上走。但见当中坐着一人,你道他是怎生打扮?

　　头带鹿皮雉尾冠,身穿锦络绣龙蟠,
　　狮蛮宝带腰间系,粉底皂①靴绿线盘。
　　两眉恰似残扫把,双眼浑似铜铃悬,
　　一部落腮似胡草,鹰钩大鼻胆难圆。

刚峰见了,长揖不拜。继王道:"刚峰见孤,焉敢不拜?"刚峰笑道:"岂不闻大国之臣不拜下邦之王耶?"继王道:"孤自定疆界,数年来未曾与你国通问,汝今来此,莫非要作刺客耶?汝亦有孤之武士足备否?"海瑞笑道:"大王只知好武,不知修文,不十年而国中之人皆目不识丁矣。社稷不亡,其可得乎?"继王怒道:"吾国文修武备,汝何得言此?"刚峰笑道:"大王以文修武备四字来哄何人耶?"继王道:"孤且举其一二与汝知道:丞相何坤、侍中江元、翰林劳孔,皆有济世之才,非书生之见,数黑论黄,口有千言,聊无一策,弄章摘句,抱膝长吟者。比武则有瓮都督、齐总兵、王游府、张全镇等,皆有万人不敌之勇,熟谙兵略,何谓无人?"刚峰道:"大王之文臣武将,只能在此恐吓番愚,若以之临敌,则恐不战而逃矣。瑞乃一介之使来到,而大王动辄百十余人,设鼎以待,则修文备武之度可知矣。"继王听了不觉赧②颜,即下殿谢曰:"寡人有犯尊严,幸勿见罪。"遂请海瑞上座,问道:"先生远辱敝邦,有何见教?"海瑞道:"久闻大王仁义卓识,素仰盛名,惟恨无由得瞻龙颜。今瑞有幸,奉使而至,得睹光仪,殊慰鄙念。吾天子向有俾③于大国,而大国亦时修好贡,臣服抒诚。

---

① 皂——黑色。
② 赧(nǎn)——因羞愧而脸红。
③ 俾(bǐ)——使达到某种效果。

今已隔绝三年矣,故寡君以大王为不敬,如楚之不贡包茅,无以悬之以法,特命瑞到大国催征,伏乞大王察之。早日预备贡物,俾瑞回朝复命,则不胜幸甚矣!"继王道:"孤三年不贡者,盖别有意也。今先生乃天朝直臣,不远而来,孤不忍拂先生之意。且权屈旬日,侍孤伤令侍臣,赶紧商议,备办贡物,遣使赍表,一同先生回朝请罪就是。"刚峰再拜谢之。继王即宣丞相何坤设宴光禄寺,相陪于刚峰饭毕,送瑞于馆驿安歇。沈充仍不时到宫中伏侍。继王道:"你又无父母,何不仍在寡人宫中与孤掌管内务,岂不胜似奔走天涯海角么?"沈充道:"新恩固好,旧义难忘,小的久有此心;但念海大人视小的恩如父子,高厚之德,未报万一,故不忍遽离之也。今大王恩谕,明日小的对海大人说,仍来侍奉大王左右。"继王大喜。沈充出宫,即将此意对海瑞说知。海瑞说:"吾亦有意,欲待别时把你交继王。如今你既有言,明日搬进宫去就是。"沈充叩了头。次日,又在海瑞面前说了一些好话,方才别去。

光阴似箭,日月如梭。海瑞不觉在那里住了月余,贡物尚未曾收拾完备。刚峰恐怕皇上盼望,乃修了一纸奏章,令人递回京中,以慰圣怀。严嵩接着,不知又是什么缘故,遂私自拆开。看见写道:

钦差大臣刚峰诚恐诚惶,稽首顿首谨奏,为番酋奉诏悔罪事:窃臣不才,谬蒙圣恩,俾以行人之职,恭赍敕旨前往安南,传谕催贡。遵即谨赍诏前往,开读恩旨。该番酋深惧伏罪,稽首乞恩,请即赶紧备办贡物。臣已仰体圣意,督同该番日夕并工赶办。但需时日,约六月尽方能竣工。臣计离京五月有余,诚恐有廑①圣怀,并滋怠慢之罪;臣理合将该番伏罪情由,及赶办贡物日期,先行恭折奏闻。俟该番工告竣之日,臣即督同番使押解进宫,伏乞皇上睿鉴!臣海瑞谨奏。

严嵩看了自忖道:"难怪沈充一去无踪,谁知海瑞已到了安南。怎么这黎梦龙又听他的?只是不知这沈充如何下落?赶不上海瑞,畏罪不敢回来还好;倘是见了海瑞,被海瑞用软言哄他,带着他回往,将来回朝,就是有证有赃之祸事了,这便如何是好?"即令家人速请了居正来府说话。正是:一封奏至心惊恐,又用奸谋起祸殃。未知居正可曾来否,且听下回分解。

---

① 廑(qǐn)——殷切地关心和挂念。

第四十六回　捏本章调巡湖广

却说严嵩看了海瑞本章,恐怕他日败露不便,遂使家人立即去往张府,请居正前来商议。当下居正闻召,速速来至相府。彼此叙会礼毕,严嵩携了居正的手来到内书房,私自相窃议。严嵩道:"前者足下差沈充前往中途行事,至今半载,不见踪迹。初时仆犹以为彼因不能成功,畏罪逃匿,不敢回来。如今海瑞却是有本章到京,称说已到安南。如今番国伏罪,立即赶紧办贡。恐怕圣上盼望,故此先行具奏。约以六月底在该处起程,不过九月间尽能回京。仆见此本,心却疑惑。若是沈充不曾赶上犹可;若是赶上了,遇着海瑞,这厮是极会说好话的。一顿甜言蜜语,那沈充系一勇之夫,哪里晓得利害。只顾免了目前之祸,却不料后来之利害。或者跟着他一路向那安南而去了,亦未可定。日后回来,岂不是你我一场大祸么?"居正听了,如梦初醒一般,不禁跌足道:"是了,不错的。丞相一言,却把在下提醒了。正所谓只因一句话,惊醒梦中人。这沈充他自幼随父亲到安南贸易,后来父死,他便流落难归。这番王本是广州东莞县人,乃念乡情,遂把沈充收为内务家奴,十分得用。过了七八年,番王只因沈充之父柩未葬,特赐百金为路费。沈充得了百金,便将父柩归葬。后来一病三年,复行流落,沿至京城,在下收留为奴。实见他身材雄伟,所以把这件差事委他,谁知他却如此。丞相之言,犹如目见的一般。不然,海瑞竟能说得番王纳款么?必因沈充;他就是一个活证,这还了得,大家都有些不便之处,如何是好?"严嵩道:"我正为此着急。足下才大,可想一妙计,能阻止海瑞不得回京么?"居正一时努嘴闭目、抓耳挠腮,沉吟思想了一会,拍掌笑道:"有了,有了!"严嵩急问:"足下有何妙计?"居正道:"便有了!只要丞相出名具奏方可。"严嵩道:"只须止得他不回京,又何惜略动纸笔?足下且说,看是如何。"居正道:"将计就计。目下湖南一带,地方不靖①,匪连党类,白昼横行,官兵亦无法可治。明日丞相可将海瑞奏本一并申奏,兼道湖广利害,非海瑞前往不可。目今安南贡物将次解京,可

---

① 靖(jìng)——安定。

以无庸海瑞督解，着其就近前往三楚镇抚。若是皇上准了，那时丞相即着委兵部官员飞驰前往，拦住海瑞不必进京，就往三楚镇抚。若海瑞不能进京，就缓缓的打探沈冲消息，另作计议；所谓急则治其标也，惟丞相察之。"严嵩听了，不胜大喜，说道："果然妙计，当即行之。"遂修奏本，照依张居正口中之言，一一写毕，递与居正观看。只见写的是：

  臣严嵩谨奏，为据情转奏，并乞恩改授，以资弹压①，以安黎庶而彰国宪事：照得奉旨钦差安南使臣海瑞飞章前来。据称奉旨前往安南催贡，于本年月日业已到境，宣读恩诏，该番仰诵皇仁，畏威怀德，即时稽首服罪。立饬番工采取奇珍异宝，日夕上紧赶办各物贡献。海瑞督办在彼，约计六月底始可告竣。计程九月间，始可回京复命。海瑞诚恐主上厪怀，故先行飞章具奏，候贡物工竣，即应督率回京等情，飞奏前来，据此，理合粘连海瑞原奏，一并上呈陛下。再者：湖广全属，地连贵州，交界巴蜀，其地惯出匪类，每多不守正业，游手好闲，三五成群，七九结党，凌辱乡民，种种不法，皆因地方官有司历来废弛所致。匪等见惯，竟成习性，不独不知有天，而且蔑法，因此愈积愈多，几如蝗蝻②，势难扑灭。即省垣有司严访查拿，而该匪类势必逃匿，充斥四乡，村民转难安枕。良善之家，畏其凶暴，纵被鱼肉，竟不敢与较，忍气吞声，敢怒而不敢言。匪类借此肆无惮忌。被害之民，无可如何。欲控不敢，惧其报复惨烈。忍之难堪，却之受害，几有无以为生之苦。似此则愈纵其嚣张，势将不靖。近年荒旱水火频仍，若不乘时镇抚，必致愈肆猖狂。臣不敢瞒隐，有负国恩。伏乞皇上早拣贤能，迅速前往镇抚，严正捕获。则匪等尽究有法，而良善之家，借此得安枕席，实我皇上仁慈所致。臣等不胜幸甚，荆楚黔黎亦不胜幸甚矣！臣严嵩具奏以闻。

张居正阅毕赞道："文不加点，具见洞达利弊。此本一上，天子自无不准之理！若能得皇上批准，海瑞到了湖广，然后太师发札遍谕阖省官员，遇便参奏，则可断绝祸根矣。"

次日上朝，众文武山呼毕，严嵩出班奏道："昨据海瑞令人飞章具报，

---

① 弹（tán）压——用武力压制。
② 蝗蝻——一种昆虫，害虫。

今将原奏并臣严嵩另有奏章,恭呈御览,伏乞皇上睿鉴施行。天子令内侍接了奏章,展开细看,便道:"据海瑞所奏,不日安南贡物将至。有此一人前往,使徼①外番酋,亦知大义,海瑞可谓使于四方,不辱君命,朕甚嘉之。他日回朝,自当格外擢用,以酬其劳。但丞相并言湖广一带匪类聚集为害,亟当着人前往整饬,不致苦我黎民。但不知谁堪充此任役?丞相以为何人可使,即须启朕知道。"严嵩俯伏奏道:"现任安南钦差天使可充此职。皇上若以之前往,臣保得不三月当奏敷功矣。"皇上说道:"海侍郎品望才智有余,以之前往,可必济效。但他现在安南催贡,尚未差竣回京,哪得遣之?"严嵩奏道:"地方利弊,只在一时,若不早除其小丑,臣恐不止此矣!海瑞虽未差竣回京,然该番既已有心赶办贡物,谅不日亦当告竣,决然遣官随同钦差伏阙谢罪。伏乞陛下以地方百姓为重,敕令海瑞急催贡物完竣,催督番使即行起程。若入本境,则交有司地方官护送,督解来京。仍着海瑞纡道迅速飞赴荆楚镇抚,不必回京。此则实为两便,伏乞陛下察之。"皇上听奏大喜,即饬翰林院修撰草诏,差了八百里的飞递前往。严嵩得了旨意,谢恩出朝,竟到兵部遴选差官起程,方才放心回府去了,不提。

且说那海瑞在安南时常向蛮王催贡,竣工俾得回京复命。又有沈充在内为之照应一切。这沈充不时假传王旨,到各处工场严催迫索,所以那些工匠不敢迟延,日夕赶办。未及三月,贡物俱已告竣。当下安南王将贡物一一点验,装潢封志,令翰林臣修了悔罪乞赦之表,具一清折,将所贡献各物计注明白,随请海瑞同到殿上,当面交代,呈上清单,请海瑞观看。海瑞接过清单细看,上写着:

金树玉树盆景四座,火浣布二十匹(长二丈、阔一尺二寸),碧犀念珠一副(一共一百零八颗),另佛头间子(猫儿眼的),象牙一双(重一百八十余斤),火鸡四只(每日食红炭十斤),石犬一对(如鼠大,共重二两三钱),石猴一对(如拳大,高三寸,善晓人意,能持文房四宝),碧玉插屏一对(高五尺),红玉酒杯十只(如血色光),文犀烛一对(燃之能照水中怪物),玄狐皮四张(可作冠罩,能御风火雨雪),浑天球一个(能量天上广狭、度数、时刻)。

---

① 徼(jiāo)——边界。

海瑞看了,作揖拜谢。安南王即差御前丞相何坤、都督元成,领兵一百护送。各人领旨,遂往殿上摆酒送行。沈充亦来作饯,彼此实不忍舍。继王与沈充直送出关外三十里,方才分别。正是:一旦成知己,那堪赋别离?欲知海瑞回朝如何,且听下回分解。

第四十七回　巡抚台独探虎穴

却说海瑞领了何坤等众，押着贡物，望着内地而来。此际方才到桂林地方，即便接着兵部差官，唤住行脚，开读圣旨道：

奉天承运皇帝诏曰：贤能廉介，国之股肱①。尽瘁鞠躬，臣之大节。兹尔海瑞为国为民，屡著劳绩。前者南定抗命，寇虐边隅。尔乃多筹广略，亲宣朕德，故边氛不作，一旦消除。今安南不贡，尔复代宣朕旨，三年不贡之酋，立即伏罪。卿之功绩常载在旗，常理宜来京慰劳，左右匡襄。无如国而忘家，公而忘私，如卿之为臣者卒少。今闻湖广一带匪逆甚众，鸱张②四乡，放肆抢劫，害我良民。故复命尔镇抚，无使寇逆滋蔓，擢尔为湖广巡抚，仍兼兵部侍郎衔监察都御史，拜受恩命之日，即便驰赴新任，毋用回京复命。其安南贡物，即于接旨之地，交该地方有司护送来京。尔其速赴到任。钦此。

海瑞接了圣旨，山呼谢恩毕。然后即对差官点明贡物，以及令差与何坤等相见，随请该指挥交替，即时分路，领了海安转途而行，望着湖广进发。一路访问民情，呈谢恩奏本，暂且按下不表。

再说湖广地名三楚，界连贵粤，地方辽阔，水环山列。更兼民情犷悍，无业之家，不务生理；游手好闲，恃强凌弱。又俗尚结会联盟，动以百计。其党甚伙，其凶愈烈，良善之家受其鱼肉。匪徒又勾结兵弁，串通衙役，以作护符。那不肖兵役，心利分肥，不特纵匪为害，且反为匪所用。若是衙门中有甚消息，他们即便飞报。官差一出，而该罪早已远扬。因而愈无忌惮，往往打家劫舍。官府未尝不办，无奈百票不获一犯，以致如此。当时衡州有一著名匪类，姓周名大章，其人生得魁伟，性烈如猛火，两臂有数百斤之力。其父原是一个商贾，遗下数千家财。母亲余氏，现有一妹名唤兰香，姿色美貌，更兼伶俐。这周大章自从父死之后，不安分生理。初时犹有几分畏惧老母、邻右，不过延请教师到他家中教他枪棒各技，渐至交结

---

① 股肱（gōng）——比喻帝王左右辅助得力的臣子。
② 鸱张——嚣张，凶暴。

朋友太多。只因他有些产业,手里呼应得来;更兼他疏财慷慨,挥金如土,每日里那些不长进的狐朋狗友,邀同各处游玩,或酒楼,或娼馆,一举一动无非是要闹事的意思。终日醉而不醒,在街头巷尾打架滋事。声言好打抱不平,其实恃着人众,分明寻事,捕风捉影的。良善之家,莫不受其暴虐。如此日复一日,朋友愈众,家业顿消。不到三年光景,便将一副家财弄得精光了。他们是平日饮惯吃惯的,一旦穷了,哪里便肯安分?不免纠约众匪,做些没本钱的生意。一次便思二次,二而三,三而四,其匪愈众,胆愈大起来。虽衙门中有些知觉,官府票出拘拿,而该匪等又有贿赂官差,故得优游①自在。不一年,其胆更大,同党布满一郡。这大章便在河干收拾一只大渡船,每逢往来,必够百人之数,然后开摆过去。遇了夜间,则行搜劫,日里假名生理,民间受过了许多祸患。衡州之地,被劫之家,不下数百,而府里竟无可如何。近有知者不敢搭船,称呼船曰"阎王渡",其意谓渡者必死也。大章终日在那衡州码头摆渡,亦自恃其勇,非足百人不肯开。周大章复聚党羽三百余人,或绿林抢劫,或凿壁穿窬②,无所不至。同时有李阿宁、陈荣华等,各统匪类数百多人,日日在那湖广搅扰。良善之家,几不欲生。当下海瑞受了皇命,带了海安一路访问而来,并无一人知他是个现在特授巡抚。

一日,海瑞访到衡州,在路即闻周大章"阎王渡"之名,意欲前往乘渡。海安道:"老爷休要轻往。小的曾记得,在桥头关帝庙祈得签语上,有'阎王渡'字样,是要遇惊险的。今日恰逢其名,神圣之言不可不信。莫若老爷且俟到任之后,再访未迟。"海瑞说:"非也,夫国家养士,原欲为君分忧、为民除害者也。今我钦奉圣旨,来访利弊,岂可因'阎王渡'一节,便退缩不前,诚有负国厚恩!尔勿多言,只在左右伺候便了。"海安听了主人这一番言语,也不敢再言,只得远远的相随,跟着海瑞来到衡州渡头。只见并无船只,却有许多人聚在一处说道:"今夜三更,方才开船。我们却要候到三更了。"有一老者道:"即此待到五更,亦要耐烦,不然到哪里去找渡船?"一少年道:"我们幸喜没有要紧的事,若有要紧的事,只怕误了呢!"海瑞听得亲切,便走到那说话的人前问道:"我们是外江的

① 优游——生活悠闲。
② 穿窬(yú)——从墙上爬过去。指盗窃的行为。

人,到此不知风俗。适间我听得列位之言,好生诧异。"那老者听了,忙忙摇手道:"休得多言多语,连累我们。"海瑞道:"老丈怎么说这话? 就是官渡,人来迟了些,也难怪不得人家说话。"老者道:"你乃外江人,哪里晓得我们的乡风。这只渡船,不是当耍的,若得罪他,只怕你们当不起呢!"海瑞道:"难得是他摆渡,领了本府的文凭照会,输饷摆渡,有什么不可说之处?"老者道:"你到底是个外江人,不晓得利弊。偏偏我们这渡船不曾领帖输捐,又不是官渡,从这位'阎王渡'主出世,比那有文照官渡者更厉害得多呢!"海瑞道:"若无文凭,不输国饷,便是自摆私渡,有干禁例,何以如此厉害?"老者道:"这里本是一个合郡的摆渡生理。自此'阎王'一到,他便把那一概渡船逐去,并不许一只小舟在此湾泊,惟有这一只港船在此开摆。每一开船,必足百人之数,然后解缆。若是少一人,再去不成的。"海瑞道:"向来各渡皆借此以为餬口,难道被他占了,就不敢出声么?"老者道:"且勿高声,待我与你说个透彻罢了。"海瑞知意,即拖了那老者的手,去到对面阴凉树下坐坐,问道:"适闻老丈吩咐莫要高声,是何缘故? 我们是异乡人,不知贵地利害,敢烦老丈指示,庶免有犯乡规,感激无既。"老者复把海瑞看了一会,说道:"吾不说明,你不知情,且坐着待我说与你听。"海瑞道:"你我二人云水一天,有什么话但说无妨。你看那渡船尚早,你我何不坐此一谈以解呆闷如何?"老者笑道:"因是没可消遣的,待我说来。那'阎王渡'主,姓周名大章,此人生来好勇刚强,两臂有千斤之力,又是一个破落户。他从先为人仗义疏财,专肯结交英雄好汉,情愿把这一副家私花消了,固结下许多朋友。又好相识衙门中的差役,所以他就有意作奸犯科,衙门里亦将委曲从他。如此,数年以来,这周大章不知犯了多少重案,官府虽知而不办,各衙门俱为护卫。所以他便占了这个码头,将从前的渡船多皆逐去,自己起造了一只大船,日只一归,夜只一往。百人为率,多亦不落,少也不开。若有人说那些不知世务的话,在码头上包管有祸。所以人多畏惧,改他为'阎王渡',连官府也不敢征他渡税。我看你是个外江人,不晓得其中厉害,故说你知:在此间少要多嘴,自招祸患呢。"海瑞道:"难道这周大章多没有家小的,一味在码头胡闹么?"老者道:"怎么没有? 现在前面狮子坡居住,他家还有人呢。"海瑞道:"还有何人?"老者道:"老母、幼妹。"海瑞道:"既有相牵,就该体念骨肉之情,怎么又横行? 一朝犯法,只恐悔之无及。"老者道:"休要管他,他自有无边的法力呢。我们且到那里等渡去罢。"正是:是非只为多开口,烦恼皆因强出头。

老者与海瑞作别,乃往码头去了。海瑞自思:"据老者之言确确有据。但这周大章既有家眷在岸,我何不到彼家中探其虚实,好叫差人前来拿获?"遂不回码头,竟大踏步向着老者所指之地行去。只见沿河一带俱是人家,细询周大章的住址,俱言:"彼家现在前面居住。过了此街,到屋宇尽头之处,约一里外便是溪源。此地并无别家,惟有茆①屋三间,就是周大章屋了。"海瑞听了不胜之喜,急忙向着河边而来,果见一带俱是人家。及走至郊外,望见一片野地,独有三间茆屋。海瑞自思:"此必周大章的家了。"遂挺身向前,只见双扉紧闭,似甚寂寥。海瑞又不敢叩门,只得在对门河边坐下。少顷,见一个妇人,开门出来,手提水桶,约有六十余岁,走到河边汲水。海瑞自思:"此必大章之母也。我若去探消息,就在此人身上。"乃故意作出嗟叹之声。这余氏亦听得明白,不觉动了恻隐之心,便问道:"这位客官,我看你不是这里人,怎么在此长叹?"海瑞道:"小子乃是粤东人氏,只因为有个密友在此参葺②生理,小子特来投他。谁想这朋友于正月间已经回东去了。小子盘缠用尽,寸步难行,只得沿路访找乡亲,望其念些乡情,少助资斧,俾得借此回家。今我一路飘泊至此,自忖身上并无分文,又不敢客寓居住,只得在此坐着,但不知今夜寄宿何处也。"余氏见他说得可怜,说道:"你在此也无用,倒不如及早前往,找寻个把乡亲,帮你三文二文也是好的。"海瑞假泣道:"小子亦知如此甚好,但是囊中乏钞,怎生行走?况且昨日就没有吃饭,今早起来,又走了许多的路,如今觉得身子空虚,竟走不起了。"余氏叹道:"你既是饥饿不起,也罢,随我进去,待我弄饭你吃。暂且舍下权宿一宵,明日一早起行罢。"海瑞道:"多谢姥姥,尊姓何名?"余氏道:"我先夫姓周,老身余氏。"海瑞道:"听姥姥说来,姥姥是孀居了。可有几位令郎、令媛?"余氏道:"有一子一女。儿名大章,在这村前摆渡营生。请问客人尊姓大名?"欲知海瑞如何答应,再看下回分解。

---

① 茆(mǎo)——茅草。
② 葺(qì)——原指用茅草覆盖房屋,引申为补治。

第四十八回　黄堂守结连贼魁

却说余氏怜念海公孤旅无依,慨然动念,遂将海公唤到家中,留其过宿,周济酒饭。当下海公谢了,便随着余氏进了茆屋。余氏提水进来,问道:"适间忘了,未曾请教尊姓大名。"海公道:"小子姓钟名生,乃是广东海康人。"余氏道:"原来是个大边省人,不远数千里而来,亦云苦矣。那边小房空着,请贵驾到里面暂屈一宵,少顷茶饭便到。"海公再拜谢之,便随着余氏进内。只见一间小小的茆房,正面铺着一张土炕,两边摆了竹椅,壁上有架,上面放着许多枪刀器械,白闪闪的锋利无比,令人心胆俱寒。海瑞想道:"这就是贼人凶器了。"少顷,余氏拿了一碗饭,四碟荤菜出来,俱系些珍稀之品。海瑞谢道:"多承妈妈厚惠,小子何以报德?"余氏道:"偶尔方便,何须介意?"海瑞便将菜物略用了些,就罢了。余氏道:"你既苦饥,为什么只用这些?难道是嫌粗粝,不堪下咽耶?"海瑞道:"吾闻古人有云:'饥食过饱,必殒命。'小子已饿三天,若是饱餐一顿,未免有累,故宁可少食。"余氏笑道:"这也说得有理。"徐徐将家伙收了进去,掌出灯来,放在桌上,说道:"你且在此安歇,明日用了早膳才去。"海瑞道:"今已打搅不安,哪敢再扰郇厨①?"余氏道:"行得方便且方便。"带笑而去,把房门反扣了。海公坐在灯下,自思:余氏为人还近人情,可怜其子法外营生,波及其母。将来破案之时,吾必格外宽恕,报以一饭之德。但如今坐在这里,也是无用,对着这个客堂有何益处?我却来错了。辗转沉思,愈加烦恼,哪里睡得着?忽见案头放着一札,海公便拿起来看。只见上面有"周大章老兄手披"数字。海公便取出书笺来看。上写着:

前者接得尊谕云云。但此案现据失主黄三小称,伊夜过渡船,背负纹银七百两,过了对岸时已三更。正行之际,忽闻后面追呼之声,转瞬十余人直至,将彼银子抢去净尽。月光之下,惟认得足下面貌。供词坚甚,似不肯于甘休者。弟深以彼昏夜搭船,何得独负多银,使招匪人眼目?意欲移重就轻。奈彼坚执不从,以抢为劫。弟实无奈,

---

① 郇(xún)厨——唐代韦陟袭封郇国公,精治饮食称"郇厨"。

暂批候访拘追。但此案若以三限期满,不能破获,彼必上控,似此如之奈何?愚见欲烦足下留心,察其出入,乘便刺之,以缄其口。否则赃情重大,必须勒限严缉,深恐上宪添差会营访缉,似有不利于足下。惟祈高裁,弟不胜幸甚!专此布达,并请近安。

呈大章老兄台鉴

关上遥泐①

海公看了,暗自怒道:"那关上遥乃是衡州知府,怎么反与贼通?不肖劣员,其罪实堪发指!"乃收其书扎于袖内,以为他日质证。

少顷,忽闻叩门声甚急,海公伏在门里窃听,里面余氏答应出来开了门,又听得男子之声说道:"什么时候了?如何恁早关门!"余氏道:"又到哪里吃得这等大醉回来?今夜又作出不好事来呢?"那人道:"你且休管,扶我到里面睡罢。"余氏道:"你且在草堂上坐着,待我说与你听。"那人道:"且到里面睡了,再说罢。"醉得紧了,就要呕吐出来。余氏道:"里面有一位迷路的客人在那里借宿,这时必定睡了,休要惊动他。你且在这里睡罢。"大章听了母亲一席话,不觉吃了一惊,说道:"我的房里有许多要紧的东西在内,怎么留过客在里面?"便带着醉,一步一跌的走到房门口。此际海瑞大惊,听他口气分明就是周大章无疑,又听得脚步声要进来,此时欲退不得,欲往不能。正在惊疑之间,忽然一声响亮,那门被周大章挨倒,连人跌进来了。那余氏便拿灯来照。周大章已爬起来,不见犹可,见了海瑞,不觉怒从心上起,恶向胆边生。不分清白,把海瑞抓住骂道:"你是什么人,敢来窥探我的事情?"海瑞道:"请快放手,待我说来。"大章将手放开。海瑞被其一推,早已跌在地下。那余氏急来挽起道:"勿惊,勿惊。他是吃醉了的人,休要见怪!"海瑞犹未及回答,那周大章厉声大叱道:"还不快说!敢是要叫我动手么?"海公道:"勿怒,勿怒!"只吓得战战兢兢的道:"我是个过路赶不上站头的,承蒙老太太好意,唤我进来歇宿。不知壮士回来,有失回避,幸勿见怪!"大章道:"你是失站的,怎么不向大路上走,却向我家这条断路上来?这明明是来窥伺我家消息。好呀,你却不知老子的厉害。到这里来,是个自来送死的了。正是:天堂有路多不走,地狱无门却要来!到底你是什么人?快快说来,如有隐瞒,受我一

---

① 泐(lè)——书写。

刀!"说罢,身上取出把利刀,掷在地下道:"你还是说不说?"海瑞道:"小子实系迷路的;若是认得路途,就不会走进这条断路来了。"余氏亦在旁代为分辩,求他宽恕,大章哪里肯听。余氏自进里面去了;他却将房门反扣着说道:"老子此时精神困了,明早再来与你算账!"说罢,带醉的把一张大椅顶住房门躺着,不觉呼呼的睡去了。再说海公看见明亮亮的利刃掷在地下,又见门已扣了。听得大章呼呼的鼻息如雷,正在房门之处,自料不能得脱身,对着利刃道:"再不想我海瑞今日是这般尽头的了。"不觉惨然悲泣起来。

且说余氏回房见了女儿兰香,说道:"往日你哥哥却不回来,今夜留了这个歇宿,偏偏他跑回来。如今将利刃丢在地下,又将房门反扣了,岂不是明明要他性命么?好端端的一个人,却被我断送了性命,于心不安。"说罢竟掉下泪来。兰香道:"明明知哥哥这般性气的,怎好留那人在家过夜?这就是母亲少了打点之处。况且哥哥平生心最多疑,哪肯即便放了过去?这般光景,如何是好?"余氏道:"虽然如此,还要想个计救他才好呢。不然这罪孽是了不得的。"兰香说道:"有什么计能放走他就好了。"余氏道:"做不得,他把那人关在房内,你哥哥又顶住房门睡的,如何救得人出来?"兰香道:"既如此,待我想个计策出来。"正是:眉头方一皱,妙计上心来。兰香思了一回说:"有了!如今趁哥哥未醒,可将外窗门撬开,母轻轻唤此人跳出,带至后门口放了,回身把窗门放在地上。哥哥醒来,只道他晓得此道的,却不连害我们的了。"余氏听了大喜,即时走到小房门口,细听大章呼呼鼻息。正在黑暗之中,余氏将窗门解脱,悄悄的轻唤海瑞跳出。海瑞一听,连忙向窗门跳出,上前求救。余氏道:"且勿高声,若要活命,快些随我来。"海公便紧紧的随着余氏,黑夜之中不辨东西,只是随步而行,约略转了两三个弯,余氏止步,把门开了,说道:"你只从此条路转过西去,急急前进,如有迟延,恐难逃了性命。"海瑞得了活路,谢过了余氏,便依着余氏所指的路,飞奔而去。正是:鳌鱼脱了金钩钓,摆尾摇头再不来。后人读史至此,有诗赞海公忠心为国。诗曰:

为国忧民不惮劳,几经凶险几多遭,
身危虎穴终难祸,命寄悬梁亦脱牢。
信是忠诚能感格,焉知正直不须逃,
海公幸有余婆救,否则黄粱熟已糟。

又有赞余氏心诚慈善,终有好报,诗曰:
> 余妇贤良女,心存恻隐①时,
> 怜穷施碗饭,恤寡寄栖迟。
> 孰料儿为梗,翻凭女巧思,
> 一朝疏密网,万载羡奇功。
> 有心怜性命,无计束顽儿,
> 吾钦余氏女,千古令人思。

又有人以诗赞兰香慧心巧思,诗曰:
> 二八深闺女,胸中有巧思,
> 能施活命计,慷慨胜男儿。
> 只恨兄心毒,翻怜自好姿,
> 赤绳何日系,谁画妾双眉?
> 令女钦叹赏,当赠五言诗。

当下海瑞得脱了性命,急急的望西而走,幸有微月引路。时已五更天气,海公只顾狂奔,乃至天明,已见城开。便走回店中,叫海安伺候,穿了衣服,来至指挥衙门,正值衙门才发头梆。海安上前,向那把门的军官说道:"新任巡按到拜,有机密事要见你家大人。"那把门的军官听了,即忙进内通报。指挥急忙出堂迎接,携手入内。海瑞亦无暇告诉别事,便将"阎王渡"事情,如此如此,这般这般,逐一说知。立即请去拿人。指挥听罢,吃了一惊,喜得巡按未遭毒手。即令中军官点兵三百,前去拿人。正是:只因平日作邪人,惹起官兵动杀声。未知官兵此去如何,且看下文分解。

---

① 恻(cè)隐——对别人的不幸表示同情。

第四十九回　逃性命会司审案

不说指挥听得海瑞所说,吃了一惊,急急传令左右两旁游击①,各带百五十名官兵,前往捉拿周大章。再说周大章睡到五更酒醒起来,唤醒余氏点灯。余氏自从放走了海瑞,哪里还睡得着?今忽然听儿子叫唤,故意不即答应,装成熟睡的光景,周大章叫了好几声,方才应道:"好端端的睡了,又叫什么?"大章道:"快些点个灯来。"余氏方才爬起床来,打着了火,点上灯,拿将过来。周大章即便接过,自拿到小房面前一看,只见两扇窗门儿开了,不觉大惊。急忙进内瞧看,不见了海瑞。大章复到后门来看,只见门已开了。忙转身到房细看,说道:"不好了!这厮亦会此道,怪不得走了。这就是我酒醉误事。"转问余氏:"可曾听得什么动静否?"余氏道:"三更以后,我还与尔说话,想必是四更走的呢。"大章懊悔不已,急忙到房内检点各物,惟是不见了书札,跌足道:"不好了,这书被此人盗去,这还了得!吾料他亦走不远,势必追回,着他取到书札,才免祸根。"正欲出门时,天色已明。忽然一派声叫,前后门打将进来,拥了一屋官兵。大章见了,自知不好,急忙要走,早被军兵拿下。大章大叫道:"你们拿我做什么?"官兵道:"你是个积匪大盗,怎么不拿你去见官爷?"说罢,蜂拥而去。余氏与兰香此际亦无可如何,只是哭泣,请人探听消息而已。这里,海瑞辞了指挥使,回到店中。那地方有司早已知道,顷刻之间多来问安参见。海瑞吩咐:"回衙理事,候上了任然后接见。一切供应俱免。本部院并无眷属,只携一仆,日常两餐蔬菜下饭已足。"地方官听了,不敢照常供应,惟略具而已。

次日,海瑞清晨起来,梳洗已毕,穿起那件大红布圆领,戴了乌纱。不多时,就有地方官领着仪从来到。三声炮响,海瑞升舆。一路鸣锣喝道,来到巡按公署。海瑞下轿,拈香祭门,行了大礼入衙后出正堂,两旁书差各役整齐,分班站立。掌印使捧上印盒,跪请开印。用印毕,即有司道府各官进上手本禀见。海瑞看了,吩咐单请两司入见。须臾,两司趋入,行

---

①　游击——官名。

了庭参大礼。海瑞吩咐另设两张公案,请两司左右坐下,独传本地知府关上遥进见。那知府只道有体面,得意扬扬的趋进大堂,朝上唱衔行礼毕,侍立于旁。海瑞道:"贵府荣迁此任,有几年了?"知府道:"卑职前年调补来任的。"海瑞笑着说道:"贵府令望久闻,衡民倚之如父母者,正贵府之功德也。"知府忙打一躬道:"卑职无才无识,谬蒙圣恩知遇,并荷列位大人培植,忝守此郡,自愧有负圣明与列位大人鸿恩。"海瑞道:"本院钦奉圣旨,按临此地,在路稽闻本处匪类甚多。贵府在此已经二年有余,郡内颇有著名匪类否?"知府说道:"湖广民情犷悍,性好勇武,多有不务正业者,惟长沙、贵阳为最。敝属前有数名颇肆枭张。自卑府到任,概已拘拿,立置之法;今幸宁静,无烦大人挂怀。"海瑞道:"多亏贵府设法卫民,驱除奸徒,百姓得以安枕,皆君之力也。但闻本地有周大章,其人不守本分,又好结党横行,现在码头开摆'阎王渡',贵府可闻乎?"知府说道:"周大章不过一渡夫耳,何得有此强暴?渡名'阎王'者,以大章面黑似阎王也,惟大人察之。"海公道:"大章面貌亦不甚黑,且颇见魁伟。本院昨夜曾在他家歇宿,承他照拂。现有一札托本院转致,惟君收看便知。"即令海安,将一纸书札,传与他看。知府接书到手,不觉吃了一惊。认得是自己手迹,寄与大章的。此际正是:三魂飘海外,七魄在天边。知府自思:此书如何得到他手里?只得免冠叩头说道:"这非大章之书,亦非卑职之笔。此必有人栽祸,还望大人明鉴。"海瑞道:"既非贵府笔迹,想必名姓相同者,而本院错传了,可将此札交回本院。"知府此时不敢怎的,只得原札仍复呈上公案。那海瑞接回,又对两司道:"两位大人有所不知。只因本院昨过周大章家中,大章将此书札托本院转致于他,谁知倒错了,今烦两位大人看是如何。"遂令海安将书札递与两司看。两司同立起来共看。可怜知府此际恰如热盆上蚂蚁一般,不知所以,浑身汗下,跪在阶上,只是叩头,口称"该死"。两司看毕,共说道:"这知府同贼交通,瞒禀大人,实罪无可逭之理,求大人参办就是了。卑职等有失稽查属吏,亦难免咎,并求大人处分。"说毕退立阶下。海瑞道:"二位且请复坐,本院自有话说。凡为府州县者,乃民之父母;更沐皇上殊恩,当以爱国保民为本务。何期身膺四秩①,位列黄堂②,而乃与贼交通,抹案纵盗行凶,殊觉有负天子厚恩。似此何以居民之上?本院若不正之以法,则将来效尤者不一而足,只恐民不聊生矣。"两司躬身道:"该府有罪应得,惟大人施行。"海公便对知府道:"尔平日只是为盗,今日有何话说?"知府叩头自说:"死罪,求大人格外施恩!"海瑞道:"害民纵盗之贼,哪里还有恩典与你!"吩咐左右将知府穿戴剥下,且带往狱中监禁,听候奏办。左右答应一声,如鹰拿虎抓一般,早把知府簇拥下去,押往司狱收管去了。

少顷,人报指挥使大人委中军官押解周大章到了。海公大怒,吩咐"标滚"进来。施刀手答应一声,飞奔出头门而来,将周大章一滚三标的滚到大堂阶下伏着。海公问道:"周大章,你可认得我么?"周大章道:"小的乃是村民,怎么认得大人?"海公道:"你且抬头一看,本院是谁?"大章道:"小的有罪,怎敢抬头?"海公道:"恕你无罪,你且抬头一看!"大章抬头一看,不觉吃了一惊,呆了半晌,自思:这位大人,我昨夜不该得罪了他。遂叩头如捣蒜一般,说道:"小的真是不曾会过金面的。"海公笑道:"昨夜二更之时,你曾在家将利刃交我自决。怎么这时候,就不认得本院了?你的款迹本院是晓得的。你从实招来,免受刑法之苦。"大章道:"小的本来不肖,今已被拘,生死惟大人操之。"海瑞怒道:"本院怎敢擅主人之生死。因你犯法,特此会二位大人在这公堂勘问,怎么说这话来?快些招供,如迟刑杖立加矣。"大章只是不承认。海瑞大怒,即对按察司道:"这厮不承认,还要相烦大人刑讯,务取实供归案为要。"说罢拱一拱手,退入内堂去了。当下二司送过了海公,也退回司法所来,唤了差役人等将周大章提到案前严讯。大章只肯招称:"平日不守本分,所作所为之事业多不正道;至于抢劫杀人,实系小的不敢。"臬司③道:"胡说!你的所为早已被巡按大人访得确切。昨夜大人宿在你家,搜出书札。如今吴知府已经监在本司监狱,听候奏办。谅你一犯人,何敢屡屡不招!岂坚强不供,即可漏网?"立即吩咐左右动刑,先取皮巴掌尽力重打一百。左右答应一声,即将大章扯到阶下,掌了一百个皮巴掌,大章还不招供。臬司大怒,命取夹

---

① 四秩——四品官。
② 黄堂——官府。
③ 臬(niè)司——按察使。

棍上来。左右将大章上了夹棍,收紧了绳子,把这周大章痛昏了过去。忙用冷水喷面,少顷醒来。周大章被夹得五内皆裂。打一百个嘴巴掌,虽则口吐鲜血,这夹棍比他十分苦痛。将此夹棍渐渐提起,绳子松开,大章坐在阶地,臬司又问道:"你今可愿招供么?"此际大章思想:如不招来,又恐夹棍起来,五内迸裂,慌忙道:"小的情愿招了。"臬司道:"不怕你不肯招承。"令左右授他笔砚,令其自己写供。周大章无奈,只得执笔亲供。一共认了一十二款,写完呈上堂来。臬司接过一看,只见上写道:

具供招人周大章,只因自幼不肖,不思学习正业,与那匪类朋友商议,要做无本钱事业。业已犯过一十二案。今在大人台前,切实供明,并不敢隐瞒,求乞开恩!案款列左:

一案犯白日强奸幼童黄阿橘,未经告发。 一案犯禽夜入劫梁阿兴家衣服、银钱,业经屡控,院司未破。 一案犯酗酒打架,伤任阿六,到案。 一案犯摆渡行劫,在本郡河面摆渡,每遇黑夜便劫掠行客衣物。 一案犯白日持刀,杀死本街吴错元妻女两口。 一案犯殴毙茶坊小乙胡亚六,经控未获。 一案犯伙窃本城刘大绅家衣服、首饰物件,拒捕伤家丁。 一案犯拦街截抢屠户古阿珍买猪银两,经告未获……

二司看了笑道:"你何止犯一十二条案件?还有与那知府通贿这一案,怎的不承认,快些一并写来。"大章道:"小的自己犯法,宁甘万死。怎忍连坐公祖之官。"臬司道:"该府自己均已供明归案,你何苦独欲拌煞?只恐他亦不能为你救也。"周大章无奈,只得提笔再写。正是:平时贪贿赂,一旦见诸书。毕竟大章供了知府,后来如何,且听下文分解。

第五十回　登武当诚意烧头香

却说按察司取了周大章的口供,即与布政司会同呈上公堂。海瑞看了大章的口供,即发该司拟议。二司不免再三会酌,方才拟了上去。海瑞将详文一看,只见上写着道:

湖广布、按二司张敬齐等为会议详复事:职等会议周大章一案,情罪重大,共犯二十余款,刻难缓决。合依大盗扰害地方律,拟议凌迟处死。其通盗之知府,实属不肖,有玷官箴①。合依贪墨纵盗例,请旨定夺。但该犯在该属历肆扰害,受害之家平日畏其凶悍,敢怒而不敢言者,不知凡几。今经审明,合行恭请尚方宝剑,立将该犯押赴市曹,凌迟处死,以快人心,特彰显戮。其有供开伙党,候即严拿务获,按律惩办。职等会议,不知有当否?伏候大人察核遵行。须至会详者。右申　钦命巡按湖广部院海。

嘉靖　年　月　日申

海瑞看了详文,即行批道:该司会办殊属协允,如详可也。复即令书吏立时悬牌一张,其牌示云:

巡按湖广部院海示:照得匪犯周大章业经弋获,审明在案,合行处决。为此牌仰按察司差役知悉,于本月初十日,即将匪犯周大章带赴辕门,听候本部院会同指挥部堂,督同司道当堂研讯,恭请王命处决,毋违。特示切切。

当下将牌悬在辕门。海瑞立即差人持帖往请指挥;这是个故套,原是不来,不过遵道着"节制"这两个字而已。次日各司道早已在辕门伺候,海瑞整衣冠而出,三声炮响,升了公座,各司道等上堂参见毕,分东西两旁而坐。海瑞令将周大章带上堂来,按差答应一声,即时把那周大章由东角门带进,跪于阶下。海公道:"周大章,你今日还有悔恨否?"大章道:"小的犯法,万死不恨。惟有老母、幼妹,未曾安结,尚思念耳。"海公道:"你

---

① 官箴(zhēn)——原为百官对王所进的箴言,后世因称官吏之诫为"官箴"。如称官吏"善良"的为"不辱官箴",官吏"不善"的为有玷"官箴"。

之母、妹,自有本院格外恩恤①,你可不必记挂矣。"随令绑下推出。刽子手一声吆喝,将大章五花大绑了。海瑞提起朱笔勾了,吩咐推出。左右将大章簇拥而下,由西角门带出,旋有官兵护押而行。海瑞特请尚方宝剑,令中军官接着;按察司二员亲押犯匪大章到市曹处决。顷刻之间,周大章已经首身俱碎,见者无不快心欢喜。中军官等缴令已毕,海瑞令海安将银子十两周恤余氏,拨送老人普济堂,俾余氏终老,以报其相救之恩。惟知府尚在狱中。海瑞即便修了本章,将知府以及周大章犯案情形,具折奏闻,差官驰驿进京。差官领了奏章,即便飞驰而去。自不必说。

海瑞既清了周大章及党羽匪犯一切,遂起马巡按他郡。一路访察而来,所过地方,俱不许有司供给。每到一处,必告示先行,贴于要紧之地。其告示十分严肃,略云:

> 钦差巡按湖广部院海,为关防诈伪,以肃功令事:照得本院恭膺简命,巡按此邦。先宜关防缜密,毋使有借端之弊。本院虽非起家词翰,然以一榜出身,仰蒙恩眷,由司铎而转县尹,历任部曹。后承殊遇,俾任封疆②。受恩深重,图报维艰。本院惟有矢公矢慎,饮冰茹蘖,以报国恩。所有文案,一切皆出亲裁,并无假手他人。其余一切交游早已屏绝;山人、墨客、医卜、星相素无往来。倘有不肖匪徒冒充本院知交,谓关节可通,面情可托,希图诓骗,亦未可定。为此亦谕合属诸色人等知悉:知有前项匪类,假称本院知交,从中舞弊,许尔等立时扭获,交地方官有司详解行辕,以凭重究。各宜凛遵毋违,特示。

却说这告示先行,海瑞随后继至,所以经过地方秋毫无犯。那些百姓闻得海瑞来到,即便沿途迎接,箪食壶浆③,以迎其驾。有屈抑者,即到马前呈诉,海瑞即为审理。欢声载道,百姓忭舞。

一日来到府属,海瑞想起武当山十分灵应,只是要到山上进香者必须斋戒沐浴,果然问心无愧者,方能上得山上。否则那当殿的王灵官,就是一鞭打落山下,所以到那里进头炷香者甚少。当下海瑞来到山下扎驻。是夕斋戒沐浴。次日五更,即便起来换了新衣,连茶也不吃一口,即便拈

---

① 恤(xù)——通"恤",体恤,周济。
② 封疆——官名。指封疆之内统治一方的将帅,如总督、巡抚等。
③ 箪(dān)食(sì)壶浆——指百姓欢迎所爱戴的军队时用来犒献之物。

香步行前进。海安打着火把引路。那山果真险峻,海瑞挣扎了精神,许久方才到得山上,远远听得钟鼓之声。及至山门,就有道士出来迎接。海瑞来到殿前,抬头一看,见那王灵官神像,手执金鞭,立于当门,恰如生的一般。海瑞再行盥①手炷香,只见那炉已有了头炷香在此。海瑞自思:上山只有一条路上的,我五更来此,并无一人同行,怎么已有头炷香烧好在此炉中?想必我心不诚所至。遂上了二炷香,拜祝道:"弟子海瑞,蒙天眷佑,当今天子殊恩,伏乞神明鉴察。一愿皇图永固,帝道遐昌;二愿湖广合省黎民,皆知孝友仁慈,共为良善;三愿风调雨顺,五谷丰登。"祝毕再拜而退。道士进茶。海瑞问道:"今早可有人来上香否?"道士答道:"就是大人一人来此。"海瑞道:"既没有人来参拜,怎么头炷香已有人烧了?莫非是你们上的么?"道士答道:"小道们上香点烛,是在殿外的。这炷香的炉,乃是等那诚心的信士来上的。"海瑞道:"这又奇了,又没有人来烧,又不是你们烧的,怎么却有香在炉上?"道士答道:"大人有所不知,这里神道最灵,若来上头香的信士身心稍有些不清净,就不能上得头香;哪怕三更到来,也有香在炉上。"海瑞道:"原来如此,想必是我身心上不得干净,明日再来罢。"说罢起身下山而去。一路思想:"我平生却没有一些不清不白的事,若说身子上不干净,昨夜沐浴,又未茹荤,怎么神圣却不鉴我诚心?"忽又转念道:"是了。只因我未曾戒斋三日,又未得尽其苦心,是以如此。"回到店中,即向海安说道:"我今要斋戒三日,然后前往烧香拜神。你等亦宜斋戒沐浴,方随我去。"海安应允。是日为始,致斋三日。

到了第四日,海瑞从四更将尽,便起来梳洗更衣,仍令海安引线。一路上黑暗如漆,四面松声,幽鸣断涧,猿啼鹤唳,甚不可闻,海瑞只顾前行,却不理会。惟海安一人不免心惊胆战。来到庙前,只见双扉还闭,侧耳细听,远闻五鼓。海瑞喜道:"吾今定烧得头炷香矣。"遂令海安叩门。道士此际尚未起来,听得外边有人叫门,即便起来看一看,神前灯火尚明,那香炉内已有头炷香在内。海瑞即唤开门,那道士连忙开门。海瑞恭恭敬敬的走到殿上,又见已有头炷香上在炉内。海公即唤道士问道:"日前我是不曾斋戒,所以不得上的头香。下官自从下山,即时沐浴斋戒,不特荤酒不茹,连一杯清茶也未曾吃。成夜无眠,候至四更五点,即便起程而来。

---

① 盥(guàn)——浇水洗手。

来到宝山,山门尚闭,怎么却又有头炷香在炉内?"道士说道:"大人只要一些不犯,才上得了头炷香呢!若是不信,请大人即就今夜在此歇宿,看明日如何。"海公说道:"也罢,我且在此过宿一宵。"如是唤了海安,到寓所取了铺盖,以及自备的素菜淡饭,来到庙里。道士见了不胜惊愕道:"怎么大人一口饭,一口茶,也不肯赏脸,远远的还要累大叔搬来?"海安说道:"不是这般说。我家老爷,平生是一个洁廉耿介之官,自做官以来,从不曾吃过百姓一杯茶酒。不特今日身为巡按,即是当日出身县令也是这般举动,一切可不用道长费心。"道士见他说得恳切,也不勉强,只得由他主仆自便去了。当时海公吃过了饭,复令海安取了热水,重新沐浴一番,夜宿于道房。到了三更,即便起来洗脸梳发,海安即将香汤送上。海公再三盥浴,复又换了衣服,即到大殿而来。道士们已是成夜守着的,及至海瑞上殿之时,仍是寂然的。海公私自道:"此时才交三更,谅这香定是我上得头炷了!"欣然趋上殿廷,不觉吃了一惊,细看炉中,亦是一炷香烟缭绕。海瑞此时,实无可如何,连自己的香也不烧,便来方丈处坐下,道士侍立于侧。海瑞叹道:"吾自筮仕以来,曾未尝虐民贪贿,怎么欲进一头香而不可得,这是何故?"道士对曰:"大人前者在寓安歇,贫道窃意稍有不洁,致不竭诚。今晚却宿在贫道山中,自然清洁。只是不能烧得头香,贫道窃亦不解其故?"海公道:"道院之中,难道亦未洁净的么?"道士道:"道院固属洁净。大人今日宿院洁净,何以未得头香,实所不解。"旁有一行者道:"师勿疑矣!吾观大人自从来此,无不诚心。一连三日而不能上头香者,吾以为大人所穿之靴乃是皮的。本山最禁杀牛,岂非因此耶?"海瑞道:"我靴固是牛皮所造,但那大殿之鼓,又岂非牛皮所造耶?"说声未了,忽闻殿上一声响亮,恰如天崩地裂一般,把众人吓得一跳。大众正在惊疑之际,忽行者来说道:"大殿上牛皮鼓,忽然无故自破,其鼓上之皮,纷纷都撒出山门之外。"海瑞听了,不觉吃了一惊,叹道:"神灵不爽,今信然也。"正是:一诚能感格,神岂不听人。毕竟海瑞后来如何,且听下文分解。

第五十一回　小严贼行计盗娈童

却说海瑞正说之间，忽听外面响声如雷，正在惊疑之际，见行者来报道："殿上大鼓，不知何故，无故破得粉碎，鼓皮纷纷飞出山门之外。"海公与道士各皆惊讶，同出方丈，携手来到殿上，果见架上只剩得一个鼓圈在此。海公道："我就当场说了句话，故此鼓面破了。"道士曰："大人适才说了这一句话，而神道显灵如此之速，是真可敬！"于是海瑞随到神前谢过。是夜，海公仍宿于道院，暂按下不表。

又说武当山供奉的玄元上帝，及诸神将圣像，最为灵感。只由神明听得海瑞这一句话，所以立刻将鼓皮撤去。帝尊即传王灵官一道法旨："今有海瑞，自恃耿直，以不得上头炷香为恨，故将鼓皮撤去，以示灵应。明日与他当上头炷香。你却于他进香之后，即随着他行走。如有半点歪邪之念，许将他金鞭打死，回来复旨。"王灵官领了法旨，专一侍候着海瑞。次日，海瑞果然上了头炷香，不胜之喜。遂赏了道士五钱银子，即便起马巡按他郡。却不知帝尊法旨，敕王灵官日夕随着，察其动静。一日，海瑞巡按到湘潭地面，时当天气炎热，走的又是山路，况且又是改装私行，所以地方有司竟无知者。海瑞走了半日，仍在万山之中。此刻炎热溽暑，浑身是汗，喉中又渴，山上又无茶肆。海瑞向海安道："如此烦渴，怎么是好？"海安道："对面一派是瓜田，老爷且走那里去，摘一个瓜来解渴亦好。"海瑞此时渴得慌了，遂依了海安之言。走到对面瓜田之中，只见一个个西瓜结熟在那田上。海瑞吩咐海安取一个瓜上来解渴。海安领命，即便取来。不知那王灵官在后面看着，不觉动怒起来，正要举鞭打来。忽转念：想他如今方才摘瓜，看他食罢如何，再作道理。海瑞取瓜，令海安割开，自己吃了一半，只觉凉沁心骨，顿觉凉生腋下。余者与海安解渴。二人食讫，海瑞便问道："此瓜可值几何？"海安道："只值二十文。"海瑞道："可取四十文，穿在瓜蒂之上，以作相酬之意。"海安道："只值二十文，何故加倍偿之，岂非太过？"海瑞道："不然，物各有主，今因一时之渴，不问自取，已属不应，故倍其价而偿之，以赎不问自取之咎，庶不有愧于心。"此刻王灵官方才解了怒气。而海瑞又何曾知道？后来，王灵官直跟了三年，见海瑞毫无一些破绽,才去回复帝旨。此是后话。

海瑞巡按各郡毕,仍回长沙府驻扎,更加勤慎,爱民如子,仁声大著。海安道:"老爷自从到任已经年余,可怜夫人此时在历城,不知怎生的苦了。"海瑞道:"不是你言,我几忘之矣。你可即日前往迎接夫人来任。"遂将一百两银子交与海安前去迎接张夫人前来,共享荣华,暂且按下不表。

又说那严嵩把海瑞截往他省,不使回京。此时无所忌惮,越发肆其凶残。此刻,严世蕃已经夤缘内监王悖,现为吏部侍郎。王悖以司礼内监转管东厂。看官须知,自宣宗朝起即以内监干预政事。或有谏者,帝曰:"彼宫中之人,只图衣食足矣,此外更无他求。况这等人乃朕家使用之人,何碍之有?"自此以后,竟无敢谏者。历代相沿,皆以内监兼管宰相各部事。正德年间,分设东西两厂,东厂监吏、刑、兵三部。西厂监户、礼、工三部。所有天下大小事情,皆要关照会稿具奏,惟两厂之权是重。当下严世蕃专意奉承王悖,王悖亦要他辅助,彼此往来甚密。世蕃有了王悖这个保镖,便自目中无人;而王悖又恃着帝宠,愈加狂悖①,遂与世蕃朋比为奸,种种凶顽,不堪枚举。

即如定亲王朱宏谋有一内侍任宽,偶出王府闲游,恰当世蕃退朝,在轿内看见,不觉神魂飘荡,在轿内自思道:"天下哪有这样的绝色男子!但不知彼何人斯,生得这般美貌?倘得同他一夜之乐,奚啻②身入仙界?"一路思想不置,回到府中,只是默默思念,连饭也不要吃。那家奴任吉看见主人这般烦恼,连饭也不要吃,便问道:"老爷每日退朝,纵有什么大事,都不在意,多是欢天喜地的,今日回府,如何这般闷闷不乐。莫非朝中有大事故么?"世蕃笑道:"吾父在朝权秉钧衡,在皇上跟前言必听,计必从,我又同王内监情同骨肉,即有什么弥天大祸,有此二人保镖,还怕什么大事!只因我有一件心事,只是难言,所以闷闷不乐。"任吉道:"老爷有甚心事,只管向奴仆们说知,何必闷闷若此?或可代老爷分忧。"世蕃道:"适才退朝,在大街上偶然见了一个绝色少年,果然夺人魂魄。但不知他是何人之子,又不知其姓名,只可冥想,故此闷闷不乐。"任吉道:"老爷,莫非在那翠花胡同见的那个穿绣衣直缀

---

① 狂悖(bèi)——狂妄背理。
② 奚啻(chì)——何止。

的小后生么?"世蕃道:"不错,不错,就是那个人。"任吉道:"小的只道老爷看见了什么再世的潘安,复生的宋玉,谁知就是这个。不是别人,就是小的同宗,他的名字唤做任宽,今年才一十七岁,现在定亲王府中充役。这定亲王就是朱宏谋,乃先朝王爷兄弟。只因这位王爷性好男风,不理政务,所以朝廷不肯封藩,将就封为定亲王,使其在京居住,只此以乐余年。他府中的少年约有四十余人,俱是十六七岁的,个个美貌如花。这定亲王分他们为四班,每班十人,每五日一换。个个皆晓得歌唱,更能效女妓婆娑之舞。四十多人中,惟任宽最得定亲王之宠爱,比他人更加十倍。昨日老爷所见者,即此人也。"世蕃道:"你既知是一个王爷的亲随,又与你同宗,大抵与你相知,你可能招致来否?"任吉道:"他是小的同姓兄弟,彼此往来甚密。老爷若要他来,何难之有?待小的明日去拉他来吃酒,那时老爷撞将出来,见机而行就是。"世蕃道:"你若引得他来,我重重的赏你!"任吉说:"小的明日引来就是了。"世蕃大喜。任吉即便前去干事不题。

再说定亲王朱宏谋自受封以来,却未曾出镇,只是在京闲住,终日只以男风为事。皇上念他是个皇叔,且他不理政事,惟此醉好后庭花,所以不去理会。这定亲王日与一群少年取乐,惟任宽美而多诈,百事承顺,善宽主人之意,所以定亲王再不能离任宽片刻。正所谓食则同器,寝则同床。任宽自恃宠幸,有母现在内城居住,定亲王爱其子兼及其母,即赏赐他一间宅子,其日用薪水,一切皆代为给办。任宽虽属长随,然门庭光彩,以及宅内所用一切器皿,皆与公侯相等,只因俱是王府另给的。这一日,任宽适而到外边游玩,不料为世蕃看见,彼却不知,仍回王府而去。次日,忽见任吉来访,彼此相见,略叙寒温。任吉道:"贤弟近日何如?"任宽道:"近日天气炎热,少到外边,只在府中避暑,所以许久不曾见兄。老兄近日可好么?"任吉道:"愚兄只是终日忙忙碌碌的,不得半刻的空闲,所以少候多时,今日偷空特来看看我弟。"任宽道:"多谢我兄关照。如此天热,我们到哪里去乘凉好?"任吉道:"这城内哪一处不是如火热的?惟有我们府里新起的凉亭,甚是凉快,内中花柳森森,前面荷花霭霭,洵①足一乐。我们何不到那里走走,谈谈心事罢。"任宽道:"甚好,甚好!"于是二

---

① 洵(xún)——诚然,实在。

人出了王府,直至严府世蕃宅中而来。任吉引他进到里面,来至花亭。果是花木阴翳①,金碧辉煌。玉石栏干之外,就是荷花池。那池中的荷花红白相间,花下数对鸳鸯,戏于水上,果然清幽雅致,香风徐来,沁人心骨。当下,任吉请他到亭子上坐着。随即有两个小厮上来伺候,献过香茗。任宽饮了两口,只觉香气异常,那茶色碧青。任宽道:"小弟在王府三载,所有各处茗茶,也亦尝过,惟此种茶却不知名目。"任吉道:"不瞒弟说,这茶并不是日常杂用的茗叶,此乃皇上所用的玉泉龙团香茗。其茶出于栈道之玉泉涧,涧甚深,内黑,多巉岩②怪石,且深不可测,人难得到。涧内出茶树,乘雾而生,人固不能往采。惟涧中有白猿作巢,人若采叶,即到边涧坐下,以鲜果掷去,与猿相换,方才到手。涧中所产无多,每年地方官只贡十余斤。这是御用之物,天子赐与太师的。家老爷是从太师那里得来的。昨日愚兄值日,恰好王内监到来,家老爷命我煮此御茗,所以才偷些出来。恰好贤弟今日来此,此亦我弟有口福也。"任宽道:"多蒙我兄见爱,只恐没福消受。"任吉道:"舍得在这严家,怕没得御用之物?"旋有一小厮,捧着一个果盒进来。任吉便令将一张八角棹③子靠玉石栏干摆着。小厮把果盒放下,将一对玉杯,两双玉筷,对面安放。任吉便让任宽坐下,二人对酌。任宽本来量小,略饮几杯,便觉昏昏不能安坐,便要告辞。任吉道:"人世几何,酒杯在手,对此良辰美景,若不畅饮几杯,岂不被花鸟所笑乎?"遂再三苦劝。任宽却④情勿过,又饮几杯。此际真是酩酊,人事不知矣。伏在棹上,任吉恐他呕吐,便令小厮将他扶到亭子内凉床睡了。任宽醉得狠了,依着枕头便睡,鼻息呼呼,已入睡乡矣。任吉看见,是个真醉,即来到世蕃内宅。此时世蕃专听佳音已久,见任吉到来,不胜欢喜。忙问道:"事情究竟办好否?"任吉道:"那任宽早已睡倒了。"世蕃即问道:"任宽现在睡在哪里?"任吉道:"就睡在荷花亭内凉床上,真醉睡着了。"世蕃大喜道:"你在屏门外守着,不许闲人入内。"任吉答应一声,即到园门口守着,自不必说。世蕃此际恰似拾得活宝一般,喜滋滋的来到花园内。走

---

① 阴翳(yì)——同荫翳,枝繁叶茂。
② 巉(chán)岩——高峻的山石。
③ 棹(zhuō)——同"桌"。
④ 却——推辞。

上荷花亭子来,只见那凉床上,任宽朝外睡着。那任宽脸上两颊红晕,恰如桃花带雨一般,令人魂飞魄散,于是乎有此一端。毕竟世蕃与任宽如何,且看下文分解。

第五十二回　老国奸诬奏害皇叔

却说严世蕃乘着任宽醉中，竟只风雨摧残。任宽在醉梦之中惊醒，开目看时，方才得知是世蕃。此际挣扎不得，复兼酒醉身子软瘫，只得任其所为。事毕后，世蕃起来，那任宽已不胜其苦矣。当下任宽勉强起来，不觉掉下泪来。世蕃着意抚慰道："卿勿怪唐突，只缘卿冶容①迷人魂魄也。"任宽说道："侍郎何欺人太甚？虽小人不堪怜念，亦当体念俺家王爷才是。"世蕃道："我只爱卿，卿何必以王爷压我？我岂惧此，而断爱卿之心哉！"大笑不止。任宽带怒而出，路至园门，恰见任吉在这里，任宽更加气怒，乃骂道："我往日以你为好人，故认为兄弟。谁知你是这般不堪之辈，亏我瞎了双眼，不识歹人。"一路大骂而去。任吉自觉惭愧，无言可答，只得来见世蕃，未曾开口，世蕃先说："任宽如此矫强，你有何计可使他常在我处？"任吉道："适间小的正在园门口，与他相遇，却被他抢白了一场，恨恨而去。料彼此去必对王爷说知，因这小事却要惹出大事来。"世蕃道："你且宽心。即使定亲王知觉怒了，我亦不惧的。有了我父亲及王公公，还怕什么人？"遂不以为意。

当下任宽负痛而回，那定亲王正在花园内与诸少年取乐，恰好任宽来到，见了定亲王，即忙跪在地下，放声大哭。定亲王却不知何缘故，即挽起来抱在膝上问道："你好好不在宅内，到哪里去了？如何这般光景？"任宽哭着说道："小的被严世蕃欺负了。"便将任吉如何引诱，如何被世蕃凌辱等情，一一说知备细，说罢又哭将起来。定亲王不觉勃然大怒，按捺不住。正是：怒从心上起，恶向胆边生。

却说定亲王忍耐不住，即便吩咐家奴何德道："你可传齐府中人役，立即备马，从孤有事去。"何德不敢怠慢，立刻传唤府中人役，共四十名，各人备了马匹。定亲王即上了马，令各人都随他去，径到世蕃府中而来。不一刻，已到府门，下马直奔进去。那守门的如何敢来拦阻，只得由他进去。当下定亲王直入内堂，恰与世蕃对面，撞个满怀。定亲王一见，无名

---

①　冶容——妖媚的容貌。

火起,急把他一把捉住,大骂道:"贼子,怎敢如此胆大,欺负孤家!"说罢,发拳就打。幸得众家人用力拦劝。世蕃见势头不好,方得脱手,即往内面走了,令人将三堂门紧闭。定亲王哪肯罢手,追入里面。只见门扉紧闭,即令家人用力打开,直闯进去,要找世蕃。谁知此府有后门可出的,世蕃听见打门之声,即时已从后门走了。及定亲王进来,已寻找不见。定亲王忿气不伸,乃令众家人:"把他的众家人与我痛打一顿!"家人们答应一声,即奋起拳头,逢人便打,遇物即毁,闹了一个翻江搅海,把府内许多物件打得粉碎,一众家人,又被他们家人打得头破血流,个个奔逃不已。定亲王乘兴还要去寻世蕃,却被众家丁劝阻回去。按下不表。

又说那严世蕃出了后门,无处可逃,只得到父亲相府而来。严嵩见了,便问何故,世蕃谎说道:"好端端的,不料那定亲王率领匪徒百余人,打进孩儿府中,抢掠物件。孩儿与他理论,亦被他打了几拳,若是孩儿走迟了一步,险被他送了性命。现今还在那里胡闹呢!"严嵩听罢,吃了一惊,说道:"这事从哪里说起?我家与他平日并无仇隙,怎么青天白日打劫我家,这是何故?"即刻打轿,领着世蕃如飞的赶到新宅来。此时定亲王已自回去了,只见众家人个个头破血流,上前禀说,是如此如此,这般这般,自然加些使人动怒的话头。严嵩听众家人之言,勃然大怒;又见那些东西物件,尽行损毁,正是火上加油,即大骂道:"素日与尔无怨,怎么这样糟蹋我儿家中?尔虽是亲王,我怎肯干休!"遂吩咐打道进宫,来见天子。帝见丞相面色不和,便问道:"太师今日何故不悦?"严嵩俯伏奏道:"臣蒙天子厚恩,父子皆叨显爵。臣儿另有第宅,不知定亲王何故,突于今日率领着不识姓名匪徒,约有百余人,进宅打抢,把臣儿扭住苦打,又喝令众匪将臣儿家人打伤,抢劫一空,其余抢不去的东西多行损毁。幸得臣儿走脱,不然亦遭毒手,性命难逃矣!伏乞陛下作主。"帝闻嵩言,不解何故,便问道:"向日太师可与皇叔有往来否?"严嵩道:"臣向未与皇叔结交。"帝曰:"既没有来往,必无仇隙。彼何以突然寻祸,只是何解?"嵩乘机奏道:"臣略有闻,伏乞皇上屏退左右,方可奏闻。"帝乃叱退内侍,问道:"卿有何见闻,只管奏来。"严嵩走近御前,低声奏道:"臣闻定亲王素怀大志,不愿伏吾主之下,每有欲出外镇之心,以便树植羽党,行其大事。只因皇上不令他出外镇,不得遂其不臣之志,深怨皇上。久蓄死士于府中,屡欲大举。只因臣父子在朝碍目,故此率匪类先欲收臣父子,以便举事。惟陛下察之。"帝闻奏,便问道:"他尊朕一辈,朕仰体先帝之心,特封为亲王,使之尊贵。奈他忽怀异心,忘本至此!太师且退,朕自有处。"严嵩谢恩,出宫而去。

帝即宣吏部尚书唐瑛进宫,问道:"诸王皆出外镇,惟定亲王在京,朕恐他不得外镇为怨,欲以边藩封之,使其受国。天官以为何如?"唐瑛奏道:"诸王皆可封为外藩,惟定亲王则不宜俾以外任,惟陛下察之。"帝问道:"何以不宜出外?卿可细细奏来。"唐瑛奏道:"定亲王自幼便无大志,凡事迂腐。先帝在日,便知其不能为民牧者,故久未受封,只留在宫养闲而已。得陛下登极,方封亲王。然王自受职以来,从不理问外事,终日只与家奴为乐,日夜嬉笑,全然不知一体尊贵。似此若使之外出,只恐徒惹人笑矣。"帝即说道:"卿却未知王之心。今王久怀大志,欲谋不轨,常以朕不封彼为外镇生怨,故此在京阴蓄死士,屡欲大举逐朕。奈有严嵩父子在朝为梗,不敢举动。今将世蕃毒打,并领匪徒将严府劫抢一空,其反迹已彰明于外。朕欲除之,卿以为何如?"唐瑛听了,大惊失色,慌忙俯伏奏道:"陛下何出此言?必有奸臣暗奏矣。定亲王乃陛下之叔,何得有此不臣之事?若说别人,臣不敢信,况王乃废腐之人,岂懂作此事乎?伏乞陛下详明察之,休听奸佞之言,致伤骨肉之情,则天下幸甚矣。"皇上说道:"卿不必代为饰说,且退出,勿再多言。"唐瑛只得退出宫廷。

帝即命廷尉特旨,即将定亲王下狱,发交三法司严讯歹情。那廷尉领了圣旨,即把定亲王拿在狱中。次日,三法司再三严讯,无奈朱宏谋不肯承认,要对头质证。三法司只得奏复。帝见本上写:

三法司臣为奉旨严讯事:案奉圣旨发交定亲王发臣等会审谋反实情,臣等遵旨再三研讯,而定亲王实无此情,坚不承认,必须质证,方可输服。臣等只得仍将定亲王禁下,请旨早发所指定亲王之确证,臣等复讯,俾得输服。臣等谨奏,伏乞皇上圣鉴。谨表以闻。

帝看毕,遂与奸相严嵩商议。嵩曰:"陛下若发臣往彼对质,则廷臣不无私议。臣为陛下谋去亲王者,惟陛下思之。"帝闻言点头不语,良久乃道:"如此,则何以处之?"嵩奏道:"为今之计,陛下可将他这本章留住不发,该法司又不敢轻纵之,永远禁于狱中,臣另有计,可以为陛下除之。"帝准奏,留本不发。三法司候了半月,只不见旨下,各皆猜疑,然不敢再奏,只得任他便了。这定亲王在狱中,又不能立见皇上,只得终日愁闷。又想起府中那一班少年,不知如何下落,恐其走了,不得回去作乐,直至泪下。今且按下不表。

　　再说那一位海瑞,已满了任,即便请旨回京。皇上心中忽然想起忠直海瑞恰有三载未见,当时即批一道圣谕云:

　　　　海瑞出巡湖广,于兹三载。在省访拿匪类,遂致地方宁谧,甚属可嘉。着即来京办事。其所遗湖广巡按一缺,即着严世蕃去。钦此。

圣旨一下,那跑折子的官,即便向湖广复命。不日已至本省,呈缴了回头折子。海瑞即日打点回京陛见,将印信交送于指挥署理,择日携了家眷起马。那湖广百姓个个都来扳留。海瑞俱用好言慰之,竟有流涕不舍者。不说海瑞回京,一路无事。再说严世蕃得了圣旨,满心欢喜。自思又好讹诈百姓,即日出京,临行时谓其父曰:"海瑞不日回京,皇上必然重用。父亲不可与他作对,凡事稍须依顺他一点儿就放心。"又拜托王惇代为照应一切,方才出京而去。正是:只为尊年远祸,致教拜嘱谆谆。欲知海瑞回京如何,再看下回便知。

第五十三回　礼聘西宾小严设计

却说海瑞一路星驰进京而来。到了内城,将妻子暂且寄寓。次日入朝见了天子,山呼万岁毕,帝慰劳道:"卿自筮仕以来,多著劳绩,真股肱之臣也。今封卿为户部尚书,都察院左都御史。汝其勖哉!"海瑞再拜谢恩而出,将家眷搬入户部衙门居住。闻得定亲王犯法,现在狱中未决,遂再三详访,尽知始末情由,勃然大怒道:"如此目无君上,将来不知作何定局了?"即写表,次日早朝奏上。天子览其表曰:

户部尚书兼都察院左都御史臣海瑞,诚惶诚恐谨奏,为事无确据,诬捏显然,乞恩睿鉴事:窃照定亲王犯法一案,蒙圣旨发交三法司会勘,其有无谋逆不轨等情,已经三法司再三细究,而定亲王坚不承认;复加严讯,始终并无供认。想王系玉叶金枝,锦绣丛中长大,乃备尝刑楚,并不供认一词,其无悖逆之心可见矣。三法司不敢再加严刑锻炼,曾经联名伏奏,请旨发出确证对质。至今三月未蒙批发,案疑莫决,使定亲王久羁禁狱,案结无期。岂久羁可以自明耶?此臣窃有所不解者。陛下以仁孝治天下,复何忍听奸佞之言,以乖①友爱之义。伏乞陛下早发指控定亲王确证,俾三法司得以结案,而定亲王则死亦分所应得,在所甘受也。如无确证,则其事必外人诬捏无疑。乞陛下即将诬捏亲王之人,发交三法司,治以反坐,以儆奸宄②,以肃律令。则朝廷幸甚矣!臣海瑞不胜恳切待命之至。谨表以闻。

帝览表,自觉难决。复召严嵩入宫,将海瑞奏本与他一看。严嵩不觉汗流浃背,奏道:"海瑞自恃其才,故翻旧案。陛下宜叱之,以儆将来,使诸谏臣以为前车之鉴也!"帝曰:"不然,定亲王乃朕之叔,非比别犯。今海瑞所奏之言,皆有井条,势难留中不发。朕意欲释之,奈王法大逆,若遽释之,如同儿戏。如何设法,太师为朕思之。"严嵩道:"陛下既欲释放定亲王,何不就令海瑞保其出狱?令彼具状保出,那时释放,便可掩饰矣!"

---

① 乖——背离。
② 奸宄(guǐ)——坏人。

帝首肯。即批在奏章上云：

　　据奏已悉，准将定亲王释放，但无人敢保。汝既知其忠诚，汝能保之，即予释放，仍归藩封可也。

朱批已下，海瑞看了不胜之喜，即时具了保状呈进宫中。定亲王得释，曷胜感激海瑞。惟王惇与严嵩二人心中不快，私相议道，欲害海瑞，奈无隙可乘。王惇又修书于严世蕃说道"海瑞到京师，即保朱宏谋出狱"等语。世蕃看了不胜惊讶，也不回书，即将原书尾批云："伏虎容易捉虎难。"王惇得了这句话，便心中只是不安然，追悔无及，只得隐忍。暂且按下不表。

再说严世蕃自到任以来，却不以政务为心，专要贿赂，所巡地方，勒索供给铺垫银一万两，如有不足者，立即搜罗其失，立时参劾。湖广合省官吏，几不聊生。然畏他有势，无可奈何，敢怒而不敢言，恨入骨髓。加之世蕃性好男风，在任专好选用少年美貌者，充作跟班，闲时取乐，不分昼夜。时有胡湘东者，貌美潘安，才比宋玉，年十六岁，即游泮水①。一日，世蕃诣太学宣讲圣谕，时湘东亦在执事列内。世蕃偶见其貌，不觉魂飞魄散，已不成体。宣谕毕，世蕃坐于明伦堂上，该学教官率领诸生参谒。各各打躬作揖毕，严世蕃问湘东名字，湘东打躬道："生员姓胡名湘东。"世蕃笑道："好个美名。正所谓'湘东品第留金管'也。"复问："已进学几年？"湘东道："三载。"世蕃道："今岁正当科场，宜用心举业，以图上进。本部院实有厚望焉！"湘东揖谢。世蕃起身上衙而去。回来自思，湘东又高任宽数倍，焉能同其亲近，亦是一大快事。转念彼又非任宽可比，宽乃是小人，彼乃胶庠②之士，倘彼不允，反弄得不像样子。辗转思念，是夜目不交睫，慕想不止。

次日清晨起来，发了一通名刺，着人持去学中请那教官前来问话。那教官见了巡按名帖，即刻穿了衣服趋署，连帖亲自缴还。世蕃令人请进。教官参谒毕，侍立于侧，世蕃唤令坐下。教官道："大人在上，卑职理当侍立听命，焉敢僭越就坐？"世蕃道："燕室③私见，即为宾主，哪有不坐之

① 泮（pàn）水——古代学宫前的水池子。
② 胶庠（xiáng）——旧谓学校。
③ 燕室——宴居之室，谓私宅。

理。"教官道谢,方才坐下,说道:"不知大人有何教诲? 乞即示知。"世蕃道:"并没甚事相劳,因昨日偶见贵门人胡湘东者,其人词气温雅,文艺必佳。本院衙门少一书禀西席,欲请胡先生为之,未知老师心中以为可否?"教官起身道:"胡生才学颇优,大人不弃,以为主书启之席,必有可观。此大人栽培之恩,而胡生之幸也。卑职即当令其趋叩崇阶,早晚听训诲也。"世蕃道:"既老师代为应诺,在下有关书①贽②仪,统烦带去。"旋令家人取了一百两银子,关书一札,交与教官。那教官接了银子、关书,作谢而别。回到学署,即令门斗去胡湘东家传他来见。湘东听得老师请往,随着门斗来到学宫内见老师。湘东问曰:"老师见召,有何教谕?"教官道:"贤契运来矣,可喜可贺!"湘东道:"门生一介贫儒,有何喜贺? 伏祈老师明示。"教官笑道:"昨日巡抚大人,偶见贤契词气清华,心切仰慕。今日特召我去,意欲延足下代主笔砚之任。现有关书、贽仪,着我代请,不知足下意味何如。"湘东道:"门生是一介儒生,兼之庸愚成性,毫无知识,何敢受此大任?"教官道:"巡按以足下才貌过人,故欲延置之幕府,此所谓礼贤下士也。"湘东道:"既有关聘,烦借一看。"教官乃将关书、银子,递与湘东观看。湘东见其关书上写,束修银子一年一千两整;又见贽仪一百两,喜不自胜,便欣然应允。教官亦喜,即日回复按院。严世蕃一听教官回复应职之言,喜不自胜,真惬心愿。过了两日,严府令亲随、跟班来接湘东。湘东欣然就馆。初见宾主甚欢,而世蕃深心达算,故不露其面目,凡有书契之类,悉送湘东代笔。

　　光阴似箭,日月如梭,早已过了两月。世蕃巡按各郡,东与之俱往。一日,巡到辰州,此时朔风骤至,彤云密布,十分寒冷,人役多皆畏寒。是日世蕃传令,且停车马,就在馆驿之中扎住。湘东主掌书笺,自然相随在内。世蕃久有此心,然无隙可乘。有时语及猥亵,湘东则正色不答,是以空有扳花之心,实乏侥幸之便。这日世蕃却忍不住,心生一计,吩咐近身家人,叫取些蒙汗药来,带在身边,说道:"我请胡师爷吃酒,酒至半酣,你可将蒙汗药放于酒中,即是你之头功,自有重赏。"那家人应诺,即到外边取来,专备应用。世蕃即办酒来请湘东赏雪饮酒。湘东正在无卿之时,便

---

① 关书——旧时聘请塾师或幕僚的聘书。
② 贽(zhì)——初次求见送的礼物。

欣然赴宴。当下二人见礼毕,分宾主坐下。世蕃坐下道:"今日本欲前往按临,但见大雪漫漫飘下太甚,夫役难以进前,故暂止于此地。然值此寒日无聊之际,无可排遣,故备一杯水酒同先生赏雪。"湘东道:"烧叶暖酒,取雪烹茶,正文人雅事,当与雅人共之。"世蕃道:"先生本属雅人,请先生共之。"旋即令家人将酒筵摆上,彼此坐下,相与畅饮。二人酒至半酣,世蕃即道:"值此佳景,先生岂可无章句以志咏耶?今以三分安息香为限,如诗不成,罚以金谷酒数杯。"此时湘东诗酒之兴正豪,欣然应允,即请命题。世蕃故以险韵作难,乃道:"即赏雪题景可也。但韵限用八庚,若过香限者,罚巨觥①三大爵,仍再作新诗。"湘东应诺。世蕃令人取过纸笔两具,各放一旁。相与罢饮构思。果然世蕃诗才敏捷,香未及半,已经脱稿,而湘东始得首句。世蕃故意谆谆絮絮,同家人共语,以乱其心。香限已过,湘东之诗,方才急急脱稿写成。世蕃笑道:"香已过限,无用看阅,先生当罚三大爵,再作。"遂将花笺放下。湘东道:"过限受罚,理所应得。"立饮之。世蕃复令点香,说道:"先生今当急作矣。但不得与前诗相合一字,以杜袭前之弊,如违照罚三爵,另起炉灶。"湘东终是个年轻之人,英气勃勃,不觉大声应之。复挥毫思索,只因前诗已被他拿去,若犯一字,不特不算,反要受罚。所以湘东左思右想,将八句诗词,涂抹不尽,及至脱稿,香限早已过了。世蕃说道:"今番又过了限,如何是好?也罢,倍饮以终其令罢。"湘东道:"晚生学力迟钝,酒量浅小,惟大人谅之。"世蕃遂以三爵劝湘东,而自己饮三杯相陪。湘东此时酒已八分,又一连饮下几大觥,就有十分醉意。说道:"不限香,晚生就与大人联句罢。"正是:酒兴诗豪难制伏,故教勇夺诗坛帜。毕竟湘东后事如何,且看下回分解。

---

① 觥(gōng)——古代酒器。

第五十四回　鸡奸庠士太守逃官

却说世蕃又以香限已过,不肯收阅。乃道:"兄才过于修整,只患不工,故以迟钝,今已连做两首,足见真才矣。但先已有令,兄饮六觥就算完了酒令罢。"湘东是个好胜之人,便欣然而饮。饮毕,将诗呈于世蕃观看。世蕃看毕,大加称赏道:"今艺比前艺更佳,妍丽非常,果是大才,无关迟疾也。"复以巨觥相敬,湘东不得已,勉饮一觥。此时酒气上涌,不觉呕吐狼藉,醉卧于几上,人事不知。世蕃见他沉醉得很,乃令人去其外面污衣,扶到床上。湘东醉眼朦胧,仿佛乃是世蕃,然此际头重身轻,欲动不能,挣扎几回,旋复沉沉睡去。直至深夜,湘东酒才稍醒,即时挣扎起来,犹见残灯在几上,举步维艰,不觉勃然大怒。回视床中,正见世蕃鼻息呼呼,此刻不能按捺,无名火起,只见几上有大石砚一个,急取手内掷向床中。世蕃假作睡状,观其所以。今见湘东怒掷石砚,急起躲闪。那砚块掷去,幸而未中世蕃身上,一大块石砚,把床梆打得粉碎,世蕃不觉大怒,走下床来,将湘东抱住,大叫家丁:"快来!快来!"连说有贼。那些家人正在梦中,听得是家主房中喊贼,一统来到房中,只见是湘东与世蕃相持。世蕃见家人来了,急唤道:"快来捉那贼子!"众家人走将上前把湘东拿下。世蕃道:"这贼黄夜入内行刺。代我权且看守,到了天明,自有处法。"众家人将湘东拥下,胡湘东亦不言语。

次日天明,世蕃写了一道文书到学里,先行斥革湘东功名,随令发去府狱监禁。这里教官,将公文展开一看,只见上面写道:

吏部侍郎巡按严为逆生谋杀事:照得该学生员胡湘东,乃一介寒儒,本院爱其清才延至幕府,厚其束修,一则冀养其才,二则俾以笺①启之任。本院爱才不谓不深,栽培不谓不厚。今该生潜入行辕,暗藏利刃,入帐行刺。幸本院知觉得早,不然命已丧于该生之刃下矣。立即呼起家人拿获,搜得利刃行刺之具,现在赃证显然。除将该生即发府监禁押听候提讯审理,合移知学道并檄悉该学照遵,立即将该生详

---

① 笺(jiān)——书信。

革,以凭本都院提讯究办。该学毋庸拘延干咎,速速须至檄者。

教官看罢不觉吃了一惊,呆了半晌,自思:胡生沉潜蕴藉①,岂有此事?况且严公与胡生素无仇隙,而生何故行此悖逆之事?其中必有缘故。然一檄已下,不得不详,遂将湘东所犯事迹上详学道。这学道姓朱名茝②字佩兰,原是探花出身,由礼部郎中得授此职,为人耿介不阿。今见该学申详,大为诧异。细想:天下刺客尽多,但未见有秀才持刀杀人者,况详称该生现与严公为宾主,而该生无故欲行刺于行辕之中,此事难凭一面之词。今已将该生发府监禁,必饬该府讯详。况严氏权势正炎,地方官不无仰承其意,胡生怎免冤屈之祸?吾为学道,但此学中艰难之日,可不一拯手耶?遂吩咐书吏立备移文一道,前往严公行辕投递,移提胡生到辕问讯。书吏领了言语,即时写好呈上,那朱茝连忙押了签,由驿飞驰前往,自不必说。

又说那胡湘东当日下了监禁,也不言语,任由他拘押,再不作声。那知府受了世蕃嘱托,立时提出湘东审讯,要他承认行刺。湘东笑道:"秀才行刺,此是新闻。公祖大人照样法办就是了!"知府道:"你这话又奇了!那严公以你为一介饱学秀才,故此不惜千金聘你。你却不知报德,而反以为仇,身怀利刃,私入卧内,非行刺而何?到底你同严公有甚仇恨之处,只管对着本府直供,或可原宥,亦未可定。如若不直说来,今日本府又奉严公面谕,岂可草率以了其事不成!若再三推诿,三木③之刑将及你矣。"湘东笑道:"若论世蕃以千金之聘,则为过厚。况以书契之席何须千金?老公祖亦可想见矣。至于无故受人厚聘,正愧无功从享其禄。宾主相欢,并无一言不合;出入俱随,其宾主之情可谓深矣,又何得谓之仇隙耶?实而以行刺之罪诬人,惟公祖大人察之。欲直说来,则有玷斯文体面;若不承认,则无以解脱。所谓哑子食黄连,自家有苦自家知者也。"知府听了,疑其言语有因,乃缓其刑,仍复收监再讯。过了几时,那学道移文已至世蕃行辕投递。世蕃展开一看,只见写道:

湖广学道朱为移提事:案据辰州府学申详,称该学生员胡湘东蒙

---

① 蕴藉(yùn jiè)——含蓄而不显露。
② 茝(chǎi)——人名字。原意为香草。
③ 三木——加在颈项和手足上的刑具。

聘请为幕,以主书笺西席,关书、贽仪皆经该学手送。该学应聘驰赴行辕,蒙格外之施,按临各郡,出入俱随。突于本年月日奉檄,内闻该生于某月日夜怀利刃,私入行辕幕帐,意将行刺。想该生读书明理,受恩必报,其人何意行刺行辕,被喊众当场拿获,发府监候审讯。檄饬①详革该生,奉此,合即遵照。据详前来,查该生身隶既微,蒙恩隆聘,侍于按院,以为望外之幸。兹敢突怀悖逆行刺大僚,殊堪诧异。理合移提来省,本道亲讯,以正刑章,而戒合学之将来。希照移提事,乞将该生移解来省,以便按拟,实为公便。须至移者。

右移钦差巡按部院严。

嘉靖　年　月　日移

世蕃看了,忖思:学道忽然移文前来移提,若不发往,即属不实;倘若发去,只恐前事一旦败露,丑态不堪,反为不美。踌躇不决,乃吩咐家人前去请知府来。家人领命,去不多时,把知府请至行辕。参见毕,世蕃道:"前者发来该犯,至今已久,还不见动静,是什么缘故?"知府道:"据讯该生不认不讳,事涉嫌疑,故此复行监禁,再行复讯。"世蕃道:"该生刁狡,彼既犯法,便欲含血喷人,扯人入水。贵府既不能定狱,也罢,本部院却有个善法,汝当依法行之。"随即袖中取出一个小柬,递交知府道:"归请看阅,依法而行,幸勿有误。日后定然厚报。"知府唯唯而退,回到府中,将小柬拆开,只见上面写道:

伏虎容易捉虎难,幸勿轻轻使归山;
须当聊效东窗事②,何必区区方寸间?

知府看了寻思道:"这几句话,分明要我效那秦桧害岳飞之事,想此生必有冤抑,我今若遽杀之,何以对天地鬼神与孔子?宁可弃官不做,岂可害人性命!"便有释放该生之意。伺至深夜,令人于狱中提出该生,来到内堂,细讯原委,湘东只是不言。知府道:"今君生死在即,只争一言,若不早说,自悔无及。我以你读书人,未必有此悖逆之事,不忍加害。足下不言,死立至矣。"湘东道:"事实有因,言难启口,乞赐纸笔一用。"知府即令家人,去其刑具,给其文房四宝。湘东原有不欲下笔之意,知府道:

---

① 饬(chì)——旧时公文名,用于上级对下级的训示。
② 东窗事——即成语"东窗事发",比喻密谋败露。

"生死关头,在此一刻了!"胡生不得已,把笔写了几句道:

　　丈夫贫岂受人欺,儒士何劳厚聘钱。
　　堪恨将人为媵①妾,馀②桃焉肯啖他先?
　　秀才不作龙阳③宠,国士哪堪入帐缘。
　　酒醉被污谁忍得,端州④石砚把床穿。
　　使君若问何原故,只看其中字与言!

写毕呈上知府。知府笑将起来道:"彼亦太无廉耻,岂可把秀才作龙阳者乎?"湘东不觉红涨满脸。知府忽然大怒道:"国贼辱及斯文,这还了得!"遂将世蕃之束,与胡生观。看毕,泣告道:"愿公祖大人早刻行事罢,免得有累公祖。"知府道:"非也,若是本府允以所使,亦不肯将束与你看了。为今之计,当释于你。你可星夜奔往京师,去那海大人处,告他一状,以伸其冤可也。"湖东道:"虽蒙公祖大人恩释,但生员此去,岂不累及公祖大人么?"知府道:"我亦不欲久在此为官。况我又无家眷在此,不过数名家人相随,今夜就与足下弃官而逃如何?"湘东道:"公祖十载寒窗,才博得黄堂四秩,前程远大,正未可量,何必区区为此一人而弃官耶?"知府道:"不必多言,且随我去。"叱令家人将湘东刑具尽行释放。急收拾行李细软物件,将印信挂于梁上。当下收拾毕,知府带了家人同湘东,从衙门内后门奔逃而去。比及大明,衙役起来过堂时候,还不见里面有动静之处。及进内一看,方知知府合家逃走了。衙役书立即飞报上司。正是:有道则治世,此官亦足嘉。毕竟后来知府、湘东如何,且听下回分解。

---

① 媵(yìng)——古时指随嫁或随嫁的人。
② 馀(yú)——同"余"。
③ 龙阳——旧时称同性恋者为龙阳生。
④ 端州——地名,产砚,称端砚。

第五十五回　王太监私党欺君

却说那些衙役，次日见署内无人出入，又见印箱悬于梁上，方知知府弃官而逃，连着湘东亦不见了，急忙报知本道。这兵备道①即来查验仓库，却不曾亏空，便收了印信，申详巡按及指挥。世蕃一见大怒，即诬控知府主使湘东行刺，今又私释重犯，弃官同逃。立了文案，一面委员暂署府篆，一面通饬合属访拿，按下不表。

且说那学道听了这个消息，十分狐疑，只得罢了。再说那知府同湘东带家人等行未及三日，见通街遍贴榜文，严拿甚紧。遂不敢日行，惟有夜走而已。可怜他们受尽多少风霜之苦，方才捱到京师，知府寻觅寓处，同湘东寓下。打听得现为户部尚书海瑞大人清如白水，当时遂写了状子，着湘东前去拦舆喊冤。适当海大人退朝，出了午门，将至衙前，忽见一人大叫冤枉。湘东道："青天大人伸冤！"正喊着，海大人止住轿，便问那人道："你是哪里人？姓甚名谁？纵有冤枉，该赴地方官处呈控，怎么到此拦舆叫冤？"湘东道："生员姓胡名湘东，乃湖广辰州府人氏，原是府学生员。冤被巡按严世蕃所陷，如今如此千难万难，才得到大人跟前伸冤，伏乞恩准。"海大人听是严世蕃，心中对头，就有几分喜悦，遂问道："你既有冤情前来告状，可有状呈否？"湘东遂向袖中取出呈子送上。海大人接了状词，便吩咐道："且将胡湘东押候，待本院作主就是了。"湘东叩谢了，海瑞回转衙门，把状词拿出放案上观看，只见上写道：

告状人湖广辰州府学生员胡湘东，禀为目无法纪，辱及斯文事：窃生以一介寒儒，于某年得游泮水，于本年因在府学宣讲圣谕，冤遇现任巡按严世蕃，窥生年少，意欲移甲作乙，监作龙阳。预伏奸心，故托本学某，致生关书赞仪，称延聘生入幕，以主书启之席。孰知其用心深苦，初见并无一语相戏。生在彼两月有余，岂料于某年某月日，以酒将生灌醉，竟污于体。及生酒醒忿怒，以石砚掷之。奸则登时唤令家奴将生绑缚，发交府监候，诬害生员突至卧室内行刺。幸托知府

---

① 兵备道——官名。明代始在各省重要地方设整饬兵备之道员，称兵备道。

某体仰上苍,以事涉嫌疑,权且监候,再行复讯。孰料世蕃又怀恶念,欲置生于死地。私授知府小柬,央令将生效岳王东窗之事,则奸之心如秦桧可知。知府不忍害生,承彼大义,放生奔逃。生以释己累人,亦所不忍,复不肯行。而知府某仗义弃官,与生同逃至此。伏乞大人伸此奇冤,究此不法,则天下幸甚! 沾恩上赴大人爵前作主。

海瑞看完了状子,勃然大怒,骂道:"哪有此事! 世蕃贼奴欺人太甚,辱及斯文,复又坑害,这还了得!"即批道:"阅悉状词,殊堪发指。候具奏差提世蕃来京质讯,如果属实,立即按拟,尔乃静候可也。其该府弃官同逃,因事逼于从权,原无过犯,尚属可嘉,着即前往吏部衙门具呈,听候奏办可也。"将批语悬于衙前,海瑞便连夜修起本章,将世蕃所犯事款,以及该府仗义释放胡湘东,同逃进京控告各情,逐一具列在上。

次早入朝,海瑞俯伏金阶说道:"臣海瑞有本章启奏陛下。"帝说道:"卿有何奏?"海瑞便将胡湘东如何被污,怎的受陷,知府某如何弃官同逃,逐一奏知。遂将本章呈上龙案。天子看了本章,笑道:"哪有这等奇事? 如今知府某在于何处?"海瑞道:"现在内城寓处,同胡湘东居住。"天子道:"可即宣来见朕。"海瑞领旨出朝,着人随湘东至寓所,宣召知府某上殿。及至,天子问道:"你是某知府么?"知府奏道:"臣就是某府某某。"天子说道:"胡湘东一事,你尽知否?"知府便将胡湘东为何受聘被污,世蕃怎么陷害,他便如何释放湘东,备细奏闻一遍。天子闻奏说道:"你尚有仁心,朕敕吏部注名入册,仍以府道用。"那知府谢恩而出,天子问海瑞道:"卿意如何办法?"海瑞奏道:"王子犯法,同于庶民。今严世蕃身为大员,而作禽兽之行,且又诬捏故陷,情罪重大。伏乞陛下立提京,交臣严审按拟,则国家除此奸臣,而天下幸甚矣。"天子道:"依卿所奏就是。"即下一道旨意云:

据户部尚书海瑞所奏,严世蕃在任,污辱秀士胡湘东,复行诬陷,致该知府某不忍陷害,仗义释放湘东,同逃来京控告,殊堪骇异。着廷尉官立即差缇骑,前往该省锁拿劣员严世蕃来京,交户部尚书,会同三法司审拟具奏,钦此。

这旨一下,廷尉官即差了缇骑,前往锁拿严世蕃去了。

再说那严世蕃之父,听得此事大惊失色,急请张居正、赵文华到府问计。文华道:"偏偏又发在户部去审,若是别人,还可以说个情分。这海瑞向来同我们不对的,如何是好?"居正道:"此事除非去求王惇,方可有济。他同令郎相好,必然肯出力在皇上跟前保奏的。"严嵩道:"足下所说甚好,就烦足下一行。"居正应诺,即便告辞,一路来到东厂。

时王惇权威日甚,兼理西厂事务,六部之权,多归掌握,其门如市,所有六部人员每日清晨俱来参谒,竟拥挤不堪。居正在门房候了半日,方才略觉清静。又值王惇用点心,又候了一个时辰,始得传进。居正随着小太监,来至内堂。只见王惇危坐几上,手执柳木牙签,在那里剔牙。居正跪下,口称:"王公公!"那王惇只似未曾听见一般。居正不敢复语,跪在地下。约有一个时辰,王惇方才问道:"下面跪的何人?"左右小太监答道:"礼部尚书张居正,早已在此。"王惇道:"早参已过,来此何干?"居正道:"卑职奉太师的钧命,来请公公过太师府上一叙。"王惇道:"既是奉太师之命,可即起来说话。"居正谢了,起立于侧。王惇问道:"太师安否?"居正答道:"太师借庇安康;太师亦着卑职来请公公安好。"王惇笑道:"这几日还吃的斤把烧酒,太师请咱去做什么?"居正道:"太师有要话请公公光降面陈。"王惇道:"你也不知么?"居正道:"卑职略知一二,未悉其详。"王惇道:"你且略略说与我知道。"居正道:"只因太师令郎出任湖广巡按,现有辰州秀才胡湘东与某知府前来控告严少爷污辱斯文等事,皇上大怒,发交户部海瑞会同三法司审讯。现已差人前往锁拿少爷。太师此际不知所主,因念公公同少爷曾有八拜之交①,故特命卑职前来,敬请过府商议。"王惇道:"这从哪里起的?"居正道:"就是那胡湘东来京告状闹出的。"王惇道:"难道他竟告了御状么?"居正道:"亦不曾告了御状,只在那户部里告的。"王惇道:"此事定是海瑞在皇上跟前说的?"居正道:"正是。他还请旨,发在他那里审问。才是冤家难解呢!"王惇道:"且由他!咱也不到相府去了,待在明日上朝,说个分上就是。"居正谢道:"略得公公吹嘘之力,则少爷可以不死矣。"王惇道:"你且放心,一面回复太师:说我既与他令郎相好,彼事就是咱事一般!"居正听言后,辞谢而出,回到相府,复言不表。

且说王惇思想了一夜,若说不办,又碍法宪;若说要办,则世蕃不能幸

---

① 八拜之交——八拜,古代世交子弟见长辈的礼节。后称异姓结为兄弟的为"八拜之交"。

免。次早入朝侍于帝侧,文武山呼,奏事已毕。帝退入内宫,王惇亦随侍于侧。帝问道:"汝在此做什么?"王惇便俯伏在地奏道:"奴才有个下情,上渎天听,伏乞皇上俯容奴言。"天子道:"有什么事,只管起来细奏。"王惇谢恩起来,奏道:"严家父子有功于国,今为狂生所陷,致被户部尚书加以诬奏罪,天威震怒,立差缇骑拿问。但胡湘东不过一狂生也,贪他人之贿赂,未免含血喷人,欲扯世蕃俱入浑水,惟陛下察之。"帝道:"胡湘东之言固难凭信;现在某府释犯逃官,经朕面讯此事,却明明不爽。岂能为彼掩过耶?"王惇说:"某知府安得又不听从阃省有司上宪所使,有意诬害忠良?然陛下不可不察。"帝道:"世蕃所犯,诚属有之。但朕念其父子功勋,未忍立究,欲为之庇护,又无法可解,如之奈何?"王惇道:"陛下诚开一面之网,则奴才自有解祸之法。"帝问道:"你有何法可解?"王惇奏道:"陛下主天下生死之大权,欲恕一臣子,只在一言耳!今胡湘东既已前来告状,亦经陛下准了海瑞的奏章,若遽不问,则廷臣必有窃议。且胡湘东心中不服,必致哓哓①渎②听。为今之计,陛下广施仁泽,仰体上天好生之德,将世蕃罚俸三年,革职留任。亦足以蔽其辜。况《春秋》有云:罪不加尊。今世蕃身为封疆大吏,亦足为尊贵矣。陛下诚能仿《春秋》之义,恩赦世蕃,谁不云天子有德,善准人情?"天子听了大喜道:"汝乃一内宦,犹知大义。朕依你所奏,即差兵部快马追回圣旨。"正是:只因几句话,遗下万年讥!毕竟差官飞马驰去,可能赶得到否,且看下回分解。

---

① 哓哓(xiāo)——争辩。
② 渎(dú)——同"黩"。轻慢。

第五十六回　海尚书奏阉面圣

话说王惇再三在天子面前为严世蕃解说，天子准奏。即时差了兵部快马，限日行八百里，追回廷尉官，另颁圣旨，着吏、兵两部知会，将严世蕃罚俸三年，革职留任。胡湘东加恩赏赐举人，留京会试，以偿其辱。圣旨既下，各各凛遵。海瑞闻知不胜之怒："我想如此大事，王惇一言便可免议，似此则无青天矣！若宦官专权，将来朝廷法令俱为他败坏了。"于是连夜修成本章，要与王惇去做对头。其奏章云：

户部尚书臣海瑞奏为宦官近禁，理宜复阉，以杜复萌，以肃宫闱事：窃照内侍一项，原因自宫而进，充役于内廷，听候驱使。但古谚云：饱暖思淫欲，饥寒起盗心。今该宦等，承恩豢养，饱食终日，无所事事；复近禁帏，日恒与诸宫娥杂沓，春花秋月，不无有感。似此声息易通，往来皆便，不可料之事难免无虞。倘有不测，污玷宫闱。非此等宦官，不足以驱使；今既舍之不能，则当思其所以制之之法。请得以五年为期，差令宗人府丞查验复阉，则可以无患矣。伏乞皇上睿鉴施行，臣海瑞谨奏表以闻。

次日早朝，海瑞拿了本章，趋殿朝贺毕。天子道："有事启奏，无事退班。"海瑞当时奏道："臣户部尚书海瑞有本章面奏陛下。"天子道："卿又有何事？"海瑞俯伏金殿，将本章呈上。内侍手接放于龙案之上。天子细看毕，笑道："卿家所奏之言，殊为有理。朕亦每常以此为虑。今卿家所奏正合朕意，即当举行。宗人府丞事务烦多，恐不能分理，委卿主政就是。"是时海瑞谢恩，当着殿前大呼道："奉旨着户部尚书海瑞，查验内廷宦官，如有隐匿者，即以违制律治之。"当下海瑞大呼三次。此是海瑞恐怕日久，皇上悔约，故此当殿大呼，以为君无戏言，使众闻知，而不能改命之意也。那些内侍们听了，个个吓得面如土色。

海瑞领了圣旨，即日传了掌理宫闱总管老太监沙惠元来到，将圣意对他说知。沙惠元道："依大人的尊意如何？"海瑞道："这是皇上的旨意。如今特请老公公到此，非为别的，烦将宫内所有年近二十者，不问好歹，俱要开列名字、年岁，备造清册，送过敝衙门来。待在下好点验。如应割者，再行阉割;如不应割者,免之。此是钦命,老公公幸勿迟误。如其不然,大家多有处分。"沙惠元笑道:"咱如今年已经八十二岁,还要阉割否?"海瑞道:"事有定例,七十以上者毋庸阉割。老公公即此已届八十,也可以免验的。"沙惠元道:"这是大人的恩典了。"哈哈大笑,方才别去。过了两日,沙惠元着小太监送清册过府。那小太监见了海瑞叩头不已。海瑞笑道:"你之意不过要求免验否?"小太监复叩头道:"求大人恩典免验罢了。"海瑞道:"你叫什么名字?"那小太监道:"小的唤做进禄,今年才一十三岁。"海瑞道:"你年才得一十三岁,休慌,且去罢。"进禄叩谢回宫不题。海瑞将送来的花名册子,展开细看,只见上面写载甚悉,共有一十八处,各有所统。共有一千五百人,处处声叙得明白,且看下面便知:

总理内府掌管司礼监沙为备造清册,移送查核事:现奉圣旨,准户部尚书海咨准前情,合备清册,以备凭查核,须至册者。计开:正大光明殿,俱殿司礼太监四名,率领副司礼太监六名,统领小太监共九十名。

司礼太监姓名计开:王一熄,年三十八岁;黄珩,年四十岁;漆磷,年二十三年;朱瑗,年五十二岁。

副司礼太监六名:任行,年十八岁;李宁,年十七岁;荣华,年三十一岁;温饰,年二十五岁;周吉,年三十岁;喜儿,年四十岁。

小太监胡敬堂等共九十名,下有注明年岁、姓氏。

奉先殿司礼太监四名,率领副司礼太监六名,小太监九十名。

司礼太监四名开列:钟山,年四十八岁;十进儿,年二十七岁;朱升,年四十三岁;龟公,年三十二岁。

副司礼太监六名:朱开,年五十三岁;尤远,年三十八岁;翠儿,年二十五岁;广往,年二十九岁;张喜,年四十二岁;狗儿,年十七岁。

小太监何仁等共九十名,皆有姓氏、年岁注明。

崇正殿司礼太监四名,副司礼太监六名,统领小太监共九十名。

司礼太监四名开列:某某,年二十五岁;三宝,年五十一岁;周章,年十八岁;甘兴,年十七岁。

副司礼太监六名:罗曜星,年九十岁,免差验;松寿儿,年五十三岁;柏龄,年四十一岁;柳春,年三十七岁;张松,年二十岁;金定儿,年三十六岁。

小太监优福等共九十名，皆有姓氏、年岁注明。

大安殿司礼太监四名，副司礼太监六名，统领小官、小太监共九十名。

司礼太监四名开列：一清，年二十五岁；二福儿，年十八岁；玉儿，年二十四岁；侯光，年二十岁。

副司礼太监六名：张仙保，年二十八岁；三星儿，年五十二岁；乔儿，年九十二岁，免差验；广仁，年六十六岁；羽四四，年八十一岁，现病；八十九，年二十五岁。

小太监区朱等九十名，比有姓氏、年岁住明。

景安殿司礼太监四名，副司礼太监六名，率领小太监九十名。

司礼太监四名开列：苏源，年七十一岁，现出差；唐福，年五十六岁；优禄，年三十九岁；广才，年二十八岁；侯福，年三十七岁；张福，年五十三岁。

副司礼太监六名：吴喜，年六十三岁，现出差；恭达，年四十五岁，现出差；海英，年三十三岁；钟福，年四十六岁；张约，年五十二岁；朱廷，年三十三岁。

小太监仇喜等共九十名，皆有姓氏、年岁注明。

太情官司礼太监四名，统领副司礼太监六名，率领小太监共九十名。

司礼太监四名开列：尤儿，年三十六年，现病；广善，年二十一岁；吉儿，年三十七岁；清梅，年二十九岁。

副司礼太监六名：得福儿，年十九岁；中庸，年二十八岁；李珊，年五十四岁；任禄，年五十二岁；何祺，年七十岁；周祺，年一十二岁。

小太监：马儿等共九十名，俱有姓氏、年岁注明。

册内烦絮，不能备载，不过记其大略而已。

当下海瑞看了花名册子，随即唤手下书吏进衙，吩咐道："即日就要查验诸内侍，你们诸书吏中，选六十名，伺候本部堂。再到有司衙门去借六十名精壮差役，并悬示日期，听候查验。"众书吏领命，即去备办。正是：三年一割断淫根，内侍闻知也失魂。

毕竟海公如何再行阉割，且看下文分解。

第五十七回　刚峰搜宦调任去钉

却说书吏领了海瑞言语，立将应行事宜，逐一备办，行文到大兴县里去，相借得精壮差役六十名，前来供役。书吏遂将牌示送来，刚峰签押毕，挂了出去，悬在那午门之外。此际惊动许多内监，前来观看。人人无不吐舌、皱眉，都道："好厉害！"惟有叹气而已。其牌示云：

钦差查检海为晓谕事：照得本院恭奉圣旨，查验内外宫监，如有应再阉割者，即行阉割。如不需阉割者，即行注册免割，钦遵在案，合行牌示内监等知悉：凡有尔等应行再割者，于某月日齐赴本堂衙门东边站立，听候亲行查验再割。如无需复阉者，亦如应割之内侍，齐集西边，站立听验，注册免割。如有一名不到，即系抗违圣旨，本部堂即以违制律处之。各宜凛遵毋违，特示。

众内侍看了，人人愁闷，个个吃惊。其时王惇亦已知晓，那小太监道："明日海蛮子要将咱们再行阉割，不知为何这样冤业呢？"王惇道："他们自有他们的事，再不干连咱们的。前日老沙造花名册子时，也着小厮前来这里知会，被咱抢白了几句。后来又着人来说，却不敢把咱们这里的人名字上册，恁他怎的？"

不表王惇自固，再说海瑞将册子反复细看，却不见有王惇名字，寻思道：这沙惠元亦怕这个人，连王惇二字也不敢上册子，我正要收拾这厮，今日怎肯由他漏网？明日要他知我这海蛮子的厉害呢！即时吩咐海安道："你明日伺候时节，却将圣旨以及万岁龙牌，供在当中，吩咐刀斧手、皂隶、人役等，俱要齐集。我一喝打，立即拿下，决不容情。"海安听命自去备办，且不必说。海瑞又想道：他们到底是天子的亲近家奴，我若遽然行刑，须有碍他们体面。思忖已定，急急入宫见帝。帝问海瑞进宫何干，海瑞奏道："臣奉命明日查验诸宦官，但恐有躲匿不到，畏惧再割者，臣即当拘提。此辈乃陛下家奴，若不绳之以法，则不成宪典。臣若行刑，则手亦不便，故臣特来请旨。"帝道："这是朕躬所行之事，他们何敢不遵？彼辈如有躲匿不遵者，卿即以法律绳之，休得容情！"海瑞谢恩。天子又恐他们恃强不服，乃点了四名御前侍卫，如有诸宦不遵，你等立即拘提，便宜行事。当下四名御前侍卫,随着海瑞出宫而来,听候差遣。海瑞回到衙门中,即令厨下备了一席酒筵,特请了四名侍卫进内共饮。饮至半酣,海瑞道:"四位是奉了圣旨来的,他们如有藏匿,怕再割者,诸位不须畏惧,只管前往拘提就是。"伺卫道:"俺等受足了这班狗子的污气,非止一日,明日他们不犯便罢,若稍有犯,俺等怎肯依他?"海瑞道:"如此方才是与天子办事的。"当时相与尽欢而散。

次日清早,海瑞升堂坐下。沙惠元早已伺候。海瑞念其年老,厚礼待之,令取椅来让他旁坐。沙惠元道:"大人不再阉咱就够,怎敢邀坐?"海瑞道:"哪里说来这话?都是与朝廷出力,焉有不坐之理?"沙惠元再谢而坐。当下海瑞就问惠元道:"他们曾来否?"惠元道:"俱已到齐,听候大人查验!"海瑞吩咐阉割手,前来伺候。随令应再阉割者进。须臾,五百余人,一齐进来,立于东边,个个面如土色。海瑞看了笑道:"不必忧,割过的就永不用割了。"随令六十名书吏,分作六队,每名领着内侍五名,详加搜验。六十名差役,督率阉割手用刀,不得徇私,如违者立毙杖下。一面点名,一起起的叫了过堂,押去验割。须臾,听得东庑①下喊疼之声大作。沙惠元听了,不觉手塞了两耳,合了双眼,恰似呆的一般。真兔死狐悲,无不凄然。海瑞谈笑自若。不上两个时辰,早已阉割完了。随又传进不应割的来到,仍令吏着差役督率查验,一面注册,不一时完了。海瑞问道:"惟有东厂王惇,西厂柏霜,为何不到?"沙惠元道:"他二人咱也曾遣人前去知会,奈彼不肯注册,称是厂臣,不到内院,不须过验。"海瑞听了,怒道:"岂有此理!他虽在厂,亦是家奴一例,怎敢违抗圣旨?"即吩咐侍卫官四名,立刻分提二人到来问话。四人听了如飞的前往。恰好王惇这日,原是要躲这厄,走到严府里下棋去了。侍卫官到东厂、西厂二处,只看见柏霜,不见王惇。二人将柏霜拥去,余者二人寻觅殆遍,不见王惇,只得回复。海瑞道:"他没什么地方去躲,只在严府里面,你等可到严府内去寻,必然见的。"当下四个侍卫官如飞而去。海瑞指着柏霜道:"你这狗奴才!本部堂今日钦奉圣旨查验,尔等竟敢不来伺候么?"柏霜笑道:"我只道是什么事情。咱乃侍奉皇上的人,怎么受你的约束?你小小的一个尚书,也不受咱节制,怎么这等大模大样的?"海瑞大怒,吩咐海安备下香案,请过

---

① 庑(wǔ)——堂周的廊屋。

圣旨、龙牌,供在当中。海瑞与沙惠元皆退坐一旁。柏霜方才朝着圣旨跪下。海瑞道:"本部堂面承圣谕,如诸宦官不遵查验者,立行提拘究惩。今你敢在本部堂面前违抗,就与违旨的一般罪名。"吩咐左右拖下,先打八十板,再行验割。柏霜此际知道上了当,也不敢矫强,只得哀求海瑞道:"望大人施恩!"海瑞道:"哪里施恩于你这等残人。左右,速速行杖!"左右答应一声,不由分说,竟将柏霜剥去冠袍,扯到丹墀之下,重重地打了四十大板。柏霜早已失声。海瑞叱令止杖,以冷水喷其面,须臾复苏。海瑞叱令按着在地验过。只见阳具稍长一寸有余,海瑞即令阉割手齐根割去。可怜那柏霜咬牙晕去,鲜血迸流。海瑞令抬过一边。急见四个侍卫,簇拥着王惇而来。王惇一眼看见了柏霜这般光景,又见有圣旨供在当中,急急跪下认罪。海瑞道:"为什么不早来伺候?"王惇道:"只因今早皇上召进宫去问话,是以来迟,伏乞恕罪!"海瑞道:"也罢,既是皇上那里宣召,却还恕得过。"吩咐带将下去验割。王惇叩头道:"求大人看在厂臣面上免验罢!"海瑞道:"这是朝廷公事,海某怎敢以私废公,这断使不得的。"吩咐带转来亲验,此时王惇也不敢作声,一任由他。海瑞亲自走下座来,仔细验过,只见本不是甚长,只有一寸突出。海瑞随令齐根割了。王惇痛不可忍,大呼几声,登时晕了过去。海瑞道:"不割死这厮,留他在朝何用?"约有半个时辰之久,方才苏醒。海瑞道:"今番你却自在了。本部堂有几句言语,你且听着,则永无忧矣。"王惇道:"敬听教训。"海瑞在座上吟了八句诗道:

　　自作孽来还自受,奸谋到底遇天收,
　　罚俸革职存留任,枉法偏徇可知否?
　　莫言暗室相欺惯,上天视听岂能休?
　　金刀一割邪心事,回去还思早回头!

王惇听了这几句言语,方才悔悟。知是海瑞为着自己庇护严世蕃一案所致,乃悔悟道:"从今以后,咱再不去管闲事了,伏乞大人开恩一线,于咱自新,以图报效罢。"海瑞笑道:"你依着我的好言语,自然做了好人,且去罢。"王惇这次被海瑞去了他的八分威风,从此不敢作威,专门守分,安命度日。后人有诗八句,单道海公能以正气化人,而王惇亦可谓善于改

过者,虽有前愆①,亦是宥之。诗云:

> 圣言有过休惮改,善能补过即为贤。
> 芝兰香久熏身德,鲍厕闻深不觉然。
> 若使早能迁善日,免教此际受迍邅②;
> 如今并看王惇者,且自先教用洗煎。

当下海瑞把诸宦官阉割讫,进宫复旨,且奏知王惇善于改过,堪嘉。帝道:"卿可谓正能逐邪者也。"钦赐匾额,以旌其忠,而御笔亲书"盛世直臣"四字。海瑞谢恩出朝。严嵩闻知,心中愈怒,又见王惇如此光景,如失左右手一般。张居正、赵文华等日夜要害海瑞,只恨皇上又施匾额,宠任正重,无计可施。日夕思维,并无计策。忽然南京户部尚书员缺,严嵩便与三司联奏,保举海瑞前往。只因这南京乃是当日太祖建都之处,后因永乐皇帝迁过北燕,改为北京。那金陵现改为南京,仍有宫殿,以及诸王府第,并先帝陵在此,故尚设五部尚书在此,唯缺的吏部,惟户、礼、兵、刑、工五部是实。这南京就是诸亲王在此居住,事务极烦,责任甚重,人人都不愿到彼做官。然非才干廉能者,不克此任。当下天子见了奏章,寻思南京重地,非海瑞前去不可。乃批了一道圣旨云:

> 南京户部尚书员缺,该处重地,非才学优长,廉能耿介者,不可当此重任。现据太师联同三司会奏议,调现任盛京户部尚书海瑞以之调补,则地方庶有裨益。着海瑞立即前往补授可也。钦此!

圣旨一下,严嵩与张、赵二人大喜,即到吏部那里会知。吏部领了旨意,即把海瑞改注了南京户部尚书册名。海瑞受了恩命,只得即日离任就道。一路上好不严肃,带领着海安及张氏夫人,一路餐风宿水而来。正是:多能多干多奔逐,哪得偷安半刻闲? 毕竟海公此去南京,吉凶如何,且听下回分解。

---

① 愆(qiān)——失误,过失。
② 迍邅(zhūn zhān)——处境困难。

第五十八回　继盛劾奸矫诏设祸

却说海瑞领了圣旨,即日携了眷属,到南京赴任而去,按下不表。再说那严嵩等看海瑞不在朝中,越加横暴。此时严世蕃亦已回京,仍复旧职。惟王惇一人,不与相济,其余一党奸贼,把个朝廷弄得不成体统。严嵩等又在辽东开了马市,使夷、汉互相贸易,多官不敢谏阻,又效王安石青苗钱之法。青苗钱者,以时届青黄不接之际,农夫正值拮据,必为钱粮追呼,所以将钱借与百姓纳粮,俟其禾稻成熟之时,倍利偿还。此法王安石行之,而民滋扰,几不聊生。今嵩复行之,而民益敝。又将北直一带关隘之兵将卸去,其地贴近北番,朝廷关隘被胡人占着,不计其数。边报日急,而嵩不肯发兵相援。或谓之曰:"今边境被诸胡侵掠,而守将被围甚急,朝廷不发兵往救,岂不误事?"嵩曰:"不然,若一关将失,有人去救,以后都望人救。"故此专意不肯发兵,致北直一带关隘,俱被胡人侵占。

时有兵科给事杨继盛,恨嵩误国,连夜修了本章,数嵩十罪。本将修起,继盛正欲缮完,忽见灯烛风摇,火光顿灭,十指疼痛。又闻鬼泣之声自窗而入,黑暗之中,见其先人立于灯下,以手指其奏稿,又摇手再三。一阵阴风,倏然不见。继盛悟道:"莫非先人来显灵,不许我上此本么?"又转念道:"食君之禄,当报君恩。严嵩等误国,岂忍旁观,默不一见言语乎?即此受诛,亦必要上此本。"乃令其子杨琪代缮,琪亦谏道:"嵩固误国,然朝廷不少大臣,曾不敢以一言劾嵩者,今父亲以一给事而欲参奏宰相;况嵩乃上之心腹宠臣,今欲劾之,是犹以卵击石也。惟大人察之。"继盛怒道:"为臣尽忠,只知兴利除弊,至于死生祸福,非所计也。"喝令杨琪急缮。琪不得已缮之。次早,继盛入朝,趋班出奏严嵩、赵文华、张居正、严世蕃等欺君罔上,召衅殃国,将本章呈上。内侍手接本章,展放龙案上。帝看,只见写道:

　　兵科给事臣杨继盛诚惶诚恐,谨奏为国贼欺罔,召衅殃民,弄法坏纪,请将拟议,而肃庙廊,以安社稷事:窃见丞相严嵩,出身虽属科甲,而品行实同小人。巧媚工谗,以青词①得幸。蒙皇上不次擢用,不三年而秉钧衡。受恩既深,图报宜殷。乃嵩不知报本,专权肆横,擅作威福,树党卖官,弄法坏纪,蠹国而肥家,召衅以殃民,无所不至。朝廷正士惟恐去之不速,村野奸徒只忧置之不上。复庇于世蕃,无恶不作。甚至诬陷亲王,玷污秀士,种种不堪,擢发难数。廷臣畏其权势,结舌不敢上陈。即有一二谏臣,而嵩必借以他事陷之,不致其死不休。年来言路闭塞,朝廷、村野之士,睹而心伤,敢怒而不敢言。似此国贼专窃之日,正社稷倾危之时。臣受国恩深重,万死不足以报高厚,敢借微躯袖手旁观国家之危哉?伏乞陛下俯听臣言,请速斩嵩等以谢天下,则天下幸甚!社稷幸甚!谨列严嵩十大罪于左:

一宗专权肆横,自视尊大。在京文武以及内外镇,皆要勒取贿赂,否则诬陷。

一宗卖官鬻爵。嵩自秉钧衡,以张居正、赵文华分任吏、刑各部,以为爪牙;内外官缺,任意贿卖,门庭如市。败坏纪纲,莫此为甚。

一宗罔上欺天。嵩贪贿赂,积赃百兆,不能悉数;建造楠木房屋,其中园亭间隔,仿照大清宫仪式,欺罔僭越特甚。

一宗淫辱污秽。嵩选良家女子年十五以上者,藏于府第,动以千数,倍胜宫廷嫔妃,擅用御乐。

一宗擅召边衅。嵩贪胡人赂贿,私开马市。番、汉往来杂沓,致启边鄙兵端。又不奏闻,致失北直一带关隘。

一宗忌贤妒能。内外臣工,凡有忠介者,嵩必以计陷之,致朝无正士。

一宗擅主生杀。内外功臣凡有不附于己,立即指使他人,诬以重罪。如刑部侍郎胡敬岩、詹事府洗马郭光容等,皆以忤嵩开罪,卒毙于狱。

一宗纵子行凶。伊子严世蕃,毫无一善,辄置之上卿。世蕃藉势殃毒士林,如荆州秀才胡湘东竟受玷污。世蕃反加诬陷。致诬亲王造反,可恶已甚。神人共愤,罪不容诛。

青词①——道教举行斋醮时献给"天神"的奏章祝文。因写于青藤纸上,故名。此处指华丽的文句。

一宗图危椒殿。嵩以甥女育为己女进于陛下，图谋大位，致陷皇后、青宫被禁，幸蒙犀烛，几致久幽。

一宗搜刮民财。嵩以贪壑未满，效王安石青苗钱法，加之倍利，民不聊生。又纵家人严二等，重利放债，剥众民脂膏。

帝览表意颇不悦。然细察其词，亦属真切，乃温语道："卿乃一给事，擅劾大臣，无乃太过。朕姑留之，采择而行。"继盛谢恩而出。帝退入后宫，令内侍召嵩入，以表示之。嵩忙俯伏奏道："杨继盛与臣不睦，故擅造臣十罪潜害，伏乞陛下作主。"帝道："杨继盛未必尽诬，然卿有则改之，无则加勉，无致廷臣晓晓上陈，扰朕听闻可也。"嵩泣谢道："陛下视臣如子。"帝令退出。

严嵩回到府中，急召张、赵二人进府，以杨继盛之本章示之。张居正吓得汗流浃背，赵文华慌得目瞪口呆，二人半响方才说得出话。严嵩以天子之语，对张、赵二人道："幸蒙皇上宽容，不然吾等已付廷尉矣！"赵文华道："太师当即除之，否则复生祸矣。"嵩道："如何法儿收拾他？你当思出个妙策来！"张居正道："为今之计，太师即可矫旨杀之，以绝将来效尤者接踵而起。"严嵩然之。即使人诬继盛罪，立付廷尉。时继盛之子方在书房临池，家人来报道："老爷已被廷尉执去，探道是因前日之表所致。嵩要斩草除根，少爷在所不免，可早为计。"琪叹曰："破巢之下，焉有完卵？"家人曰："少爷如不肯走，旋以被执去。"未几日，继盛父子皆被害于狱中，而帝实未尝知也。嵩既鸩杀继盛父子，愈加凶横。

时有苏州府知县莫怀古，秩满擢任光禄寺丞。莫怀古携妾雪娘，带仆莫成来京供职。上任后大加修饰衙门，糊壁糊窗，栽花种竹。此时有裱褙匠汤忠来与裱糊书院窗壁，恰好怀古手弄玉杯，汤忠看见异光莹洁，白润无瑕，在旁不胜欣羡。怀古道："汝亦好此耶？"汤忠道："小的当日原是开古玩店的，因为落了本钱，致此改行裱褙。月前蒙各衙大人叫去，认识宝物，所以略知一二。今见了大老爷这一只杯儿，不免失口称好，果然稀世之珍也。"怀古道："你既认得，此杯何名呢？"汤忠道："这是'温凉宝玉杯'，又名'一捧雪'，原是隋朝之物。炀帝在江都陆地行舟，有余氏进的二只杯，亦名'余杯'，本是一双；只因炀帝在龙舟之上，与萧后饮醉，彼此把杯，偶然失手，碎了一只。其杯斟酒在内，杯却随酒之色，温凉有度，此乃罕有之物也。"怀古道："你果然说得不差，此杯乃先人所遗，虽有佳客前来,吾亦未尝露白。今汝见之,亦云幸矣。"汤忠道:"小的这双眼睛看的也不少,只是未曾见此。"说罢,随到上房裱褙。恰好雪娘在内,被汤忠看见,不觉魂飞天外,魄散九霄。一面做活,一边偷眼去看雪娘,目不转睛的,只管呆看。谁知里面雪娘未曾得知,所以任他偷看一饱。这汤裱褙暗思道:"天下哪有这样绝色的妇人?我老汤若得与他一沾兰蕙①之气,胜做二品京堂了。"一肚子的胡思乱想,故意慢慢的裱糊至晚工竣,方才出来。回到铺中,呆呆的坐着,连饭也不去吃,即便上床睡下。一晚哪里睡得着,一味的思想计策。忽然想出一条毒计来,拍掌笑道:"是了、是了!"

次日来到世蕃府中,原来这汤忠常到严府认识宝玩的,世蕃因此也亦喜他。当下汤忠见了世蕃,世蕃问道:"这几日可有什么好玩器否?"汤忠道:"没有什么好的,只因昨日偶到新任光禄署中,看见这位莫老爷手弄一只'温凉一捧雪玉杯',真是稀世之宝。"遂将此杯始末,备细对世蕃说知一遍。世蕃道:"这也容易,明日我到他那里,与他买了就是。"汤忠道:"这恐不易,那莫老爷是个古板人,他曾说过,虽有佳客,不轻露白的,只怕他不肯呢。"世蕃道:"你可先到他家说知,若是不允,再作理会。"汤忠领命,急急来到莫府,以世蕃之意对怀古说明。怀古道:"此是先人之遗宝,哪肯轻易与人?这却使不得的。"汤忠道:"不然。今日之势论之,莫说小人得罪老爷,自不能与老爷相抗。老爷亦不能与严府相抗。莫若舍此杯以博严府之欢如何?"怀古道:"此却不能,情愿弃官不做。"汤忠道:"如今老爷可连夜另找白玉,并工做成照样一只送去就是了。"怀古道:"只恐怕露出马脚来,反为不美?"汤忠道:"不妨的,老爷送杯前去,严府必唤小的去认,那时小的就说原物便了。"怀古道:"就烦善为我致意,容后日装潢送去就是,理当厚报。"汤忠道:"这个算什么?不过要老爷好结识解仇怨,小的何敢望报?"汤忠告辞去了,怀古即刻选了一块雪白羊脂美玉,唤了精工巧匠,日夕并工,赶造起来。正是:不忍丢遗物,甘教弃此官。毕竟怀古做伪杯送去如何,且听下回分解。

---

① 兰蕙(huì)——即兰花。

第五十九回　仆义妾贞千秋共美

不说这莫怀古日夕令匠人并工去赶做那玉杯。却说那汤裱褙仍回到严府,扯谎说道:"小的奉了钧命,前往莫府传意,莫怀古听得大人要取玉杯,不胜之喜。听说还有几色薄礼,连夜赶办,不过数日,他亲自送府来。"严世蕃喜不自胜。过了几日,汤裱褙又到莫府来问造起那个假玉杯否。那莫怀古道:"昨夜方才完工。"遂取将出来,递与汤裱褙观看。那汤裱褙接过手一看,假意欢喜称赞道:"果然巧匠,做得一点不差,如同那真的一般。明日老爷可亲自另备过几色陪礼送将过去,那严大人必然欢喜,就可以掩得过了。"莫怀古听了大喜道:"受教。"果然次日备了几色礼物,将那假玉杯一并亲自送到严府送上。世蕃见了大喜,设宴相谢,莫怀古亦以为掩饰得过了,尽欢而散。到了次日,严世蕃召汤裱褙入府内去认识那玉杯是真是假。那汤裱褙故意失惊道:"罢了,罢了!"世蕃急急问道:"何故如此失惊?"汤裱褙指着玉杯说道:"这个哪里是真的玉杯呢?"世蕃道:"你怎么知道不是真的?"汤裱褙道:"若是真的'温凉宝杯',斟酒在内,随着立即酒气温凉,又玉色随着酒色变易的。若是大人不信,可即刻试之,自然就辨得出真假了。"世蕃即令人取了酒,满满的斟在杯内,果然玉色不变,酒又不温不凉,如同常杯一样。世蕃见果然不是真杯,不觉勃然大怒,说道:"莫怀古何等样人,焉敢竟是当面相欺,这还了得!"汤裱褙从旁说道:"这都是那莫怀古看大人不在眼里,所以如此。"世蕃此际犹如火里加油一般,哪里忍耐得住,即时吩咐左右摆道,亲到莫府搜取真杯。领着家丁、汤裱褙等而来。

再说那莫怀古自送了假杯之后,心中只是不安,正与雪娘商议此事,忽见莫成慌慌而至,急说道:"祸事到了!"怀古忙问何事?莫成道:"如今严府验出了假杯,这位严大人亲自前来搜检呢!"说毕便往里面而去。怀古听得此言,吓得魂不附体。正在无可如何之际,只听得一片声叫道:"快些出来接见!"莫怀古急急出迎,只见世蕃盛怒,立于堂上叱道:"你是何等样人,敢来哄我?该当何罪!"莫怀古道:"卑职只有这只玉杯,今已与大人了,何处说起乃是假的?"世蕃道:"你休要瞒我,那温凉杯的原故我已知之,今送过府者,乃是假的,一些也不是,还敢在此胡言搪塞么?本部堂要来搜了呢!"莫怀古只得劄①硬强说道:"任大人去搜就是了。"世蕃越发大怒,吩咐左右进内,将妇女、家人拦住一边。随即率领狠仆入内遍行搜检,所有箱匣尽行打开,却终搜不出来,便说道:"你却预先收藏,故无真杯踪迹。今我限你三日,却要那真杯呈缴。如若不然,将你的首级来见。"怀古唯唯而退,世蕃恨恨而出。怀古气倒在地,雪娘急入相救,约有半个时辰,方才苏醒。怀古道:"怎么不见了真杯? 如何是好?"雪娘道:"适见莫成在内,此际却不见了。莫成想必怕搜,着早将真杯藏过,从后门去了,也未可知。"怀古正惊疑之际,忽见莫成却从屏门后转出来说道:"险些被他搜出真杯来了。"遂将预知世蕃必来亲搜,故此预先藏过真杯,从后门走出,待他们去了方才回来的话备说一遍,随将真杯交还怀古。怀古接了,复以世蕃限期对莫成说知。莫成道:"老爷之意若何?"怀古道:"此杯乃先人遗下的手泽②,岂肯拿去以媚奸贼? 宁舍此官不做,亦不肯为此不肖之事!"莫成道:"如此老爷则当早自为计。"怀古听了,即令莫成与雪娘连夜收拾了细软,贪夜走出城去了。次日,人报世蕃,世蕃大怒道:"这贼怕他飞上天去不成!"即时召了张居正到府,告知备细。居正道:"这也不难。待弟这里出一角广缉逃官的捕文,又到赵兄处说,差了兵部差官,沿途赶去,不问哪里拿着,只称太师钧旨,就交该处有司正法就是了。"世蕃大喜。居正即便前去行事不提。

再说莫怀古一行人出了城,急急望着小路而行。一路上怕惊怕恐的行了两夜,是夜宿于野店。那雪娘本是身怀六甲,此时胎气已足,又因在路上辛苦,动了胎气,晚上腹中作痛,到了二更半后时分,产下了一子。怀古虽则欢喜,然在奔逃之时,未免觉得凄凉,又嫌累赘,不敢在店息肩。次日只得雇了一乘暖车,与雪娘坐了,仍复没命的奔逃,不敢少息,正欲奔回四川而去。这一日,正来到黄家营地方。怀古乘着马,押着车子先行,莫成在后照料行李。怀古正行之际,忽然前面走出几个人来,大声喝道:"逃官往哪里走?"那怀古在马上吃了一惊,说时迟那时快,那几个差官不容分说,早把怀古与雪娘拿下。吓得仆夫魂不附体,急急奔回。路逢莫

---

① 劄(zhā)——同"扎"。
② 手泽——先人的遗物。

成,告知原委。莫成大惊失色,乃不敢进,将行李寄于野店。沿路探得前面只有黄家营总兵戚继光驻扎,谅此去必交与总兵正法。莫成即便赶上,遥望前途数人,细看果是主人。莫成此际不敢前进,躲在松林之内,时已天色昏黑。

　　再说差官押着莫怀古夫妇,望前直进,问从人此地知府、知县衙门何在。从人称道说:"此地名野店铺,三百里均是山路。前面二十里,就是黄家营,那里有一员总兵驻扎,奉得皇命有先斩后奏之权,生死机关,在他自主。"差官听了,即令从人赶早前行,急急的奔驰。一更以后方才来到营门,差官立时通报,进见了戚总兵,备说逃官莫怀古已获,现奉太师钧旨,不问何处,即叫有司正法。戚继光便问逃官何人?四个差官道:"前任苏州府知府,擢升京秩的莫怀古。"戚继光听了是莫怀古,不觉心中吃了一惊,暗暗叫苦不已。原来戚继光前在苏州参将任上,时曾与莫怀古结为刎颈之交。今日闻知,岂不吃惊?只得强装面目道:"既是逃官,又有太师钧旨,即当正法!但不知有何凭据发来否?"差官道:"有。"即向怀中取出牌文一道。戚继光就灯之下细看,果见有丞相与兵部的印信。将牌文收下,吩咐道:"犯官权且监在后营,待等本镇立传军官,摆围处决就是。"差官道:"小的明日黎明就要起身的,大老爷休得迟误。"说毕就将莫怀古夫妇交与军士收下。差官自去休息不提。

　　再说那莫成看见主人入了营门,遂急急的赶上,正到营门,遇着几个差官刚刚走出来,慌忙回避。待他们去后,乃直闯到帐中,早被军士拿下。莫成道:"我不是歹人,乃是犯官莫怀古的家人莫成,要面见大老爷,有机密事报。"军士将莫成带到内帐。继光正在灯光之下,踌躇设法要救莫怀古,忽然见莫成来到,即时叱退了军士,遂问:"莫成,你家老爷所犯何罪?你且将原委说与我听。"莫成便将如何起、如何止,说与继光知道,说罢,痛哭伏在地下,哀求拯救主人。继光道:"你且起来,我自有处法。"即令人取莫怀古夫妇至,彼此相持对哭。继光道:"此非是哭处,须得想出个计策,脱此牢笼;若是天明,则难活矣。"怀古道:"死就死了,还有什么计策?"莫成道:"小人倒有个计策在此。"继光道:"快些说来。"莫成道:"小的蒙老爷豢养深恩,又为小的成了家室,今既有了后嗣,死无恨矣!欲替老爷一死,不知可否?"继光听了,不觉双膝跪在莫成面前道:"若得如此,你主人不致死了。"怀古道:"岂有此理,此我之事,岂忍累你性命!"莫成道:"小人不过是一个无用的老家奴,老爷乃莫氏一家灯火的独苗,岂有就死而不顾宗祧①耶?"当时叩头流血,怀古道:"我今有子了,还怕什么?"莫成道:"出胎十多日,何便为人?老爷休要错了主意!"便向戚继光道:"乞大老爷将小的立绑了出去,放了家主,则死亦瞑目矣。"继光不胜嗟叹,劝怀古道:"兄勿过迂,莫成有此忠义之气,只索成其美名罢!"怀古方才允肯,与雪娘当着莫成拜了几拜。继光即令人将莫成上了锁,怀古开了锁;随取号衣军帽,令箭一支,交与怀古道:"快些改换,星夜奔走,勿得留恋。令妾自当随差回京,谅亦无妨大害。"旋又对雪娘道:"少顷娘子须要作出真情,休露出马脚来。"雪娘应允。继光便催赶怀古起行。于是夫妻、主仆、朋友大哭一场。时已交三更,继光迫令怀古急去,随将莫成、雪娘,依旧带回后营。随即吩咐人去请几位差官,一同前来监斩。一面吩咐军士摆围押犯,不必多点灯火。差官已到,继光道:"特请尊差来此监斩犯官。"差官道:"大老爷处决就是。"继光道:"不然。夜里去行刑,须要跟同处决。"当下吩咐押犯前去,校场伺候。继光随后就与差官押后而至。只听得前面那莫怀古,大骂严贼、汤裱褙不止。到了校场,继光升座方毕,只见一妇人扑至公案之前,军士将他乱打。继光喝住细问,方知是怀古之妻雪娘,要求面诀。继光道:"这也使得。"即令军士把他领到怀古行刑处相见。那雪娘一见,就相抱而哭,说不尽夫妻的情义。那莫成道:"你且附耳朵上来,我有话讲。"雪娘忙附耳上去。莫成道:"我腰下现藏了玉杯在此,你可取去藏过,交与戚老爷收贮,待等老爷回日交还。雪娘闻知,旋向莫成腰间取过,藏于身上。又说了许多的话,又哭个不止。继光在座,叱令众军士,将那个妇人带过一边,立即行刑。众军士领命,将那雪娘扯过一边去了。莫成大笑不止,引颈受刑。继光在座不觉掉下泪来。那差官见了问道:"犯官被获,立置典刑,大老爷为什么掉下泪来呢?"继光道:"上天有好生之德,今见人死,岂有不下泪之理?"当下刽子手,呈上了人头。继光用银朱笔,点将下来,囚在小木笼之内,复又用封皮封了,交与差官。随即又具了申复完案文书。那几个差官,得了莫成的首级,也不曾细看,回到寓中,天已大明。少顷,戚继光着人送了申详的文书过来。差官对来人道:"犯官还有一个妾氏,怎么不一并解去见太师爷呢?"差官回

---

① 宗祧(tiāo)——宗庙。

衙,以此言对戚继光说知。继光随请雪娘出来,告知备细。雪娘道:"既如此,即便请行。如若到了北京,必当要亲弑那二贼,与我老爷报仇!"戚继光大喜,以好言慰之。雪娘抱着半个月的孩儿,慷慨就道。那些差官看见雪娘抱着个孩子,呱呱的终日啼哭,各不耐烦,便顺手夺了那个孩子,抛在地下,驱押而去。幸得那些戚府的从人,把那孩子抱回。戚继光见了大喜,雇了乳母,好生抚养。又念着莫成,乃是一个忠义的奴仆,便叫从人去备了棺木,以木作首级,衣冠殓之,葬在荒郊之外,暗暗作了记号,大大的设一个奠祭功德超度①,以报忠义之心。又令人走到四川,去报与莫夫人知道,把那孩子附回归养,取名为寄生。此是后话。正是:惨遭倾陷事,谁不痛伤悲。毕竟不知那个莫怀古他夫妻二人如何报仇雪恨,且看下回分解。

---

① 超度——佛教、道教用语。僧、尼、道士为人诵经拜忏,说是可以救度亡者超越苦难,故曰"超度"。

第六十回　臣忠士鲠万古同芳

却说雪娘随了差官，回到京城。差官将莫怀古的首级呈了。汤裱褙此时亦在旁。世蕃验看毕后，令裱褙验看，裱褙看了道："此不是莫怀古的首级，此乃其仆莫成之首级也。"世蕃便问："何以分别？"汤裱褙道："怀古须长，左耳有痣。今首级须短而耳无痣，此其仆莫成之首级也。"世蕃大怒，即时差廷尉往黄家营去拿问戚继光进京，自不必说。

再说那汤裱褙便向世蕃乞雪娘为妻，世蕃即以雪娘赐之。是夜，汤裱褙大醉，正欲与雪娘成亲。不料雪娘身怀匕首，就帐中刺之，旋亦自刎。次日，人报雪娘与汤裱褙皆以刀死，世蕃不胜惊讶，只得着人收殓。及至提戚继光到京，责以假首之事，继光探得雪娘已死，遂坚不承认。世蕃因见汤裱褙已死，无可对质，况是私事，只得罢了，仍放继光回任。后来莫怀古之子，于隆庆年间及第。莫成之子得莫夫人视如己子，教令读书，亦中进士。那莫怀古自从得脱，竟不敢回家，由粤径航海逃难而去。后因严家父子破败逮罪，方才敢回家中。此是后话。

再说嘉靖皇帝，一日染病沉重，自知不起，乃召严嵩等人入内，以太子托之。遗诏仍以严嵩为相国。嵩等受命讫，帝大叫一声而崩，寿享六十有二。当日文武百官，请太子挂孝，停梓棺①于正殿。过了三天，嵩等秘不发丧。张皇后闻知，不胜忧惧，即召一班旧臣，奉太子即位于柩前，改元隆庆，尊母张后为皇太后，立妃袁氏为皇后，葬帝于恭陵，颁诏大赦天下。严嵩等心中不安，屡请放回田里，帝不准，仍命兼丞相事，拜海瑞为文华殿大学士，遣使往迎。

再说海瑞自到南直，诸务悉心尽理，处事亦属和平，诸王亦多敬服。光阴迅速，不觉在任三年，正欲请旨陛见，忽接哀诏，海瑞大哭，即与文武挂孝开丧，设位遥祭。海瑞闻得新君登极，即修本遣使，驰驲②参奏严嵩父子之罪。海瑞心忧严嵩危国，又不得进京面奏，遂终日忧心如焚，不觉

---

① 梓(zǐ)棺——梓为轻、软、耐朽的树木，梓棺即用梓木做的棺材。
② 驲(rì)——古代驿站专用车。

染成一病,乃对夫人曰:"吾不幸,今与你中道分别。吾自出仕以来,历任封疆,却未曾受民间一丝一线;今有红袍一件,贮于箱中,倘我死后,当以此袍为殓,亦表我生平之耿介也。"说毕而终,夫人大哭,即遵遗命,将此大红袍蔽瑞之尸,备棺而殓。诸王闻知,各皆悲泣,俱来吊唁。张夫人搜检行匣,竟无分文,遂不得还乡,诸王飞章具奏。且说赍恩旨之使,一日到了南京,闻知海瑞已死,叹惜不已,回京复命,称说海瑞一身别无长物,临殓只有大红布袍一领蔽尸,其家眷贫不能回粤,现在南京落魄。天子闻奏,念其忠勤耿直,敕赐谥曰忠介,命本省拨帑项银一万两,送海瑞灵柩回籍安葬,追赠少保。及阅海瑞奏,乃参严嵩父子之事;旋有许多廷臣参劾严之党羽,天子大怒。立下嵩与世蕃、张、赵等于狱,百姓无不欢喜。从此天下肃清矣。后人有诗赞海公之忠心爱国,其诗曰:

　　　正气贯天日,艰难国运时;
　　　忠心盟白水,赤胆古今稀。

又有短章以赞之云:

　　　五指灵钟岳,华芳冠四时;
　　　如撑凭指掌,得此可挣持。

时有癫道人有无题诗十首:

其一　　一帘花影拂轻尘,路认仙源未隔津;
　　　　密约夜深能待我,胆大心细善防人。
　　　　喜无鹦鹉偷传话,剩有流莺①解惜春。
　　　　形迹怕教同侣妒,嘱郎见面不相亲。

其二　　惭愧题桥乏妙才,枉将心事诉妆台;
　　　　津非少妇能容妒,山岂彭郎易起猜。
　　　　底事妄传仙子降,何曾亲见洛神②来。
　　　　劝君莫结同心带,一结心同解不开!

---

① 流莺——鸟。
② 洛神——即洛水的女神洛嫔。

其三　惺惺①最是惜惺惺，倚翠偎红雨乍停；
　　　念我惊魂防姊觉，教郎安睡待奴醒。
　　　春寒被角倾身让，风过窗棂侧耳听；
　　　天晓余温留不得，隔窗重密约叮咛。

其四　回廊百折转堂坳，阿阁三层锁凤巢；
　　　金扇暗遮人影至，玉扉轻叩指声敲。
　　　脂含重熟樱桃颗，香解寒衾豆蔻②梢；
　　　仿烛笑看屏背上，角巾钗朵影先交。

其五　窗外闻势竹声吟，暂将小别亦追寻；
　　　羞闻软语情犹浅，许看香肌爱始深。
　　　他日悲欢凭妾命，此身轻重恃郎心，
　　　须知千古文君意，不遇相如不听琴。

其六　窗外闻声暗里迎，胸中有胆亦心惊；
　　　常防遇处留灯影，偏易行来触瑟声。
　　　条脱光寒连臂气，汤苏春暖放钩轻；
　　　枕边梦醒低低唤，消受香郎两字名。

其七　闻说将离意便愁，情郎无计泪交流；
　　　身非精卫③难填海，意是游鱼任钓钩。
　　　锦衾角枕凄凉况，从此相思又起头；
　　　影散落花随马勒，同仇心事怕逢秋。

其八　知郎无赖喜诙谐，极意承欢事事偕；

---

① 惺惺（xīng）——指聪慧的人。
② 豆蔻（kòu）——指十三四岁的少女。
③ 精卫——神话中的鸟。相传为炎帝之女，名女娲，因游东海而被淹死，遂化为精卫，经常衔西山木石去填东海。

　　　　学画鸳鸯调翠黛,戏签蝴蝶当荆钗。
　　　　减侬绣事来磨墨,助我诗情坐向怀;
　　　　百种温柔千婉转,不留踪迹与同侪①。

其九　　对面欢娱背面思,人生能得几多时?
　　　　盟心好订他生约,咬指难书薄命词。
　　　　相思满腹凭谁寄,凄凉犹恐被人知;
　　　　强笑暂将愁闷解,前事回思自觉痴。

其十　　同心好叠寄书函,字字簪花细细缄;
　　　　紫凤已飞空寄曲,青蝇虽小易生谗。
　　　　半衿秋水怀新月,遍体余香惜故衫。
　　　　安得射来双孔雀,教他带绶一时衔。

　　后人只录十首,以志其意。后来皆以大红袍一书为美谈。不知海公乃是当时杰士,千古忠臣,死而后已,则作书者亦从此而已矣。吾深怪今之说大红袍者,则以海公遇事辄奏,如做知县时,便劾严嵩,孰不知尊卑有分,不得妄奏哉? 又以海公审断宫闱,以何妃生子不为王裔,严嵩故陷西宫,海公令滴血以验真假,此真所谓村野之谈。纵帝宫闱不净,亦不于严嵩主政之得奏帝者。海公又何从个审之? 至于明遣刺客,而赖何氏,则更荒唐。谁道竟无其事? 则不必更有其文! 以史校之,竟无何氏在宫,亦无何太师,究竟何人? 官居何职? 一派胡言乱语,殊堪笑煞! 故特标明,免愚者为其所惑,而玷我海公也! 夫人臣事君,宜得际遇,若非其时,则徒有鞠躬尽瘁之心,偏乏言听计从之日。所以,得际遇者,嵩也。其不合时宜者,海公也。海公秉丹心于方寸,而帝虽知公之贤之忠,而言不曾听,计不曾确从,此亦公之时与命也。嵩之遇帝三载三迁,骤秉钧衡,旋晋太师,数十年如一日,虽有继盛等之劾奏,而留中不发,卒得安享,此所谓得其时者也! 至于世蕃恃父之势,肆其凶横,无所不至,竟至诬陷亲王,污辱秀士,擅杀大臣,恶贯满盈。父子不败于嘉靖之朝,而败于隆庆之日,可谓成败有时者也! 人几疑其幸免,而隆庆诛之,始快人心。不然读书者至此,则不禁喟然而慨然废卷矣!

---

①　侪(chái)——婚配。

图书在版编目（CIP）数据

海公大红袍全传/(清) 佚名编撰.—北京：华夏出版社，2014.9
（中国古典文学名著丛书）
ISBN 978-7-5080-8170-0

Ⅰ.①海… Ⅱ.①佚… Ⅲ.①章回小说－中国－清代 Ⅳ.①I242.4

中国版本图书馆CIP数据核字(2014)第163628号

海公大红袍全传

作　　者	佚名
责任编辑	高苏　韩平　杜潇伟
责任印制	刘洋
出版发行	华夏出版社
经　　销	新华书店
印　　刷	北京集惠印刷有限责任公司
装　　订	三河市少明印务有限公司
版　　次	2014年9月北京第1版 2014年11月北京第1次印刷
开　　本	880×1230　1/32
印　　张	8.25
字　　数	260千字
定　　价	16.00元

华夏出版社　地址：北京市东直门外香河园北里4号　邮编：100028
网址：www.hxph.com.cn　　电话：(010)64663331(转)
若发现本版图书有印装质量问题，请与我社营销中心联系调换。